W0325770

L'AVERS ET LE REVERS

Né en 1959, Olivier Merle est le fils de l'écrivain Robert Merle, l'auteur du célèbre *Week-end à Zuydcoote* (prix Goncourt 1949). Dans *L'Avers et le Revers* il nous propose de retrouver les lieux, les personnages et l'époque de la grande série historique de Robert Merle, *Fortune de France*.
Professeur de physique à l'université de Clermont, Olivier Merle a écrit aussi des romans pour la jeunesse. Il a publié depuis un grand roman sur la traite négrière, *Noir négoce*.

OLIVIER MERLE

L'Avers et le Revers

ROMAN

Perpignan
janvier 2012

ÉDITIONS DE FALLOIS

© Éditions de Fallois, 2009.
ISBN : 978-2-253-13355-1 – 1re publication LGF

Avant-propos de l'auteur

C'est en 1976 que mon père écrivit le premier tome de sa saga historique dont le titre, *Fortune de France*, donna son nom à toute la série. Près de trente ans d'un labeur acharné, que seule la mort interrompit en 2004, pour produire treize volumes sur une période historique si longue qu'il fallut changer de héros, délaisser Pierre de Siorac pour son fils, Pierre-Emmanuel, afin de poursuivre le temps sans relâche, et ce jusqu'au début du règne de Louis XIV, alors que le début de la série évoque les campagnes de François Ier effectuées par le père de Pierre, le baron Jean de Mespech.

Être le fils de l'auteur ne me donne aucun droit particulier à animer de nouveau les personnages de cette série. Je n'en ai pas non plus, pour cette simple raison, un interdit supplémentaire. Du reste, la série est close, irréparablement, et nous ne connaîtrons jamais la suite des aventures de Pierre-Emmanuel, ni les traverses qu'il aurait « encontrées » à la cour du Roi-Soleil.

Non, le livre que voici est tout autre chose et je dois assurément des explications. Le projet de ressusciter les personnages du premier volume de la série, de leur redonner souffle et passion, joies et larmes, n'est pas un sacrilège mais, tout au rebours, un hommage qui leur est rendu. Si l'illusion de leur existence a imprégné tant de lecteurs, lesquels ont suivi leurs péripéties avec une émouvante fidélité, c'est sans doute qu'elle suscite une part de nous-même, vécue ou rêvée. Et dans cette entreprise, délicate on en conviendra, j'eus l'impression que mon père lui-même m'ouvrait la porte et m'encourageait à aller de l'avant. L'écriture, ici, fut aussi une nostalgie du passé et un improbable dialogue avec mon père disparu. Il me plaît de penser à présent qu'il serait heureux de ce livre, se sachant lui-même devenu impuissant à poursuivre.

Pour que la magie de cette renaissance puisse opérer, il fallait utiliser la même langue composite qui donna sa saveur à la série, mêlant à notre langue moderne des archaïsmes du XVIe siècle[1]. Je m'y suis plié sans hésitation, convaincu que le projet l'exigeait, et le plaisir que j'y pris fut ma principale récompense. Que le lecteur y retrouve le même bonheur qu'à la lecture de *Fortune de France* serait à coup sûr une autre récompense, et non des moindres.

1. Un glossaire en fin de volume aide à la compréhension de ces mots disparus ou tombés en désuétude.

« Miroul sera votre sujet. Qu'il sache bien qui de vous ou de lui est le maître. Mais traitez-le selon ses mérites, qui ne sont pas petits, et oyez ses conseils. Par la misère qui fut son lot en son enfance, il connaît le monde mieux que vous. »

Jean de SIORAC
Fortune de France, tome I

Chapitre I

J'espère que le lecteur me pardonnera de le venir troubler en sa douce quiétude. S'il vient de refermer le dernier volume des Mémoires de mon maître, Pierre de Siorac, et s'il galope encore à brides avalées sur les chemins de cette belle histoire de France que celui-ci a contée avec tant de verve, il lui faudra grand courage pour se pencher derechef sur la famille Siorac, mais aussi sur ma modeste personne. Car je n'ai, n'ayant point accompli mes humanités, ni le talent ni la disposition d'esprit pour éblouir le lecteur dans des récits épiques.

Ceux qui n'ont pas la mémoire qui s'effrite comme de l'argile au soleil se souviennent sans doute que je suis né loin des vertugadins et des pourpoints brodés, au milieu de ce peuple misérable auquel je resterai fidèle jusqu'au terme de mon existence. Je ne cherche pas à fuir ma condition, même si les hasards de la vie m'ont conduit où je suis, recueillant parfois quelques miettes de la gloire qui éclaira mon maître. Je n'ai pas non plus de raison d'avoir honte, parti de si bas, de m'être élevé un peu dans le monde, n'ayant jamais causé tort à mon prochain et ayant respecté autant que faire se peut les commandements de Dieu, aidé en cela par mon maître qui veilla sur moi avec toute la bénignité dont il est capable.

Je me nomme Miroul et n'ai jamais songé à m'appeler autrement, trouvant qu'il y a grand déshonneur à se détourner du nom que vous ont choisi vos parents en y ajoutant je ne sais quelle particule orgueilleuse. Mon maître a prétendu dans ses Mémoires que je me fis donner du Monsieur de La Surie, dès lors que j'achetai les terres de ce domaine quand notre bon roi Henri IV me promut écuyer. C'est là une de ces fines gausseries qu'il affectionne et, si je m'inscris en faux contre celle-ci, il y a tout lieu d'en rire, non de s'en offusquer, et je n'en causerai pas plus outre. De ce nom, Miroul, je ne tire pour autant aucune fierté malvenue, c'est le mien, et rien de plus. Et c'est sans vergogne aucune que je pense avoir reçu en partage, à ma naissance, des qualités qui m'ont tant aidé à survivre en ce siècle périlleux, en particulier une grande agilité physique, beaucoup d'adresse et une certaine vivacité d'esprit.

Quand nous fûmes, mon maître et moi, retirés en notre province, à la seigneurie du Chêne Rogneux, loin de la cour et de ses artifices, j'ai appris ce qui n'est pas le lot ordinaire du simple domestique. De la pique du jour au crépuscule, trempant la plume dans l'encre noire, je trace les lignes comme on creuse un sillon, suant mots et phrases, page après page, jusqu'au moment où mes yeux se brouillent dans l'obscurité naissante. La dureté de ce labeur et la peine qu'il me cause ne peuvent être entendues du lecteur, car celui-ci est de ceux qui ont découvert ces choses en leurs maillots et enfances, savent broder les formules, et envelopper de perles et de diamants les discours qui sortent de leur bouche. Mais pour moi qui suis fils et petit-fils de paysans, c'est une autre besogne !

Si je m'acquitte avec une telle obstination de ce pâtiment journalier, c'est que j'ai idée d'offrir au lecteur un second regard, celui du sans-grade, sur les aventures qu'il connaît. Des premières loges, on distingue assez bien le rôlet des personnages, mais personne ne pourra contester que, sur la scène, on les voit mieux encore. Et combien de fois, dans l'ombre de mon maître, présent mais silencieux, j'ai pu tout à loisir envisager cette noblesse de France qui nous a menés au désastre.

À quoi bon, vous gausserez-vous, se ramentevoir ces crimes et ces massacres alors qu'ils ont été longuement exposés par Pierre de Siorac ? C'est que je suis d'avis qu'il faut chaque jour en entretenir le souvenir pour non pas oublier où mène l'ignominieuse barbarie, celle qui se costume de la religion pour mieux assouvir les désirs de la puissance et du pouvoir. Ceci n'est point clabauderies inutiles et se révèle d'un tout autre tonneau que les préciosités de nos nobles oisifs. Et le lecteur qui se rebiquerait au simple fait de connaître ce qu'un fils de paysan peut penser de tout cela, qu'il ferme tout à plein ce livre et passe son chemin !

Du reste, en ce prédicament, je n'ai pas eu la bassesse d'agir comme un voleur et de me cacher de celui à qui je dois la fortune d'une situation stable, non sans un peu de pécune, et où brouet de chapon, franche lippée ainsi que tranquillité de l'esprit sont à jamais garantis. Pierre de Siorac, mon bon maître, m'aurait refusé tout à plat d'ouvrir mon cœur en maniant la plume, que j'aurais illico jeté aux herbes folles encrier et parchemins. Mais il ne l'a pas fait, quoiqu'il lui en coûtât, et c'est une nouvelle et belle démonstration de sa grandeur d'âme qu'il me montra en cette occasion.

N'ayant nullement l'intention dans ce récit de déguiser quoi que ce soit et encore moins de travestir la réalité, je ne cacherai pas le nœud qui étouffait ma gorge quand je frappai à la bibliothèque où je savais le trouver. Non pas que mon maître, après tant d'années passées à son côtel, m'impressionne ou m'intimide, mais la demande si singulière que j'avais à lui présenter me paralysait quelque peu.

Il se trouvait assis dans le fauteuil de droite, près de la fenêtre la plus large, et tenait en ses mains un livre qu'il tendait presque à bout de bras car la vue de près, comme pour moi, lui fait maintenant défaut. Il tourna vers moi son visage, qui demeure ferme et beau maugré les ans, et m'interrogea de son regard azuréen. Depuis qu'il porte cette toison blanche, il ressemble à s'y méprendre à son défunt père, Jean de Siorac, le héros de Cérisoles et de Calais, si ce n'est que le père se dégarnissait sur le dessus alors que le fils arbore la même chevelure que du temps de ses vertes années, hormis la couleur. En dépit des traverses de la vie, il est resté le même, vif, alerte, inépuisable, et toujours autant attiré par la garce. Quoique de ce côté, s'il montre encore – ou feint de montrer encore – un appétit féroce, il est plus vite rassasié que par le passé.

— Entre, mon bon Miroul ! me lança-t-il de sa voix familière, ne reste pas là planté comme statue de marbre devant le saint sépulcre !

J'entrai gauchement, ce qui était inhabituel et fut remarqué par mon maître, lequel resta coi mais sourcilla d'étonnement et me dévisagea avec insistance.

— Peux-je vous entretenir, Moussu Pierre ?

Et vramy, la voix me sortit des lèvres avec une faiblesse si inaccoutumée que j'en fus fort dégoûté de moi-même.

— Je t'écoute, Miroul.

J'avalai une pleine brassée d'air pour retrouver mes esprits. Mais en voilà bien de nous autres, gens de peu, dès lors que l'émotion nous assaille, le fil de la pensée s'enroule comme une pelote sans qu'on puisse y retrouver ni le début ni la fin. Pour dire le vrai, j'avais préparé et tourné mon discours avant que d'entrer, mais celui-ci s'étant tout emmêlé et brouillé en un instant, je me lançai au hasard dans une entame improvisée.

— Quand vous écriviez vos Mémoires, ne m'avez-vous pas souvent répété que vous y preniez moult plaisir ?

— Si fait.

— Et que c'était grand remède à la tristesse de la vie ?

— Si fait.

— Que ce fut aussi, pour vous, une manière de vivre une seconde fois ces merveilleuses aventures ?

— Si fait.

— Et que vous souhaitiez à chacun d'user de cette médecine pour sa vieillesse.

— S'il se peut.

Je marquai une pause pendant laquelle Pierre de Siorac posa son livre sur la petite table qui jouxtait le fauteuil. Bien qu'il ne devinât rien, du moins je le suppose, il sentait mon trouble et mesurait l'importance de l'entrevue.

— Vous connaissez le dur labeur que je me suis imposé pour mieux écrire… dis-je enfin.

— Je m'en suis aperçu.

— J'ai progressé encore grâce au curé du village qui m'instruit et se pique d'être, en quelque sorte, mon précepteur.

— Quoi ! s'écria mon maître.

Il se leva d'un bond, la mine tout enchifrenée, le teint soudain pâle et se mit à arpenter la pièce en proie à une vive agitation.

— Le curé ? reprit-il avec véhémence, tu fréquentes le curé à présent ? Ah, sanguienne ! Le diable est dans le fruit et je ne le savais point !

Que n'avais-je besoin de parler du prêtre car, dans la maison d'un huguenot, c'est bien d'une incommensurable sottise d'en appeler à un papiste, surtout quand il s'agit d'instruction ! Mon affaire s'engageait mal, et par ma faute, et je me mordais le gras de la joue, ne sachant plus comment me dépêtrer de cette farine en laquelle j'avais donné le bec.

— Eh bien ? dit brusquement mon maître en se campant devant moi, les deux mains sur les hanches. Eh bien ? Est-ce ainsi que tu veux finir tes vieux jours, dans le giron de cet idolâtre, de ce gros tas de graisse transpirant le cochon et puant la vinasse ?

— Que non pas, mon maître, que non pas ! dis-je vivement pour briser cette colère. Vous savez que ma foi dans la religion réformée est inébranlable !

À vrai dire, cet émeuvement de mon maître me surprit fort, car il est tout sauf fanatique, compta nombre d'amis catholiques, et s'est lié d'une belle et sincère amitié avec le chanoine Fogacer, lequel est bougre et athée comme bien on sait. Fallait-il y déceler du remords, et pourquoi pas de la jalousie, de s'être fait doubler par le curé dans un rôle qui aurait pu être le sien ? Je n'en avais pas la certitude mais le soupçonnais suffisamment pour tenter d'en tirer profit.

— Ce curé est un coquardeau ! Un sot ! Un vaniteux ! lâcha-t-il finalement mais sur un ton radouci qui contrastait fort avec les injures jetées à la tête de notre ecclésiastique.

— Oui-da, car il croit me convertir à la longue alors que je ne fais l'aimable que pour lui voler son savoir.

— Son savoir ? dit Siorac en levant le sourcil.

— Il n'a pas la science de la médecine comme vous, mais il entend le latin, le grec, et sait tourner les phrases pour mieux tromper le peuple.

Ceci fut prononcé sur le ton le plus suave, sachant le miel que je faisais couler dans la gorge de mon maître, faisant mouche par deux fois, d'abord en rappelant son érudition de médecin, ensuite en évoquant les fourberies du clergé catholique.

— Tout de même, Miroul, ce n'est pas très raisonnable pour un huguenot de fréquenter le curé, quand bien même ce serait pour lui sucer les mérangeoises, d'autant plus que ce qu'il t'apprend, je pourrais tout aussi bien te l'enseigner.

— Je sais, mon maître, mais vous étiez si occupé ces dernières années par l'écriture de vos Mémoires que j'aurais eu mauvaise grâce à vous importuner.

— Brave Miroul ! Tu es irremplaçable depuis que la faim t'a mené en notre baronnie de Mespech. T'en souviens-tu de cette farce magnifique que tu as jouée en escaladant la tour du castel, aussi agile qu'un lézard sur son mur ?

— Oui-da, et ce fut bien la meilleure chose que j'ai faite dans ma vie que de vouloir dérober une tranche de jambon à la frérèche !

À ce point de la conversation, et misant tout sur le souvenir de notre lointaine jeunesse qui le laissait tout atendrézi, je tentai d'avancer dans ma requête avec le ferme espoir de la faire aboutir.

— Le curé n'a pas votre talent pour conter les histoires, mais il m'en a donné l'envie, et j'aimerais user de votre médecine de l'âme pour égayer ces vieux jours qui sont les nôtres.

— Que me donnes-tu à entendre, Miroul ? fit Siorac, perplexe.

Avalant ma salive, et sur un ton précipiteux, je me lançai à la hussarde :

— J'ai idée de rédiger mes Mémoires comme vous avez écrit les vôtres.

Pierre de Siorac me regarda, béant, pendant un temps qui me parut si long que je baissai les yeux. À la parfin, il finit par articuler d'une manière qui ne me plut guère :

— Toi ?

Et il répéta sur le même ton :

— Toi, Miroul ? Toi, tu veux écrire tes Mémoires ?

Piqué au vif par ce que ces paroles laissaient à penser, je m'accoisai, assez blessé en mon for intérieur et bien marri de son opinion. Pourtant, je dois avouer que c'est aussi une qualité de mon maître de ne pas faire la chattemite et de toujours me causer avec franchise mais, en ce prédicament, j'accusai le coup et me sentis tout dépité. Il s'en aperçut, le regretta sans doute, ce qui est bien conforme à son caractère plus tourmenté qu'on ne le croit, et chercha à adoucir l'effet de son propos.

— Voyons, Miroul, tes Mémoires sont un peu les miens. Que voudrais-tu donc ajouter qui n'aurait jà été rapporté ?

— À votre côtel, certes, et grâce à vous, j'ai vu tous ces hauts faits d'armes que vous avez contés. Mais j'ai vécu mon lot d'aventures également, ne me trouvant pas ligoté à vous comme un siamois.

À cette réponse qui n'eut pas l'heur de lui plaire, Siorac sourcilla, me jeta un bref regard que je fis semblant d'ignorer, et reprit :

— Cependant, pour l'essentiel, et pour ce qui intéresse le lecteur, les faits sont maintenant connus…

— Ils peuvent être racontés deux fois.

Je sentis qu'il se cabrait de nouveau et que ma réponse le laissait encoléré.

— Veux-tu dire que j'ai travesti la réalité, menti au lecteur, et que mon récit n'est qu'un long tissu de vanteries gasconnes ?

— Nenni, Moussu Pierre, loin de moi une telle pensée ! Et bien au rebours, j'attesterai de leur exactitude et de leur précision.

Pour habile que fût cette réponse, elle ne me donna aucun avantage car mon maître, en levant les bras au ciel comme pour le prendre à témoin, répondit avant même que j'eusse fermé la bouche :

— Eh bien, à quoi cela sert-il dans ce cas ? Le lecteur n'a nul besoin d'un autre récit qui confirme le mien ! Quel ennui pour lui d'emprunter une seconde fois le même chemin !

— Le même chemin, certes, mais un autre paysage.

— Voilà que tu recommences ! s'emporta-t-il. Si tu sous-entends encore que mes Mémoires ne sont que piperies et mensonges, coquin, il t'en cuira !

Et s'accoisant tout soudain, mon maître fit quelques tours et détours dans la bibliothèque, la joue écarlate, la main tremblante et l'œil assassin.

— Pardonnez ma maladresse, Moussu Pierre, mais vous vous méprenez, je ne sous-entends rien, et suis mieux placé que quiconque pour connaître la justesse de vos Mémoires.

Il n'en fut pas calmé pour autant, poursuivant ses tours et détours furieux, si bien que je commençais à désespérer de l'issue de mon entreprise. Mais on a bien raison de dire que c'est au pied du mur, quand tout paraît perdu, qu'on trouve parfois les ressources ou l'inspiration dont on a besoin.

— Monsieur mon maître, repris-je avec déférence, je suis tout quinaud de vous voir tant escalabrous contre moi. Je me suis mal exprimé : le même paysage, voulais-je dire, le même paysage mais d'un autre point de vue.

— Alors, ce n'est pas la même route, dit-il sur un ton définitif.

— Ne peut-on sur un même visage voir deux yeux différents ?

Là, je touchai ma cible car, du bout des lèvres et tentant de le dissimuler, je le vis sourire. Le lecteur, en effet, se ramentoit certainement que j'ai les yeux vairons, l'un bleu, l'autre marron, ce qui donne à mon visage un aspect singulier comme si j'appartenais à deux mondes différents. Du reste, pour dire le vrai, c'est un peu le cas, étant tout à la fois issu de la glèbe et lié au sort des Siorac depuis mes plus vertes années.

— Par ma foi, le drôle ne manque pas de répondant ! s'exclama mon maître, mais il resta cependant fermé comme une huître et n'ajouta rien.

Fouillant dans la poche de mon haut-de-chausses, je sortis une pièce de monnaie et, la tenant verticalement entre le pouce et l'index, je la levai à la hauteur de mes yeux. Comme, faisant cela, je n'avais mie prononcé une seule parole et que la scène se prolongeait, mon maître lâcha entre ses dents :

— Non content de fréquenter les curés, il s'adonne aussi à la magie noire, tel le sieur Nostradamus lui-même.

— Mon maître, dis-je sans rien rétorquer à cette saillie, voyez-vous bien l'avers de ce denier ?

— Je le vois.

Lors je fis pivoter la pièce de monnaie entre mes doigts et lui présentai l'autre face.

— Et maintenant, en voyez-vous le revers ?

— Je le vois également.

— L'avers et le revers sont-ils identiques ?

— Point du tout, et ils sont même fort différents.

— Pourtant, l'avers et le revers ne sont-ils pas les deux visages d'une seule et même pièce ?

À cela, mon maître s'esbouffa tout à plein et s'écria :

— Ma parole, tu es malin comme un singe, Miroul !

Le voyant rire, je crus la partie gagnée car le rire fait tomber la tension et les mauvais pensements aussi sûrement que l'ivresse fait oublier les peines. Las, je me trompais fort comme la suite me le montra bien. Mon maître parut réfléchir un instant puis, saisissant la pièce de monnaie et la faisant sauter dans la paume, il s'écria :

— Il faudra s'en ramentevoir de cette fable de l'avers et du revers ! Et si tu veux savoir ce que j'en pense, je vais t'en dire ma ratelée !

Sur ce, me rendant la pièce, laquelle retourna incontinent au fond de ma poche, Siorac traversa la bibliothèque à grands pas, et se planta devant les innombrables reliures de cuir, le doigt levé, parcourant des yeux les rayonnages à la recherche d'un ouvrage. Avec une exclamation de victoire, il tira un livre qu'il ouvrit aussitôt et tournant les feuilles rapidement, il s'immobilisa devant une page qu'il relut d'abord en silence.

— Voilà, voilà, c'est ici… murmura-t-il.

Il leva ensuite vers moi ses yeux bleus triomphants et me fit signe de l'ouïr avec attention, ce qui était bien inutile vu que je me tenais coi, tourné vers lui et ne perdant miette de ses faits et gestes.

— Connais-tu Michel de Montaigne, l'un des plus grands esprits de notre temps ?

Je m'inclinai et continuai à me taire.

— Écoute ceci, mon Miroul, poursuivit-il en posant son index sur les lignes, c'est un discours sur la vérité et, là, je lis : *Le revers de la vérité a cent mille figures* !

— Vous vous gaussez de moi ? hasardai-je.

— Non pas, Miroul ! Tu touches là exactement le fond de ma pensée.

Et ce qu'elle signifiait, hélas, je ne le comprenais que trop ! La vérité était une et indivisible, elle ne pouvait présenter deux visages, alors que, bien au rebours, le revers de la vérité, c'est-à-dire le mensonge, pouvait prendre mille formes comme il y a mille façons de tromper.

— La vérité n'a pas de revers, mon brave Miroul, ajouta-t-il comme pour enfoncer plus avant la lame dans la plaie béante qu'il avait ouverte.

Je fus long à reprendre mes esprits et il est constant de dire qu'au fond du trou on ne voit plus l'issue. Le temps nous poigna car Pierre de Siorac n'était pas sans considérer avec tristesse le puits où il m'avait jeté, et je tiens à affirmer haut et fort, pour non pas donner de lui une trop mauvaise opinion, que c'est l'auteur des fameux Mémoires, et non l'homme, qui venait à l'instant de s'exprimer.

— Et comme médecin, que me conseillez-vous ? réussis-je à articuler avec difficulté.

Il y avait là une certaine perfidie et duplicité à en appeler au disciple d'Hippocrate, lequel ne pouvait soutenir un point de vue identique à celui, définitif et cruel, que je venais d'entendre. Mon maître se passa la main sur le visage, le front soucieux, la face rembrunie, sentant déjà en lui le vilain poison que, dans ma détresse, j'avais coulé dans ses veines.

— Va, j'y vais songer, lâcha-t-il à voix presque basse.

Et d'un geste de la main, il me donna congé.

Je ne saurais dire qui, de lui ou de moi, souffrit le plus en ce prédicament. Quand je regagnai mon logement, je jetai un regard abattu sur l'écritoire et le pupitre où se trouvaient, en un petit tas bien rangé, les dernières pages de mes sottes illusions. Il s'en fallut de peu que je ne les déchirasse en mille morceaux et c'est, je crois, un ultime respect pour le labeur accompli qui m'empêcha de me livrer à cette extrémité. Cependant, je n'y touchai plus et comme mon maître, dans les semaines qui suivirent notre entrevue, oncques n'y fit aucune allusion, l'encre sécha dans l'encrier, et les pages s'enroulèrent sur elles-mêmes, tels de vieux parchemins.

Je perdis tout soudain appétit à la vie et devins aussi irritable qu'un pleure-pain ou un chiche-face. Tournant en rond comme lion en cage, du matin au soir, mâchonnant à l'infini de sombres pensées, saluant à peine ma femme, et jasant mollement avec mes propres enfants lorsque ceux-ci me rendaient visite, je me sentais atteint d'un mal étrange qui m'était jusqu'alors tout à plein déconnu. Et j'envisageai froidement, c'est dire au lecteur en quel tourment cette histoire m'avait plongé, que le Seigneur dans sa grande bénignité puisse me rappeler à lui, sans que cette triste perspective ne m'émeuve outre mesure.

Quant à mon maître, lui d'ordinaire si fringant et si loquace, il sortait peu ou mie, faisant également du renfrogné, l'air fort malengroin et répondant à rebelute dès qu'on lui adressait la parole.

Nous allions ainsi comme deux inconnus dans la même demeure quand je le vis un jour sortir sur le perron, et m'ayant envisagé un court instant, se diriger vers moi d'un pas vif et gaillard.

— Miroul, me dit-il, tu n'as pas l'air bien allant.

— C'est la saison, Moussu Pierre. Quand les feuilles tombent des arbres, je me sens loche et marmiteux.

Il marqua un temps, soupira comme s'il se trouvait face à un enfant capricieux, et s'écria sur le ton le plus alerte et le plus joyeux :

— Eh bien, coquefredouille, que n'uses-tu de cette médecine de l'âme dont tu m'as parlé l'autre jour !

Je reçus cette franche et bonne parole au cœur et mes yeux, aussitôt, s'embuèrent de larmes.

— Si c'est là votre potion, répondis-je, je la boirai jusqu'à la lie !

Et je lui aurais volontiers sauté au cou, lui baillant une forte brassée, s'il n'avait tout aussitôt tourné les talons et ne s'en était reparti du même pas vigoureux, non sans avoir lancé par-dessus son épaule :

— Montaigne se trompe, mon vieux Miroul ! Dans la vérité, il y a l'avers et le revers !

Et ce qui l'avait fait changer dans son opinion à mon égard, je ne puis le dire avec certitude, sinon que mon maître n'est pas de ces pisse-froid qui pensent tout savoir sur tout, ne varient sur rien, et n'écoutent que leur propre raisonnement.

De mon côtel, je me sentis de suite tout à plein rebiscoulé, si bien que je laissai en plan le labeur du moment, courus jusque chez moi, et entrepris incontinent de nettoyer l'encrier asséché ainsi que la plume qui gisait inerte sur le rebord de l'écritoire.

*

* *

Je suis né quelques courtes années avant l'an 1550, au mois de juillet. Que le lecteur qui s'étonnerait que je connaisse le mois, et non l'année, considère qu'à la campagne il en va différemment de la ville. Ma mère eut treize enfants, dont sept moururent à la naissance ou dans leurs langes, et mon père ne se souciait guère d'état civil. Aussi loin que ma pauvre maman pouvait se le ramentevoir quand je lui posais la question, j'étais présent à la grande fête organisée à Vergt, la bourgade voisine, pour célébrer la moitié du siècle, et si j'y étais encore fort petit, elle soutenait que je trottais déjà. Quant au mois de juillet, elle se rappelait sans doutance aucune que les derniers jours de sa grossesse coïncidèrent avec la période des foins et que la chaleur, cette année-là, l'avait fort incommodée lorsqu'elle guidait les deux ânes qui tiraient la lourde charrette.

De ce fait, pour trois ou quatre ans sans doute, je suis l'aîné de Pierre de Siorac, lequel est né le 28 mars 1551, ainsi qu'il l'a consigné dans ses Mémoires avec une remarquable précision. Et s'il est né à Mespech, petit castel fortifié non loin de Sarlat, j'ai vu le jour dans un hameau si petit que je doute qu'il se trouve sur aucune carte, et qui s'appelle La Vidogne, non loin de Vergt, comme je l'ai indiqué plus haut.

Il est constant que notre foyer manquait de pécune, mais nous n'avons jamais connu la vraie misère, celle où l'on voit les siens mourir de faim et enterrés à la hâte, sort cruel de certaines familles quand sévissaient les plus rudes disettes. Ceci, je l'ai vu, et croyez-moi, c'est un triste spectacle à contempler que de distinguer, dans le silence froid et la brume de l'hiver, un maigrelet cortège où un corps, jeté sur un chariot tiré à bras d'hommes, se balance macabrement au gré des cahots de la route.

Personne, chez nous, n'était désoccupé. Mes parents possédaient par héritage une petite ferme et quelques lopins de terre qu'ils retournaient et travaillaient avec courage, aidés en cela par la fratrie rassemblée, chaque enfant se mettant au labeur du labour dès que l'âge le lui permettait. Nous possédions en propre deux ânes, ainsi qu'un courtaud, et ce vaillant petit cheval que j'aimais prou rendait d'incommensurables services dans les travaux des champs. À ceci s'ajoutaient une vache, un véritable trésor en ces temps difficiles, quelques chèvres, des lapins et une multitude de poules et de poulets. Bref, malgré les bouches à nourrir, mais elles se contentaient de peu et nous n'étions pas bien gros, nous avions de quoi tenir si le mauvais temps s'en venait à gâter les récoltes.

J'étais le plus jeune des enfants, du moins des survivants, car je n'affirmerais pas que ma mère n'ait pas enduré une ou deux grossesses supplémentaires après ma naissance. Il était – et il est toujours – monnaie courante que de perdre un enfant à l'accouchement et nul ne songeait à s'y attrister, mais lorsque la mère aussi était rappelée à Dieu avec le petit ange, les familles souffraient d'un irréfragable pâtiment. De cela, nous étions bien conscients et mon père nous demandait de remercier prou et avec humilité le Tout-Puissant de nous avoir en sa sainte garde. Hélas, comme je le dirai plus loin, cette protection ne dura pas et cessa de la plus cruelle des manières.

Mes trois frères et mes deux sœurs étaient déjà en âge de travailler quand je naquis, c'est-à-dire que le plus jeune d'entre eux, mon frère Colin, avait passé ses sept ans. À la ferme, un pitchoune est un embarras, un tourment inutile, et les grands-parents qui souvent surveillent la marmaille quand les autres sont aux champs faisaient céans défaut. La raison en était que ces derniers vivaient avec d'autres de leurs enfants dans des hameaux qui, s'ils étaient assez proches, étaient séparés cependant de notre logis par quelques heures de marche. Si bien que ma mère, qui n'avait guère loisir à pouponner votre jeune serviteur, dut trouver astucieux remède à cette malfortune.

En sus des bêtes dont j'ai parlé plus haut, notre ferme comptait des chiens qui pullulaient à loisir et se reproduisaient librement. Ceux-ci avaient fonction d'aboyer furieusement pour effrayer le maraudeur et je dois dire qu'ils ne s'en privaient point, la hurlade continue de ces cerbères couvrant souvent nos clabauderies, ce qui forçait parfois mon père à donner du fouet et de la voix pour leur geler le bec.

Jugeant que ces immutables compagnons avaient une haute idée de leur rôlet et ayant toute fiance dans leur bénignité, ma mère n'hésita pas un instant, quand elle fut remise de ses couches et dut s'en retourner trimer aux champs, à me déposer au milieu d'eux, me laissant comme chiot au milieu de la meute.

Et ce qui se passa, je ne puis le raconter bien sûr, n'en ayant conservé aucune souvenance. Mais on me retrouva couché et endormi, allongé de tout mon long contre le flanc d'une chienne qui me léchait consciencieusement la face et bavait avec amour sur mon maillot. Elle ne fut pas la seule à me témoigner la plus pure affection ; tous nos chiens, grands et petits, doux ou susceptibles, me considérèrent incontinent comme un des leurs et, certainement, avant même que de savoir parler, j'appris d'eux un langage de bête qui me fut très utile en moult occasions.

Et cette proximité fut si forte que lorsqu'une autre chienne, quelques semaines plus tard, mit bas quatre chiots, on me vit au milieu d'eux téter furieusement la pauvre mère, écartant de mes menottes malhabiles mes infortunés concurrents. Toute notre famille s'esbouffa si fort à l'occasion que l'histoire fit le tour du hameau et fut connue de tous. De ce jour fameux, je gagnai le sobriquet de « chiot-pitchoune », surnom qui me resta jusqu'aux terribles événements que je vais conter tantôt.

Ainsi, dans les trois à quatre premières années de mon existence, je fus mi-homme mi-chien, jappant plus que je ne parlais, et filant les haies et les taillis en compagnie de mes compères à quatre pattes. Je poussais au vent comme une herbe folle et, je dois bien l'avouer, oncques n'ai connu plus grande liberté de toute ma vie, à telle enseigne que le pensement me poigne à cette évocation.

Je courus bientôt sous les arbres et n'eus de cesse de grimper dedans, au grand désespoir de mes chiens-compagnons qui s'assemblaient tout autour, posaient leurs deux pattes avant sur le tronc en pleurant, et soudain furieux de me voir inaccessible, aboyaient comme des forcenés, la gueule levée dans ma direction. Mais je n'en avais cure et, glissant de branche en branche avec une agilité et une facilité chaque jour plus merveilleuses, je me hissais jusqu'à la cime, ne renonçant à poursuivre que lorsque celle-ci ployait trop dangereusement sous mon poids.

Plus tard, à l'orée de mes huit ans, je me confectionnai un grappin attaché au bout d'une corde et je corsai l'exercice en le balançant dans l'arbre, puis m'étant assuré de la prise, je grimpais comme un singe, les mains tirant la corde, les pieds bien plaqués contre le tronc. Quand la corde s'écartait trop du tronc car le grappin s'était accroché à une branche latérale, je montais à l'aide de la corde seule, à une vitesse étonnante, étant à la fois léger, nerveux et le vertige m'étant tout à plein déconnu. Parvenu à la branche, je la saisissais des deux mains, et d'un coup de reins énergique, effectuais une prompte rotation du corps pour me rétablir, puis me mettais à courir sur elle au risque de me rompre le col. Je devins à ce jeu plus habile que quiconque et nul de mes frères n'aurait songé à me suivre dans de pareils périls quand, à la saison des noix, je grimpais à des hauteurs vertigineuses pour remplir le panier.

Dès qu'on me jugea apte à le faire, je fus intégré au reste de la fratrie et, quittant à regret mes chiens-compagnons, je découvris la dureté du labeur de la ferme. Mes parents, acquis à la religion réformée, avaient une haute idée de l'effort et du travail et, sévères sur ce point, ne manquaient pas de nous en inculquer les principes salvateurs. Mais j'avais l'énergie nécessaire, ne rechignant pas à la besogne, ce qui était aussi le lot de mes frères et sœurs, si bien que le labour, le tirage de l'eau et le ramassage du bois, la cuisson du pain, les façons du potager, la récolte des noix et des châtaignes et tous ces innombrables travaux s'accomplissaient journellement dans une belle union fraternelle.

*
* *

Hélas, lecteur, vous savez tout aussi bien que moi que l'existence ne peut couler toujours dans le bonheur et qu'à notre grand dam la malfortune s'y invite souvent. Celle-ci frappa une première fois alors que je devais avoir environ onze ans, au mois d'octobre.

Elle vint traîtreusement par nos chiens dont nous ne nous gardions guère, moi le premier qui voyais en eux une protection incomparable contre tous les dangers extérieurs. Et nous ne prêtâmes aucune attention à ce qui aurait dû nous alerter, une agitation inhabituelle dans la petite meute, des hurlades sauvages, une agressivité soudaine où les crocs se découvrent sans raison apparente. Ce qui se produisait nous ne le comprîmes que trop tard, et à nos dépens, tant il est vrai qu'il est presque impossible de se méfier de ceux qu'on aime et en qui on a toute fiance. Le mal qui rongeait notre meute se propagea et s'amplifia jusqu'au jour fatal où Colin, qui s'amusait à leur lancer au loin un bâton, se fit mordre à la main. Ce n'était rien qu'une simple morsure, de celles qu'on regarde étonné mais sans y accorder d'importance, et Colin, plongeant sa main dans un seau d'eau pour y laver le sang, riait de bon cœur de cette petite affaire.

Je le revois encore dans sa pleine innocence, montrant la bénigne blessure à nous autres accourus, et s'écriant :

— C'est celui-là qui m'a croqué ! S'il recommence, je lui donnerai du bâton sur le nez !

Et tous de regarder le coupable, un petit chien noiraud, qui se tenait à l'écart, l'œil humide et la démarche chancelante, ce que nous prîmes pour la marque évidente du remords qui devait le tarauder.

On oublia l'événement, tandis que nos chiens devenaient de plus en plus incontrôlables, nerveux, agités, presque méchants et que certains titubaient parfois dans la cour. À près de trois semaines de là, alors que je revenais d'une maraude en compagnie de Colin, celui-ci s'arrêta tout soudain, me jeta un regard hagard, et s'assit sur le talus.

— Qu'as-tu, mon Colin ? lui demandai-je.

Il avait du mal à parler, suant à grosses gouttes, les mains tremblantes, la pupille dilatée.

— Je me sens partir... répondit-il d'une voix si faible que je pris peur, courus à la ferme alerter mon père, lequel revint incontinent, et basculant notre pauvre Colin sur le dos, le ramena à la maison.

La soudaineté du mal plongea la maison dans une grande affliction. On le coucha et ma mère prépara aussitôt des décoctions de plantes qu'il eut les plus grandes difficultés à absorber. Son état empirait d'heure en heure, et après une nuit sans sommeil qu'il passa en gémissant, il tomba dans un état de grande confusion, parvenant à peine à nous reconnaître et semblant vivre de véritables hallucinations qui le mettaient dans des frayeurs intenses. Ma mère resta la journée entière à le veiller tandis que le reste de la maisonnée vaquait dans une tristesse de plomb aux travaux quotidiens.

Le surlendemain, Colin montra des signes de folie qui nous laissèrent désemparés. Quand ma mère s'approchait pour lui donner à boire, il regardait le liquide avec terreur, le repoussant violemment des deux mains comme s'il s'agissait d'un poison. Mais le pire était ses yeux fiévreux, constamment embués de larmes, et la salive qui lui sortait des lèvres, coulant sur le menton de la plus horrible des manières.

Il mourut au cours de la nuit suivante devant nous tous réunis. Mes parents avaient décidé de brûler des chandelles – chose rare car celles-ci coûtaient extrêmement cher – afin d'attirer sur nous la clémence du Seigneur, mais il n'y fit rien, et la mort surprit mon pauvre frère au milieu d'un râle alors que mon père et ma mère, agenouillés au pied du lit, priaient avec ferveur. Quand mon père se releva, alerté par les derniers gémissements, et qu'il se pencha sur lui, je vis pour la première fois de ma vie – et la dernière – de grosses larmes rouler sur sa joue. Il se tourna vers nous, et ne cherchant nullement à dissimuler son émotion, il dit d'une voix brisée par le chagrin :

— C'est fini. Il est mort.

Et comme ma mère sanglotait au pied du lit, il ajouta un peu mécaniquement :

— Dieu l'a rappelé à lui.

Il ne put prononcer d'autres paroles et tomba dans une sorte de prostration, tandis que je regardais, incrédule, le corps inerte de mon frère.

Qui peut comprendre que la vie puisse si soudainement se retirer, elle qui charrie tant de force, surtout dans la pleine jeunesse ? Est-ce vraiment la volonté de Dieu qui s'exprime en ces moments-là ? J'espère que le lecteur me pardonnera cette dernière pensée car je me rends compte, après l'avoir relue et alors que l'encre n'en est pas même séchée, qu'il n'y a pas loin au blasphème à poursuivre en ce sens. Pourtant, j'ai pensé à l'époque – et je pense toujours maintenant – que rien n'explique cette disparition et elle reste pour moi, qui certes ne suis pas théologien et bien ignorant en ces matières, totalement inconcevable et incompréhensible. « Qu'est devenu mon frère Colin ? » avais-je envie de hurler dans l'obscurité et le silence glacial de la pièce. Et ce cri que, finalement, je rentrai au fond de la gorge, j'ai toujours envie de le hurler, même après tant d'années, dès que la faucheuse accomplit son horrible besogne.

Le lendemain, mon père était assis à la grande table de la cuisine, les cernes creusés, le teint livide, la mine ravagée, et la famille se serrait autour de lui, ma mère ne pouvant retenir ses larmes, mes frères, mes sœurs et moi, tous abattus par la même affliction. Personne ne pipait mot mais la même absence nous écrasait tous et la voix de mon père s'éleva soudain dans le silence.

— Ce sont les chiens, dit-il.

On releva la tête et comme nous ne comprenions pas ce qu'il voulait signifier, il leva un bras impuissant qui retomba aussitôt sur la table.

— Ils ont le mal de rage.

Et ce que mon père ressentait, je ne le compris que beaucoup plus tard. Lui seul savait ce qu'était ce mal de rage et lui seul aurait pu intervenir avant que notre frère Colin soit mordu par l'une de nos bêtes. Mon pauvre père, quand je te revois ainsi, la tête droite, la main légèrement tremblante, exsangue, si faible, j'ai grandement pitié de vous et de votre remords.

Il se leva tout de gob et se précipita au-dehors tandis que, paralysés par je ne sais quel sombre pressentiment, nous restions assis sans même bouger ni oser nous regarder. Et des hurlements affreux nous parvinrent de la cour, jappements et glapissements atroces, grognements farouches et, surmontant cette mêlée, des cris de folie que nous reconnûmes comme étant ceux de notre père.

Nous nous levâmes lentement et, gagnant le seuil de la maisonnée, nous découvrîmes un affreux carnage, des cadavres de chiens jonchant le sol, éparpillés au hasard, et mon père, tel un possédé, poursuivant les survivants et les éventrant de la plus horrible des manières à grands coups de fourche. Il les massacra tous, pas un n'en réchappa, et l'effet que cette tuerie fit sur mon esprit, je vous le laisse deviner, moi qui avais été élevé au milieu de ces braves bêtes, les aimant et les respectant presque autant que ma famille. De chiens, nous n'en eûmes jamais plus, et je me suis longtemps demandé, alors que je me mêlais à eux tous les jours, pourquoi le sort avait choisi mon pauvre frère Colin qui les fréquentait peu, et non moi.

On habilla Colin de ses plus beaux habits et l'enveloppant d'un linceul immaculé, nous le déposâmes au fond de la charrette que notre courtaud tira jusqu'à Vergt. Ce fut un bien pénible cortège, mon père et ma mère en tête, nous ensuite, suivis par le hameau tout entier, ce qui ne faisait pas grand monde, vu que celui-ci ne comptait que trois familles.

Comme bien on pense, la vie reprit son cours après ce triste événement, mais la trace funeste en resta imprégnée des mois dans nos mémoires et ne put jamais s'effacer tout à plein.

*

* *

À ce stade de mon récit, il me faut faire une pause – aussi brève que possible – car le banal chemin que je suivais devait croiser la route tumultueuse de l'Histoire de France, laquelle allait emporter dans ses folies nombre de drôles de mon espèce. Je n'avais bien sûr à l'époque aucunement conscience de ce qui se jouait à l'échelle du royaume et si j'en touche un mot céans, c'est pour ramentevoir au lecteur des temps difficiles, qu'il a peut-être oubliés depuis la signature de l'édit de pacification[1] voulu par notre bon roi Henri IV en 1598.

1. Édit de Nantes.

À l'époque de mon enfance, nous autres huguenots, adeptes de la religion réformée de Calvin et de Luther, n'avions aucunement la liberté d'exercer notre culte, les persécutions par les catholiques étaient monnaie courante, et on brûlait les hérétiques sous le règne du roi Henri II, et ceci jusqu'à sa mort en 1559. J'en appelle à l'indulgence des catholiques qui liraient ces lignes et qui s'en trouveraient mortifiés, car mon but n'est pas de forcer le trait que l'on peut faire de cette période troublée, ni de noircir un camp pour mieux dédouaner l'autre, et je ne tairai pas, le moment venu, les atrocités que les religionnaires ont également commises.

Le royaume bascula dans la guerre civile en 1562 à la suite de la meurtrerie de Wassy où une quarantaine de huguenots furent massacrés par les hommes du duc de Guise, prétendant à la couronne et fer de lance du parti papiste. Pour laver l'affront, les protestants emmenés par le prince Louis de Condé prirent les armes et lancèrent plusieurs offensives victorieuses sur les villes de Lyon, Orléans, Poitiers et Rouen, en dépit des ultimes efforts déployés par Catherine de Médicis – mère du jeune roi Charles IX – pour ramener la paix.

En notre lointaine province du Périgord, nous n'apprenions les événements que longtemps après qu'ils se furent produits. Ce n'est que lorsque le tumulte et les tueries étaient à leur porte que les gens des campagnes se rendaient compte, parfois à leurs dépens, que la guerre se poursuivait. Et elle frappa à notre porte puisque c'est à Vergt, non loin de chez nous, que l'une des armées protestantes conduite par Duras fut mise à vauderoute par le catholique Montluc le 9 octobre 1562.

Et cette date exacte, que je n'ai apprise que beaucoup plus tard, me fait accroire que mon maître s'embrouille quand il date dans ses Mémoires mon arrivée à la baronnie de Mespech au 29 août 1563. Il ne se peut que ce soit si tard, car les événements qui m'ont forcé à quitter mon lieu de naissance sont liés assez à cette bataille de Vergt pour que, sur ce point, j'ose le contredire. De cette affirmation, je peux apporter mille matières comme je le ferai plus loin.

Cette bataille de Vergt fut un vrai massacre où pour le moins un bon millier de huguenots furent proprement occis, non seulement sur le champ de bataille, mais aussi dans les bois alentour, car le goût du sang gagnant les campagnes, les survivants furent poursuivis sans pitié par les gueux, transpercés par les piques et les fourches, et parfois démembrés à coups de faux. Ces troubles sanglants se prolongèrent plusieurs jours car il est dur de ramener le populaire dans ses logis quand il se livre à la boucherie, d'autant plus qu'au sang s'ajoute la picorée – même sur les cadavres –, laquelle rapporte prou à ces pauvres hères qui sont tant démunis de tout.

Ce jour-là, je m'en revenais seul de la cueillette des châtaignes, le panier chargé de bogues, et le soleil déclinait vite à l'horizon, effleurant à l'oblique les frondaisons des grands arbres. C'était un moment d'une grande douceur comme on peut en connaître le soir sur la Dordogne. Une fois parvenu, je me rendis incontinent à la grange pour poser mon butin et m'occuper de traire notre bonne vache, tâche dont je m'acquittais chaque soir.

J'en étais là de ma besogne, assis sur le petit tabouret et pressant machinalement les pis tour à tour, ce qui ne manque pas de volupté, absorbé tant par mon travail que par des pensements amoureux au sujet d'une bonne garce d'un hameau voisin que j'avais de très près connue peu de jours auparavant. La chose était nouvelle pour moi et j'avais soudainement remplacé la grimpe aux arbres par d'autres assauts moins périlleux et plus apazimants.

Le tumulte s'abattit si soudainement sur la ferme que j'en restai interdit, les doigts gelés sur les pis, à tel point que la vache étonnée tourna vers moi son cou puissant comme pour vérifier que j'étais toujours céans. Les hurlements se mêlèrent tous ensemble en une affreuse union, cris de panique et de souffrance d'un côtel, cris de haine et de joies malsaines de l'autre. Je ne saurais dire combien de temps je suis resté ainsi, cloué à mon siège comme une statue, le cerveau gourd refusant d'admettre ce qui se passait au-dehors.

Puis d'un bond, je me levai, courus jusqu'à la porte de la ferme, laquelle était juste entrouverte, et jetant un œil dans la cour je fus saisi d'horreur. Mon père et mes deux frères gisaient à terre dans de larges flaques de sang, et une vingtaine de gueux, brandissant piques et barres de fer, tournaient autour en une horrible danse macabre et riaient à gorge déployée de leur affreux forfait. Comme l'un de mes frères râlait encore et s'entortillait de douleur sur lui-même, l'un des massacreurs déboutonna son haut-de-chausses, pissa roide dessus tout en l'injuriant, puis lui enfonça la pique dans le cœur avec une telle force qu'il eut du mal à la retirer, celle-ci s'étant enfoncée par en dessous dans le sol rocailleux de la cour.

Ma main se porta d'instinct au manche de mon couteau, mais je sentis alors mon corps se refuser tout à plat, les jambes pliant sous le buste, des tremblements agitant les bras, et les yeux se brouillant dans les larmes. Ainsi paralysé, je pensais à ma mère et à mes sœurs que je ne voyais point et alors que, contre toute évidence, j'imaginais qu'elles avaient pu échapper au massacre, j'aperçus quatre autres de ces assassins sortir de la maison en traînant par les cheveux mes sœurs épouvantées et les jeter sauvagement au milieu de la cour. Et que ma mère n'apparaissait toujours pas, je n'en comprenais que trop la raison, hélas, la mère ne présentant pas le même intérêt que les filles en un si déchirant prédicament.

Ils n'eurent pas besoin de se concerter pour décider du sort qu'ils allaient réserver à ces belles garces. Dans des hurlades qui n'avaient plus rien d'humain, abreuvant d'injures obscènes les malheureuses, ils les empoignèrent et se dirigèrent vers la grange, endroit qui leur paraissait sans doute plus propice à la poursuite de leurs crimes. L'odieux cortège se dirigea vers moi, me coupant toute retraite.

Si la paralysie avait continué à me serrer, je ne serais pas aujourd'hui céans pour vous raconter cette tragédie. Mais l'instinct de survie se réveille soudain alors qu'on le croit disparu, et je me mis à reculer précipitamment jusqu'au fond de la grange, escaladai l'imposant tas de foin qui s'y trouvait et m'enfouis en un tournemain au milieu de l'herbe séchée. Mon cœur battait à se rompre, le sang giclait dans mes veines, et mon esprit s'égarait tant mon désespoir était profond.

De décrire ce qu'il advint alors, le cœur me fault et mon âme défaille. J'en demande pardon par avance au lecteur mais point ne le pourrai, et celui qui déjà connut si atroces matières m'absoudra de cette omission. Mes sœurs furent forcées en même temps par tous ces gueux réunis, lesquels se relayèrent comme à la sarabande pour assouvir leur affreux appétit. Seuls trois ou quatre d'entre eux se tinrent à distance de la curée, non pas que leurs âmes fussent moins noires ou que la compassion les gouvernât, mais pour ce que je cuide que leur penchant naturel n'allait pas de ce côtel.

Que le Seigneur, dans sa grande bénignité, permette que ses enfants souffrent un tel martyre est une autre question qui m'obsède et dont je n'aurai mie la réponse avant mon propre trépas. Et peut-il exister plus profonde désespérance que celle vécue par mes sœurs qui subissaient si sauvages forcements, tout en sachant, sans doutance aucune, qu'elles finiraient ensuite sur le carreau, comme leurs mère, père et frères, en amas de chairs inertes, sanglantes et méconnaissables ?

Le calvaire ne cessa que lorsque les gueux eurent tous répandu sur les suppliciées leur abjecte semence, et lors, en un ultime divertissement, ils leur tranchèrent la gorge en s'esbouffant, non sans les avoir traitées au préalable de tireuses de vinaigre, gouges, folieuses et catins de Luther.

— Et maintenant, la picorée ! cria l'un d'eux.

Ils se ruèrent tous au-dehors, se battant presque pour atteindre avant l'autre la maisonnée, qu'ils mirent à sac, montrant combien la religion n'était qu'odieux prétexte à la meurtrerie et au pillage.

Je me laissai glisser au bas du tas de foin et avançai mécaniquement vers les deux corps allongés dans la poussière. Là, je tombai à genoux, les bras en croix, et regardant tour à tour les cadavres dénudés et ensanglantés, je vomis sur le sol si soudainement que je dus attendre quelques minutes avant de retrouver mes esprits. À la parfin, entre les larmes et les hoquets, je suppliai Dieu de les accepter en sa demeure céleste, et me relevant avec difficulté, je titubai jusqu'à l'entrée de la grange afin de savoir ce que je devais faire pour non pas finir céans comme le reste de ma famille.

Hélas, toute fuite était impossible car les gueux sortaient et jetaient dans la cour tout ce qu'ils se proposaient d'emmener, ce qui provoquait de continuelles allées et venues entre la maison et l'extérieur. Et il y avait même fort à craindre que certains ne reviennent bientôt dans la grange pour emporter la vache et faire main basse sur les outils de labour et de cueillette qui s'y trouvaient entassés.

Quand toute retraite est coupée, et à moins de livrer son col aux lames des assassins, il faut en trouver une autre, si bien que je reculai à nouveau dans la grange, tournant mes regards à dextre et à sénestre à la recherche d'une issue. D'issue, il n'y en avait point, mais mes yeux encontrèrent le grappin avec lequel je grimpais aux arbres, posé à même le sol à côté du panier de châtaignes. Je m'en saisis et, avisant la plus haute poutre qui barrait longitudinalement le faîte de la grange, je le lançai de toutes mes forces, à plusieurs reprises, jusqu'à ce qu'il la croche profondément.

Assurant la prise en tirant sur la corde, je la jugeai suffisamment solide pour me hisser jusqu'au sommet et, atteignant la poutre, me jucher dessus dans une position très inconfortable, la hauteur sous toit étant des plus réduites. Dans cet équilibre précaire, je commençai patiemment à déplacer une à une les lauzes, les repoussant sur le côté, afin de ménager une ouverture par laquelle je pourrais me glisser.

L'affaire prit dix bonnes minutes car je devais aussi opérer le plus silencieusement possible pour non pas attirer sur moi l'attention des gueux qui vociféraient toujours dans la cour, mais ceux-ci étaient trop occupés à leur triste besogne et, convaincus d'avoir dépêché toute la maisonnée, ne se souciaient guère de surveiller les alentours. Estimant le trou d'une taille suffisante pour ma maigre corpulence, je passai délicatement à travers pour me retrouver sur le toit, non sans avoir auparavant décroché le grappin, enroulé la corde et fixé l'objet dans mon dos.

La pente était roide assez, et je progressais lentement dans la direction opposée à la cour, côté champ, dans l'intention de dérouler la corde derechef pour glisser sans bruit le long du mur vertical. Parvenu à l'extrémité du toit et alors que je cherchais une prise pour accrocher mon grappin, je dus me rejeter en arrière précipitamment, m'allongeant sur les lauzes, car j'entendis en contrebas un murmure de voix qui se rapprochait. Deux gueux effectuaient le tour de la grange à la recherche d'une rapine, passèrent exactement à l'aplomb de ma cachette, mais ne trouvant rien dans les hautes herbes, pénétrèrent dans la grange où ils eurent aussitôt fort à faire.

Par l'ouverture du toit, j'oyais leurs cris à chaque nouvelle découverte et je m'apensais que le temps pressait si je voulais en réchapper, le trou dans le toit pouvant fort bien attirer l'attention, et l'un de ces assassins se ramentevoir qu'il ne s'y trouvait pas au moment du forcement des garces. Aussi vite que le prédicament le permettait, j'accrochai mon grappin, jetai la corde dans le vide et me laissai couler jusqu'au sol. Ce n'est qu'après plusieurs tentatives infructueuses, la sueur me jaillissant par tous les pores de la peau, que je parvins avec un infini soulagement à décrocher le grappin que je remis incontinent sur mon dos.

Du mur de la grange à la haie du premier champ, il n'y avait pas plus de dix pas que je franchis en courant après avoir respiré une forte brassée d'air pour me donner du courage. Une fois traversé le maigre rideau d'arbustes, je m'étalai de tout mon long, le souffle rapide, et relevant la tête aussitôt, je ne devinai alentour aucun péril, ma course ayant été perdue pour les gueux, lesquels devaient continuer leur méticuleux pillage sans vergogne aucune.

Pour non pas laisser entrevoir ma silhouette seule au milieu du champ, j'entrepris de longer la haie, à marche forcée et plié en deux, et parvenu de cette manière à son extrémité, je passai dans le pré suivant où, me redressant tout à plein, quoique encore tremblant et inquiet, je sus que toute menace était écartée. D'ici, j'aurais pu crier ou hurler à pleins poumons que les gueux ne m'eussent pas même entendu.

Cependant, pris d'une frénésie de m'éloigner au plus vite de cet enfer, je tournai le dos à la ferme et partis à la fuite d'un pas précipité, le cerveau vide, foulant l'herbe à mes pieds affolés, champ après champ dans l'humidité du soir naissant.

*

*　*

C'est ainsi, lecteur, que je quittai à jamais le lieu de mon enfance, sans me retourner et dans l'effroi, le cœur lourd du désespoir le plus noir, des images atroces imprégnées dans mes veines. De ce pâtiment, j'en ai bu le calice jusqu'à la lie, et bien davantage, car à la douleur d'avoir perdu tous les miens en un seul coup de faux, s'ajouta l'amère solitude sur les chemins de l'exil. Que Dieu me pardonne de le dire ainsi, mais peu s'en fallut que je ne perde tout à plein fiance en l'homme et que je ne décide de quitter cette Terre par le moyen le plus expéditif qui soit, retournant contre moi le couteau qui pendait à mon côtel.

De tous les maux dont j'eus à souffrir, c'est la faim qui s'avéra d'emblée le plus exigeant, le plus tenace, le plus insupportable. Seuls ceux qui ont vraiment eu faim dans leur vie me comprendront quand je dirai que toute autre sensation peut s'oublier, hormis celle-là. Même la dure remembrance des siens disparus, qui vous poigne et vous tord le cœur jusqu'à pleurer, peut s'oublier quelques heures, une journée, quelques semaines avec le temps, alors que la faim oncques ne déserte quand elle s'installe dans le corps, nul ne peut la déloger, et triomphante, elle répand son obsession jusqu'à la plus fine matière de notre cerveau.

Pour survivre, il fallut bien que je me fisse un peu larron et que je robe à dextre et à sénestre de quoi croquer, sinon j'aurais fini ma course exsangue, sur le bord de la route, roulant mort dans le fossé sans que quiconque ne s'en aperçoive. Car c'est bien là la pire de nos malfortunes, elle ne concerne que nous-même et ne suscite guère la compassion. Cette leçon, je l'appris vite, et devais m'en ramentevoir ma vie durant.

Tel le rusé goupil, je m'introduisais la nuit à pas feutrés dans quelque poulailler, et fondant tout soudain sur une poule peu méfiante, je la saisissais des deux mains, lui tranchais le col d'un coup de lame et me sauvais au loin aussi vite que possible. Dans cette entreprise ou toute autre du même tonneau, j'étais aidé par un avantage étonnant que je découvris non sans plaisir. Les chiens jamais n'aboyaient contre moi. Dès qu'ils m'entendaient, ils venaient à moi plus curieux que méfiants, me flairaient attentivement pendant que je les flattais de la main, accroupi au milieu d'eux, puis bientôt leurs queues battaient la mesure et c'était à qui parviendrait le premier à me lécher le visage. C'est la marque de mon enfance, du « chiot-pitchoune » que je fus, et que je reste encore maugré les ans et les tourments.

Je vécus une vingtaine de jours de la sorte, ne quittant point les campagnes et m'imposant de larges détours dès qu'un bourg se profilait. Depuis ma fuite, je marchais vers le sud et l'est tout à la fois, prenant la direction du soleil à la pique du jour et le filant, droit devant, jusque sur le coup de la midi où je cherchais cachette pour me dissimuler des fermes proches avant que d'accomplir mon forfait nocturne.

On peut vivre ainsi de rapines isolées mais il est rare que l'on reste solitaire, à moins de le souhaiter farouchement, car des compagnons d'infortune errent aussi sur les routes et les rencontres se produisent, au gré du vent et de la pluie, pour le meilleur ou pour le pire.

Las de la solitude des campagnes, je pénétrai pour la première fois dans un bourg de bonne importance et ce qui me porta à le faire, c'est la cohue que je vis sur le chemin, car c'était jour de marché, un mardi, et les paysans affluaient en troupeau, poussant ou tirant charrettes chargées à plein de légumes et de fruits de la saison. Lors il me sembla que, mêlé ainsi à la foule débonnaire, je pourrais envisager sans péril et furtivement, pour quelques heures seulement, autre chose que l'eau des sources, l'obscurité des grandes frondaisons ou la tête coupée de mes poules chéries. J'entrai ainsi dans Al Bugua[1], ville où je n'étais jamais allé, n'ayant connu auparavant que la cité de Vergt sise non loin de la ferme de ma famille.

Foule il y avait et des bousculades aussi, les badauds se pressant comme une multitude autour des étals qui encombraient les rues. Je passais et repassais ainsi, souvent au même endroit, la ville n'étant pas bien grande et le tour vite bouclé. Une chose me ravit. Avidement, comme un jeune loup affamé, je fixais les garces de mes yeux vairons, dévorant les hanches fines, les poitrines prometteuses, les souples démarches, et j'en étais tout esbaudi de voir tant de jolies libellules en ce lieu.

Hélas, voir le rôt n'est pas manger, et encore moins ne rassasie, bien au rebours, si bien que je finis par me lasser de ces œillades perdues, d'autant que de déambuler dans ce cahot mes pieds furent usés et commencèrent à me porter peine.

Avisant alors un muret à l'écart et qui constituait un petit promontoire duquel on pouvait, à l'arrêt, observer tout à loisir le lent serpentin que constituait la foule, je m'y assis un moment et laissai mon regard divaguer au hasard.

Je ne fus pas longtemps seul. Un homme s'approcha et, aux vêtements qu'il portait, il n'était pas difficile

1. Le Bugue.

de deviner qu'il était aussi léger que moi en pécune, sans logis et aussi désoccupé qu'il est permis aux malheureux de notre pays. D'une bonne taille, maigre à l'excès, la quarantaine fatiguée, il portait une barbe brune, des cheveux courts et hirsutes, mais au-dedans du visage des yeux vifs et tranchants. Il se posa sur le muret, à mes côtés, et m'envisagea un instant sans rien dire.

— Holà, petit drôle ! me dit-il enfin, n'as-tu point de compagnons que je te vois errer dans les ruelles depuis ce matin ?

À ceci, j'hésitais à répondre car je ne savais pas si je devais me méfier mais lui, du geste, m'invitait à causer comme pour signifier qu'il n'y avait pas matière à s'affoler.

— Non, point de compagnons, fis-je un peu roide pour non pas donner trop de prise à la clabauderie que j'espérais encore éviter.

— Ni point de famille, pas vrai ? ajouta-t-il avec une perspicacité qui me déconcerta et qui me poigna aussi tant le rappel de mes récents malheurs était douloureux.

Cette seconde question fut suivie d'un assez long silence qu'il rompit lui-même, en soupirant, comme s'il exprimait ainsi toute la misère du monde.

— Et point de famille…

Le ton était chaleureux, réconfortant même, et visait à créer une complicité de la malfortune dont il me faisait comprendre de la sorte qu'il n'en était pas exempt lui non plus.

— Je m'appelle Peyssou, dit-il au bout d'un moment.

— Miroul, répondis-je aussitôt.

— Eh bien, Miroul, tope là !

Lors, il me tendit une grosse main crasseuse que je serrai incontinent pendant qu'il ajoutait :

— Et si tu ne veux pas causer, c'est ton droit ! Ce n'est pas ce vieux Peyssou qui t'y forcera !

De fait, nous restâmes une pleine minute sans piper mot ni miette, observant la foule qui ondulait devant nous.

— Quel est ton tour ? demanda-t-il soudain.

— Mon tour ?

— Faut bien manger, mon compain, et pour ça quel est ton tour ?

En quelques paroles brèves et assez à rebelute, je lui racontai ma vie dans les bois et les innocentes rapines auxquelles je me livrais pour subsister.

— Vivre dans les bois est chose bonne assez pour ta sécurité, déclara-t-il en se grattant la barbe, mais les culs-terreux sont secs de pécune lors qu'ici on peut faire de bons bargoins pour peu qu'on s'en donne les moyens !

N'envisageant pas de passer mon existence caché au fond des forêts, je dressai une oreille attentive à ces propos.

— Et que faudrait-il faire ?

— D'abord, avoir toute fiance en ce bon Peyssou qui peut t'apprendre prou ! Ensuite, te mettre de son côté ! Je connais Al Bugua comme le revers de ma main, si fait que je sais où la pécune se trouve et comment il faut aller la chercher !

Il me tendit la pogne derechef et je la pris de nouveau un peu à l'étourdie.

— À quelle usance, ce grappin que tu portes sur ton dos ? me demanda-t-il ensuite.

Je fus plus disert dans ma réponse, ne celant rien sur mes dons naturels, mon agilité et ma virtuosité de grimpeur.

— Cela nous servira à l'occasion, conclut-il, et sur ce, il se leva, m'engageant à le suivre, ce que je fis volontiers.

S'arrêtant à un étal, il acheta du lard, du fromage et du pain, ce qu'il fit avec quelques grosses pièces qu'il sortit de sa poche et, au moment de payer, me fit un clin d'œil appuyé, comme pour me montrer qu'il disait vrai et que, la pécune, il savait où la trouver.

Nous quittâmes Al Bugua pour gagner la campagne où il m'affirma que nous serions plus en sécurité pour passer la nuit, les rôdeurs dans le bourg étant vite repérés et pourchassés.

— Mais c'est à Al Bugua que nous ferons fortune ! ajouta-t-il joyeusement tandis que nous nous installions sur un petit tertre d'où nous pouvions envisager le clocher du bourg ainsi que les maisons serrées tout autour.

À ma grande surprise, nous restâmes deux jours au même endroit, pendant lesquels Peyssou se mit en tête de m'apprendre le lancer du couteau, « pratique indispensable pour rester en vie ici-bas », affirma-t-il sur un ton sans réplique. De cette technique, j'en compris promptement les rudiments et si, au début, le manche vint à heurter le tronc sur lequel je m'exerçais, je parvins assez vite, en une matinée tout au plus, à lancer avec adresse, le couteau effectuant en plein vol la rotation nécessaire pour venir se ficher profondément dans l'écorce. Peyssou suivait ces progrès rapides d'un œil satisfait, en hochant du chef, content et de son élève et de son enseignement.

Au bout de deux jours, il partit seul au bourg afin que d'effectuer des repérages, me dit-il, ajoutant qu'il savait jà où nous allions intervenir mais que lui, Peyssou, ne laissait jamais rien au hasard. Quand il revint, en fin d'après-midi, je m'exerçais au lancer du couteau, fasciné par mes propres progrès, devenant capable de saisir mon cotel en un éclair puis dans le même mouvement de le lancer à pleine force sur un tronc étroit situé à quelque dix pas de moi. J'en étais ravi et, inlassablement, je corsai la difficulté, choisissant des troncs de plus en plus fins et augmentant la distance du lancer.

— C'est pour ce soir, fit-il sans me regarder et il s'allongea dans l'herbe, sur le dos, les bras ramenés sous la tête, et ferma les yeux sans rien ajouter.

Refroidi dans mon ardeur par tant de mystère, je cessai mes exercices, m'allongeai également, et comme le soir tombait et que j'avais joué du cotel toute la journée, je ne tardai pas à m'ensommeiller.

Sur le coup de la minuit, une forte main me secoua l'épaule et, d'un geste bref mais impérieux, Peyssou me fit signe de me lever et de ramasser toutes mes affaires. Sous une lune pâle et incertaine, nous descendîmes jusqu'au bourg, et pénétrant par la porte principale, laquelle n'était mie gardée, nous prîmes la direction de l'église. Soudain, il me stoppa par le bras et me dit en un souffle comme s'il devenait urgent de me mettre enfin dans la confidence :

— C'est un vieux bourgeois… sa femme est morte l'an passé… ses deux servantes rentrent dans leur famille chaque soir… et dort seul la nuit. De la pécune, il en tombe de ses poches tant il en a… et il la cache, chez lui, dans une armoire…

— Comment le sais-tu ? demandai-je à voix basse.

— Je le sais, n'est-ce pas suffisant ? répondit-il en se redressant et en m'adressant un sourire entendu. Et c'est une algarde sans péril car le vieil est sourd comme barrique !

Dans une ruelle non loin de l'église, il me désigna une façade sombre, maison de bourg comme toute autre pareille, mitoyenne de ses consœurs, mais dont l'accès n'était permis que par une solide porte d'entrée, laquelle était fermée à triple tour comme bien on pense. Comme, du menton, je désignais à Peyssou les larges ferronneries, il me tira par la manche jusqu'à une venelle si étroite que deux hommes ne pouvaient l'emprunter de face. Elle longeait d'abord la maison, par le côté, puis ensuite un mur qui limitait un jardinet attenant au logis. En silence, Peyssou se hissa sur le mur et se laissa glisser de l'autre côtel. Je fis de même, non sans que le cœur ne me serrât de ce que je faisais, car c'est certes une larronnerie que de s'introduire dans un poulailler de ferme, mais c'en est une tout autre que de pénétrer dans la maison d'un bourgeois.

La façade arrière était à l'abri des regards, et la porte facile à forcer car d'une épaisseur assez modeste, si bien que le verrou sauta sans grande résistance sous l'action de mon grappin que j'utilisai en levier. L'opération fit certes un peu de bruit mais Peyssou ne sembla guère s'en soucier. À l'intérieur, nous pénétrâmes dans la salle principale dont l'ameublement me fit l'effet d'une grande richesse, et riche ça l'était, comparé à la ferme de mes parents, mais si peu pourtant en comparaison des luxueuses demeures des nobles que j'allais découvrir par la suite.

Peyssou me désigna plusieurs commodes, me faisant signe de les fouiller, tandis que lui s'occuperait des deux gigantesques armoires qui se trouvaient de part et d'autre de la cheminée.

La porte du couloir s'ouvrit soudain et une lueur éclaira la pièce. La foudre tombant sur le carreau n'aurait pas produit chez moi plus grande stupeur. Je me figeai, cherchant des yeux un endroit où me dissimuler mais, hélas, ne trouvant rien au milieu des tables et des fauteuils qui encombraient l'espace.

Un vieillard se trouvait à l'entrée, en chemise de nuit, laquelle flottait autour de son corps d'une maigreur extrême, et il portait haut dans la main le calel, dont la mèche allumée tentait de percer au plus loin l'obscurité de la salle mais qui éclairait surtout son crâne chauve parsemé de larges taches rousses, ses joues creusées et sa bouche en partie édentée.

— Qui êtes-vous ? Que faites-vous céans ? cria-t-il d'une voix assurément plus forte et tonnante que son aspect chétif ne le laissait augurer.

Peyssou marcha droit sur lui, lui arracha d'une main le calel, tandis que de l'autre, je le vis enfoncer son couteau jusqu'à la garde dans le ventre du vieil homme. Sans un cri, pas même un souffle, le vieillard s'écroula aux pieds de Peyssou, désarticulé, les jambes recroquevillées et tordues sous son buste, les bras balancés en avant, dans une position grotesque et improbable, telle une simple poupée de chiffon.

Je fus épouvanté par cette meurtrerie. Peyssou s'en alarma car il me jeta un regard par en dessous et s'écria :

— Eh quoi ! Qu'espérait-il encore de la vie, celui-là ! Dieu a de peu hâté les choses, rien de plus ! Au travail, Miroul, au travail !

Et sans attendre ma réaction, il ouvrit toute grande l'armoire de gauche et commença à faire valser les draps qui s'y trouvaient entassés.

Je ne fus pas long à prendre une décision car ma volonté, pour dire le vrai, n'y fut pas pour grand-chose. Par la porte ouverte, je m'élançai, traversai le jardin, sautai par-dessus le mur et détalai dans les rues jusqu'à en perdre haleine. Puis je courus dans les bois, droit devant, au hasard, pour finalement tomber épuisé face contre terre, pleurant toutes les larmes de mon corps. Je m'endormis, cependant, mais j'eus un sommeil agité où le visage de ce pauvre vieillard me poursuivait sans cesse de quelque côtel que je me tournasse.

Ce que devint l'affreux Peyssou, oncques ne le sus, sinon que je cuide assez qu'il joua un jour le rôlet du pendu à un quelconque gibet, comme souvent les gueux de son espèce.

Que le Seigneur, dans sa grande indulgence, m'ait pardonné cette brève incursion au royaume de truanderie, c'est sans certitude aucune que je le crois, mais le lecteur doit considérer que je n'étais lors qu'un béjaune, tout juste échappé de ma campagne, et de ce fait facile à tromper par le premier venu. Cette leçon, comme d'autres, ne fut pas perdue, mais il m'arrive encore de m'apenser avec horreur à ce que je fusse devenu sans l'enseignement simple et droit prodigué par mes parents qui surent, en leur temps, me donner l'attrait du bon grain et le dégoût de l'ivraie.

Du reste, même du pire on peut tirer profit, et je suis reconnaissant à Peyssou de m'avoir instruit dans le lancer du couteau, redoutable secret dont je n'eus l'usance dans ma vie que pour me défendre mais qui me tira plus d'une fois des mauvais pas où j'allai donner le bec en compagnie de mon maître Pierre de Siorac.

Je dois aussi à cette triste mésaventure la découverte de la richesse, et l'ameublement du bourgeois, juste entrevu en cette folle soirée, me fit toucher du doigt que son monde ne pouvait être le mien et ne le serait jamais, du moins le croyais-je à l'époque. Et la réflexion que je me fis là-dessus, je vous la livre sans rien déguiser ni espérer emporter l'adhésion. Il me sembla que rober un riche était de moindre conséquence que rober un pauvre, ce dernier n'ayant plus rien si on lui enlève le peu qu'il possède lors que le riche a plus de biens en sa demeure que ses deux bras ne pourront jamais en étreindre. Mieux vaut enlever le trop qui dort d'un côtel que l'essentiel qui sert chaque jour de l'autre.

*

* *

À partir de ce jour, je renonçai au poulailler du pauvre paysan pour viser, non pas les demeures bourgeoises des bourgs où la quantité de personnes qui y vivaient ne pouvait qu'accroître les risques de se faire prendre, et pendre, mais les castels isolés dans la campagne, où la surveillance est relâchée en raison des hauts murs qui donnent l'illusion au nobliau d'une protection inviolable.

Le premier que j'aperçus fut le bon et je jetai mon dévolu sur le château de Laussel, lequel s'ensommeillait paisiblement au fond de la vallée des Beunes sans soupçonner qu'un jeune singe rôdait autour de lui.

Avant que d'agir, je l'observai longuement avec une impatience fébrile, envisageant ses tours et sa muraille comme un défi à mon agilité physique. J'agis la nuit, et suivis le parcours que j'avais repéré de loin, franchissant avec mon grappin, étape par étape, les murs d'enceinte les plus faciles à atteindre. Une fois dans la place, les chiens, comme bien je l'espérais, omirent de me considérer pour ce que j'étais et ne virent en moi que le chiot-pitchoune de La Vidogne, ce qui fit qu'ils en oublièrent d'aboyer et de gronder.

Cependant, même la nuit, et alors que tout semblait endormi et paisible, je ne souhaitais pas, pour les raisons qu'on devine, m'attarder trop longtemps. Furetant dans quelques salles situées à la base de l'imposant édifice, et sans oser emprunter les escaliers qui montaient aux étages, la picorée fut assez maigre, d'autant plus que, de toute évidence, je ne pouvais en empruntant la voie des airs me charger inconsidérément. Dans un premier temps, je trouvai le charnier, ce qui me donna l'occasion de me remplir les poches de viande fumée, puis furetant encore, j'avisai deux chenets au fond d'une cheminée, fis main basse dessus et repartis aussitôt. Le retour ne posa pas plus de problème que l'aller, et je crois bien être le premier larron de ce pays à avoir pénétré seul, et sans l'aide de quiconque, dans le château de Laussel, lors propriété de la puissante famille des Commarque.

Des chenets, je tirai quelques sols auprès d'un marchand ambulant, et pour la première fois de ma vie, je me rendis dans un marché de village où, la tête haute, j'achetai d'abondance toute la nourriture que j'appétai. Avec la pécune qui restait, je m'offris une folieuse dans un bouge infâme, chose dont je ne me paonne pas, certes, mais j'étais à l'âge où le sexe vous taraude et où il faut s'assouager à tout prix, quels qu'en soient le lieu et le prédicament.

Par la suite, je pris d'assaut le château de Commarque, plus facile en vérité, bien que j'évitasse de m'introduire dans l'énorme donjon, puis je visitai aussi celui des Fontenac, lequel ne présentait guère de difficulté étant fort mal remparé à ce que je pus en juger. Et chaque fois, je vendais mon maigre butin à des marchands ambulants qui, voyageant par combes et par pechs dans le pays sans jamais s'en retourner au même endroit, n'étaient pas trop regardants sur la provenance des objets.

À la parfin, mon instinct me mena au cœur du Sarladais devant un autre castel, plus modeste en apparence, mais dont il m'apparut incontinent, à l'observer, que ses défenses avaient été réfléchies avec soin et constituaient un réel obstacle.

J'ignorais que ce château était la propriété du baron de Mespech, Jean de Siorac, et de son immutable ami, l'écuyer Jean de Sauveterre.

Chapitre II

Pour envisager clairement les défenses du château de Mespech, il me fallut grimper vers la cime d'un arbre et, confortablement installé sur la fourche d'une grosse branche, je notai l'ingéniosité des protections et la difficulté que celles-ci allaient poser à mon entreprise. Car si je n'entendais rien moi-même à l'art militaire et n'avais sur cette matière aucune expérience, sinon celle acquise en les précédents châteaux que j'avais visités, je reconnus incontinent que ceux qui avaient conçu ces défenses étaient maîtres de leur affaire.

Le château en lui-même différait assez peu de ceux que j'avais connus, un gros bâtiment d'habitation sur sa façade sud, celle que j'observais de mon arbre, flanqué sur ses côtels de deux tours à mâchicoulis qui se prolongeaient à angle droit par un chemin de ronde crénelé, lequel devait dessiner un rectangle assez régulier en se refermant sur une cour intérieure somme toute plutôt resserrée. D'où je me trouvais, je distinguais également les deux autres tours d'angle, de dimensions plus modestes, situées aux points arrière du rectangle.

Un tel castel n'aurait pas posé de problème à mon dessein s'il ne s'était trouvé au milieu d'un étang. Que cet étang soit artificiel et ait été construit autour du château afin que de le protéger, voilà qui était avéré quand on examinait les berges et l'absence de cours d'eau pour l'alimenter, et je ne pouvais qu'admirer la patience et le courage de ces hommes qui avaient creusé et accompli de leurs mains ce gigantesque ouvrage. Preuve aussi que les propriétaires du lieu n'avaient pas ménagé leurs deniers pour obtenir tant de main-d'œuvre, pendant un temps qui ne dut pas être petit, et qu'ils avaient peut-être de bonnes raisons de se protéger mieux que quiconque, étant plus menacés que d'autres. Ces réflexions, je me les fis aussitôt, mais sans formuler clairement que les seigneurs du domaine, tout comme moi, pouvaient appartenir à la religion réformée de Calvin et de Luther.

L'encombre et l'embarras pour pénétrer dans le château résidaient dans le fait qu'il est impossible de lancer un grappin avec de l'eau jusqu'au cou, car le maniement adroit de la corde requiert la terre ferme, laquelle donne les appuis nécessaires pour un geste qui exige à la fois force et précision. D'autre part, l'étang était large, ce qui excluait toute manœuvre des assaillants consistant à jeter, de la berge au pied de la muraille, un pont constitué de troncs d'arbres liés entre eux, comme on peut parfois le tenter avec d'étroites douves. La largeur de cet étang allait de pair avec une disposition très ingénieuse pour relier le château à la berge. Le châtelet d'entrée possédait un pont-levis qui donnait sur une première tour peu élevée et totalement entourée d'eau. Cette petite tour était reliée à une île par un second pont-levis, et ce n'est que de cette île par un troisième pont-levis que l'on pouvait enfin poser pied sur la rive.

Je ne sais s'il existe ailleurs en notre beau pays un tel agencement architectural et si le modèle en fut copié par le baron de Mespech et son compagnon d'armes. Il est constant que les nombreuses campagnes militaires qu'ils ont accomplies au service du roi de France François Ier les ont amenés à voyager prou, et que leur expérience en la matière était fort grande. Quoi qu'il en soit, je restai perplexe devant tant de chicanes, propres à décourager le plus intrépide des assaillants.

Sur l'île, on apercevait moult bâtiments qui devaient servir de remises pour entasser les outils de labour, araires, socs, herses, charrues et autres, qui, protégés par le premier pont-levis, relevé la nuit comme les deux autres, ne pouvaient ainsi être robés par les maraudeurs. Ceci constituait un second avantage à ce dispositif, celui d'offrir un lieu sûr, hors de la petite forteresse, à toutes sortes d'objets encombrants que la cour trop étroite du château ne pouvait sans doute accueillir.

Le lecteur pensera que là s'arrêtaient ces dispositions défensives et qu'il était superflu de rebuter davantage l'attaquant. Or, le troisième pont-levis donnait sur un potager et un verger, lesquels étaient entièrement entourés d'une haute palissade de bois qui, certes, ne pouvait délayer une armée bien équipée, mais constituait déjà un premier obstacle des plus ardus à franchir pour une bande de gueux, affamés et désarmés.

J'eusse volontiers renoncé à mon entreprise, car après tout rien ne m'obligeait à défier ce castel-ci plus qu'un autre, si je n'avais découvert au cœur de cette armure une petite faille, que je pouvais mettre à profit, et qui eut l'heur de me plaire, étant à l'âge où une action périlleuse est aussi appétente qu'une jolie garce et où les conséquences n'en sont pas entrevues aussi clairement qu'elles le devraient. Sur la berge intérieure de l'île, celle tournée vers le château, se trouvait un lavoir dont le toit assez élevé constituait un promontoire duquel un grappin pouvait être lancé en direction des remparts, le bras d'eau à ce niveau n'étant point aussi large qu'ailleurs. Il y fallait de la folie à se lancer en une telle aventure mais, aussitôt conçue en mon esprit, l'idée ne put s'en déloger et j'attendis la nuit pour la mettre à exécution.

Au crépuscule, je vis rentrer au château des gens de ma condition, portant sur leur visage la marque du dur labeur qu'ils avaient consenti une journée de plus sur leur triste vie, mais aussi un tout jeune homme, à cheval, la tête haute et fière mais sans arrogance aucune, que je n'eus pas de peine à identifier comme étant le fils du seigneur. Puis, les trois ponts-levis furent successivement relevés et le château s'ensommeilla dans l'obscurité naissante, ne présentant plus qu'une ombre imposante se reflétant dans l'eau noire de l'étang.

Ne renonçant nullement à ma stratégie habituelle qui consistait à attendre vers le milieu de la nuit avant d'agir, espérant que les guetteurs – si guetteurs il y avait – se soient assoupis et leur vigilance relâchée, j'attendis patiemment le moment et, quand il vint, me levai sans bruit et approchai de la palissade. Ne pas franchir ce premier obstacle m'aurait obligé à nager dans l'eau une distance assez considérable jusqu'à l'île, car l'étang approchait bien les dix toises de largeur, ce qui ne laissait pas d'impressionner, alors que la courte distance au niveau du premier pont-levis ne paraissait pas présenter de péril sérieux.

La palissade fut jeu de pucelle et j'atterris au pied d'un arbre, joyeux de ce premier succès, dont je n'eus pas le temps de trop me réjouir, car je vis, me courant sus, la tête redressée, le poil du dos hérissé, la queue droite et grondant d'une formidable manière, trois énormes dogues, de ces chiens qui n'ont pas l'us de s'en laisser conter par le premier maraudeur venu. J'eus un frisson car je n'avais jamais vu pareilles bêtes et j'étais en grande doutance que ces mâtins-là puissent considérer votre « chiot-pitchoune » comme un ami.

Instinctivement, je m'allongeai sur le sol, dans une attitude de grande soumission, évitant de les défier en les regardant dans les yeux, et rampant vers eux avec de petits jappements plaintifs, comme pour bien signifier, non seulement que je n'avais pas peur – ce qui pour dire le vrai n'était pas entièrement exact –, mais aussi que je ne cherchais aucune querelle, bien au rebours, étant animé des meilleures intentions du monde. Cette conduite me remonta du plus loin de mon enfance, de cette période où je devais composer et transiger au milieu de la meute, car celle-ci a ses règles – qu'il faut suivre – et une stricte hiérarchie.

Soudain plus calmes, cessant leurs impressionnants grondements mais le poil toujours rebroussé, ils me flairèrent attentivement, de la tête aux pieds, indécis, hésitants, puis pissant sur un tronc d'arbre et grattant énergiquement la terre de leurs pattes arrière, ils s'apazimèrent tout à plein, comme si de toujours je m'étais trouvé parmi eux.

Je me relevai et ils me suivirent jusqu'à la rive où je me glissai incontinent dans l'eau noire pour nager doucement vers l'île où j'abordai, dégouttant d'eau de toute part, et transi assez par le froid. Sur la berge que je venais de quitter, les chiens cessèrent bientôt de regarder dans ma direction et s'allongèrent sur le sol, quiets comme des chiens de chasse de retour de la traque. Je marchai jusqu'au lavoir que j'escaladai promptement pour me hisser sur le toit, d'où j'envisageai la sombre muraille qui me faisait face ainsi que le bras d'eau qui m'en séparait. La distance était plus grande que je ne l'avais cru et il était totalement exclu que je lançasse le grappin sur les créneaux, la longueur de la corde étant insuffisante et la force physique requise bien au-dessus de la mienne. Cependant, aux trois quarts environ du rempart, se trouvaient des bobèches scellées dans le mur et destinées à recevoir des torches pour éclairer la muraille, assurément en cas d'attaque de nuit, concluai-je – ce qui en disait long encore sur la sagacité du propriétaire des lieux. C'est une de ces bobèches que le grappin devait atteindre si je voulais espérer pénétrer dans cette forteresse.

Quand je m'apense maintenant à ce que, sans défaillir aucunement, je m'apprêtais à faire au milieu de cette sombre nuit, je dois avouer que des frissons branlent mon dos et qu'une sueur froide coule le long de mes aisselles. Car il s'agissait ni plus ni moins, une fois le grappin accroché, tenant fermement la corde, de basculer en direction de la paroi, et de résister au choc violent que je ne manquerais de supporter et que mes jambes tendues en avant tenteraient au mieux d'amortir. Si, par bonheur, je réchappais à cette collision entre mon corps et la pierre, je devais me hisser jusqu'à la bobèche, et prenant appui avec les pieds sur quelques aspérités de la paroi, tenant d'une main la bobèche, relancer de l'autre le grappin pour l'accrocher au-dessus de moi à un créneau du chemin de ronde. Oncques n'avais tenté plus périlleuse acrobatie et je suis tout atendrézi d'être encore de ce monde pour vous la conter céans.

Il ne fallut que trois tentatives pour accrocher le grappin à la bobèche, le plus extraordinaire de l'affaire étant que tout se passa comme je l'ai narré ci-dessus, et que je parvins à me hisser sur le chemin de ronde, certes épuisé par l'exploit, mais sans m'être nullement rompu le col en tombant dans le vide le long de la paroi verticale.

Une fois dans la place, j'enroulai la corde, fixai sur mon dos le grappin et partis furtivement à l'aventure, le cœur battant fort dans ma poitrine et tout émotionné encore d'être parvenu à mes fins. De la courtine où je me trouvais, on pouvait accéder à la cour par un escalier droit, sans rambarde, qui longeait intérieurement la muraille jusqu'en bas. Non sans multiples précautions, l'oreille aux aguets, conscient que descendre dans la cour était aussi dangereux que d'entrer dans une nasse, je l'empruntai néanmoins et me retrouvai dans un espace plus large que je ne l'avais supposé et qui donnait sur de nombreuses ouvertures.

Lors il se passa ce que je n'avais du tout prévu. Les efforts immenses entrepris pour franchir tous ces obstacles me portèrent soudain peine et je fus à deux doigts de défaillir, les jambes flageolantes assez pour que je m'assisse un instant sur le pavé. Je compris vite qu'il me fallait à tout prix me restaurer, au risque, sinon, de ne pouvoir emprunter au retour le périlleux chemin que j'avais emprunté à l'aller. De la position assise où je me trouvais, un peu haletant de l'intempérie qui m'avait saisi tout à plein et me tournait la tête, j'envisageai les différentes portes et j'entrepris, tout à fait au hasard, de me traîner lentement vers l'une d'elles.

C'était la salle commune, grande pièce équipée pour la cuisine avec sa vaste cheminée, son cantou, et où les repas devaient se prendre tous ensemble en une immense table flanquée de plusieurs bancs, lesquels pouvaient accueillir au moins une vingtaine de personnes. Dans ma recherche obstinée de nourriture, je découvris une petite pièce attenante qui était le charnier du lieu et où pendaient aux poutres des salaisons de viandes, mais aussi de poissons, si grosses que je n'avais aucune souvenance d'en avoir jamais vu de telles.

Travaillé comme je l'étais par la faim, il me fallut plusieurs minutes, la sueur perlant à mon front, pour décrocher un jambon qui se révéla si lourd à ma faiblesse que j'eus grand-peine à le retenir et à éviter qu'il ne me tombât tout à plein sur les pieds. Quand il fut bien serré entre mes bras tremblants, je me traînai jusqu'à un escabeau, m'installai dessus aussi confortablement que possible, et le jambon sur les genoux, j'entrepris avec mon couteau de le dégager de sa couenne pour en couper une bonne tranche de chair rouge. Je salivais tant et tant pendant tout le temps que dura ce labeur que des filets d'eau me coulaient de la bouche jusqu'à terre.

Ce que fut le réconfort de cette tranche de jambon, je ne trouve pas les mots pour l'exprimer, mais le lecteur pourra sans difficulté aucune l'imaginer. Je me sentais presque mourir et c'est la vie qui revenait peu à peu. J'étais si pressé de la recouvrer entièrement que je mâchais la viande sèche et dure du jambon avec une telle violence que les muscles de ma mâchoire demandaient grâce tandis que je coupais fébrilement une seconde tranche, la bouche pourtant encore tout encombrée de la première.

C'est dans cette attitude de larron en foire que je fus découvert. La porte du charnier s'ouvrit brusquement et j'aperçus sur le seuil un jeune homme qui me regardait béant, tant étonné de surprendre ainsi un quidam inconnu introduit dans la place qu'il en restait sans voix, se demandant peut-être s'il ne rêvait pas encore dans cette quasi-obscurité, car il était de si bonne heure que la clarté du jour commençait à peine à se remarquer.

Je n'eus pas de peine à reconnaître en ce garçon celui que j'avais entraperçu la veille, sur son cheval, droit comme un *i*, rentrant au château dans une belle et noble attitude qu'il devait avoir plaisir à tenir. Mais à ce moment, à la pique du jour, il avait les yeux gonflés de sommeil et son teint n'était pas si clair, tout ensommeillé qu'il était encore, la démarche un peu hésitante et les épaules légèrement voûtées.

*

* *

De ce premier face-à-face avec mon maître, Pierre de Siorac, je voudrais, lecteur, en dire un peu plus, car on sait bien que la première impression dans une rencontre, quelles qu'en soient les circonstances, et Dieu sait si celles-ci étaient bien exceptionnelles, peut marquer à jamais la relation qui se noue.

À l'époque, Pierre de Siorac n'avait guère plus d'une douzaine d'années. Si ce n'était plus un enfant, ce n'était pas un homme non plus et il était à cet âge où on a parfaitement conscience de cet inconfort, et de la frustration de n'être pas encore du côtel que de tout son cœur on aspire à rejoindre. Il jouait à l'homme, certes, mais, je le dis sans flagornerie aucune, le costume n'était pas trop grand pour lui, et on sentait toute l'impatience d'une âme forte et généreuse, entière, ambitieuse aussi dans cette volonté à prouver sa valeur.

Il avait le cheveu blond, le regard azuréen, et bien fait de sa personne, la taille fine, la membrature solide et vigoureuse, il me fit, par l'honnête aspect de toute sa personne, une impression durable de franchise, de rectitude et de probité. Cette opinion, je l'ai toujours, même si par la suite je compris que Pierre de Siorac avait aussi en partage l'intelligence qui autorise le calcul et la manœuvre quand on est face aux loups, ceux de cour en particulier.

Dans l'étonnant prédicament de ce matin-là, comprenant enfin l'incongruité de sa découverte qui dut agir sur son cerveau comme un coup de fouet, Siorac se redressa tout à plein, reprit cette mâle assurance qui la veille avait forcé mon admiration, et s'écria d'une voix forte :

— Qui es-tu, maraud, et que fais-tu céans ?

Ce n'est qu'en entendant ces paroles et surtout le ton impérieux du jeune homme, que je compris réellement que j'étais pris et que mon aventure prenait un vilain tour. En cette malfortune où la panique m'envahit, je n'entrevis qu'un seul remède pour m'échapper à toute force de ce filet où j'avais en toute insouciance donné le bec.

D'un saut, je me mis sur mes jambes et bondis vers la sortie que barrait Pierre de Siorac. Dieu m'est témoin que je n'avais aucune intention belliqueuse, sinon que de passer la porte afin de remonter sur le rempart et m'enfuir par la seule voie aérienne qui était la mienne. Cet espoir, si j'y avais réfléchi ne serait-ce qu'une seconde, était vain, car comment aurais-je eu le temps de faire en sens inverse le long et dangereux parcours, de la muraille à l'île, puis de l'île à la grande terre, sans que les gens du château, alertés par leur jeune seigneur, ne me cueillent soit sur l'île soit sur la rive lointaine ? Mais la raison n'est pas toujours maître de vous quand le destin est en jeu et je me précipitai comme un furieux, tête baissée et, de fait, le couteau à la main puisqu'il s'y trouvait jà au moment où je fus surpris.

Ce fut pour moi une rude déconvenue car j'ignorais que les nobles sont instruits depuis leur plus jeune âge dans les jeux du combat et de l'escrime. Alors que je croyais atteindre la porte et pensais qu'il me suffirait dans le même mouvement de bousculer le garçon pour filer, je reçus dans le bas-ventre un coup de botte particulièrement bien ajusté, preuve que le jeune Pierre de Siorac profitait à plein des enseignements de quelque maître habile. Je soupçonne du reste, sans certitude aucune, que ce devait être la première fois qu'il les mettait en application dans une véritable algarade et je devine sa joie de vérifier leur efficacité, même si ce jour-là ce fut bien à mon détriment.

Plié en deux comme vous pouvez l'imaginer, j'étais pour quelques minutes totalement hors d'état de me défendre et l'ironie ne fut-elle pas pour moi de voir Pierre de Siorac, profitant de ces terribles tressautements de douleur qui me branlaient, se saisir de mon grappin et, avec la corde de celui-ci, me ligoter comme saucisson et m'attacher solidement au pied de la lourde table de chêne du charnier. Ensuite, avec une évidente satisfaction, il saisit l'escabeau, et se posant dessus, me dominant ainsi de beaucoup puisque j'étais maintenu à terre, il me considéra de ses yeux bleus où je ne discernai, maugré la rudesse de notre première rencontre, nulle haine d'aucune sorte.

Ici, il me faut revenir sur un point des Mémoires de mon maître qui m'a fort chagriné et que je souhaiterais qu'il retire, si d'aventure une réédition en est autorisée par notre bon roi Henri IV. De ce que je bondis sur lui le couteau à la main, mon maître en a conclu à l'époque que, pour m'enfuir, j'étais prêt sans autre procès à lui passer ma lame à travers le corps. Rien n'est plus faux, en vérité, et comme je l'ai indiqué plus haut, le couteau n'était sorti en ce prédicament que pour couper une simple tranche de jambon et n'a jamais eu d'autre destination. Si je me sens tant mortifié par cette injuste accusation, c'est qu'elle me rabaisse à l'âme vile de l'ignoble Peyssou, qui n'hésita pas dans une situation comparable à enfoncer son couteau dans le ventre d'un pauvre vieillard en sa demeure bourgeoise d'Al Bugua. Le lecteur sait à quel point je souffris de m'être trouvé mêlé à cette affreuse meurtrerie et j'espère qu'il me fera l'aumône de me croire quand j'affirme que la pensée d'une telle bassesse ne m'a pas effleuré la moitié d'une seconde face à Pierre de Siorac.

Récupérant lentement de mon pâtiment, je mesurai la sottise de mon action inconsidérée car, à vrai dire, étant plus âgé que Siorac, j'aurais pu l'emporter à la lutte si je m'étais méfié un tant soit peu. Il avait certes déjà ma taille, pour la raison que les nobles sont plus grands que les paysans, car saine jeunesse et abondance de nourriture les déploient, tandis que nous autres paysans, envoyés aux champs si jeunes, nos muscles s'y nouent, empêchant le corps de pousser, et ce d'autant plus que notre pitance est maigre. Mais je lui étais à l'époque supérieur en force autant que peut l'être un adolescent de trois ou quatre ans plus âgé et je ne sus profiter de cet avantage, étant cueilli comme un béjaune par une science spartiate dont j'ignorais tout.

À la parfin, Pierre de Siorac reprit sa question initiale sans la modifier en rien, montrant par là une parfaite maîtrise de ses nerfs maugré la brutalité de notre courte lutte.

— Qui es-tu, maraud, et que fais-tu céans ?

Pendant tout ce temps, et aussi extraordinaire que cela puisse paraître, j'avais conservé dans ma bouche la tranche de jambon, et la faim étant décidément plus forte que tout, je me remis à mâcher pour non pas la perdre, même si je devais finalement être pendu en ce prédicament. Le jour se levait et je m'apensai tristement que celui-ci pouvait bien être le dernier de mon existence, et que le temps de me recommander à Dieu était peut-être venu, étant entendu que personne ne le ferait à ma place.

— Comment as-tu atterri au milieu de notre charnier ? répéta le jeune Siorac qui commençait à s'irriter de mon mutisme et du calme apparent que je montrais.

Sur cette placidité soudaine, je peux dire peu de chose sinon que, lorsque votre famille tout entière a été massacrée sous vos yeux de la plus atroce des façons, on a le sentiment que le sursis accordé par le Tout-

Puissant est tout à la fois impénétrable et de courte durée, comme une épreuve supplémentaire qu'il vous inflige avant que de vous rappeler à lui et auprès des vôtres. Et pourquoi à moi ce sursis, je l'ignorais, mais j'eus la conviction qu'il touchait ici à sa fin.

Cependant, sentant l'agacement de Siorac et craignant de l'indisposer encore plus à mon égard, je répondis enfin, non sans continuer à mâchouiller ma tranche de jambon.

— Avec mon grappin, Moussu, j'ai franchi une à une vos défenses et escaladé la muraille, dis-je simplement.

— Te gausser de moi en cette affaire hâterait ta perte, répondit-il, et les menteries ne seront point pardonnées par mon père ! Je veux que tu me dises qui t'a aidé à t'introduire dans Mespech. Est-ce l'un de nos gens ? Quel est le traître qui s'est glissé parmi nous sans que nous le reconnaissions ?

— Aucun, Moussu, je vous le jure ! J'ai agi seul, sans l'aide de quiconque, sinon celle de Dieu qui m'a baillé souplesse et agilité à la naissance !

À cette évocation de Dieu, je vis la face du jeune Siorac se rembrunir et ses yeux s'enflammer.

— Ne commets pas Dieu dans ton forfait, larron, ce serait blasphème ! Quand on robe son prochain, on se met au-delà des préceptes divins et de leur enseignement ! Imagines-tu que je vais te croire si tu prétends avoir grimpé à notre haute muraille verticale, comme lézard sur son mur, sans te rompre le col ?

— C'est pourtant la vérité, Moussu ! affirmai-je avec un tel accent de sincérité dans la voix que Siorac s'accoisa un instant et me considéra avec attention.

— Et comment t'y prendrais-tu si cela devait être vrai ? reprit-il après une pleine minute qui me parut fort longue.

— Je croche le grappin et je monte à la corde, Moussu. En vérité, il ne faut voir là aucune diablerie, l'adresse seule y suffit !

— Et les chiens dans l'enclos ?

— Les chiens oncques ne me mordront, ayant été élevé parmi eux, je suis des leurs.

Pierre de Siorac se tint coi derechef, et je devinais sa perplexité, partagé qu'il était entre mes réponses qui avaient tout de la vanterie gasconne, et ma bonne mine qui n'avait rien du larron.

— Drôle ! dit-il, c'est pour croquer une tranche de jambon que tu risques par deux fois ta vie, en escaladant des murailles vertigineuses d'abord et en robant un baron ensuite ?

— Moussu, c'est Dieu qui décide de tout et s'il veut me rappeler à lui, point ne m'est nécessité de faire tout cela, un signe de lui suffira.

— Ceci est bien répondu, point n'est besoin en effet ! Mais sais-tu ce qu'il va advenir de toi si mon père te trouve ?

— Je serai pendu ?

— Eh oui, niquedouille, tu seras pendu et devant tout le domestique rassemblé encore !

Si je peux assurer le lecteur que je ne craignais pas une telle issue, car la vie de famine menée sur les routes me rebutait tout à plein et j'avais parfois grande hâte de rejoindre les miens, une poignante tristesse m'accabla cependant devant le cru énoncé de la chose et ma gorge se noua tandis que je regardais le jeune Siorac de mes yeux vairons. Ce dernier observait ma réaction et brusquement, sur un ton qui me surprit, il demanda :

— Tu ne me demandes pas grâce ?

— Grâce, Moussu ?

— De te libérer et de te laisser filer ?

— Non pas, Moussu, c'est trop tard. Vous tenez votre rang, de belle manière, et vous trahiriez prou votre père en me relâchant maintenant.

À ce moment, comme j'avais avalé le dernier morceau de jambon, très salé et bien sec, je me sentis totalement asséché, la langue se mouvant avec peine sur le palais, et Siorac, le remarquant, se leva de lui-même pour m'apporter un bol de lait qu'il me fit boire en silence. Je me doutais bien que s'agitait en sa tête un bien complexe pensement, car sa question avait été fort traîtreuse et s'adressait plus à son propre étonnement de ne pas me voir l'implorer. Nul doute qu'il ne m'aurait pas accordé cette grâce – comme il disait – si je la lui avais réclamée, mais j'étais allé jusqu'à la refuser, en faisant appel à son devoir filial, ce qui ne laissait pas de l'intriguer et de l'impressionner.

— Et n'as-tu pas grand désir de changer de vie ? lança-t-il au bout d'un moment.

— Si fait.

— Que faisais-tu donc avant que d'être larron ?

— Paysan, Moussu, à la ferme de mes parents.

— Et que n'es-tu resté avec eux à vivre honnêtement de ton labeur, aussi dur soit-il ?

Comme chaque fois que je pensais aux miens et à mon existence d'autrefois, ma face pâlit et l'émoi me travailla, si bien que j'eus de la peine à répondre, les mots se frayant difficilement un chemin jusqu'à la surface.

— Toute ma famille a été massacrée par des gueux et rien ne pourra jamais m'en consoler, Moussu, sinon le trépas.

— Est-ce ce que tu cherchais en t'introduisant en Mespech ?

Je baissai la tête à cette remarque, laquelle ne s'était jamais posée en ces termes pour moi, et j'y songe encore, quelque cinquante années plus tard, sans connaître la réponse, sinon que je trouve que Pierre de Siorac, maugré son jeune âge, aimait déjà à creuser au fond des énigmes de l'âme dont nous ne découvrons jamais la vérité tout à fait.

— Et pourquoi ces gueux ont-ils massacré les tiens ? s'enquit-il tout à trac avec une étonnante intuition.

— Nous sommes de la religion réformée, et je suis bien marri de vous bailler une raison supplémentaire de me pendre, Moussu.

— Que nenni, bien au rebours ! s'exclama Siorac dont le visage s'éclaira, la mine soudain réjouie et claquant même dans ses mains. Tu es des nôtres, sais-tu ? Et je comprends mieux à présent la curieuse impression que tu donnes, larron par accident et non par vice, qui ne demande qu'à rentrer dans le droit chemin de l'honnêteté !

Il se leva, en proie à une assez vive excitation, fit quelques tours et détours dans la pièce, puis revint se planter devant moi, et me considéra une pleine minute.

— Ton nom ? dit-il assez abruptement.

— Miroul, Moussu.

— Eh bien, Miroul, tu me plais ! Et je serais fort rebuté de te voir jouer le pendu dans notre cour devant le domestique rassemblé !

— Moi aussi… dis-je assez sottement. De beaucoup, je préférerais être au service de Moussu que je protégerais de mon mieux.

À cette réponse, Siorac rit à gorge déployée et s'exclama :

— Le bon garde que je m'attacherais là, toi que j'ai mis si facilement hors de combat d'un coup de botte !

— Nenni, Moussu, protestai-je non sans ressentir une forte humiliation, et de son rire et du coup de botte qu'il évoquait et de ma condition de prisonnier, ligoté et impuissant. Bien mieux je vaux, en vérité, et je peux le montrer, pour peu que vous me libériez le bras droit, car mieux que quiconque je lance le cotel sur sa cible.

— Quoi ? Tu veux que je te libère le bras et te glisse un cotel dans la main ?

— Avec votre permission, Moussu, dis-je humblement.

— Avec ma permission ? Mais ce drôle me fera mourir de rire ! Miroul, je ne sais encore si tu es sot comme coq au poulailler ou malin comme goupil en vadrouille, mais je vais faire un pari sur toi et ta bonne mine !

Et tout en parlant, il me libéra le bras, ramassa mon couteau qui traînait sous la table et, se tenant en retrait, prêt à toute éventualité, me le tendit.

— Montre voir ce que tu sais faire, dit-il, et je sentis au son de sa voix qu'il était intrigué assez et attendait beaucoup de la démonstration.

Prudemment, il s'était reculé assez loin derrière moi, dans une position que je ne pouvais atteindre, même en me tortillant comme une anguille, attaché comme je l'étais à ce pied de table, preuve que le jeune Siorac était avide de découverte mais savait prudence garder dans les circonstances où la moindre distraction peut vous coûter prou.

Je saisis le couteau par le manche et, cherchant des yeux un objectif qui, par la distance et par la taille, servirait au mieux mon propos, j'aperçus face à moi, dans l'espace le plus reculé du charnier et pendue au mur par un clou, une écuelle en bois, fort petite en vérité, mais qui faisait une cible parfaite, sinon qu'elle était réellement difficile à atteindre.

— Voyez-vous cette écuelle, Moussu ?

— Je la vois.

— C'est comme si elle était morte.

Siorac rit à gueule fendre de cette saillie tandis que je levais le bras et, le détendant comme un ressort, je lâchai le couteau, lequel fendit l'air en silence pour venir, en un claquement sec, se ficher profondément dans l'écuelle qui, branlée par le choc, se décrocha de son clou et tomba non sans bruit sur le sol.

À la vue de cet exploit, Siorac battit des mains comme un enfant et se précipita sur l'écuelle pour l'examiner de plus près et, sifflant d'admiration, retira le couteau du bois, ce qui exigea de la force car la lame y était profondément enfoncée. Revenant auprès de moi, et s'asseyant de nouveau sur l'escabeau, il reprit la parole en posant sur moi ses yeux azuréens.

— Lézard sur le mur, chien dans la meute, et avec cotel, adroit comme Sarrasin, tu ne manques pas d'atouts en vérité et, à mon service, souhaiterais bien t'avoir. Hélas, ajouta-t-il et sa face s'était rembrunie, hélas, il y a mon père…

— Votre père, Moussu ?

— Mon père qui voudra te pendre car tu es un larron, introduit nuitamment dans nos murs pour nous rober.

— Un jambon…

— Peu importe, coquefredouille ! Le fait est là et mon père ne verra que l'exemple fort mauvais qu'il donnerait au domestique en te récompensant, par la vie sauve, de ton forfait.

Lors il y eut un long silence pesant, chacun s'apensant de son côtel, moi à la malfortune qui m'était promise et lui, je ne le sus que plus tard, à la manière dont il pouvait m'en sortir. Cette méditation ne fut interrompue que par la porte du charnier qui s'ouvrit toute grande pour laisser apparaître sur le seuil une grosse femme, ni jeune ni vieille, fagotée à la diable, la robe lui tombant par plis sur les côtés comme un drap sale, les yeux petits dans un visage rond et gras, et agitant de gros bras nus et flasques, lesquels cernaient un buste où on aurait été bien en peine de distinguer la poitrine du ventre, tant l'ensemble ne constituait qu'un seul élément informe et proéminent.

Dès qu'elle m'aperçut, attaché à la table comme chien méchant, elle se mit à pousser des cris d'orfraie, fit des moulinets avec ses gros bras, s'agita encore et encore, sans trêve, criant que j'étais le Malin en personne et qu'on ne devait mie regarder mes yeux vairons à moins de tomber dans l'enfer et ses flammes et d'y rôtir jusqu'à la fin des temps. À la parfin, elle se saisit du sac de sel et, puisant dedans à pleines mains, elle en jeta tout autour de moi comme pour m'enfermer dans un cercle maléfique, tout en se signant sans cesse, ce qui finit par projeter du sel un peu partout à la grande colère du jeune Siorac qui lui ordonna de cesser ces billevesées.

Je venais là de découvrir la Maligou, laquelle faisait office de cuisinière au château, et la Maligou oncques ne m'aima, et moi non plus, pour ce que nous n'étions pas faits du même métal, elle toute en superstitions, sorcelleries, idolâtries et clabauderies inutiles ou calomnieuses, et moi tel que vous me connaissez par les Mémoires de mon maître.

*

* *

La suite, lecteur, je ne la conterai que brièvement car elle a été transcrite avec force détails et fidélité par mon maître dans lesdits Mémoires et celui qui n'en aurait plus souvenance pourra tout aussi bien s'y replonger afin de rafraîchir ses mérangeoises. Quand je m'y reporte moi-même, et je viens de le faire encore avant de tremper derechef ma plume dans l'encrier, j'y suis stupéfié assez de ne pas trouver cette première et longue entrevue que nous eûmes au bec à bec, mon maître et moi. Car je cuide assez que c'est, dès ce moment, et non plus tard, que naquit l'intérêt dont mon maître me gratifia toutes ces années ainsi que l'immutable respect que je lui porte.

D'aucuns rétorqueront qu'il n'y a guère loisir même dans ses propres Mémoires de narrer chacun de ses faits et gestes depuis ses maillots et enfances jusqu'à l'âge où l'énergie vient à manquer pour courir dans le monde, et qu'une bibliothèque entière n'y suffirait pas. Je suis bien conscient de cela et me rends d'autant plus à cet argument que je suis également confronté, depuis peu, à cette tâche incertaine qui consiste à choisir dans le long tissu d'une vie ce qui doit être dit ou passé sous silence. Il me semble, cependant, que cet entretien fut important pour moi, certes, nul ne le contestera, mais aussi pour lui, et que cette omission est troublante assez pour que je la signale, à défaut d'en trouver la raison.

Me ligotant à nouveau, du moins le bras droit qui pendait hors de la corde – est-ce le fait de m'avoir en partie délié et donné un couteau que mon maître chercha à dissimuler dans ses Mémoires ? –, Siorac ordonna à la Maligou d'aller chercher Jean de Sauveterre tandis que lui se chargerait de son père, affirmant à la cuisinière, laquelle en doutait vu l'étendue de mes pouvoirs malins, que, ficelé comme je l'étais, je ne pouvais guère me mettre à la fuite, et il avait raison comme bien on pense.

Et c'est ainsi que je vis débarquer, accouru en toute hâte de tous les coins et recoins de Mespech, le domestique du domaine, hommes et femmes, jeunes et vieux. Ce joli monde n'était pas loin de me prendre, tout pareillement que la Maligou qui menait la danse en la matière, pour le Diable ou l'une de ses créatures incarnées, tant la fiance dans l'inviolabilité du château était bien ancrée dans leur tête.

Puis entrèrent, d'une façon moins bruyante et désordonnée, et les serviteurs s'effaçant devant eux, François d'abord, le frère aîné de Pierre, long visage fermé et imperscrutable, l'allure digne et composée, et Samson ensuite, leur demi-frère à tous deux, jeune garçon d'une rare beauté, mais qui semblait l'ignorer tant son regard était modeste et simple son attitude.

Enfin, et cette entrée me remplit d'anxiété, le père de Pierre, le baron Jean de Siorac, ayant tout l'air d'avoir été tiré à la chaude d'une heureuse besogne, et deux pas derrière lui, Jean de Sauveterre, dont je remarquai incontinent la claudication, ce qui ne l'empêchait nullement de se mouvoir vite assez, quoique un peu à la manière d'une sauterelle blessée.

On se souvient que le baron, épousant en cela le scepticisme de tous, me demanda de refaire, étape par étape, toutes les acrobaties qui m'avaient conduit au cœur de la forteresse afin que de prouver que je ne mentais pas. À mon avis, il n'en doutait pas vraiment, mais en bon capitaine et maître d'œuvre de la défense du lieu, il souhaitait vérifier *de visu* que le château possédait une faille à ce point béante qu'il pouvait être investi par un jeune drôlassou comme moi.

Si, au final, je ne fus pas pendu après cette périlleuse démonstration de mes talents, je le dois à mon sens à trois raisons qui s'emmêlèrent joyeusement. Tout d'abord, déterminante entre toutes, l'intervention du fils auprès du père, contée avec saveur par mon maître dans ses Mémoires et où on peut déjà admirer cette science de la rhétorique que le jeune Siorac aimait fort à manier, au grand plaisir du baron, et qui le mena jusqu'à la compagnie des plus grands de ce monde. Ensuite, il est non moins certain que mes talents de grimpeur et d'apazimeur de chiens, même des plus féroces, portèrent le baron à penser que je serais plus utile au service de Mespech et de son fils que me balançant tristement au bout d'une corde. Enfin, je tiens aussi pour avéré que mon appartenance à la religion réformée emporta toute ultime résistance, en particulier celle de Jean de Sauveterre, si sourcilleux sur ce point.

Le baron Jean de Siorac n'était pas homme à céder devant les sollicitations, requêtes ou supplications des autres sans prendre le temps de donner l'impression que la décision venait de lui, et de lui seul. Il ordonna, comme bien on s'en souvient, après que j'eus effectué mon tour de singe sur les murailles, que je sois serré dans une des tours du château pendant que lui et Jean de Sauveterre délibéreraient sur mon sort.

Je fus donc enfermé comme prisonnier en sa geôle dans une petite pièce de la tour nord-est, conduit là par Marsal le Bigle et Coulondre Bras-de-fer, les deux anciens soldats du baron du temps des campagnes militaires sous François Ier et restés à son service depuis lors. Du court trajet de la salle commune à la tour, ces rudes gaillards, couturés et tailladés de partout, ne pipèrent mot du tout, me lançant même de méchants regards, montrant par là qu'ils n'avaient pas compris encore que mon sort, en réalité, était scellé déjà et que point ne serais pendu.

— Tiens ! me lança Marsal le Bigle en me poussant avec rudesse dans mon réduit, tu seras bien au frais céans pour t'apenser à ce qu'il en coûte de rober Moussu lou Baron. Bien fol tu as été de t'aventurer ici et trop tard asteure pour t'en repentir, larron !

— Dresser la potence pour un petit drôle comme ça, sale besogne ! ajouta Coulondre Bras-de-fer d'un ton lugubre.

Bien que poigné par cette dernière et terrible parole, je ne la pris pas pour vraie, car Pierre de Siorac, au moment où je fus emmené par Marsal et Coulondre, m'avait fait un clin d'œil appuyé, doublé d'un demi-sourire, que j'avais pris comptant pour l'assurance qu'il ferait plier le baron son père – j'ignorais lors que c'était déjà fait – et que la clémence serait de mise à mon égard.

Marsal le Bigle et Coulondre Bras-de-fer n'étaient pas de mauvais hommes, tout au rebours et j'eus mille façons de le constater par la suite, mais ils jouaient leur rôlet de soldat en ce prédicament et j'étais, tant que le maître n'avait dit l'opposé, un ennemi du château qu'il fallait traiter comme tel. Le soldat ne choisit pas ses ennemis, hélas, mais obéit aux ordres, tue qui on lui demande de tuer, torture qui on lui demande de torturer, sans états d'âme, quand bien même ce serait sa propre mère, et n'est plus soldat qu'à moitié celui qui, comme Coulondre Bras-de-fer, trouve que c'est une « sale besogne » que de pendre « un petit drôle » !

L'attente me parut longue et, de délibération, il dut y en avoir une entre Jean de Siorac et Jean de Sauveterre, car ces deux-là, et j'eus moult occasions de le vérifier, malgré leur immutable et indéfectible amitié, n'étaient pas en accord sur tout, loin s'en faut, et bataillaient ferme, souvent, l'un pour rappeler les principes essentiels d'un réformé, et l'autre pour faire accepter les entorses qu'il faisait à ces mêmes principes. L'amitié entre les deux capitaines était de celles que rien ne peut remettre en cause, acquise sur les champs de bataille, dans les griffes de la mort, sous la mitraille de l'ennemi. Pendant neuf années, de 1536 à 1545, ils avaient servi côte à côte, jusqu'à cette fameuse bataille de Cérisoles où Jean de Siorac s'illustra par sa bravoure et où Jean de Sauveterre fut gravement atteint à la jambe gauche, blessure qui le laissa boiteux pour le restant de ses jours.

Me concernant, je ne doute pas qu'ils étaient tous deux d'avis de me laisser la vie sauve, Sauveterre parce que j'étais de la religion, et le baron parce que son fils préféré le lui avait demandé. De même, je suis également convaincu qu'il n'y avait pas d'opposition entre eux sur le fait que je devais rester à Mespech, intégrer le domestique, et non pas être jeté hors des murs, ceci pour les mêmes raisons que l'on ne me pendait pas. C'est sur mes attributions au domaine de Mespech qu'il put y avoir un différend, bien léger au regard des reproches que fréquemment l'un faisait peser sur l'autre au sujet de sa conduite, mais réel toutefois.

De ce que j'en conclus moi-même plus tard à certaines réflexions que me fit Jean de Sauveterre, lesquelles étaient délivrées sans animosité aucune mais assez édifiantes à ce sujet, il aurait de loin préféré que je devienne une sorte de factotum, d'homme à tout faire du domaine, corvéable à merci et sous les ordres de tous – et même de la Maligou, j'en frémis rien que d'y penser à nouveau – pour me permettre ainsi de racheter les fautes passées par le pâtiment du présent. Là n'était point l'idée de Jean de Siorac et je suis fort aise qu'il ait gagné cette maigre querelle d'avec son compagnon, car elle changea ma vie du tout au tout, et pour le meilleur.

C'est vers le milieu de l'après-midi que la porte de ma cellule s'ouvrit pour laisser passer les deux maîtres des lieux, Jean de Siorac d'abord, la mine engageante assez, à ce que je pus en deviner car il montrait un visage digne, de circonstance, et derrière lui, Jean de

Sauveterre, plus lointain et sévère en apparence, mais je sus par la suite qu'il en était toujours ainsi, et qu'il était de ces hommes dont on doit gratter la terre sèche qui les recouvre pour découvrir le cœur.

Je me levai aussitôt et attendis ainsi, l'attitude modeste et repentante, les mains derrière le dos comme un bon écolier, que l'on daignât m'apprendre le sort qui m'était réservé. Marsal le Bigle avait poussé dans la pièce deux escabelles sur lesquelles les deux Jean prirent place, puis ils me considérèrent avec attention comme si j'étais un animal de foire qu'on venait de dérober à quelque Roume de passage.

Point n'était besoin de chercher loin pour comprendre d'où le jeune Pierre de Siorac tirait et son physique et son essence, car le père était, en homme mûr, de facture identique au fils, ayant tout comme lui le même cheveu blond et les yeux bleus, un nez droit, un corps robuste et bien tourné, une allure décidée et volontaire. Dans ses traits, avenants et ouverts, où la bonté et l'amour du prochain avaient une grande part et qui engageaient tout un chacun, dès la première rencontre, à l'aimer et à le servir, on pouvait aussi, si on possédait un peu d'acuité, lire la trame de soucis quotidiens et de tourments envahissants, et là était bien toute la complexité du baron. On sentait aussi, comme chez le fils, que la colère pouvait parfois submerger ce caractère entier, peu enclin aux compromissions et à la contradiction, et que cette ire devait monter très haut, trop haut sûrement et jusqu'au regret ensuite, quand on la provoquait.

Le lecteur pense bien que je ne me fis pas tous ces entendements acérés à ce moment-là, dans la malaventure où je me trouvais et à l'âge que j'avais, et que ce sont là réflexions plus tardives, instruites par le commerce du baron du temps où je vivais à Mespech et à l'observation de faits que je serai peut-être amené à conter par la suite.

À la parfin, après un rapide regard lancé à Sauveterre comme pour décider lequel des deux allait intervenir, alors qu'à mon sens il n'y avait guère de doute sur la question, Jean de Siorac, d'une voix posée et calme, m'adressa la parole.

— Miroul... commença-t-il, car c'est bien ainsi qu'on te nomme, n'est-ce pas ?

— Oui, Moussu lou Baron, répondis-je avec application.

— Comme tu ne peux l'ignorer, la justice seigneuriale, pour le fait de t'être introduit dans nos murs afin que de nous rober, ne connaît qu'un seul et juste châtiment : le gibet.

Ma gorge se noua en cet instant, mais avec le recul de ceux qui connaissent la fin des histoires, je pense asteure que cette entrée en matière était avant tout destinée à contenter Jean de Sauveterre, lequel hocha la tête avec gravité à l'énoncé du cruel verdict.

— Nous n'avons, tous deux ici présents, qu'un mot à dire pour que la potence soit dressée dans la cour et que l'affaire se termine promptement, telle qu'elle doit naturellement se conclure, poursuivit Jean de Siorac tandis que Sauveterre continuait à hocher la tête en signe d'approbation. C'est notre premier mouvement, car il est équitable, droit et conforme aux règles de Dieu, auxquelles nul ne peut se soustraire. L'entends-tu ainsi, Miroul ?

— Oui, Moussu lou Baron, et ma gorge s'étrangla derechef.

— Bien. Il est déjà moins perdu celui qui comprend la sentence et la reconnaît comme juste.

Je ne sais si cette phrase terrible visait encore à contenter Sauveterre, car égaré je commençais à l'être tout à fait, et de plus en plus, perdant pied dans cette rhétorique de nobles qui m'était tout à plein déconnue.

— Miroul, en ce triste prédicament, car nous avons jà, hélas, pendu des larrons et des gueux à notre potence, et ce n'est jamais une fête à Mespech que de voir un corps se balancer au vent, nous souhaitons te reposer quelques questions pour bien juger de toi, et ne pas commettre une erreur.

Il marqua une courte pause, se tourna vers Sauveterre qui, par un bref signe de tête, donna son assentiment. Le baron posa ensuite son regard bleu et tranchant sur moi avant de poursuivre.

— Es-tu né dans la religion réformée ou es-tu un converti ?

— Je suis né dans la religion réformée, Moussu lou Baron.

— Tes parents te lisaient donc la Bible en ton enfance et tu en as retenu les grands préceptes ?

— Oui-da, Moussu lou Baron.

— Pourquoi rober chez nous dans ce cas ?

Lecteur, si tu commences à percer qui je suis, tu auras compris que je n'ai pas reçu d'instruction et suis donc très certainement un âne en bien des choses, mais que j'apprends vite, ai mémoire affûtée, et sais faire bonne et rapide usance de ce qui atterrit dans ma besace.

— Moussu lou Baron, je suis larron par accident et non par vice, dis-je reprenant mot pour mot le propos du jeune Siorac à mon sujet le matin même.

Cette phrase fit mouche, je crois, car je vis le baron et Sauveterre s'échanger un regard de surprise et changer de position sur leur escabeau.

— Ma famille a été tout entière massacrée par des gueux, parce que nous étions de la religion de Luther. Ce fut un horrible pâtiment qui ne se peut exprimer, Moussu lou Baron, et seul je réchappai de la meurtrerie et oncques ne reverrai mon père, ma mère, mes deux sœurs et mes deux frères.

— *Deus dedit, Deus abstulit : Sit nomen Domini benedictum*[1], prononça alors Sauveterre d'une voix grave qui me stoppa tout à plein.

À l'époque, je ne comprenais ni le latin – je ne l'entends toujours point du reste – ni la langue du Nord qui ne m'est devenue familière que plus tard dans le sillage de mon maître à la cour du roi de France, et seule la langue d'oc m'était intelligible, si bien que je ne sus ce que Sauveterre venait de dire et Jean de Siorac le comprit assez pour s'en faire le truchement.

— La famille est un bien que le Seigneur t'avait donné, Miroul, il te l'a retirée, mais tu dois sanctifier le Seigneur dans toutes ses actions, même et surtout quand tu ne les comprends pas.

— Amen, dis-je avec respect, ce qui eut l'heur de plaire à Sauveterre car je vis passer dans ses yeux un éclat de satisfaction.

1. Dieu me l'a donné, Dieu me l'a ôté : Que le nom du Seigneur soit béni.

— Poursuis, mon brave Miroul, dit-il, et c'est la première fois que je le vis prendre une part active à cet interrogatoire qui semblait jusque-là mené seul et de bout en bout par le baron.

— Je suis perdu sur les routes et la faim me travaille si fort que je ne peux faire autre chose que rober pour non pas mourir dans le fossé. Mais qu'on me donne la chance de me racheter et je me ferai tuer pour mes nouveaux maîtres !

Je dis cela avec un certain élan, presque de l'enthousiasme, et je le pensais si à plein que le baron leva le bras pour m'interrompre, un demi-sourire flottant sur ses lèvres.

— Miroul, commença-t-il, tu as pâti de la mort de tes parents et des tiens, ce qui t'a fait chuter et quitter les chemins de la droiture. La raison en est qu'il est dur d'être seul dans ce monde et que d'un guide ou d'un maître on a souvent besoin.

— *Vae soli*[1] ! dit Sauveterre en écho.

— Nous avons pensé, poursuivit Jean de Siorac, que tu méritais la clémence et nous te mettons à l'épreuve. Si tu nous montres, par ton action et ton dévouement, que nous ne nous sommes pas trompés sur ton compte, tu seras des nôtres, l'étant déjà par la religion, ce que nous interprétons comme un signe de Dieu lui-même.

— Oh, mes seigneurs ! m'écriai-je, comment pourrais-je jamais vous dédommager de ce que vous faites !

Le baron sourit derechef et se leva. Il était assez distinctement plus grand que moi et, comme il s'appro-

1. Malheur à l'homme seul.

chait de ma personne, j'eus l'impression d'être un enfant qu'on sermonnait, lors que c'était de ma vie qu'il était question et que celle-ci n'avait pas pesé lourd à l'aube de ce jour merveilleux où j'entrais au service des Siorac. Il alla jusqu'au fenestrou de la pièce, regarda un instant au-dehors puis, se retournant, s'accota à la petite ouverture, le coude sur le rebord en pierre ocre du pays.

— Tu nous dédommageras en nous restant fidèle. Et ce n'est pas tout. *Primo*, je te mets sous les ordres de mon fils Pierre, lequel t'a capturé et mérite bien cette récompense, et à qui tu feras office de valet. Tu lui devras considération et obéissance, mais je n'ai nul doute que Pierre, de par son autorité naturelle, saura se faire respecter maugré son jeune âge. Je crains même qu'il n'en abuse. *Secundo*, tu seras également au service de mon fils Samson, lequel est, bien au rebours de son frère, tout de bonté et d'affabilité, insigne faiblesse qui le rend bien incapable de diriger autrui. Mais je veillerai personnellement – entends-tu bien cela, Miroul ? –, personnellement, à ce que tu ne profites de cette situation où le valet peut s'emparer de son maître et inverser les rôles. Tu es désormais, et tu resteras, à l'écoute de ce que tu devineras être les volontés de Samson afin que de lui obéir en tout point comme un bon domestique.

Jean de Siorac fit une pause, lorgna un quart de seconde en direction de Sauveterre, qui n'avait pas bougé pendant tout ce discours, assis sur son escabelle, l'air imperscrutable, le buste droit, sa jambe infirme allongée toute droite vers la gauche alors que l'autre était repliée sous lui. Sa vêture noire, sa face longue et sombre – il était aussi brun que le baron était blond –, son nez busqué et ses yeux noirs le faisaient ressembler à un corbeau et on se serait presque attendu à l'entendre croasser plutôt que de discourir en latin.

— *Tertio*, reprit le baron d'une voix forte, tu aideras aussi au domaine pour tous les travaux collectifs, où chacun prête la main, d'autant plus que tu connais la besogne : labours, foins, moissons ou vendanges te sont tout sauf étrangers, et de ton expérience même, certains céans pourront s'approfiter. Seuls te commanderont, en toutes circonstances, Pierre ou Samson, et bien évidemment mon ami Jean de Sauveterre et moi-même à qui tes jeunes maîtres doivent obéissance et respect filial.

Voilà, je crois, dans ce *Tertio*, ce qui subsistait du désir initial de Sauveterre de racheter mes fautes par un exténuant et incessant labeur sous les ordres et la volonté de tous. Du reste, à ce point, Sauveterre soupira, comme pour montrer que ce *Tertio* était une bien pâle copie de ce qu'il avait en réalité souhaité pour moi et pour ma rédemption. Il n'ajouta rien, cependant, preuve qu'il s'était fait une raison de cette petite affaire, se réservant probablement pour d'autres combats de plus grande conséquence.

Pour autant, je dois avouer au lecteur que ce jugement, tout de clémence et de bénignité, ne faisait pas de ma personne un homme désoccupé. Car au service de deux maîtres, dont l'un effectivement se révéla plus exigeant que l'autre, s'ajoutaient tout de même les travaux des champs qui, en certaines saisons, vous prennent de la pique du jour jusqu'au crépuscule, sans loisir aucun. Mais ceci n'est que réflexion de grincheux et mériterait d'être biffé de la page d'un trait de plume car, à la vérité, je ne pourrais jamais louer le Seigneur assez d'avoir guidé mes pas jusqu'en ce lieu où je pus poser mon grappin pour toujours.

En ayant terminé de son jugement seigneurial, Jean de Siorac me donna une tape sur l'épaule et son visage composé et sérieux, empli jusque-lors de la fonction qu'il exerçait, s'éclaira tout à plein.

— Tu seras des nôtres, j'en suis sûr ! dit-il sur un ton familier.

Et se tournant vers Sauveterre qui se levait avec difficulté de son escabelle, il ajouta :

— N'est-ce pas, Jean, que ce petit drôle sera des nôtres ?

— Oui, s'il suit les enseignements de Dieu, répondit Sauveterre, gravement et sans effusion aucune.

Et dans ce oui conditionnel, que d'aucuns pourraient considérer comme une claire réserve à mon encontre, il fallait lire tout le rebours, à savoir que Sauveterre n'avait guère de doute sur l'issue de ma mise à l'épreuve et qu'il avait toute fiance en ma fidèle nature.

Avant que de me laisser libre enfin tout à plein, les deux Jean me confièrent à Marsal le Bigle et Coulondre Bras-de-fer avec quelques recommandations, expliquant en peu de mots que je serais céans valet de Pierre et de Samson, sous leur autorité, et que la potence était remise à plus tard, et peut-être à jamais si je donnais satisfaction dans ma fonction.

*

* *

J'ai souvent repensé aux intentions du baron, m'interrogeant sur son idée de me mettre valet de ses jeunes fils, trouvant étrange en ce prédicament qu'il m'ait confié, d'une part à son cadet et non à l'aîné, comme il aurait dû faire, d'autre part à un bâtard. Samson, le lecteur s'en ramentoit, était fils de paysanne, fruit des coupables amours de Jean de Siorac – lesquelles désespéraient tant Sauveterre –, adopté et reconnu après la mort de sa mère par le baron qui lui donna officiellement et devant notaire le nom de Samson de Siorac, à la grande ire de son épouse Isabelle, laquelle je n'ai jamais connue puisqu'elle avait déjà quitté ce monde à mon arrivée à Mespech. Il me semble que le baron voyait loin et bien au-delà de ce que j'aurais pu imaginer à l'époque où j'entamais mon service auprès de Pierre de Siorac.

Le domaine de Mespech et le titre de baron revenaient de plein droit à l'aîné François et les deux autres fils, Pierre et Samson, n'étaient à hériter de rien sinon d'une somme d'argent qui devait leur servir à s'établir. Jean de Siorac avait des vues sur l'avenir de ses deux cadets, mais de son préféré surtout, Pierre, qui était tel parce qu'il lui ressemblait tant, et par le truchement de ce double encore à l'orée de sa vie, le baron pensait soigner quelque vieille blessure de sa jeunesse dont il n'avait jamais guéri.

Cadet comme Pierre, Jean de Siorac était parti faire ses études de médecine en la ville de Montpellier où il était devenu bachelier, puis licencié en médecine, ce qui était déjà considérable. Hélas, il ne put soutenir sa thèse, devant fuir la ville deux jours avant la soutenance, ayant en duel passé son épée à travers le corps d'un nobliau pour une querelle au sujet d'une garce qu'il ne revit du reste jamais. À la suite de quoi, pour échapper à la justice, il s'engagea dans la légion de Normandie avec la promesse d'avoir la grâce du roi François Ier s'il y servait cinq années durant. Il y resta neuf ans, gravissant un à un tous les échelons jusqu'au grade de capitaine et à l'anoblissement comme écuyer, en compagnie de Jean de Sauveterre. Enfin, après la bataille de Cérisoles, il fut nommé chevalier pour son ardeur et sa bravoure au combat. Le titre de baron fut acquis plus tard, en 1557, au siège de Calais, où Jean de Siorac reprit temporairement du service, à l'appel du roi Henri II, alors qu'il avait déjà cessé toute activité militaire pour s'établir à Mespech avec Jean de Sauveterre. De cette carrière militaire qui le mena jusqu'au titre de baron, Jean de Siorac n'avait qu'à se glorifier. Pourtant, jamais il ne dépassa l'amertume de n'avoir pu devenir médecin tout à fait, par la faute de son caractère impulsif et généreux, et en conçut un de ces regrets éternels que tout homme cultive quand, une fois les opportunités passées, il jette un œil en arrière pour juger de ce qu'il a accompli.

Ce regret travaillait si fort Jean de Siorac qu'il avait toujours songé à Pierre pour en atténuer le pâtiment, le poussant vers la médecine depuis ses plus vertes années et l'instruisant presque au quotidien sur les intempéries, humeurs et fièvres, et les remèdes à administrer pour les guérir. Pierre qui portait à son père une admiration sans limite faisait tout ce qui était en son pouvoir pour justifier l'affection que son héros lui dispensait, et avait embrassé avec passion le même amour de la médecine.

Vous aurez compris qu'il était dans l'idée du baron d'expédier Pierre, accompagné de Samson, en la ville de Montpellier, pour suivre ses propres traces, et au-delà, pour devenir médecin véritable. Or, Jean de Siorac s'apensait avec raison que l'entreprise serait plus aisée si, à ses deux fils, dont le plus doux ne pouvait guère protéger le plus audacieux, il adjoignait un valet fidèle qui les servirait, les déchargeant ainsi des pesantes besognes quotidiennes, et à l'occasion, veillerait sur eux. Qu'il ait décelé en moi, en un temps si court, la personne capable d'être celui-là, et saisi tout à plein cette opportunité, me ravit encore, et pour un peu mettrait à mal ma modestie, si je n'étais de ceux qui ont la tête sur les épaules et ne se la laissent pas tourner à la première louange venue. Quoi qu'il en soit, il faut rendre hommage à la clairvoyance du baron qui envisageait de si loin l'avenir de son fils, lors que celui-ci n'avait encore que douze ans. Et le fait qu'il m'ait livré au service non seulement de Pierre, mais aussi de Samson, montre assez qu'il avait déjà l'intention à cette époque d'envoyer en Montpellier les deux frères, et non pas un seul, étant bien convaincu que la sécurité vient du nombre, et que la solitude ne vaut rien quand on quitte sa famille. *Vae soli*, comme aurait dit Sauveterre.

Pour Samson, qui avait exactement le même âge que Pierre, Jean de Siorac n'avait pas une vue aussi ferme, et changea d'avis plusieurs fois à ce que je sus par la suite. Remarquant dans le caractère de son bâtard, qu'il aimait prou même s'il lui préférait Pierre pour les raisons que j'ai dites, une très grande droiture et un respect sans faille aux règles et aux lois, il voulut d'abord qu'il fasse des études de droit. Puis, plus tard, croyant discerner en lui une disposition aux sciences et à la mesure, il décida que celui-ci deviendrait apothicaire, et Samson approuva, par amour pour son père, sans que cette acceptation ne lui coûtât, n'ayant lui-même aucun avis sur ce qu'il devait faire.

*

* *

Quand les deux Jean s'ensauvèrent vers des tâches plus urgentes, Marsal le Bigle et Coulondre Bras-de-fer me regardèrent un instant, les bras ballants, sans rien dire, visiblement surpris par le dénouement de l'affaire. Puis, Marsal le Bigle me fit signe de les suivre et je quittai pour toujours ma petite geôle de la tour nord-est pour ne plus jamais y retourner. Marsal le Bigle louchait, d'où son surnom, mais il bégayait aussi, ce qui rendait la conversation pénible assez pour qu'on cherchât à s'en dispenser. Coulondre Bras-de-fer, dont le surnom venait du crochet qui remplaçait sa main gauche, résultat d'une forte mitraille qui le laissa pour mort sur le champ de bataille, était fort silencieux, ne parlant que pour de fortes paroles et fuyant avec horreur toute clabauderie inutile. Le trajet en compagnie des deux soldats fut de ce fait assez silencieux.

Au milieu de la cour, combattant au mieux son bégaiement, Marsal m'informa du lieu où nous nous rendions :

— Le jeune maître Pierre apprend le métier des armes avec Cabusse.

Et qui était Cabusse, il ne le dit pas, et je ne le demandai pas non plus, craignant que l'explication fût si longue et si désespérante que je n'en verrais la fin. Peu de temps après, Coulondre parla, et je crois bien que ce fut là sa seule parole en cette occasion :

— Qui peut comprendre qu'un jour on pend l'un, et que le jour suivant on ne pend pas l'autre !

Il ajouta au bout d'un moment, montrant qu'il continuait à réfléchir à l'affaire :

— C'est mieux ainsi, surtout pour toi...

Lors il me dévisagea tout à plein, un couple de secondes, et je crus discerner, au milieu de ce rude visage couturé et barré de cicatrices, une sorte de sourire et une expression amicale dans les yeux, signe le plus fort qu'il pouvait sans doute montrer pour signifier que lui, Coulondre Bras-de-fer, avait ce jour d'hui apprécié la justice seigneuriale. Ce fut tout, mais ce fut beaucoup pour moi, car je craignais prou de l'accueil céans des gens de ma condition après avoir entrevu ce dont la Maligou était capable.

Nous entrâmes dans la salle d'escrime, laquelle était aussi vaste que possible pour permettre les assauts, où se précipiter en avant pour placer une botte et rompre au contraire en arrière pour la parer exigent de l'espace et du dégagement. Il y avait là Pierre, mais aussi son aîné François ainsi que Samson, tous trois l'épée à la main, sous la direction et les ordres du maître d'armes que je devinais être le nommé Cabusse.

Le Cabusse en question était le troisième des soldats ramenés dans leurs bagues par la frérèche – c'est ainsi que les deux Jean aimaient à se désigner eux-mêmes – lors de la démobilisation suite aux campagnes militaires dans la légion de Normandie. Il était fort différent des deux autres car il maniait l'éloquence, aimant beaucoup à s'écouter, ne s'embarrassant guère de précautions oratoires et parlant toujours à la franche marguerite, même en s'adressant au baron, ce que celui-ci appréciait, c'est du moins l'impression que j'eus souvent.

Le jeune Siorac, quand il m'aperçut, me fit un petit signe de la main gauche, et cette inattention se solda incontinent par une pointe au cœur portée par Cabusse, ce qui sur l'instant me fit tressaillir de peur mais je sus par la suite que les pointes des épées en étaient mouchetées pour éviter tout navrement.

— Capdedieu ! cria Cabusse. Voilà ce qui arrive quand on n'est pas à son affaire, on meurt !

Il ajouta sentencieusement :

— Et on meurt sans même s'en rendre compte !

Le jeune Siorac fut prou humilié par cette sévère remontrance, surtout devant moi, je le cuide assez, qui avais été désigné comme son valet, et le rouge lui zébra les joues. Il repartit derechef à l'assaut avec une ardeur redoublée mais un peu brouillonne qui ne posait guère embarras à Cabusse, lequel parait toutes ses attaques avec un calme et une nonchalance qui m'impressionnèrent.

Assis tranquillement dans un coin, je pus tout à loisir suivre le déroulement de la leçon. Des trois frères, j'observai que Samson était le plus grand et le plus athlétique, le plus fort aussi, solide sur ses jambes, doté d'un poignet de fer que rien ne faisait plier. Avait-il hérité cela de sa mère pastourelle, je ne saurais le dire, mais il y avait quelque chose de différent en lui, qui émanait de la largeur de ses épaules, preuve peut-être bien que le mariage de la noblesse et de la paysannerie donne de beaux résultats. Il ne me sembla pas qu'il tirait profit de cet avantage physique comme il aurait pu le faire car sa douceur et sa bonté étaient très perceptibles jusque dans les assauts, se transformant en une sorte de lenteur et de retenue assez irritante, qui l'empêchait de conclure même quand il dominait l'échange.

François montrait un très joli style, parant et rompant avec grâce, mais il avait une si excessive prudence que lui non plus ne plaçait jamais la botte décisive qui l'eût fait triompher, toujours à soigner sa défense et négligeant l'attaque. Comme François et Samson tiraient ensemble ce jour-là, le combat devenait vite ennuyeux à regarder, car au bout du compte, il ne s'y passait rien qui fît vibrer le spectateur.

Pierre avait une tout autre allure. Il n'était qu'attaque et initiative, cherchant à faire mouche à tout coup, se fendant en avant, la pointe tendue vers l'adversaire, se redressant comme un furieux, repartant derechef, tentant mille bottes, suant à grosses gouttes, ne ménageant rien et surtout pas sa peine ni son souffle pour être le vainqueur. De cette furia peu contrôlée se dégageait l'image de l'audace et du courage, mais la défense péchait par son inexistence et Cabusse, de temps à autre, lançait soudain sa lame en avant et touchait, à la cuisse, au bras, à l'estomac, et à chaque fois criait de plus belle :

— Gardez-vous, crénom ! Gardez-vous ou je vous tue !

Parfois, Cabusse interrompait l'assaut et se mettait dans la position de Pierre, se collant contre lui au botte-à-botte, lui saisissant le poignet et maniant son épée, expliquant le meuvement de la lame et le déplacement des pieds. Je les voyais ainsi se mouvoir comme deux danseurs enlacés, en avant comme en arrière, de dextre à sénestre et de sénestre à dextre, d'un coin de salle à un autre. Puis reprenant l'assaut,

Pierre multipliait les efforts pour appliquer la technique enseignée, sans se départir pour autant de ses attaques à tous crins.

À la parfin, Cabusse rassembla les trois frères et expliquant pour conclure quelques solides principes d'escrime à retenir, donna là une ultime leçon d'épée, certes, mais aussi d'éloquence. En l'écoutant, je ne pus m'empêcher de penser que j'avais devant moi le maître habile qui avait instruit Pierre dans l'art de certains coups de pied fort désagréables, dont j'avais fait les frais le matin même.

Cabusse n'habitait plus au château, ayant fait souche en Périgord et marié la Cathau, l'ancienne femme de chambre de la baronne Isabelle, et tous deux s'étaient installés au Breuil, non loin de Mespech. Cependant, il y venait presque chaque jour pour éduquer au métier des armes les fils du baron, Marsal et Coulondre ne pouvant mie assumer cet office, comme bien on le comprend. Un peu solennellement, Cabusse donna son congé en saluant de l'épée et, ramassant ses affaires, sortit noblement sans plus se retourner.

Pierre et Samson vinrent à moi, tout suants et dégoulinants qu'ils étaient, souriants et détendus comme deux gosses, et je fus fort étonné par Samson qui, m'entourant de ses deux bras, me bailla une forte brassée.

— Je suis bien heureux qu'on ne t'ait pas pendu, dit-il avec une sincérité qui m'émeut encore quand j'y repense à présent.

Pierre me donna une tape sur l'épaule, un peu à la manière de son père, et affirma mi-sérieux mi-se gaussant qu'il s'en était fallu de peu que je ne le sois, et que le domestique qui l'ignorait encore sera fort surpris d'apprendre le dénouement de l'affaire, étant donné les horreurs que la Maligou répandait sur mon compte depuis ce matin.

François se tenait à l'écart et, impassible, observait la scène tout en s'épongeant le front. Il ne me fallut pas long temps pour comprendre qu'il n'y avait guère d'estime entre François et Pierre, et que la fracture qui les séparait ne pouvait être réduite. Tout les opposait, du caractère au statut familial, et jusqu'à l'avenir à construire. François parce qu'il était l'aîné obtenait tout : le domaine et le titre de baron. C'est le lot de toutes les familles nobles et ceci, communément, est admis par le cadet. Mais Pierre n'avait accepté mie ce fait et contestait à François ce droit car, au fond de lui-même, il s'estimait plus à même de remplir la fonction que son aîné qu'il jugeait pleutre et indécis. À ceci s'ajoutait un facteur aggravant, la préférence marquée que le baron n'hésitait pas à montrer en faveur du cadet, et une relative indifférence à l'égard de l'aîné, qui poussait Pierre dans la voie de la contestation.

De son côtel, François s'agaçait des prétentions de ce cadet qu'il trouvait brouillon, impulsif, et même violent, alors que son caractère le portait à la tempérance et à la composition. Avant tout, François savait le droit pour lui et ne voyait nulle raison de prouver quoi que ce soit, tout au rebours de Pierre, lequel avait à cœur de démontrer qu'il aurait mérité d'être à la place de l'aîné. De cette opposition frontale, il ne sortit jamais rien de bon tant que nous fûmes à Mespech et une fois hors des murs, lorsque nous quittâmes les lieux pour Montpellier, Pierre ne me parla jamais plus de François, comme si celui-ci était lors définitivement sorti de sa vie.

Samson aimait tendrement son demi-frère Pierre, et n'avait pas avec François les mêmes problèmes de préséance. Ayant entamé son enfance dans une ferme, recueilli au château à la mort de sa mère, et ne portant le nom de Siorac que par un acte notarié tardif voulu par son père, il n'avait aucune revendication, comme s'il était encore tout estourdi – et reconnaissant – d'avoir du jour au lendemain quitté les champs et les labours pour une particule inespérée. Sa nature profonde, d'une grande bénignité et préférant par-dessus tout le compromis au conflit, le poussait à aimer Mespech comme un tout, et François faisait bien évidemment partie de ce tout. Si Samson avait eu un caractère plus affirmé, il aurait fonctionné comme un heureux contrepoids au tempérament entier et impétueux de Pierre, mais il n'était pas fait d'un silex suffisamment tranchant et, pour cette raison, était à la fois apprécié de tous – ou presque, je reviendrai sur ce point – mais, somme toute, je pus m'en apercevoir à maintes reprises, assez peu considéré.

— Si notre valet veut bien nous suivre ? dit Pierre en se gaussant, s'attirant incontinent un regard de reproche de la part de Samson, il pourra découvrir la place qu'il occupera désormais.

— Je suis votre serviteur, Moussu Pierre, répondis-je avec sérieux.

Et Pierre de s'esbouffer à gorge déployée. Pendant quelques semaines, il considéra notre nouvelle relation de maître à valet comme jeu d'enfant et me titilla sur mon rôlet de serviteur comme pour vérifier si j'étais capable de le tenir tout à plein. Capable, je l'étais, et bien davantage, car je vivais la chose comme une promotion, et – pardieu ! – j'avais bien raison de l'envisager ainsi, et c'est d'une limpide évidence pour qui a connu le triste état de paysan ou de larron.

Pierre et Samson, comme s'ils étaient deux frères de lait, dormaient dans le même lit, mais grand assez pour qu'ils ne se gênassent pas l'un l'autre, François ayant une chambre pour lui seul. Dans la pièce des deux cadets dormait aussi la petite Hélix, dont le surnom avait traversé les ans, car petite elle ne l'était point, étant de quatre ou cinq années l'aînée de Pierre. La petite Hélix était fille de Barberine, nourrice de la baronne qui avait donné le sein à François en même temps qu'à sa fille, puis plus tard à Pierre.

Étant à son service, Pierre souhaitait m'avoir tout à loisir près de lui, de jour comme de nuit, et pour cette raison demanda qu'on installât un lit supplémentaire dans la même pièce. Pourtant, il y avait à cela un inconvénient qu'il entrevit de suite, et auquel il remédia incontinent, d'une façon aussi simple qu'efficace.

Le soir venu, la petite Hélix qui m'apparut en tout point charmante, étant gaie et enjouée, bien faite et jolie assez pour qu'on en imagine plus qu'un bon chrétien ne devrait, vint converser avec moi, me posant mille questions sur mon histoire, et pleurant avec moi la perte de ma famille. Puis elle alla s'allonger sous sa coite et attendit patiemment qu'on soufflât le calel.

À ce moment, Pierre s'approcha de ma couchette alors que Samson s'était déjà ococoulé dans son lit, allongé sur le dos, le drap bien relevé jusqu'au menton, et qu'en moins de temps qu'il ne faut pour le dire, s'était endormi du sommeil du juste, laissant entendre un léger zézaiement par les narines à chaque inspiration, bien léger ronflement qui ne présentait guère d'inconvénient.

— Dors-tu bien, Miroul ? me demanda Pierre de Siorac. Vois-tu ce grand Samson, c'est un loir, il n'a qu'à baisser les paupières et l'affaire est conclue, et il ne les relève qu'à la pique du jour, sans interruption aucune.

— Je tarde à m'endormir, Moussu Pierre, et depuis le massacre de ma famille, je ne dors que d'un œil, me réveillant au moindre bruit, même celui d'une souris trottant sur la mousse.

Pierre se gratta la tête, l'air soudain renfrogné, me jeta un regard auquel je ne répondis pas, ne sachant ce qu'il signifiait, ouvrit la bouche comme s'il allait ajouter quelque chose, puis se ravisant, il se redressa tout à plein et me souhaita la bonne nuit d'une assez roide manière.

Malgré les incroyables émeuvements de la nuit passée et de cette longue journée qui m'avaient, comme on s'en doute, brisé comme une assiette, je ne parvins à m'endormir, tous ces événements tournant et retournant dans ma tête, à telle enseigne que j'avais les yeux ouverts dans la pénombre, même si j'étais vigilant assez pour ne pas bouger afin de ne déranger personne dans mon insomnie.

Telle ne fut pas ma surprise de voir mon maître se lever très précautionneusement et, dans le plus grand silence, debout et immobile, regarder quelques secondes dans ma direction – on pense bien que j'en retins ma respiration – puis se diriger vers le lit de la petite Hélix dans lequel il se glissa sans qu'aucun barrage ne s'érigeât contre cette intrusion, la raison en étant qu'on devait l'y attendre depuis bien longtemps. Il s'ensuivit quelques clabauderies étouffées, puis un silence tendu où je percevais une certaine agitation du drap qui se soulevait ou se creusait, agitation qui s'acheva par des soupirs contenus et difficilement réprimés.

À la suite de quoi, je vis Pierre refaire le même trajet en sens inverse, et s'immobiliser derechef pour regarder dans ma direction – mais j'étais comme mort – avant que de se recoucher et de s'endormir bien rapidement à ce que je pus en juger.

Je ne fus guère étonné le lendemain que Pierre demandât qu'on changeât mon lit de place et qu'on le mît dans un recoin du couloir, non loin de là, mais hors de la pièce. À Samson qui s'alarmait de cette exclusion, il répondit :

— Miroul n'est pas, comme moi ou la petite Hélix, accoutumé à tes ronflements, et je crains qu'il n'ose le dire. C'est un valet, certes, mais ce n'est pas une raison pour le traiter mal.

— Mais je peux, en me tournant sur le côtel, dormir silencieusement, affirma Samson qui naïvement cherchait une solution.

— C'est inutile, Samson, il vaut mieux que tu dormes comme tu l'entends. De plus, Miroul est un domestique et je ne suis pas sûr que ce soit une bonne chose qu'il passe la nuit avec ses maîtres.

— Mais la petite Hélix ? dit Samson étonné.

Pierre prit son air le plus innocent.

— Non, Samson, la petite Hélix, c'est différent. Elle a été nourrie au même sein et en même temps que notre frère François. Plus tard, moi aussi, après eux, j'ai tété la même mamelle. Qui donc songerait à oublier qu'elle est, non pas une simple domestique, mais telle une sœur pour nous ?

Chapitre III

Je cuide assez que le lecteur ne m'en voudra mie si je fais ici une courte pause dans la progression de mon récit. Désireux de connaître l'avis d'un lettré sur ces premières pages, mais renonçant par crainte de sa réaction à les faire lire à mon maître, je m'en suis allé trouver – un peu en cachette – le curé de notre paroisse pour lui confier mes écrits. Il s'étonna fort de l'entreprise, la trouvant curieuse assez, et peu adaptée à un valet dont le rôlet est de demeurer dans l'ombre de son maître, sans oncques se mettre en avant. Ceci fut prononcé sur un ton où le reproche le disputait à la condescendance, affirmant qu'il lirait cela très à rebelute, car il faut savoir place garder et qu'il n'y a rien de bon à attendre quand on bouscule le bel ordonnancement de Dieu. Tout en disant cela, il m'arracha presque le manuscrit des mains et le fourra incontinent sous sa soutane.

Il ne me le rendit que deux mois plus tard et dans un si triste état, souillé de larges taches de graisse et froissé assez, que ça me porta peine et me rendit tout marmiteux. Comme je lui en demandais son avis, il fut évasif et confus, alignant quelques phrases déconstruites, ponctuées de latineries obscures où même un moine n'y aurait pas retrouvé ses humanités et, l'air soudain pressé et affairé, affirma qu'il m'en reparlerait plus au calme – nous étions seuls dans la sacristie – et que la suite pourrait confirmer son jugement, car il n'y avait lieu à trancher d'une matière aussi courte sans que de voir si l'ensemble pouvait ressembler à quelque chose.

La seule information qui émergea clairement de tout ce galimatias fut énoncée au moment où il me donnait son congé pour courir je ne sais où.

— Souviens-toi aussi, me dit-il, que tu ne dois contester autrui que si tu apportes bien la preuve de ton différend, sans te cantonner à énoncer que ton prochain se trompe.

Sur le coup, je ne compris pas ce qu'il entendait par là et ce n'est qu'une fois rentré chez moi, et tout en tentant sur mon écritoire de défroisser les malheureuses pages, que je m'avisai qu'il évoquait sans doutance aucune la date de mon arrivée à Mespech dont j'avais écrit qu'elle ne pouvait correspondre à celle consignée dans les Mémoires de mon maître. Que notre curé s'attachât à des détails d'une si bénigne conséquence me désola quelque peu et je me jurai de ne lui donner mie la suite de mon manuscrit, vu l'usance qu'il en faisait et les recommandations qu'il prodiguait.

Cependant, pour montrer que dans la France d'aujourd'hui, sous l'autorité de notre bon roi Henri IV, un huguenot peut satisfaire au conseil d'un catholique, ce dernier fût-il paillard et se servant des manuscrits qu'on lui confie comme de serviettes dans ses ripailles, je consens à donner mes raisons de cette bien petite divergence entre mon maître et moi. Et que M. le curé se rassure, il ne trouvera point là matière à enfoncer un coin dans cette vétille pour gâter l'admiration que je porte à Pierre de Siorac, à son génie et à sa clairvoyance.

Il est d'abord un souvenir qui me frappe et me revient nettement lorsque je me trouvai sur mon perchoir à observer et évaluer les défenses de Mespech : les arbres étaient sans feuilles, ou celles-ci étaient à peine naissantes, ce qui m'obligea à me tenir serré contre la branche, presque collé à elle, de peur d'être vu du château. De ceci, j'en ai la quasi-certitude et j'en conclus que nous ne nous trouvions pas au mois d'août, mais vers la fin de l'hiver, au mois de mars, et je n'ai pas du reste le sentiment qu'il faisait bien chaud sur cet arbre.

D'aucuns rétorqueront que ce sont là souvenances bien fragiles, que le temps peut altérer et embrouiller dans les mérangeoises. Certes. Mais si on considère que j'ai été jeté sur les routes du royaume à la suite de la bataille de Vergt qui eut lieu en octobre 1562, j'affirme que je n'ai pas passé presque onze mois à jouer le larron dans cet état pitoyable qu'était le mien, et que cinq à six mois s'accordent bien assez avec ma remembrance.

La vérité, si doute encore il peut subsister dans la tête de certains, se trouve dans les Mémoires de mon maître. Ayant, selon lui, sauté comme un singe pardessus les murailles de Mespech vers la fin du mois d'août 1563, je n'aurais mie pu connaître les événements de l'année 1563, du moins tous ceux antérieurs à mon arrivée. Il n'en est rien. Et ils sont légion les événements que j'ai vécus alors que je ne devais me trouver à l'époque au château.

N'est-ce pas Coulondre Bras-de-fer qui me conduisit avec Marsal le Bigle à la tour nord-est en mon cachot d'un jour, comme je l'ai rapporté ? Or, ce même Coulondre Bras-de-fer en août 1563 ne se trouvait plus à Mespech, ayant emménagé dans le moulin de Gorenne – que la frérèche venait d'acheter – afin que d'y faire office de meunier, avec la Jacotte du hameau de la Volperie qu'il venait d'épouser. Et je me souviens bien des négociations entre Coulondre et la frérèche, qui tournèrent à l'avantage du soldat pour la raison que personne ne voulait habiter là-bas de peur d'être un jour ou l'autre attaqué et occis par les bandes de gueux qui sillonnaient le pays. Même que Sauveterre battit froid Coulondre pendant plusieurs semaines pour les conditions assez à son avantage qu'il avait imposées en ce prédicament.

Le lecteur féru des Mémoires de mon maître sait aussi bien que moi que je n'aurais rien dû connaître de l'émotion de la Lendrevie, où le baron de Siorac accompagné de Pierre, Samson et de ses vieux soldats s'en allèrent au risque de leur vie en la ville de Sarlat, lors aux mains des gueux du boucher Forcalquier, pour chercher Franchou, l'ancienne chambrière de la baronne, laquelle était enfermée dans la maison de sa nouvelle maîtresse, morte de la peste, car on craignait qu'elle ne l'ait elle-même attrapée. Et je me souviens bien de l'opposition résolue de Sauveterre à cette entreprise, qui trouvait insensé que l'on risquât sa vie par deux fois, en affrontant d'abord des gueux affamés et désespérés, prêts à tout, puis ensuite la peste que Franchou pouvait fort bien avoir contractée, et ceci parce que le baron de Siorac était seulement intéressé à ramener à Mespech ce joli cotillon qu'il espérait bien chausser un jour. Et qu'il chaussa en vérité !

Il y eut aussi, et surtout, cette terrible querelle entre Jean et Pierre de Siorac au sujet de la médaille de Marie que mon maître porte autour de son cou en mémoire de sa mère, laquelle lui avait demandé, la veille de sa mort, de la garder toujours ainsi. Altercation qui fut si violente, et dont les conséquences faillirent être si graves, qu'elle mit et le père et le fils dans un état de colère paroxysmale jamais atteint entre eux deux. Je reviendrai sur cette grande querelle car elle révèle prou sur le caractère de mon maître et donne à penser sur la fermeté de ses opinions et son intransigeance quand on touche aux questions de l'honneur.

*

* *

Au château, Pierre de Siorac se levait à potron-minet quand le jour peine encore à se distinguer de la nuit et nul ne sait ce qu'il faisait lors que tout dormait encore à Mespech, sinon qu'il pouvait à l'occasion, dans le charnier, surprendre des petits drôles comme votre serviteur en train de rober une tranche de jambon ! Mais quand je m'éveillai le premier matin, je ne pus que constater que sa place dans le lit était vide et que Samson, comme un gros bébé, s'y étirait de tout son long en poussant de doux grognements. Soulevant sa tête, les yeux encore gonflés, clignotant des paupières, il jeta un regard vers la petite Hélix qui dormait profondément, puis m'aperçut et me fit un sourire angélique.

— Miroul, me dit-il, le sommeil t'a-t-il été favorable ?

— Ma foi, Moussu Samson, on dort mieux céans que dehors dans l'humidité de la forêt.

Il me sourit derechef et je pus admirer la grande beauté du bâtard, comme aimait à l'appeler François, lequel ne lui manifesta jamais beaucoup d'estime ni d'amitié, au grand regret de Samson qui, dans sa grande bonté et amour des autres, ne comprenait pas pourquoi. Car Samson est en tout point celui que mon maître a décrit dans ses Mémoires, auxquels je me reporte pour en donner le portrait :

Samson, en premier lieu, est beau, d'une beauté à éclairer les ténèbres; ses cheveux, d'un blond de cuivre bouclant jusque sur sa robuste encolure; ses yeux, d'un bleu azuréen; son teint de lait; ses traits harmonieux. Et je ne parle ici que de son visage, et non point de son corps, qui devait devenir, avec les ans, par sa virile symétrie, digne de la statuaire. Mais cette beauté encore n'est rien, ni sa grâce ni ses infinis agréments. Ils ne sont que les visibles symboles de l'âme qui habite cette enveloppe.

Si j'aime à rappeler ici ce portrait, c'est que je cuide assez qu'on ne peut décrire et cerner mieux tant la beauté charnelle de Samson que son essence morale, toute de bénignité, d'attention au prochain, d'humilité et de modestie. À creuser un peu toutes ces hautes qualités, je crains hélas qu'elles n'aient aussi constitué, dans la vie de Samson, un frein à de plus grands projets ou à un dessein de plus noble envergure. C'est une chose que j'ai apprise auprès de mon maître, à la cour du roi de France en particulier, que pour combattre le mal où on l'encontre – et sur cette Terre, c'est en tout lieu – il faut savoir mettre la main aux maniements des âmes et des cœurs, ruser ou composer selon le besoin, et abattre l'adversaire avant qu'il ne le fasse lui-même. Il faut aussi posséder au premier chef, pour parvenir au succès dans de grandes et justes causes, des qualités qui faisaient grandement défaut à Samson et qui sont tout le rebours des siennes : l'opiniâtreté, la persévérance, la ténacité, et oser aussi prendre la place que l'on mérite.

Juste après cette belle description de Samson, je lis, toujours dans les Mémoires de mon maître, que Cabusse – avec son franc-parler coutumier – le jugeait gourd du cerveau en raison de son comportement lent et inhibé une épée à la main et, tout comme mon maître, je m'insurge contre cette opinion. C'est faire bien peu de cas des vraies qualités chrétiennes que Samson possédait à plein que de dire cela ! Dans un monde autre, qui oncques n'exista, mais qui demeure le but à atteindre pour notre humanité, Samson était un précurseur, bien en avance sur nous autres, et sa carence à faire du mal à autrui, sous quelque forme que ce soit, est à porter à son crédit et non à sa charge.

Que François ne l'aimât pas, toujours me désola. Il y avait là un refus de cet enfant surgi de nulle part, ramené un matin à Mespech par Jean de Siorac, présenté comme leur frère aux autres fils, sans explication aucune, et à qui on attribua illico le même nom qu'eux. Si Pierre n'y discerna pas malice, il est vrai qu'il n'avait que trois ans à l'époque, François vécut la chose à l'identique de sa mère Isabelle, laquelle se sentit prou humiliée par cette présence quotidienne qui lui rappelait tout à la fois le péché, la mésalliance, l'abandon, et constituait une insufférable personnification de l'acte abominable que son mari eut avec une simple paysanne. Si Isabelle de Siorac avait eu plus d'expérience de la vie, et des hommes surtout, elle aurait su que certains ne peuvent être retenus, qu'ils courent après le plaisir comme d'autres vont à la chasse, mais qu'ils reviennent toujours à la niche à la fin de la battue. Elle ignorait cela et en pâtit plus qu'une autre, y voyant la marque d'un grand désamour de son mari pour ce qu'elle était catholique, ce qui en vérité ne changeait rien à ce que le baron était, et demeura, jusqu'à sa mort.

Or donc, François, épousant en cela la détresse de sa mère – on ne peut le lui reprocher –, resta toujours et avec une remarquable opiniâtreté hostile au malheureux Samson qui n'en pouvait mais.

Samson se leva, réveilla la petite Hélix – était-ce une habitude ? – et nous descendîmes tous trois jusqu'à la salle commune. La Maligou s'y trouvait et, dès qu'elle m'aperçut, leva ses bras au ciel, poussa les mêmes cris d'orfraie qu'elle avait lancés la veille dans le charnier, se signa mille fois et se mit à dévider sa longue ficelle superstitieuse avec une force qui me laissa béant.

— Doux Jésus ! Sainte Vierge ! Par tous les Saints ! C'est le Diable ! Le Malin est au château qui vole par-dessus les murs pour nous corrompre ! Protégez-nous du mal, Tout-Puissant ! Il a trompé le baron, et même Sauveterre, et nous traînera par les cheveux dans les feux de l'enfer ! Nous sommes perdus, tous, si nous ne le jetons au bas des murailles, avec du sel dans les yeux et les oreilles !

Samson et la petite Hélix en restèrent interdits, muets de stupeur, et Samson, à qui ce discours devant moi faisait honte assez, je crois, me jeta un regard suppliant, comme pour me demander d'excuser ces incroyables débordements. Mais il ne disait rien, bien incapable, comme en toute circonstance, d'exercer la moindre autorité sur quiconque.

— Suffit, la Maligou ! cria une voix forte à la porte de la salle. Suffit ces fables et balivernes ! Miroul est mon valet et je ne tolérerai pas une seconde de plus que tu lui manques de respect ! Retourne à tes marmites et tais-toi, ou je m'en vais te fouetter sur l'heure !

Pierre de Siorac se tenait droit, les jambes écartées, la crête redressée, les yeux étincelants, et il paraissait à ce point furieux, que la Maligou eut peur qu'il n'exécutât sa menace et la battît comme poule en poulailler, si bien qu'elle se tut tout soudain et qu'il y eut dans la salle un profond silence.

— Oublie cette vieille folle, Miroul, me lança mon maître en s'asseyant à la table, rien ne pourra la changer, c'est une convertie de façade, toute à ses idoles, la Vierge et les Saints, et remplie de tant de superstitions qu'un livre entier ne suffirait pas à les énumérer toutes !

La conversion ! Voilà bien un point qui joua en ma faveur auprès du baron et de Sauveterre car contrairement à tout le domestique du château, je n'étais pas un ancien catholique converti de force, ou tout comme, par la frérèche. Le lecteur se souvient que l'étau royal se desserrant sur les protestants, les deux Jean avaient demandé à tous les occupants du château d'embrasser la religion réformée, et de choix il n'y en eut point, nul ne pouvant nier qu'un marché où on doit soit quitter sa religion, soit quitter les lieux est un pacte de dupes pour les gens de modeste condition qui ne sont plus rien s'ils en viennent à perdre leur situation.

Tous, donc, avaient obtempéré aux désirs des maîtres, mais ils étaient nombreux à le regretter, surtout les garces qui n'aiment rien tant dans le catholicisme que l'imagerie de la Vierge et du petit Jésus, de l'âne et du bœuf, des rois mages, et des innombrables saints à qui on peut se confier et demander intercession auprès du Dieu inaccessible.

Et ce fut bien une rude désillusion pour la frérèche que de ne jamais avoir le domestique de leur côté en matière de religion, si ce n'est par-devant avec les courbettes du faible devant le fort, tandis que par-derrière les langues se déliaient, les cœurs se rebellaient, et que triomphait un catholicisme rampant, d'autant plus regretté qu'il était interdit. Je ne présentais pas ce défaut, né dans la religion de Luther, sincèrement acquis à la Cause, et on ne pouvait mieux trouver comme valet, dévoué et reconnaissant, pour accompagner le fils bien-aimé en la grande et dangereuse ville de Montpellier.

C'est pendant le calme trompeur qui suivit la forte remontrance de Pierre à la Maligou que Barberine, la mère de la petite Hélix, entra dans la salle commune, son plus petit dans les bras et le dernier accroché à son jupon. Ces deux-là, Annet et Jacquou, étaient regardés avec un brin de mélancolie car ils étaient les deux marmots que la nourrice Barberine s'était fait faire par son mari pour nourrir les deux derniers enfants, hélas mort-nés, de la baronne Isabelle, laquelle décéda des suites de l'accouchement du second. C'étaient un peu les fantômes des deux frères ou sœurs que François, Pierre et Catherine auraient dû avoir qui se promenaient avec Barberine et dont la simple présence rappelait sans cesse la triste mort de la baronne.

La douce et bonne Barberine était une forte femme à la poitrine opulente qu'elle promenait en avant avec fierté comme la preuve tangible de son métier de nourrice, tout comme un bon ouvrier aime à montrer qu'il possède les outils propres à sa besogne. De nourrice, elle était devenue également gouvernante des enfants de Mespech, à un sol le jour, prix fixé par la baronne Isabelle, qui institua cette autre fonction après la mort de son premier nourrisson afin de conserver Barberine près d'elle et l'empêcher de retourner au village chez son mari. Barberine s'approcha de moi et me souhaita la bienvenue au château avec une gentillesse dont je lui sus gré, et j'y repense encore les larmes aux yeux, alors que la Maligou, à ces quelques mots accueillants, maugréa dans son coin quelques paroles inintelligibles, mais à l'évidence hostiles, que Pierre fit cesser incontinent en se retournant vers elle, le sourcil levé.

Quand je revois cette vaste salle commune où je passai tant de temps avant de quitter Mespech pour Montpellier, le cœur me poigne assez car il y avait là, avec cette grande table en bois, ses bancs de chaque côté capables de réunir ensemble tous les habitants du château, sans exception d'aucun, et l'immense cheminée avec son cantou où l'on venait souvent s'asseoir pour se réchauffer un instant au plus dur de l'hiver, une atmosphère que oncques n'ai retrouvée dans ma vie. Et même la Maligou, quand elle ne disait rien, participait à ce décor réconfortant, s'activant au-dessus de ses marmites avec une science toute professionnelle.

Pierre de Siorac était assis face à moi, le buste droit, les coudes posés sur la table, les avant-bras verticaux, et les joues du visage posées sur ses deux poings fermés. Il souriait en me dévisageant avec attention.

— Çà, Miroul, causons ! dit-il à la parfin en me baillant un clin d'œil.

— Oui, Moussu Pierre.

— Sais-tu monter à cheval ?

— Non, Moussu Pierre.

— Il faudra apprendre. Sais-tu tirer à l'épée ?

— Non, Moussu Pierre.

— Il faudra apprendre. Sais-tu te servir d'une arquebuse ?

— Non, Moussu Pierre.

— Il faudra apprendre. Sais-tu écrire ?

— Non, Moussu Pierre.

— Il faudra apprendre. Sais-tu lire au moins ?

— Un peu pour ce que mon père voulait que je lise la Bible.

— Il faudra progresser.

Comme bien on pense, je me sentis si écrasé et mortifié par tant d'ignorance que mes yeux se baissèrent de vergogne, d'autant plus que rien ne disait que de si belles matières je pouvais faire mon lot, vu que ce que l'on ne connaît pas paraît toujours hors d'atteinte et réservé à de plus beaux esprits que soi. Cette honte, je ne l'ai plus à présent, et pas seulement parce que j'ai appris toutes ces matières, mais parce que je pense que je savais à l'époque bien des choses que mon maître ignorait et qu'il aurait été incapable d'accomplir sans un long et patient apprentissage. Et si vous vous gaussez à ce propos, lecteur, c'est que vous aussi ignorez ces choses au point de ne pas même entrevoir ce qu'elles pourraient être.

Croyez-vous que vous pourriez vous saisir d'une faux et, la tenant par le bon bout, effectuer ce geste circulaire et magnifique qui abat le blé ou le foin en le coupant à sa base ? J'en tiens, pour l'avoir appris en mon enfance, que cette technique n'est pas simple, qu'elle exige patience et temps pour être possédée tout à plein et que, dans cet art de la fauche, certains excellent tant, par leur précision et leur adresse, qu'ils font l'admiration des autres. À côté de cela, se servir d'une arquebuse est un enfantillage, que même les gourds du cerveau – comme dirait Cabusse – peuvent apprendre en désommeillant à peine leurs pesantes mérangeoises !

Il est constant que les humbles, les petits de ce monde, se sentent prou humiliés par les maîtres en ce que le savoir de ceux-ci passe pour meilleur que le leur, lequel est négligé et réduit à néant comme s'il n'existait pas, ce dont les paysans ou les artisans finissent eux-mêmes par se convaincre, comme si pérorer en latin était le sommet de toute chose. Moi qui ai eu cette chance de passer d'un côtel à l'autre, j'en suis bien revenu de cette hiérarchie des puissants, qui ne m'impressionne plus guère, et quand il m'arrive de saisir la faux pour me débarrasser de quelques mauvaises herbes et que, d'un geste d'un seul, je rase le parterre, je me sens héritier d'un secret autrement plus noble que de tirer à l'arquebuse !

Nous en étions là, Pierre de Siorac et moi, lui réfléchissant à la manière de faire de Miroul le valet le plus utile et le plus doué qui soit, et Miroul redoutant de ne pas en être capable, lorsque je vis pénétrer dans la salle commune deux hommes en tout point identiques, ce qui me la bailla belle pour la raison que oncques n'avais vu de jumeaux de ma vie, et je trouvai le fait si troublant que je ne pus détacher mes yeux de leurs personnes. Dans un bel ensemble, ils saisirent chacun un bol, qu'ils emplirent de lait, coupèrent quelques tranches du bon pain de seigle que faisait la Maligou, et s'en allèrent s'asseoir à l'autre coin de la table d'une bien étrange façon. Il est rare, en effet, que deux personnes ne s'assoient pas l'une en face de l'autre pour converser plus aisément, et ainsi étions-nous, mon maître et moi, ainsi que Samson et la petite Hélix à nos côtés mais eux-mêmes face à face, alors que les jumeaux s'assirent côte à côte et, regardant droit devant eux, c'est-à-dire personne, trempèrent en même temps la tranche de pain dans le lait, puis mâchouillèrent d'un air placide comme s'ils étaient chacun seul.

— Ce sont les cousins Siorac, me glissa mon maître qui avait suivi et mon regard et mon étonnement.

— Les cousins Siorac ?

— Oui, les jumeaux sont les fils d'un oncle de mon père, Raymond de Siorac, lequel habitait Taniès, et que nous avons acceptés céans à Mespech à la mort de leur père. Le marché a été conclu par Sauveterre et nous est fort avantageux, car en échange de leur présence ici et de la sécurité que nous leur offrons, leurs terres de Taniès sont gagées et reviendront à Mespech pour peu que ces deux-là n'aient pas de descendance, ce qui est plus que probable vu que leur état de jumeaux semble exclure qu'ils fréquentent jamais une garce ! Ils ne se quittent pas, n'étant rien l'un sans l'autre, ce qui désespérait leur père d'en faire un jour quelque chose.

Pierre de Siorac tourna la tête en leur direction et les regarda à son tour sans que ni Michel ni Benoît

– c'étaient leurs noms – ne s'en aperçoivent, tout occupés qu'ils étaient à tremper et mâchouiller.

— Tu verras quand tu auras à faire avec eux, me dit Pierre en se penchant vers moi et en baissant la voix, ils sont gentils comme de bons chiens mais ils n'ont pas la comprenette des plus fines.

Puis, riant à gueule bec, il ajouta :

— Je crois que notre bon Sauveterre en a tiré le plus qu'on en pouvait et même davantage. Sauveterre a fait beaucoup pour la prospérité du domaine, étant dur en affaires, retors en négociations, patient dans les tractations. Vois-tu, mon bon Miroul, Sauveterre, il est comme ceci !

Et joignant le geste à la parole, il ferma la main droite, repliant lentement ses doigts sur la paume, comme s'il enserrait avec force un paquet de pièces d'or.

— Tu comprends ? me demanda-t-il.

— Oui, Moussu Pierre. Vous m'expliquez que M. de Sauveterre est chiche-face.

— Pardieu oui, il l'est ! Mais tu ne dois pas le dire ! Jamais ! Tu es valet, Miroul, ne l'oublie pas ! Tu regardes, tu observes, tu écoutes, tu épies au besoin, mais tu penses tout bas ! Et quand ça te paraît important, tu viens me le dire à moi, et rien qu'à moi. Saisis-tu à plein ce que je t'enseigne ?

— Oui, Moussu Pierre.

Ce fut là ma première leçon de valet et, sans doutance aucune, la plus importante car, en très peu de mots, il avait presque tout dit du rôlet qu'il attendait de moi et auquel, fidèlement, j'allais me conformer pendant des années. Ce que je jetai ce jour-là dans ma besace y est toujours et a beaucoup servi, en mille lieux et en mille occasions.

— Debout, Miroul ! dit Pierre avec ardeur en se levant lui-même, je vais te présenter Acla.

Et sans attendre ni même vérifier si je le suivais, à grands pas pressés, il traversa la salle commune, plantant là Samson et la petite Hélix, les laissant à leur déjeuner du matin. Il me fallut presque courir pour me maintenir à sa hauteur jusqu'au châtelet d'entrée qu'il dépassa et, parvenu sur le premier pont-levis, il s'arrêta net, se retourna et, levant les yeux vers les créneaux, il cria d'une voix forte :

— Escorgol ! Escorgol ! Est-ce ainsi que tu surveilles qui entre dans ce château, en rêvassant et bayant aux corneilles ?

À cette robuste apostrophe, une tête apparut entre deux créneaux, timidement, se pencha vers nous, et une voix mal assurée nous parvint.

— Mais, Moussu Pierre, dit la voix, vous sortez, vous ne rentrez pas…

— Et lors, Escorgol, si j'entrais, tu m'aurais vu ?

— Pour sûr, Moussu Pierre, que je vous aurais vu !

— À la bonne heure, Escorgol ! Dors en paix !

Et, derechef, Pierre de Siorac reprit sa course en avant, monta et descendit le court escalier qui permettait de passer la petite tour entourée d'eau, puis franchissant le second pont-levis, posa le pied sur l'île où les trois dogues se précipitèrent vers nous avec force jappements joyeux et battements de queue. Mais ce n'étaient pas les chiens que Pierre de Siorac cherchait en ce matin-là.

— Sanguienne ! dit-il, ah çà, mais que fait donc ma flâneuse ? Que n'est-elle dans le pré asteure ! Paresseuse, Acla, fi donc ! Viens, Miroul, il faut que tu voies cette merveille !

Et pénétrant dans le champ, il m'entraîna à son extrémité jusqu'à un bâtiment, dont les abords étaient fort boueux mais, n'en ayant cure, il avança sans ralentir et entra à l'intérieur. Je le suivis.

Acla tourna sa belle tête, pointant ses oreilles dans notre direction et fouettant son flanc de son ample queue en mille lanières, émit un hennissement amical, puis, d'un pas lent, gracieux mais puissant cependant, s'approcha de son maître qui lui flatta incontinent l'encolure. L'animal était splendide, nul ne pouvait le nier, d'une belle robe noire, l'allure racée, élégant, avec ce côté altier qu'ont souvent les chevaux de grande taille.

— Comment la trouves-tu, Miroul ? me demanda Pierre, redevenu un enfant et dont les yeux étincelaient de fierté.

— Magnifique, Moussu Pierre, magnifique !

Et je me laissai aller à lui caresser la croupe, songeant avec assez d'angoisse que Pierre de Siorac souhaitait que j'apprenne à monter sur ces hautes montures et à les diriger comme si j'étais leur maître. Pierre alla chercher le tapis et la selle qu'il jeta pardessus l'animal avec autorité, sangla, passa le mors et, prestement, mettant le pied à l'étrier, monta sur Acla, et partit au trot jusqu'au milieu du pré où il poussa un petit galop en riant à gueule bec. En le voyant faire quelques tours et détours dans le champ, je m'interrogeai sur les commandements qu'il semblait donner sans effort à l'animal, lesquels je ne voyais pas et me paraissaient d'autant plus mystérieux qu'ils étaient suivis d'effets immédiats ; trot, galop, pas, arrêt et ainsi de suite. Cette science-là, m'apensai-je, n'était pas pour moi mais pour ceux qui, comme mon maître, sont nés un cheval entre les jambes.

Pourtant, sur un autre cheval que la belle Acla qui était la propriété exclusive de mon maître, j'y parvins, avec quelques chutes mais sans me rebiquer, bien conscient qu'il fallait en passer par là puisque Pierre de Siorac le voulait et qu'il en allait de mon état de valet, lequel doit pouvoir suivre son maître en toutes occasions, en tous lieux et par tous les moyens. Ma connaissance et mon habitude des bêtes m'aidèrent en ce dessein car je n'avais pas peur du cheval en lui-même, seulement de grimper dessus, et une fois là-haut, branlant du buste et me cramponnant vaille que vaille, mon agilité fit le reste sans que j'eusse trop à y réfléchir. En moins d'un mois, j'avais de cette activité compris l'essentiel et eus à cœur de me perfectionner, trouvant la chose plaisante assez, jusqu'à devenir un cavalier tout à fait honnête, même si je n'ai jamais atteint ni la sûreté ni le contrôle de mon maître.

Sur le chemin du retour, au niveau du châtelet d'entrée, et alors que, levant la tête vers le chemin de ronde, je n'apercevais pas cet Escorgol censé surveiller le passage, nous encontrâmes deux garces qui attirèrent mon attention. La première, jeune assez, d'une dizaine d'années seulement mais déjà presque formée, était mignonnette à ravir, fine et agile, le pied menu, la peau mate comme une Sarrasine et un visage d'ange déjà propre à vous damner. C'était la Gavachette, fille de la Maligou, que les hommes étonnés, et sans même s'en rendre compte, regardaient déjà comme une petite femme. Cependant, aussi charmante que fût cette apparition et n'ayant jamais été très attiré par les jeunettes un peu trop tendres, c'est la seconde qui capta mon regard.

Celle-là avait mon âge, une taille faite au tour, la poitrine bien dessinée, de longs cheveux noirs tombant sur de belles épaules athlétiques et, admirables au milieu d'un visage mutin et espiègle, des yeux aussi verts que ceux d'une chatte. J'en fus fort troublé surtout que, m'envisageant sans vergogne aucune, elle s'écria à mon adresse d'une jolie voix rieuse :

— Est-ce toi le fameux Miroul, si habile qu'il grimpe sur les murailles du château ?

Que cette belle et saine garce connaisse et mon nom et mes exploits en disait long sur la nature et l'étendue des clabauderies qui agitaient le domestique à tous les étages de Mespech car la Gavachette, je m'en ramentevais bien, était de ceux qui m'avaient vu ficelé à la table dans le charnier, mais point ne me rappelais l'autre, ni ce matin-là, ni en tout autre lieu, aussi loin que je fouillai en ma remembrance. Sans attendre ma réponse, laquelle tardait trop pour son esprit vif, elle fit une petite révérence devant mon maître et demanda tout à trac :

— Est-ce bien lui, Moussu Pierre, le Miroul dont on parle ?

— Oui-da, Margot, c'est bien lui, mais ce n'est pas un maraud dont on se gausse ! répondit mon maître. Ne sais-tu donc pas qu'il est à présent mon valet ? Eh, la Gavachette, dois-je le croire, tu ne dis pas tout à la Margot ?

— Si fait, Moussu Pierre ! s'écria la Gavachette toute rebiquée par cette moquerie qu'elle prit pour un reproche, je le lui ai dit ! Même que ma mère en est toute retournée et que, de cette histoire, elle a pas fini d'en tirer toute la sauce !

— Je n'en doute pas, la Gavachette ! Comme dit le proverbe : langue fourchue doit être coupée deux fois ! Et la Maligou a la langue fourchue !

— Non, Moussu Pierre, reprit la Gavachette, les joues et les oreilles virant à l'écarlate, vous ne devriez pas dire cela de ma mère ! Elle est bonne chrétienne, prie Dieu chaque minute, et combat le Malin mieux que personne dans le château !

Pendant ce temps, la Margot m'observait d'un regard en dessous et je crus même discerner sur son visage un sourire d'une si angélique chaleur qu'il me remua assez dans les entrailles.

— Il va rester céans, donc ? reprit-elle soudain en posant ses yeux de chatte sur mon maître.

— Tout doux, la Margot, ne va pas travailler à l'imaginative ! répondit mon maître. Oui, il va rester céans, mais il est à mon entière et exclusive disposition !

Pour le coup, ce fut la Margot qui rougit à son tour pour ce qu'elle comprit que son intérêt pour moi laissait trop à penser alors qu'elle souhaitait avant tout ne rien en paraître, surtout devant la Gavachette, sachant la promptitude à laquelle les rumeurs, vraies ou fausses, se répandaient dans le château.

— Peu me chaut qu'il reste ou non ! s'écria-t-elle. Et pourquoi donc je me soucierais de lui, Moussu Pierre ?

— Ai-je dit que tu te souciais de lui, la Margot ? s'esbouffa mon maître.

— Manquerait plus que ça ! affirma-t-elle d'un air fort remonté. Or, y allons, la Gavachette ? Pendant ce temps qu'on discourt, le travail, y se fait pas !

Lors la Margot, sans m'accorder un regard, tira sur la manche de sa compagne et l'entraîna à sa suite en direction de l'île.

Mon esprit fut tout entier absorbé par cette rencontre qui me trottait de par la tête avec insistance et je m'apensai songeur et à ce joli sourire, tout en promesse, et à cette soudaine fâcherie qui l'annulait, quand je sentis peser sur moi le regard de mon maître. Il ne disait rien cependant et, à la parfin, n'y tenant plus, c'est moi qui brisai l'encombrant silence, lequel à la vérité ne devait l'être que pour moi seul.

— Cette Margot, demandai-je sur le ton le plus distant et détaché qu'il me fut possible en ce prédicament, elle appartient aussi au domestique du château ?

— Que non, Miroul ! La Margot est d'une ferme voisine et donne de son temps, selon les besoins, et contre quelques sols consentis par Sauveterre. Au potager ce jour d'hui avec la Gavachette, peut-être au ménage de nos chambres demain, je ne saurais dire, et le jour suivant, à la corvée d'eau ou au brossage des chevaux, va savoir…

Et il ajouta d'un ton détaché qui imitait le mien, ce qui me gela le bec :

— Joli brin de garce, la Margot.

Puis, il sifflota d'une assez irritante manière avant de se retourner vers moi et de m'envisager tout à plein.

— Sais-tu, Miroul, ce que disait François Ier ?

— Non, Moussu Pierre, répondis-je surpris par cette singulière question, qui ne paraissait guère suivre le cours de nos pensées.

— Il disait : *Souvent femme varie, bien fol est qui s'y fie.* N'est-ce pas bien exprimé de la nature des garces, Miroul ?

— Sans doute, Moussu Pierre, un roi peut-il se tromper, même s'agissant des femmes qu'il est bien malaisé de comprendre ?

À cette réponse, mon maître rit à gorge déployée, affirmant que je le ferais mourir de rire. Sur quoi, je décidai de ne plus lui parler de la Margot tant que je ne l'aurais pas ôtée tout à plein de mon esprit.

D'aucuns penseront, en lisant ces lignes, que mon maître était, envers moi, tout de moqueries et de saillies piquantes, se gaussant et se jouant de mon ignorance à plaisir. Je l'ai dit – et je tiens à le redire encore –, pendant les quelques semaines qui suivirent mon arrivée à Mespech, il éprouva notre relation de maître à valet comme on tire sur une corde, s'amusant à mesurer sa résistance et son élasticité. Ce n'est pas chercher à l'excuser que de ramentevoir au lecteur son jeune âge, et qu'il se trouvait à cette frontière où on bascule d'une seconde à l'autre, sans apparente raison, de l'état d'enfant à celui d'homme puis de l'état d'homme à celui d'enfant. Il s'agissait pour lui, dans un prédicament nouveau qu'il n'avait jamais connu, d'ajuster la corde à la bonne longueur, ce qu'il ne tarda pas à réussir, étant flexible lui aussi et s'ajustant aux situations avec une plasticité des plus remarquables. Mais c'est un point que je tiens à affirmer haut et fort, afin de couper l'herbe sous les pieds à ceux qui, comme notre curé, auraient plaisir à enfoncer un coin entre nous deux, oncques n'ai senti de réelles méchancetés dans ses propos, et encore moins du mépris, quand bien même parfois les oreilles me chauffaient de honte à l'énoncé de mes insuffisances.

*
* *

Quand nous revînmes dans la salle commune, Samson et la petite Hélix ne s'y trouvaient plus, mais Barberine, assise à la table, donnait une leçon de savoir-vivre et de morale chrétienne à une jeune fille d'une huitaine d'années, laquelle était toute de douceur et de timidité, un peu triste, son long visage blanc et laiteux encadré par deux grandes nattes blondes qui lui descendaient assez bas dans le dos. Encore ce jour d'hui, je peine à me ramentevoir si cette garce, fine et délicate, était dans le charnier au moment où j'y fus pris, mais il me semble que oui, sans que je puisse l'affirmer tant sa naturelle discrétion avait tendance à l'effacer du paysage. Je sus plus tard qu'il s'agissait de Catherine, la petite sœur de mon maître, née quatre ans après lui, et qui fut le dernier enfant de la baronne Isabelle si on excepte les deux petits anges que Dieu rappela à lui par la suite.

Catherine se trouvait face à Barberine et, de part et d'autre de la nourrice-gouvernante, étaient disposés ses deux petits, Annet et Jacquou, qui écoutaient aussi attentivement que l'unique fille du baron. Annet, le plus jeune, deux ans à peine, oyait la leçon les yeux ronds, la bouche ouverte, les bras croisés, totalement immobile, dans une expectation quasi religieuse, fasciné par sa mère et ses explications qu'il ne devait pourtant guère saisir. Parfois, le nez lui coulant, il y mettait un doigt comme pour bloquer la fuite, ce qui faisait qu'il recevait incontinent sur la main une petite claque donnée par Barberine. Lors il retirait son doigt et le glissait dans sa bouche, et sa mère derechef lui donnait une claque sur la main. Annet croisait ensuite ses bras, à regret, non sans renifler assez fort pour refluer dans ses petits naseaux le jus liquide qui le gênait.

Par sa corpulence, sa forte poitrine, sa taille, et parce que, par contraste, les enfants autour d'elle étaient si menus, Barberine et cette marmaille évoquaient la poule, mi-bienveillante mi-autoritaire, et ses poussins désarmés, pressés sous son aile protectrice. Je n'eus pas le temps de m'atendrézir devant ce joli spectacle que la Maligou, dès qu'elle nous aperçut, se précipita vers mon maître, et les mains sur les hanches, le sourcil froncé, se cambra face à lui, dressée sur ses ergots.

— Peux-je savoir, Moussu Pierre, combien de temps restera au château ce disciple de Belzébuth ? dit-elle en me désignant d'un coup de menton agressif.

— La Maligou, ne va pas recommencer cette querelle ! Je t'en ai déjà dit ma ratelée : Miroul est mon valet et demeurera à Mespech aussi longtemps que moi-même, répondit mon maître.

Il voulut continuer son chemin mais la Maligou, qui avait dû préparer son affaire, lui barra le passage et lui dévida la suite de son discours.

— Moussu Pierre, je vous le dis tout net, s'il reste, je pars ! Et vous perdrez prou en me voyant disparaître car oncques ne trouverez meilleure cuisinière que moi dans tout le pays ! Et capable de nourrir tant de gosiers, chaque jour, et sans que personne ne se plaigne, tout le rebours, à roter de plaisir quand ils ont fini et à se passer la main sur la panse comme des bienheureux, il n'y en a pas, sauf la Maligou !

Sur ce, elle se tut, attendant la réaction de mon maître, laquelle tarda un peu pour ce que Pierre de Siorac n'avait pas attendu un marché de cette nature, Miroul ou la Maligou, d'autant plus que ce qu'elle prétendait sur elle était ma foi plus que vrai, des cuisinières comme elle étant dures à encontrer, même que Barberine, à ce que j'en sus plus tard, qui avait été essayée avant elle, n'avait du tout fait l'affaire. Du reste, Barberine dressa l'oreille, ayant fort à perdre dans le départ de la Maligou, et ce n'était pas là la moindre des raisons pour lesquelles celle-ci avait attendu sa présence pour se lancer dans cette offensive. Elle savait que, pour des raisons qui n'avaient rien à voir avec ma personne, elle pouvait sinon s'attirer une véritable alliée dans son entreprise, du moins bénéficier d'un appui, tant Barberine redouterait qu'on la remît aux cuisines si la Maligou mettait sa menace à exécution.

— Je partirai, Moussu Pierre ! répéta la Maligou avec véhémence. Et il vous faudra trouver une autre cuisinière !

Il y eut un silence tendu et je dois vous dire que j'étais bien vergogné que cette scène se passât en ma présence et que j'aurais donné gros pour être à mille lieues de là. Alors que, travaillant incontinent à l'imaginative, je me voyais déjà jeté sur les routes derechef et reprendre mes tristes larronneries, j'entendis mon maître répondre à la Maligou d'une voix calme assez mais le visage blême et les dents serrées :

— Tu feras ce que tu voudras, la Maligou, mais Miroul est mon valet et restera céans.

Puis, il ajouta sur un ton où sourdait une ire souterraine et menaçante :

— Ce n'est pas le domestique qui dicte sa loi au maître.

La Maligou faillit s'étrangler de rage car elle avait sans doute pensé, dans sa naïve perception des comportements humains, que la menace ferait fléchir mon maître et l'amènerait à influencer le baron à mon propos. Cependant, ne voulant en rabattre après être allée si loin, elle ne fit ni une ni deux, jeta son tablier sur le sol, et prenant Barberine à témoin qu'on ne lui rendait pas justice en cette maison, et que c'était elle, Barberine, qui en payerait sans doute les conséquences, elle s'écria :

— Je pars, Moussu Pierre, je retourne chez le Maligou et vous aurez mon départ sur la conscience ! Barberine, pour ce midi, tu me remplaceras. Je m'en vas de ce pas bailler mon congé à Moussu lou Baron !

Elle sortit, non sans claquer la porte avec violence, ce qui nous tympanisa assez les oreilles. La face rembrunie, l'air fort malengroin, mon maître restait immobile au milieu de la salle et j'hésitais à le remercier de sa bénignité comme il me semblait que je devais faire, quand il se tourna vers moi et m'ordonna de me joindre à Catherine pour suivre l'édifiante leçon de morale donnée par Barberine, ce que je fis sans sourciller, tout marmiteux que j'étais de cette épouvantable scène. Barberine m'accueillit avec un gentil sourire, preuve que la nourrice n'avait pas l'once d'une méchanceté au fond de son doux cerveau et ne reportait pas sur moi sa crainte de retourner aux marmites. Sur ce, mon maître sortit à son tour, sans porte claquer mais en maugréant de colère à ce que je me ramentois.

La Maligou point ne partit. Elle revint à sa cuisine une paire d'heures plus tard, la mine fatiguée, les yeux gonflés comme si elle avait pleuré et, bien qu'elle refusât de battre sa coulpe, ne causa plus jamais de l'incident. Elle continua, cependant, à me manifester une hostilité si franche et si constante que je me dispensai sans remords de son commerce, évitai de me trouver seul avec elle, ne lui adressant la parole que très à rebelute, ce dont elle s'aperçut et me fut à la longue reconnaissante, prouvant assez qu'elle était plus sotte que méchante.

Ce qui s'était passé entre elle et le baron dans la librairie du château, là où la frérèche avait coutume de discuter ou de recevoir à l'abri des oreilles indiscrètes, point ne le sus jamais et mon maître ne jugea pas bon de m'en aviser, sinon que je cuide assez qu'elle fut reçue comme elle le méritait car le baron, je l'ai vérifié maintes fois, s'y connaissait pour rabattre la crête des imbéciles, les retourner et les mortifier jusqu'au repentir.

*

* *

Comme je ne fus pas long à m'en apercevoir, l'office de valet diffère prou de celui du reste du domestique, en ce que le valet est très proche des maîtres, les côtoie journellement, et de par le fait connaît leur grandeur, mais aussi leur misère. Des cuisines ou du potager, du chemin de ronde ou des écuries, on ne distingue que l'avers des maîtres, alors que le revers montre assez qu'ils sont semblables à nous en bien des points, hormis la pécune et leur droit à nous commander. Ceci, je le dis sans malignité aucune, non pas pour les rabaisser à notre humble condition, car leur instruction ne nous permet pas d'être de plain-pied avec eux, mais parce que je le découvrais moi-même avec étonnement dans les premières semaines de ma nouvelle condition.

Le lecteur, je pense, ne me contredira point car, s'il possède l'oisiveté pour me lire sans qu'une ingrate besogne ne s'interpose, c'est qu'il est des leurs et sait ce qu'il en est. Il est constant cependant, et je l'ai remarqué à la cour du roi de France, que d'aucuns des nobles, et parmi les plus grands, n'ont aucune perception de ce que je viens d'énoncer, et sont tout entiers dans l'avers de leur situation, qu'ils admirent, ne soupçonnant même pas l'existence d'un quelconque revers, se méprenant sur eux-mêmes tout autant qu'ils se méprennent sur les gens de ma condition, qu'ils ne placent pas beaucoup plus haut que les animaux de la plus puante des basses-cours. J'aurais souhaité, en m'élevant dans le monde, encontrer gens de plus grande humanité, mais ce fut souvent tout le rebours, certains gagnant en mépris ce qu'ils perdaient en bienveillance.

J'ai connu de ces valets sous la coupe de princes et princesses, lesquels ne les considéraient pas plus que s'ils étaient excrément sur le bord de la route, et qui pâtissaient prou de ce mépris et oncques ne pus l'admettre entièrement. Mais c'est là condition dont il faut se satisfaire car elle reste au-dessus des paysans, et même bien au-dessus, livrées propres étant meilleures que pauvres hardes, rôt quotidien préférable à famine, et service en maison moins harassant que besogne des champs. Si le mépris n'est pas le lot journalier du paysan, il est tant et tant écrasé par le labeur et la peine que sa situation est moins enviable que celle des bêtes dont il s'occupe.

La fortune, en vérité, tout entière m'a souri pour ce que les Siorac n'ont pas l'arrogance de leur état et n'abusent en rien du pouvoir que Dieu leur a conféré dès la naissance. D'autres n'ont pas eu cette chance et, même asteure, il m'arrive de songer à ceux qui, jusqu'à leur triste trépas, mènent sur Terre une existence misérable que rien ni personne ne vient jamais relever. Parfois, je prie le Tout-Puissant qu'il m'aide à comprendre le choix qui est le sien dans le destin des âmes et lève le trouble qui est le mien quand j'examine le monde. Que d'aucuns, par le simple fait de naître entre les cuisses d'une princesse et sans avoir à montrer d'autres mérites, reçoivent toute richesse et tout pouvoir, sans partage, tandis que d'autres n'ont rien, demeure l'énigme que les prêtres n'expliquent guère et qui, du reste, ne semble pas les soucier. Si les religieux faillent à pénétrer le dessein de Dieu, le philosophe saura un jour, peut-être, nous en donner le sens et l'issue.

Encore devrais-je souligner que l'écart n'est pas petit entre le noble de cour, qui lèche dans l'entourage du roi tout ce qu'on lui présente pour gravir d'autres marches, et la petite noblesse de province à laquelle appartient la famille Siorac. Celle-ci, consciente sans doute d'être loin du soleil, n'est point tant suffisante avec les petits et obséquieuse avec les grands, et souvent offre de meilleures garanties aux gens de ma condition. Mais là aussi, c'est affaire de hasard, d'heur ou de malfortune, et l'on n'influe guère, hélas, sur le mouvement du balancier qui vous dépose chez l'un ou l'autre, chez Siorac ou Fontenac, chez l'éclairé ou le barbare.

Si oisiveté et frivolité sont reines chez les plus grands et les princes de ce temps, il n'en était rien chez les Siorac. Que mon maître se levât si tôt montre assez qu'il n'était pas de ceux-là qui fainéantent et se ventrouillent dans la paresse. À examiner sa journée, elle était tout emplie d'activités qui vous laissent le soir avec l'envie grande de courir sus au lit, nonobstant pour mon maître cet innocent détour par celui de la petite Hélix. Pour les fils du baron, François, Pierre et Samson, il y fallait déjà de l'ardeur pour suivre presque quotidiennement l'enseignement de Cabusse qui avait la charge du métier des armes, lot essentiel de leur instruction, car tirer à l'épée, viser à l'arquebuse, monter à cheval, manier la pertuisane et le braquemart sont patients apprentissages que l'on doit prendre au sérieux si l'on souhaite y faire bonne figure. Et ce n'est pas me paonner que de dire que j'ai vécu certains de ces éreintements dès lors que mon maître voulut que je montasse à cheval ou que j'eusse l'usance du braquemart et de la pertuisane.

Cette part tumultueuse de leur éducation était balancée par des tâches autrement plus ardues, à mon sens, puisque le baron ou Sauveterre, selon les moments, leur enseignaient le latin, parladure ancienne et étrange que plus personne ne cause – hormis les prêtres en messe – et dont je n'ai jamais entendu un traître mot. Pourquoi fallait-il apprendre une langue à présent déconnue, c'est ce que je n'ai mie compris à l'époque, sinon que ces messieurs les nobles connivent entre eux de cette manière, étant seuls – avec les religieux – à jaser de la sorte. Tout aussi vrai que le paysan se reconnaît à la fourche qu'il soulève entre ses mains, le noble se distingue au latin qui lui sort tout soudain de la bouche.

À cela s'ajoutaient des leçons de langue du Nord auxquelles Catherine était conviée – ainsi qu'à l'apprentissage du latin –, la raison en étant que ce langage est celui du roi et de la cour et qu'il est bon pour un noble de le manier aussi. Mon maître, François et Catherine en connaissaient déjà l'essentiel pour ce que leur mère, la baronne Isabelle, affectait de leur parler en leurs maillots et enfances dans cette parladure un peu rêche, délaissant par pose notre belle langue d'oc. Seul Samson, que la baronne ignorait et méprisait, était hésitant et malhabile en cette matière, si bien que pour mon instruction, le baron lui demanda de me l'apprendre, jugeant que ce serait là excellente pratique, exercice et révision, pour qu'il progressât lui-même, ce que Samson fit sans se rebiquer aucunement.

Enfin, la science de la parlerie était elle aussi apprise avec méthode, et je devinais que c'était dans ces leçons-là, que le baron aimait à dispenser, que les nobles apprenaient à vous geler le bec d'une phrase, d'une seule, en vous faisant cruellement mesurer l'immensité de votre ignorance. À ce jeu, car c'est un jeu, Pierre était de première force, surpassant son aîné pourtant habile lui aussi – j'en montrerai un exemple tantôt – tandis que Samson s'y révélait médiocre assez, comme bien on imagine. Les ficelles de cette rhétorique s'apprennent mais il y faut une disposition propre, laquelle exige vivacité d'esprit, synthèse du discours de l'adversaire et de ses failles, et – ce crois-je – une volonté de triompher sans craindre d'humilier son contradicteur.

Tous ces enseignements qui, en eux-mêmes, auraient suffi à rassasier le plus affamé des écoliers n'étaient point toute la mangeoire que Pierre et Samson devaient picorer, et il en restait prou encore, dont François était quant à lui dispensé.

Le domaine de Mespech exigeait son tribut que tout le domestique devait acquitter sans barguigner, aussi les tâches étaient-elles réparties selon les moyens et l'art de chacun. Au potager, ensemble ou à tour de rôle, la Gavachette, la petite Hélix, Barberine, plus rarement la Maligou, Margot qui accourait de sa ferme toute proche ; et les garces encore pour l'entretien des logis ou l'occupation des bêtes. Aux besognes plus rudes, comme le labour, le fauchage des parcelles, le curage des fossés, le tirage de l'eau, les hommes s'assemblaient tels les cousins Siorac, Coulondre, Marsal, Escorgol qui lors descendait de son châtelet d'entrée et deux autres aussi dont je n'ai point encore causé, Faujanet qui quittait là – à regret – son atelier de bois et Jonas qui remontait de sa carrière pour l'occasion, et enfin votre Miroul qui exerçait ici sa science de paysan. Selon les saisons, hommes et femmes partaient tous pour le ramassage des noix ou des châtaignes, la récolte des foins ou du blé où je humais à plaisir le parfum de mon enfance.

Le labeur est incessant dans un château, et je ne parle pas du remparage fréquent de la forteresse, des tuiles qui volent au vent, des portes qui se dégondent ou se fendent, des chaînes des ponts-levis qui se démaillent, du puits qui se bouche, et la liste serait tant infinie à dresser que je laisse le lecteur l'imaginer. À toutes ces charges, Pierre et Samson prêtaient la main, plutôt deux qu'une du reste, et ces besognes sont continuelles assez, si bien que les cadets n'étaient jamais désoccupés, tout le rebours, arpentant le domaine sans cesse comme sur le navire deux bons officiers de la marine.

François, de son côtel, ne touchait pas à ces ingrates besognes, ce qui seyait bien à son caractère composé et réfléchi. Le baron et Sauveterre – surtout Sauveterre – l'instruisaient à la conduite de Mespech, du baillage des terres aux créances en cours, à tout ce qu'un propriétaire terrien doit connaître et c'est là affaires fort emmêlées auxquelles je n'entends rien moi-même, mais que plus tard, à la mort de la frérèche, François devait connaître de la plus petite à la plus grande, et les gérer comme un baron habile de sa gestion et non tel un béjaune au sortir de son œuf, dont on peut parfumer le bec avec de la farine.

D'une chose on oublie l'autre, les animaux de la basse-cour se trouvaient sur l'île, en vagabondage puisque protégés par l'eau tout autour et tolérés par les chiens, lesquels étaient bien nourris et aimables assez pour les regarder sans les croquer. Les lapins étaient cependant encagés pour ce que ces bêtes, comme on sait, savent se dissimuler et disparaître quand on les invite à sa table. Catherine, de l'un d'eux, un lapin blanc, était tombée en grande amour, et accourait dès que libre pour le caresser ou lui glisser des herbes à travers le grillage et elle redoutait le moment où son tour d'assiette viendrait, la Gavachette qui d'ordinaire nourrissait les lapins ne pouvant lui cacher que son sort, hélas, ne saurait différer des autres. Son chagrin fut si fort à la pensée de cette triste issue qu'elle brava un soir, dans la salle commune, alors que tous du domaine étaient assemblés pour le souper, et son père et Sauveterre, afin que de sauver les oreilles du lapin blanc.

— Monsieur mon père, dit-elle de sa petite voix, savez-vous que nous avons un lapin qui est si blanc et si beau et si mignon et si gentil que je l'aime d'une grande amour.

— Non, ma fille, répondit le baron en posant sur elle son regard azuréen. Mais il ne faut point trop s'attacher aux bêtes qui passent sur cette Terre un séjour beaucoup plus court que le nôtre, cela vous le savez.

— Mon père, on ne doit pas manger mon beau lapin blanc ! reprit Catherine et son timbre s'altéra d'une grande angoisse.

— Fi donc, Catherine, c'est un lapin et c'est le lot du lapin que de nous servir ainsi.

— Si on le tue, j'en mourrai de chagrin ! cria Catherine au bord des larmes.

Lors il y eut un grand silence dans la salle commune, les fourchettes et les couteaux s'immobilisant au-dessus des écuelles, toute autre conversation cessant incontinent, et les têtes dans un bel ensemble se tournant vers le baron. Celui-ci était fort embarrassé, ne désirant point céder à ce qu'il considérait comme une enfantine vétille, qu'il ne faut point d'ordinaire tolérer si on veut éviter de gâter le caractère des enfants. Dans le même temps, l'émotion de sa fille l'avait aussi poigné quelque peu et il balançait entre son devoir de père qui parlait à sa raison et son amour filial qui parlait à son cœur. Souvent, quand il ne parvenait pas à prendre seul une décision, le baron consultait autour de lui jusqu'à ce que le juste choix s'imposât à lui. Il fit de même et comme François se trouvait face à lui, il l'interrogea à brûle-pourpoint :

— Qu'en pense monsieur mon fils ?

François leva les yeux vers son père puis tourna son regard vers sa sœur qui l'implora de ses prunelles humides. L'aîné du baron, quoique trop pénétré sans doute de cette position d'héritier qui le poussait à se sentir supérieur aux autres, n'avait point mauvais cœur et aimait à se sentir protecteur de sa sœur, laquelle était du reste la seule de la fratrie qu'il appréciait ou acceptait. Il réfléchit un court instant et répondit ceci qui ne fut pas compris par tous autour de la table, loin s'en faut, en particulier de la Maligou qui leva les bras au ciel et y aurait bien mis son grain si Coulondre ne lui avait gelé le bec d'un petit coup de sa main de fer dans le bidon.

— Monsieur mon père, dit François, je crois que nous n'avons pas de lapin blanc.

Surpris une pleine seconde par ces paroles, le visage du baron s'éclaira tout à plein dès qu'il en saisit le sens. Puis il rit à gorge déployée tandis que Sauveterre peinait à dissimuler un sourire.

— C'est bien cela, reprit-il, nous n'avons jamais eu de lapin blanc !

— Que dites-vous, que dites-vous ? balbutia Catherine dont les larmes roulaient sur ses joues délicates.

Le baron se pencha vers elle et lui dit de ce ton qu'il prenait quand toute décision était arrêtée, ton assuré, clair et sonnant, que j'avais déjà connu dans ma petite geôle de la tour nord-est.

— Mademoiselle ma fille, chère petite bachelette, souvenez-vous que nous n'avons pas de lapin blanc.

À partir de maintenant, c'est vous qui nourrirez les lapins, tous les lapins, ceci est votre charge nouvelle et je veux que vous la remplissiez au mieux avec l'aide de la Gavachette. Quant à savoir lequel de nos lapins nous voulons dans notre assiette chaque semaine, c'est toujours la petite Hélix qui en décide, sachant hélas, car au pelage souvent on reconnaît le rôt, que nous n'avons pas de lapin blanc.

— Nous n'avons pas de lapin blanc ? répéta lentement Catherine.

— Non, et on ne peut manger ce qu'on n'a point ! affirma le baron sentencieusement.

Catherine comprit, et les larmes séchèrent, et son teint recouvra ses couleurs et même elle sourit à son père qui lui caressa le visage de sa main rude. Mais en voilà bien des enfants dès qu'ils ont emporté la victoire, ils cherchent à pousser loin leur avantage au-delà du raisonnable et donc Catherine demanda :

— À la saison, peux-je leur donner des carottes pour les nourrir ?

Et dans le court silence qui suivit, la voix sans réplique de Sauveterre, tranchante comme un silex, mit fin à la discussion.

— Les carottes sont destinées aux hommes et on ne les gâche pas pour les bêtes. Tout bien est précieux quand dur il est à obtenir, retenez au moins cette leçon, petite Catherine !

La Maligou crut bon d'acquiescer à cette saine morale, et mal lui en prit, car Sauveterre lui lança un œil noir et ajouta :

— De même le sel, qui coûte si cher, ne doit pas être jeté à tout-va et à pleines poignées pour de sottes superstitions !

Sur quoi, la Maligou se tassa sur sa chaise en un gros tas de graisse informe et silencieux.

L'intervention de Sauveterre me surprit fort en ce que mon impression, dans la tour nord-est, lors de mon jugement, avait été que Jean de Siorac régentait de tout sur tout dans le domaine et que son sévère compagnon tenait céans une place subalterne. La balance de leur relation ne sautait guère aux yeux et il fallait y regarder de très près pour comprendre mieux ce qu'il en était et peser ce qui se trouvait précisément sur chacun des plateaux. L'épisode du lapin blanc me montra, à l'inopinée et ma grande surprise, un baron qui se laissait fléchir à l'occasion – ici par son fils François – et un Sauveterre qui veillait au grain pour que ces faiblesses n'allassent pas trop loin. C'était déjà une écorne à un baron souverain, maître de toute décision, inflexible dans ses choix, et qui, par son seul bon vouloir, présidait aux destinées de tous. La réalité était autrement plus complexe, mouvante, changeante, instable, se construisant sur un rapport de forces dont les ressorts souterrains peinaient à s'exprimer, du moins au regard d'un tiers.

Car il y avait de l'étonnement à les voir ensemble, si dissemblables en tout, comme chien et chat, eau et feu, mer et terre, et qui pourtant à la parfin s'accordaient sur le principal, certes au prix de concessions, mais sans jamais rompre, ou même simplement distendre, le lien fort qui les tenait. À leur propos, d'aucuns seraient tentés de reprendre, et en cela renonçant à comprendre, les fortes paroles de Michel de Montaigne – car, n'en déplaise à mon maître, aussi ai-je lu les écrits du sieur de Montaigne ! –, lequel définissait de la sorte son immutable amitié avec Étienne de La Boétie : *Parce que c'était lui, parce que c'était moi.* Si la phrase est et belle et touchante et toute de tendresse, elle ne donne du sens à rien et nous transporte dans la poétique plus que dans la raison, ce qui ne laisse pas d'étonner pour qui a lu les *Essais* de ce grand esprit. Aussi, sans doute, comme ces deux-là, la frérèche se cherchait avant que de s'être vue[1], mais écrire ceci, au-delà de l'incomparable beauté de l'idée et du pensement, là encore, est parler pour ne rien dire. Or on peut, et j'y prétends, voir plus clair dans la relation entre les deux Jean que l'assemblage ou l'attraction de deux contraires *a priori* inconciliables.

Jean de Siorac était fort travaillé en sa conscience de ce que son irrépressible instinct le poussât à courir sus à la garce dès qu'il la reniflait, écornant en cela les préceptes divins enseignés par la religion, laquelle exige fidélité à l'épouse et retenue dans les désirs charnels. Du temps de la baronne Isabelle, ses écarts s'accompagnaient incontinent d'une torture sans nom, car incapable de résister à la tentation – et Dieu sait si elles sont nombreuses – mais mortifié ensuite de son éconduite, le baron ne cessait de se repentir, à peine avait-il fini de biscotter, beluter ou coqueliquer la drôlasse. Il était comme ces maroufles qui chopinent le jour mais jurent le soir, la main sur le cœur et la voix sincère, qu'ils ne boiront plus le lendemain. Mais l'instinct est l'instinct, et la raison s'y perdait, et aussi parfois, pour que gicle le jus de la jouissance, cette même raison s'illusionnait de grandes passions, qui ne

1. « Nous nous cherchions avant que de nous être vus », Montaigne, *Essais.*

duraient plus guère qu'un coup de vent sur les pechs du Périgord.

À ceci qui troublait profondément la vie du baron, d'autres blâmes s'ajoutaient dont le défaut de colère n'était pas le moindre, en ce qu'il entraîne les êtres au voisinage de la folie où derechef la raison s'égare et les commandements de Dieu s'oublient. Il fallait au baron afin que d'éviter qu'il tombât dans des abîmes sans fond, tel un pourceau d'Épicure, qu'une conscience droite, sans tache, le redressât sans cesse et non sans rudesse, lui rappelant l'œil divin qui en tout lieu nous regarde et nous juge. Cette autorité morale ne pouvait s'incarner que dans un égal, par l'âge et la condition, car le baron était susceptible assez et ne tolérait point aisément les reproches quand ceux-ci provenaient de ses fils, et moins encore, comme bien on pense, des gens de ma condition. Nul, du reste, ne s'y serait risqué.

Ainsi cet être rare était Jean de Sauveterre, lequel par son ancienne valeur au combat s'imposait au baron comme un semblable, par sa dimension spirituelle sans faille constituait le modèle inaccessible, et par son attention constante au salut de son ami s'était rendu indispensable à l'équilibre moral du baron. Et Sauveterre jouait ce rôlet en raison de l'admiration sans limite qu'il vouait à son compagnon et à ses qualités de vigueur, de puissance, d'élan et d'amour de la vie qui poussaient celui-ci en avant toujours, balayant les obstacles comme simples fétus et ce jusqu'au but désiré, quel qu'en soit le tribut à acquitter.

Peu attiré par les garces, et pas plus par l'autre côtel, Sauveterre oncques ne s'était marié, tel un parangon de vertu monacale, traçant son droit sillon d'une rectitude toute protestante, aspirant à la vie éternelle avant même celle-là, terrestre, qu'il considérait comme vile et basse, et réduite dans son esprit à un pénible et trop long passage vers la lumière. D'un certain dégoût de la chair que se peut qu'il regrettât vu l'intérêt constant porté à Jean de Siorac, il avait construit son système dont il ne se pouvait dévier et qui, d'une assez morne et triste façon, l'acheminait sans heurt et sûrement vers la fin du chemin. Sans doute, parfois, ai-je cru sentir qu'il honnissait cette sienne mélanconie, laquelle se devinait assez pour peu qu'on l'observât sans que son esprit ne se mît en éveil.

Si je ne craignais pas, par mon propos, d'escagacer et de rebiquer mon maître – car celui-ci un jour aussi lira ces lignes –, je dirais que la frérèche était telle une pièce de monnaie, d'un avers et d'un revers si différents que rien ne les rapportait, mais que souvent l'envie d'être l'autre les prenait, comme s'ils eussent préféré que la Providence leur donnât les qualités de chacun en en supprimant les défauts.

Et il en allait ainsi de l'un qui portait haut et loin les couleurs de la gloire et de la bravoure, mais qui doutait et se débattait dans les tortures morales, et de l'autre qui restait maître de soi et d'une fortitude sans faille, digne des livres saints, mais que la vacuité de son existence attristait jusqu'à la désespérance.

Chapitre IV

Relisant ces dernières pages au sujet de la frérèche, je me dois d'avouer au lecteur que ce sont là réflexions d'âge mûr que j'aurais été bien inapte à formuler en ce temps lointain. Mais il est non moins constant, toutefois, que ce fut pendant les trois années passées à Mespech, de 1563 à 1566, que je rassemblai toutes les matières qui m'ont conduit ce jour d'hui à ces conclusions. Coulé dans le moule du valet, non sans une certaine volupté, je mettais à profit la première leçon de mon maître et jouais innocemment aux oreilles qui traînent, l'air inoffensif assez, affectant même parfois de décomposer mon visage jusqu'à lui donner l'aspect du plus parfait nigaud, tout juste décrotté et de la boue et de la fange de sa lointaine campagne.

Ainsi ai-je surpris, sans que l'on me suspectât d'écouter, moult propos et conversations qui ne m'étaient mie destinés mais qui m'ont aidé grandement à percer les uns comme les autres, remisant dans ma besace, pour plus tard, tout ce que je n'entendais pas incontinent mais qui me paraissait instructif. Il y faut du groin, et je n'en manquais pas, pour trier l'insignifiant du principal, l'anecdote de l'essentiel, et de capter ainsi, dans un fatras de clabauderies éparses, une demi-phrase perdue, un mot maladroit, une réflexion inattendue ou parfois un simple regard qui révélait prou par son sens caché ou dissimulé.

Et il est merveille que j'aie souvenance toujours de certaines de ces scènes depuis tant et tant de temps passé, comme si elles s'étaient à jamais imprégnées dans mes jeunes mérangeoises. Peut-être en est-il ainsi parce qu'il n'y avait guère de matière encore dans lesdites mérangeoises et que l'on se ramentoit mieux des premiers remplissages que des suivants, au point que ceux de la vieillesse sont oubliés parfois du jour au lendemain.

Ainsi ce matin-ci où, sous prétexte d'aider Barberine, j'empoignai une pile de chemises, de pourpoints et de maillots pour l'aller porter dans la lingerie afin que de lui en éviter le trajet. Bifurquant du chemin naturel, je montai à l'étage par le grand escalier, puis tournant à ma dextre, je déambulai dans le corridor, l'air très affairé, la pile de linge dans les bras. Au niveau de la librairie de la frérèche, des éclats de voix me parvinrent, aussi nets que si on causait à mon côtel, la raison en étant que la porte de la bibliothèque n'était que poussée et non fermée. M'immobilisant en retrait, sur le qui-vive et le pied en avant, prêt à repartir incontinent, et innocemment, si quelqu'un venait à ouvrir la porte brusquement, je tendis l'oreille et écoutai. Que le lecteur me pardonne si cette attitude le choque mais ne suis ni noble ni prêtre, mais un simple valet issu de rien et point n'ai reçu l'éducation de ces messieurs.

— Non, non et non ! Ce que vous dites est faux et injuste ! Je le mécrois ! criait Jean de Siorac.

— Ce n'est là que vérité d'évidence, répondit une voix froide et glacée que je reconnus comme étant celle de Sauveterre, et je vous prie de calme garder et de ne point vous encolérer de la sorte.

— Mais je ne suis pas en colère ! hurla Jean de Siorac, seulement je ne peux admettre que vous affirmiez que Pierre est le préféré de mes enfants et que je me conduis mal avec mon aîné François !

— Vous préférez Pierre, et il faut que vous soyez bien aveugle pour ne point vous en rendre compte. À quoi donc vous sert votre esprit si vous êtes incapable de démêler les plus clairs de vos sentiments et que l'ire vous emporte dès qu'on vous en cause ? *Magis magnos clericos non sunt magis magnos sapientes*[1] !

— J'aime Samson, dont vous ne parlez pas, autant que Pierre ! s'écria Jean de Siorac.

Ici je me fis la réflexion que le baron biaisait curieusement et cherchait à écarter Sauveterre de son sillon. Ce fut peine perdue.

— Je ne parle pas de Samson parce qu'il n'y a pas lieu d'en parler, mais vous préférez aussi Pierre à Samson, tout comme vous préférez Samson à François.

— *Non est dea*[2] ! hurla derechef Jean de Siorac. De quel droit osez-vous dire de telles choses !

— Du droit de celui qui observe et voit les faits au-delà des passions.

Sur quoi, il y eut un assez long silence, qui faillit me faire décamper de la place car je craignais trop que la porte ne s'ouvrît, et de me retrouver groin à groin avec le baron. Mais celui-ci reprit d'une voix radoucie :

1. Les plus grands clercs ne sont pas les plus sages !
2. Ce n'est pas cela du tout !

— Mais, à la parfin, que me reprochez-vous ? Vos griefs ne sont-ils pas exagérés par votre inflexible morale au point que vous-même n'en perceviez pas le grossissement ?

— Il n'y a pas d'inflexible morale, il y a la morale, répondit Sauveterre d'une fort roide manière.

— Certes, certes, il y a la morale, reprit Jean de Siorac, mais je gage que vous m'avez parfaitement compris.

De nouveau, il y eut un temps où aucun des deux ne pipa mot, ce qui m'inquiéta, mais Sauveterre enfin poursuivit, sans relever la dernière remarque du baron :

— Vous vous conduisez mal envers François en ce sens que vous lui manifestez une assez palpable indifférence, étant lointain et peu préoccupé par l'enseignement que je lui dispense sur le fonctionnement du domaine, lui adressant fort peu la parole et ne s'intéressant ni à ses goûts ni à ses aspirations.

— Vous savez bien que, sans l'aimer moins pour autant, je trouve que François est un peu trop fier et outrecuidé en ses prérogatives d'aîné et qu'il n'a pas de considération assez pour ses cadets.

— Pour ses cadets ! dit Sauveterre en riant. Pour Pierre, voulez-vous dire !

— Pour ses cadets, répéta Jean de Siorac d'une voix un peu piquée, car il manque aussi de considération pour Samson.

— Certainement, pauvre Samson, mais les raisons en sont tout autres et vous n'y êtes pas totalement étranger, n'est-ce pas ? Est-ce là aussi inflexible morale que de vous rappeler qui est la mère de Samson et toute la zizanie que cette histoire a semée entre Isabelle et vous, puis entre François et vous !

— Je vous en prie, ce point, vous me le reprochez assez souvent et je bats ma coulpe, toujours et à chaque fois. Tenons-nous-en aux griefs du jour.

— Quant à Pierre, vous l'entretenez presque chaque jour de la matière de médecine avec un tel entrain et enthousiasme que cela peine votre aîné car ne se peut qu'il ne le remarque.

— Je pourvois à son éducation, et c'est bien naturel puisqu'il n'aura ni le domaine ni le titre.

— Fort bien. Mais ne le soutenez donc pas à chaque querelle avec son aîné, cette attitude ne pouvant que le renforcer dans sa contestation de la règle et du droit d'aînesse. Respectez une juste balance et ne déposez pas toujours votre appui sur le même plateau, vous aideriez ainsi son tempérament à être moins tumultuaire, à s'assagir, et peut-être aussi à ne pas vous imiter en tout, comme la véritable idole que vous êtes à ses yeux !

— Qu'est-ce à dire ? dit Jean de Siorac sur le ton le plus froid.

— Que, modèle, vous ne pouvez point l'être ! Et que l'exemple que vous donnez avec les garces, lesquelles ne peuvent faire un pas sans sentir sur elles votre souffle, est indigne d'un bon chrétien et que je crains fort qu'il n'ait déjà déteint sur votre fils adoré !

— Dites-en plus, je vous prie. Sont-ce ragots et clabaudages de la Maligou dont nous allons causer asteure ?

— Que nenni, ce n'est point là ragots de la Maligou et il ne faut pas avoir vue trop perçante pour constater que Pierre a déjà commencé à imiter votre assez détestable pratique de butiner parmi le domestique !

— Vraiment ?

Et là, contre toute attente, le baron se mit à s'esbouffer comme si on lui faisait découvrir une émerveillable historiette.

— Et puis-je savoir avec qui ? ajouta-t-il.

— La petite Hélix ! Tel qui voit le père, connaît le fils ! Et riez tandis que de mon côtel je prie et pour votre âme et pour la sienne !

— La petite Hélix... répéta Jean de Siorac sur un ton qui me parut plus songeur que malengroin.

Et la suite de cette très instructive conversation, je n'ai pu la connaître, hélas, car j'entendis, en provenance du grand escalier, les voix de Pierre et de Samson qui le gravissaient, si bien que je dus incontinent reprendre ma marche en avant, mon gros paquet de linge sous le bras.

*

* *

Ainsi, les premiers mois à Mespech furent pour votre jeune serviteur un enseignement constant et journalier où je picorais à dextre et à sénestre, devant et derrière, jusqu'à plus faim, jusqu'à plus soif, dans un monde nouveau qui m'intriguait et me fascinait tout à la fois. J'enfournais tout dans ma besace, un peu pêle-mêle et sans trop y regarder, robeur d'informations et de secrets, séquelle sans doute de cette ancienne condition de larron qui fut la mienne et dont je ne parvenais à me débarrasser tout à plein.

Mais je dirais qu'il s'agit aussi là de routine dans l'occupation du valet, d'un rôlet que son maître lui assigne bien souvent pour les autres, sans soupçonner qu'il s'applique aussi à lui, et que cet être discret, toujours silencieux et un peu à l'écart, sait prou sur ceux-là mêmes qu'il sert avec déférence et respect, les yeux modestes, la face composée, le buste en retrait et une savante pratique de la marche arrière. Encore que, Dieu merci, chez les Siorac, je n'avais point tant à contrefaire, au rebours de moult de mes confrères, mon maître étant simple et direct et, quant au fond, d'une affection véritable et sincère à mon égard.

Sous la recommandation insistante du bienveillant curé de notre paroisse, j'ai rappelé ci-avant deux événements marquants de ces premiers mois, le départ de Coulondre Bras-de-fer et l'arrivée de Franchou dans la communauté de Mespech. L'un profita de ce que personne, pour d'évidents soucis de sécurité en ces temps troublés, ne souhaitait vivre dans le moulin de Gorenne nouvellement acheté par la frérèche pour s'y porter candidat, ce qui le logea dans une position ferme de négociation où même l'implacable Sauveterre dut en rabattre, comme je l'ai expliqué déjà. L'autre, Franchou, ancienne chambrière de la baronne, fut arrachée en Sarlat dévasté et à la peste et au boucher Forcalquier, lequel terrorisait la ville avec ses gueux, pour ce que sa belle charnure titillait le baron et qu'il la souhaitait près de lui à Mespech pour les raisons qu'on devine, ce qui fut fait au risque de la vie de ses propres fils qui l'accompagnèrent en cette aventure, hormis François qui n'y prit part.

Je ne fus pas convié à l'affaire, et ne peux donc en causer d'autorité, sinon que j'en sais ce que mon maître m'en a confié à son retour et qui est relaté très à l'exactitude dans ses Mémoires, mais je me ramentois fort bien les durs reproches que Sauveterre fit au baron au sujet de cette inconséquente action. Gager la vie de ses propres enfants pour enfiler une garce ayant été, je le cuide assez, le plus honteux des errements de chair du baron que Sauveterre oncques ne pardonna tout à fait. Je me suis apensé avec horreur que si Pierre y avait laissé là sa jeune existence, ou lors Samson, le baron n'y aurait pas survécu, bourrelé du plus dévastateur des remords, lequel l'aurait abattu sans doutance aucune comme le vent mauvais parfois déracine le plus puissant des chênes. Mais brisons là sur cette sordide entreprise, laquelle s'est fort heureusement conclue sans navrement aucun pour personne et sauva la Franchou quasi emmurée en le logis de sa maîtresse, d'où elle n'avait droit de sortir du tout, étant suspectée de la peste, ce qui grâce à Dieu se prouva faux.

De mon côtel, l'existence en Mespech ne compta pas de tels exploits, du moins en ses débuts, n'ayant pas été choisi par le baron pour participer à cette périlleuse délivrance où pourtant mon art dans le maniement du couteau eût pu se révéler fort utile. À son retour, mon maître fut enfermé en quarantaine, comme les autres, et donc Samson aussi, car il se pouvait que le mal de peste se soit entré et répandu en l'un d'eux pendant l'expédition. Cette période – quarante jours – marqua pour moi une relative liberté où mon rôlet de valet se réduisit à peu de chose, sinon à rien. Bien sûr, je n'en restai pas pour autant désoccupé à me ventrouiller dans l'inactivité comme un empereur romain couché sur sa litière. Imagine-t-on un domestique faire néant, le jour durant, mains en poches et épis de blé en bouche, tandis que les autres triment et suent d'incessants labeurs ? Nenni, cette vie n'est pas pour nous autres, jamais, et j'allais plus souvent aux champs, ou ailleurs, et les activités ne manquaient pas que j'ai narrées déjà.

La petite Catherine, un matin, de ce qu'il se pourrait qu'elle avait remarqué l'efficacité de mon coup de faux, me demanda de l'aller suivre hors de Mespech afin que de l'aider à trancher la luzerne pour nourrir son lapin blanc, ce que j'acceptai sans rechigner aucunement, ayant toujours aimé prou cette enfant timide et délicate qui me laissait tout atendrézi. Ayant franchi successivement les trois ponts-levis et parvenus près du petit champ, je remarquai que l'on travaillait dur dans le potager d'à côté, jambes écartées, bustes cassés, bras tendus arrachant herbes folles, et les cheveux tombant par-dessus têtes. Il y avait céans la petite Hélix, la Gavachette, Barberine, et Margot qui me tournait le dos mais dont la posture laissait voir, par ce fait, un postérieur ferme et comme offert, bien moulé par la robe. Il en est ainsi des hommes que nous avons parfois du mal à détacher notre regard de certains spectacles inattendus, si bien qu'il me fallut toute ma volonté pour garder tête droite et continuer à causer du plus grand naturel avec la petite Catherine.

Celle-ci me désigna le triangle de luzerne qu'elle souhaitait amasser en ses mains et il était à la vérité si petit qu'une simple faucille y aurait suffi. Je n'en dis rien pour non pas la décevoir et, saisissant ma faux par le bon bout, je donnai du muscle en un mouvement circulaire assez ample, bien inutile j'en conviens, et qui ne servit qu'en bout de course à raser la petite ration indiquée. Catherine en fut ravie, battit des mains, et se mettant à genoux ramassa la moisson de luzerne et, se relevant incontinent, courut en direction des clapiers. Tenant la faux bien droite à mon côtel, je la regardai s'éloigner, à sauts et à gambades, dans la fraîcheur et l'innocence de ses huit ans.

— Il sait y faire, Miroul, avec une faux, à ce que j'ai pu en voir ! dit derrière moi une voix moqueuse qui me fit sursauter.

C'était la Margot qui avait quitté son potager, et sans que j'en fusse alerté par rien, se trouvait à deux mètres de moi, les jambes droites bien calées sur le sol, le buste cambré, les mains aux hanches, la poitrine en avant, et ses yeux verts de chatte plantés dans les miens comme deux fléchettes.

— Grammerci, Margot, répondis-je, mais mieux tu en jugeras à la moisson du blé et des foins !

— Et comment est-ce donc qu'on apprend ces choses-là dans une vie de larron ? me demanda-t-elle intriguée.

— C'est que larron n'ai point toujours été, et seulement par accident !

— Et comment donc ? insista-t-elle.

— Je suis, Margot, enfant de paysans, tout comme toi, j'ai poussé à la ferme et c'est là que j'ai appris la besogne, et l'usance de la faux me vient de là aussi !

— Et lors pourquoi t'être mis larron ?

Comme toujours, et cela ainsi jusqu'à mon terme ici-bas, à l'évocation des miens et de leur horrible périment, le cœur me poignit et mon visage s'attrista, ce que remarqua la Margot.

— Hélas, les miens sont passés à trépas, et tous massacrés d'une si horrible façon que cela ne se peut exprimer. Et j'en devins larron pour non pas subir le même sort et finir occis, percé par les piques et mes tripes épandues sur le sol !

C'est ce moment que je vis que la Margot était une brave et gentille garce car cette affreuse remembrance, que j'avais évoquée là, navra son entrain et ternit son sourire.

— Pauvre Miroul, dit-elle. Point ne savais cela et la Gavachette non plus, qui me l'aurait dit sinon !

Il y eut un silence long et lourd que je ne savais comment briser, vu que nous étions face à face comme deux poteaux d'une même clôture, quand elle reprit sur un ton d'une grande douceur où toute raillerie et hâblerie avaient disparu :

— Et du quel pays viens-tu donc après cette malfortune ?

— Du pays de Vergt.

Margot ne connaissait pas cette ville et que le lecteur ne se gausse pas de son ignorance, lors que Vergt n'était qu'à quelques dizaines de lieues de là, car nous autres paysans ne sortons guère de notre trou, enlisés dans la même glèbe de la naissance à la mort, sans loisir aucun pour s'aller visiter le monde, et avec le village voisin pour unique horizon et distraction.

— Et notre pays, reprit-elle, tu l'as voyagé aussi ?

— Oui-da, un peu.

— Et Sarlat ? As-tu vu Sarlat ?

— Que non, Margot, point encore ! Mais maintenant que me voilà valet, j'espère bien m'y rendre avec mon maître qui aime m'avoir toujours à ses côtés.

— Oh, Miroul ! Quand tu iras là-bas, tu me raconteras et combien c'est grand, et combien c'est remuant, et comment les damoiselles sont vêtues ?

Et les yeux de Margot brillaient des mille feux de l'imagination, mais aussi du regret d'être née Margot, la Margot de la ferme qui oncques ne bougerait de là, sinon pour marier un rustaud du hameau d'à côté, qui chaque année nouvelle l'engrosserait d'un marmot, et ceci à l'aventure jusqu'à mourir en couches.

Pour Sarlat, je le lui promis, et j'avais fait un pas vers elle, lorsqu'elle se retourna vers le potager. Là, Barberine, la petite Hélix et la Gavachette avaient cessé de travailler et regardaient dans notre direction, s'essuyant les mains sur leur longue robe grise.

— Faut que je m'ensauve, Miroul ! s'écria la Margot.

Elle allait partir mais, contenant un premier mouvement en arrière, elle ajouta sur un ton soudain grave :

— Je t'aime bien, Miroul. Et tes yeux aussi.

— Mes yeux ?

— Oui, qui sont de deux couleurs ! L'un qui rit, l'autre qui pleure ! Ainsi es-tu, Miroul, comme tes yeux !

Elle me sourit, d'une si pleine et entière féminité, que je sentis en moi se répandre un désir subit et brutal qui me fit branler les entrailles et le reste, et bien cruel est le désir qu'il n'est mie permis d'assouvir sur-le-champ et qu'on doit étrangler de ses propres mains comme une mère indigne étoufferait son nouveau-né.

Puis, elle fit demi-tour, et d'une démarche ferme et assurée, avançant à grandes et puissantes enjambées, les bras se balançant fortement en alternance le long du corps, ce qui provoquait un agréable déhanchement à envisager, elle s'éloigna, la tête redressée, les cheveux en arrière retombant lourdement sur son large dos. Dans le potager, on s'était remis au labeur, dos cassés, fronts inclinés vers la terre et mains noires tirant sur herbes folles.

Sans l'once d'un doute, lecteur et lectrice, je gage que vous avez connu aussi dans votre vie ces prédicaments incertains et troublants où la tête s'emplit d'une garce ou d'un drôlet, sans qu'on puisse l'en déloger aucunement, lors même qu'il ne s'est rien passé du tout et que nul ne peut dire s'il se précisera quelque chose. Cet obsédant pensement ne vous quitte oncques et le promenez avec vous, partout et en tous lieux, en toutes occasions et jusqu'à vous emmêler le cerveau qu'il rend confus et rêveur. Ainsi de la Margot étais-je plein à étouffer lorsque sur le chemin du retour je croisai les jumeaux Siorac, si semblables qu'il est impossible de savoir qui est l'un et qui est l'autre.

— Bien le bonjour, Miroul, fit l'un.

— Miroul, bien le bonjour, fit l'autre.

Cette étrange vision de deux êtres en tout point identiques et qui n'avaient point besoin d'autres qu'eux pour vivre et être heureux me rendit soudain envieux de leur bonheur et du but qu'ils avaient atteint sans avoir eu à le quérir, étant entendu que ce qu'on cherche sur terre jamais ne se trouve, comme l'expérience de la vie tristement vous le montre. Puisse cette quête cesser dans l'au-delà et la bénignité de Dieu nous en soulager !

En la cour de Mespech, je fus interpellé par Faujanet, lequel souhaitait que je l'aidasse à ranger son bois de châtaignier en son atelier. Je m'apense asteure que je ne vous ai guère présenté celui-là, sinon pour signaler qu'il mettait la main avec les autres aux travaux importants du domaine, encore qu'il y reluctât fort, rappelant toujours à hauts cris qu'il était céans pour faire des tonneaux, rien que des tonneaux, et que c'était une lourde tâche qui rapportait prou à la frérèche.

Faujanet était une trouvaille de Sauveterre qui l'avait encontré au marché de Sarlat et on ne sait pourquoi Sauveterre lui adressa la parole, le seul point commun qui se pouvait reconnaître entre eux, à première vue, étant la boiterie. À la discussion que Sauveterre lança, il se révéla que Faujanet avait été soldat et qu'il combattit à Cérisoles où il reçut la balle qui le laissa claudicant, si bien que c'était là deux compagnons en boiterie, contractée au même lieu et même jour, qui se causaient ce matin en le marché de Sarlat. Ceci, je le présume, émut Sauveterre qui décida d'embarquer Faujanet en Mespech. Ce petit homme noiraud s'était appris le métier de tonnelier et cherchait bonne place pour exercer son art et Sauveterre ainsi l'engagea pour cela, et depuis lors Faujanet cerclait ses barriques que la frérèche revendait alentour, jusqu'à Périgueux, et à un bon prix à ce que j'en sus.

— Viens donc par ici, petit ! me lança-t-il. Et prête-moi la main que tu me vois toujours fort embarrassé avec ma boiterie pour ranger ce bois céans !

Si tonnelier il était, le soldat fleurait toujours par en dessous et le ton était rude, mais non pas méchant ni acresté, et il ne fallait pas chercher malice dans son rugueux jargon. Il me commanda à la manœuvre et j'enfourbis toutes les planches, par taille et épaisseur, aux endroits qu'il indiquait. Quand tout fut fini, il tâta du bout des doigts les pièces de bois et hocha la tête en connaisseur.

— Que voilà du bon châtaignier et que j'en ferai de la belle ouvrage avec !

Faujanet ne faisait ses tonneaux qu'avec du châtaignier et non plus, comme dans les temps anciens, avec du chêne qui gâtait le vrai goût du vin par un parfum fort et entêtant.

— Pas du vin ça, du jus de chêne ! disait-il en recrachant à terre quand il tombait par hasard sur une vinasse faite à l'ancienne mode.

Lors que je me tenais au milieu de l'atelier, les bras ballants et l'air absent, Faujanet me regarda en biais, fronça les sourcils et lissa ses moustaches.

— Quelle diable de tête fais-tu là, Miroul ! À ton âge, j'en connais pas trois des causes pour enchifrener de la sorte, ou c'est-y un vrai grand malheur ou c'est-y une garce qui te trotte par là-dedans !

Et il ajouta comme s'il se parlait à lui-même :

— Et le grand malheur tu l'as déjà eu, donc c'est une garce qui te travaille la tête et les couilles avec !

Comme je ne répondais rien et que le bonhomme n'était pas du genre à trouver les mots qui m'auraient soulagé, il se passa un moment long assez que Faujanet mit à profit pour ajuster ici et là planches et panneaux que j'avais empilés. À la parfin, il maugréa prou de mon inertie qui l'agaçait.

— Quand j'étais jeune, on disait au drôle d'aller tirer son vinaigre tout seul et qu'après, ça allait beaucoup mieux ! J' peux pas dire pour la tête, mais pour les burettes, c'est sûr !

Nul depuis lors, pour un pensement d'amour, ne m'a donné remède d'une telle farine, mais je tiens pour l'avoir essayé, qu'il ne guérit en rien la tête, et s'il vous vide un peu de votre trop-plein, vous laisse plus marmiteux que rebiscoulé, aggravant la mélanconie et la langueur qui naît parfois de cet état.

*

* *

Durant la quarantaine de mon maître que je ne vis mie tout ce temps, ce qui me parut fort long car déjà j'étais très attaché à lui, le baron et Sauveterre m'ordonnèrent de joindre la petite Hélix et la Gavachette à qui la frérèche s'était mis en tête d'apprendre à lire et écrire, décision bien peu ordinaire pour des servantes, dont il n'est pas l'us qu'elles en sachent tant et n'ont nul besoin dans leur office. La raison en était que la frérèche – et Sauveterre en premier – jugeait que la religion s'apprenait dans les livres saints et qu'il fallait soi-même les lire journellement pour fortifier la foi qui autrement se délite et s'éparpille au vent de l'hérésie. J'y appris prou et la remembrance de ces études m'est chère, non seulement parce que j'y puise la fierté de ce mien savoir, mais aussi parce que de cette période date sans doute le tout début de cette longue affaire qui m'a conduit à écrire ces Mémoires que les lecteurs me font l'obligeance de lire.

De par le fait, je fus souvent auprès de la Gavachette et de la petite Hélix, tous trois studieusement penchés sur la table, une plume maladroite à la main, et la petite Hélix je ne regardais jamais, ou de l'œil le plus innocent, pour ce que mon maître avait jeté son dévolu sur elle, ce qui me la rendait tout à fait inaccessible au désir, et ce d'autant plus qu'elle aimait Pierre de Siorac d'un amour pur et sincère, sans arrière-pensée aucune.

Il n'en allait pas de même avec la Gavachette ! Cette jeune garce était un vrai démon et me faisait mille petites mines et sourires enjôleurs, se tortillant devant moi d'une fort impudique manière, montrant tout à la fois et sa ferme petite poitrine et son joli postérieur, et comme autant d'appas pour gobe-mouches tout ce qui en un rien peut affoler un homme. Il s'en fallut d'un geste que je ne succombe à tant d'invites et encouragements, et je me demande encore comment ne suis-je tombé tout rôti dans son bec. Qu'avais-je à y perdre, me direz-vous, sinon peut-être y oublier un peu la Margot, ce qui somme toute eût été un plus astucieux remède que celui enseigné à la rude par Faujanet. Mais une antique prudence me retint toujours, car il me sembla que toucher à la fille de la Maligou eût apporté son lot de désagréments et de misères, et que peut-être j'y aurais joué ma place de valet en cette maison. Quand j'y repense encore maintenant, je suis assuré que j'ai agi là avec sagesse en ce tourment, et pourtant, il m'arrive, certains soirs de lassitude où la vieillesse insiste sur le passé, de le regretter un peu.

Il me tardait de voir s'achever enfin cette quarantaine que je trouvais bien sévère, opinant – à tort, je l'appris plus tard – que le mal de peste pouvait se laisser enfermer dans le corps sans s'y faire reconnaître incontinent par les affreux symptômes que l'on sait. Mais je n'imaginais guère que l'élargissement de nos prisonniers volontaires s'accompagnerait, entre le baron et mon maître, d'un affrontement tel que la violence en ébranla les murs du château et faillit jeter mon maître sur les routes du royaume, sans que je sache bien ce que je serais devenu lors.

Dans ses Mémoires, mon maître a conté cette grande querelle et je l'ai évoquée ci-avant déjà, prouvant par là assez que j'étais céans à Mespech au moment de l'affaire et non pas larronnant encore sur les chemins de misère. Vous savez à coup sûr, mais je le rappelle ici pour le lecteur catholique, que les huguenots renoncent à toutes images des saints, qu'ils considèrent comme idolâtres, et que parmi toutes ces représentations interdites, celle de Marie est encore la pire de toutes. Sur ce point, il n'y a pas lieu de transiger.

Je n'ai pas assisté moi-même à la terrible scène où le baron, découvrant avec horreur que son fils portait au cou une médaille de Marie, celle de sa mère qui lui avait fait jurer sur son lit de mort de la porter toujours, lui ordonna à la fureur tant et tant de la retirer, et mon maître s'obstinant à refuser, le chassa de Mespech avec serment de ne le revoir jamais. C'est Samson qui me raconta cela et le pauvre ange avait eu tellement peur de l'ire incontrôlée et quasi démentielle de son père qu'il en tremblait encore à chaque évocation et que les larmes lui en brouillaient la vue.

— Sais-tu, Miroul, me dit Samson, que quand mon père est ainsi, il a le visage rouge et congestionné, le geste agité et violent, des yeux de fou, qu'il crie à tympaniser le voisinage, et que j'ai peur ?

— Non, Moussu Samson…

— Ce fut si affreux, Miroul, et Pierre va devoir quitter le domaine, ne jamais plus revenir, et ne sais si je dois le suivre ou rester là.

Et moi donc, m'apensai-je, mais je me ramentevais aussi une parole du baron disant que c'est à lui et Sauveterre, en toute extrémité, que je devais obéissance, et cette phrase en elle-même, quand elle fut prononcée, n'envisageait-elle point déjà la sorte de péril où nous étions plongés tout soudain.

— Sais-tu, Miroul, ajouta Samson, que mon père n'est plus maître de lui quand il s'emporte ainsi et que, tel un possédé du démon, il pourrait faire n'importe quoi ?

— Non, Moussu Samson.

— Mais sais-tu aussi qu'il regrette toujours ces excès, qu'il les honnit autant qu'il est impuissant à les contrôler ? Qu'il se torture l'esprit dès qu'il est retourné en sa chambre ? Et qu'il peut en perdre tout appétit de la vie jusqu'à ce que la colère, les tourments et les regrets soient tombés ?

— Non, Moussu Samson.

Entendant ces paroles de Samson, j'en fus étonné assez, mais j'en conclus que le demi-frère de mon maître avait plus de finesse qu'il n'y paraissait, qu'il savait observer aussi, considérer en silence, et que s'il ne disait finalement pas grand-chose sur les personnes, il les connaissait mieux que d'autres et que son jugement était solide et fiable.

À ce point, Pierre entra dans la pièce, et je notai incontinent sa raideur inaccoutumée et les yeux fixes. Il s'était vêtu pour le départ, ceignant la courte épée à son côté pour bien montrer qu'il quittait Mespech, et nous regarda sans paraître nous voir. De toute sa vie et malgré des traverses parfois cruelles, oncques n'ai revu sur le visage de mon maître un ravage plus effrayant que celui qui suivit cette dispute d'avec son père. Il était proprement livide, les traits exsangues, les cernes creusés, la nuque raide, et un léger tremblement agitait ses lèvres. Toute superbe avait disparu et ses gestes en étaient devenus lents et maladroits. Quelque chose s'était brisé en lui, et ce quelque chose n'était que l'amour de son père, qu'il pensait avoir à jamais perdu. Il n'était plus Pierre de Siorac, il n'était que Pierre qui partait sur les routes de France, seul, et comme presque mort du fait que son père adoré ait détourné de lui son regard.

Même ce jour d'hui, le choix effectué par mon maître m'en impose et m'impressionne, et me laisse tout admiratif, car, lors même que sa décision l'anéantissait et le réduisait à néant, il s'y tenait sans faillir, sonné mais debout, branlant et d'aplomb tout à la fois, titubant mais avançant encore. C'était merveille de constater cette issue en ce duel inégal où le père a toutes les armes et le fils si peu. Au reste, était-il intelligible que mon maître ne renonçât aucunement à la promesse faite à une morte et qu'il continuât à y rester fidèle, alors que cette promesse lui avait été imposée par sa mère contre son gré et sa volonté ? Et enfin, la lecture de la décision prise par mon maître se brouille à l'infini si on considère que sa mère comptait moins pour mon maître que son père, non pas parce que l'une était trépassée et l'autre vif, mais bien parce que l'une n'avait pas su de son vivant s'attacher l'amour de ce fils turbulent et impétueux tandis que l'autre était devenu l'unique idole et modèle.

J'y vois une roide et indéfectible fidélité à la parole donnée, une grandeur d'âme et une fortitude que peu atteignent, un refus de transiger sur les principes qui fondent une existence juste et droite, et cela même au risque de perdre la seule chose qui comptât vraiment pour lui en ses vertes années, son père bien-aimé. En ce triste prédicament, mon maître touchait au tragique des pièces antiques, le déshonneur ou le bannissement, et il avait choisi selon, dans la douleur et la souffrance et pas même un regard vers l'autre plateau de la balance. C'était tout à la fois sublime et effrayant, inconsidéré et nécessaire, hasardeux et sage. Car ce jour-là et en cette malaventure, il se joua prou dans la constitution de l'essence et du caractère de mon maître, et je doute fort qu'il serait devenu ce que vous savez s'il avait abdiqué là devant son père, renoncé à lui-même pour souffrir la domination de son modèle, et jeté au loin cette damnable médaille de Marie. Je m'apense en effet que c'est à ce moment précis que mon maître a cessé de n'être qu'une séduisante et brillante imitation de son père pour devenir lui-même, qu'il passa pour ainsi dire de Jean à Pierre, et que son prénom commença à lui signifier quelque chose d'intelligible et de palpable.

Mais que de souffrances pour en arriver là et le terrible pâtiment de mon maître, qui se tenait devant nous comme un supplicié qui part à la potence, apitoyait Samson jusqu'aux larmes qu'il ne pouvait plus contenir.

— Je partirai avec vous, mon frère, dit Samson et ce disant, il se leva, et ils tombèrent dans les bras l'un de l'autre en pleurant à chaudes et amères larmes.

— Ah, mon Samson ! répondit Pierre quand le nœud de sa gorge se desserra quelque peu, tu n'as pas à embrasser une querelle qui mie ne te concerne. Ta place demeure céans et tu n'as pas à la déserter.

— Si fait, Pierre, la vie me sera trop rude ici sans toi, et le chagrin sans cesse me tourmentera et oncques ne me laissera de repos.

Et ils pleurèrent derechef, se donnant fortes brassées et presque jusqu'à l'étouffement.

— Pierre, dit Samson, avant que de partir il faut que tu demandes pardon à notre père pour la braverie que tu lui as faite laquelle, même contrainte et forcée par la fidélité à ton serment, reste une braverie dont un fils doit s'excuser auprès de son père.

Je dois avouer à ce stade de mon récit que mon maître relucta fort à cette démarche, non pas qu'il la considérait inutile, tout au rebours, mais parce qu'il redoutait de se trouver de nouveau face à son père, et que cette épreuve lui faisait sans doute grand-peur, vu l'état de quasi-démence où il avait vu ce dernier peu de temps auparavant. Mais là encore, il accepta, montrant assez qu'il désirait quitter Mespech sans l'ombre d'une tache sur sa conscience, sans remords aucun, certain d'avoir accompli en ce triste destin la voie simple et claire du juste.

L'insistance de Samson à permettre cette entrevue donne à réfléchir, surtout si on la rapproche de ce qu'il pensait de son père et qu'il m'avait avoué peu avant, ne me déguisant rien des profonds regrets qui assaillaient le baron dès la colère retombée et éteinte. Ce fut-il que Samson espérait que, de cette ultime entrevue, une réconciliation effacerait la querelle ? C'est probable en effet, et j'opine en ce sens, étant donné que Samson était plus finement sensé que ne le pensaient ses proches, et que c'est bien navrant qu'il fût seulement tout de bonté, comme dans les livres saints, et ne tentât jamais de montrer autre visage, lequel eût pu lui amener plus de considération de ses semblables.

Comme le lecteur se le ramentoit sans doute, ce n'est pas ainsi que cet affrontement se conclut, permettant au père et au fils de se retrouver, au soulagement de tous. C'est Sauveterre lui-même, par de fortes et bonnes remontrances, ne lui celant rien de son opinion, qui remit le baron en équilibre et calma sa fureur et son ire. Et c'est lui aussi, ce rôle étant encore au-dessus des forces de Jean de Siorac, mais celui-ci consentant à ce qu'il fût joué par un autre, qui vint annoncer roidement à mon maître la punition, bien légère en vérité, que celui-ci dut subir pour effacer la braverie faite à son père – roidement en façade car Sauveterre avait été de fait l'artisan intransigeant et généreux de la réconciliation.

*

* *

Vers la fin août de l'année 1563, Escorgol, lequel du haut de son châtelet d'entrée veillait jour et nuit à la sûreté du château, annonça un messager du lieutenant-criminel de la ville de Sarlat, M. de La Porte. Les visites n'étant point tant nombreuses à Mespech – le baron et Sauveterre répugnant aux grandes fêtes données par d'aucuns nobles du pays, pour la raison qu'ils estimaient que la pécune ne devait pas se gâcher à de si futiles réjouissances – tout le domestique accourut dans la cour, à l'exception de Faujanet qui resta enfermé dans son atelier à cercler ses tonneaux.

Le messager, poussiéreux et suant assez de ce qu'il avait parcouru à brides avalées, et d'une traite, le long chemin qui menait de la ville au domaine de la frérèche, descendit de son cheval et le tenant par le côté du mors, au milieu de cette assemblée inattendue ne regardant que lui, eut un moment d'hésitation, cherchant à reconnaître et le baron Jean de Siorac et l'écuyer Jean de Sauveterre, qu'il n'avait jamais vus ni de près ni de loin.

C'était un fort gros homme qui devait avoir bien fatigué sa pauvre monture, laquelle soufflait tant et tant en tournant sa tête à dextre et à sénestre comme si elle prenait à témoin les spectateurs du calvaire qu'elle venait d'endurer. D'une chose je me ramentois bien, c'est que ce messager avait un nez tant grand et tant proéminent qu'il lui mangeait la moitié du visage, et chacun avait les yeux rivés sur cette protubérance qui, en tout lieu, devait le précéder d'un bon quart d'heure.

Je me tenais près de mon maître, légèrement en retrait, quand je vis le baron se rapprocher de lui et, l'ayant rejoint, se pencher à son oreille. Il parla bas mais point suffisamment pour que je n'entendisse distinctement assez les paroles que le père destinait au fils.

— Mon Pierre, comme vous n'êtes pas sans le savoir, dit-il en souriant, *naso cognoscitur virga*[1] !

Mon maître pouffa comme un enfant, et un peu fort sans doute, si bien que le messager tourna les yeux vers eux et à la vêture du baron devina qui il était. Jean de Siorac pour prévenir toute gêne à son fils, lequel peinait à retrouver son sérieux, marcha alors droit à lui et se présenta.

— Moussu lou Baron, dit le gros homme en tentant de s'incliner, ce qui vu sa corpulence n'était pas sans danger, j'ai une lettre pour vous et M. de Sauveterre

1. Au nez, on connaît la verge !

de la part de M. de La Porte, lieutenant-criminel de Sarlat.

— Et comment se porte notre bon ami La Porte ? répondit le baron décidément d'humeur badine.

— Fort bien, Moussu lou Baron, et fort heureux de n'avoir point encore contracté cet affreux mal de peste qui fait trépasser tant de nos Sarladais.

— Oui, cela est triste et désespérant, et cette épidémie est bien l'une des plus ravageantes que la ville ait connues.

Sauveterre se fit reconnaître à son tour et derechef le messager tenta de s'incliner du mieux qu'il put, et lors je m'apensai – l'humeur du baron se communiquant à la mienne – que son nez, peut-être, pourrait bien le déséquilibrer en avant s'il n'y prenait garde.

— Marsal ! cria le baron, viens donc ici prendre ce pauvre cheval et le reposer un peu à l'écurie, tandis que la Maligou fera goûter à notre hôte du vin de notre vigne pour le désaltérer de la peine qu'il prit à venir jusqu'ici par combes et par pechs !

— Grammerci, Moussu lou Baron, répondit le messager, et je dirai point non à votre invite car les chemins sont poudreux et le gosier s'en assèche, vramy !

Le domestique s'occupa ainsi de notre homme – ce qui était pour tous l'occasion de connaître les remuements et nouvelletés de la ville de Sarlat – tandis que le baron, décachetant la lettre, entreprit de la lire céans au milieu de la cour. Flanqué de Sauveterre sur sa dextre, le baron était entouré de ses trois fils, de sa fille Catherine et de votre Miroul, un peu en retrait certes, mais proche assez de son maître et prêt à le servir comme un attentionné valet.

La lettre comprenait deux pages d'une écriture fine et serrée et, dès les premières lignes, Jean de Siorac poussa une exclamation chagrine qui communiqua une tension certaine et très palpable à Sauveterre et aux enfants groupés autour de lui.

— Ah, mon Dieu… murmura-t-il ensuite.

Puis la face sombre, le front plissé et les épaules soudain tombantes, lors que quelques minutes auparavant, redressé et réjoui, il se gaussait de tout et de rien, le baron lut lentement et avec application les deux feuillets, sans mot piper. Le temps parut long à ceux qui ne lisaient pas mais qui comprenaient, au visage affecté de Jean de Siorac, qu'il n'y avait pas là nouvelles dont on aurait à se réjouir.

À la parfin, le baron tendit la lettre à Sauveterre et dit d'une voix atone :

— Un grand malheur qui s'est produit… Étienne de La Boétie est mort, le 19 août.

— Mort ? répondit Sauveterre atterré, mais il avait à peine dépassé la trentaine et portait, je crois, une saine et éclatante santé ?

— Il allait avoir trente-trois ans.

— L'âge du Christ… dit Sauveterre, sans qu'on sût ce que signifiait pour lui ce rapprochement inattendu.

— Voyez vous-même, dit Jean de Siorac en désignant d'un geste les feuillets qui pendaient dans la main de Sauveterre, M. de La Porte nous fait un récit circonstancié de l'événement, qu'il tient de M. de Montaigne, lequel aurait assisté La Boétie en ses derniers instants. Il a montré bien du courage, attendant la mort *gaillard et de pied coi*, selon sa propre expression, et sans oncques se désespérer du temps qu'elle prenait, lors qu'il pâtissait prou de violentes et insupportables douleurs.

— De quel mal souffrait-il ?

— On ne sait. Le 8 août, il joua à la paume avec M. d'Escars, en pourpoint sous une robe de soie, et le froid le prit. Le lendemain, il avait un flux de ventre avec des tranchées, puis de la dysenterie aussi, et ce mal ne l'a point quitté jusqu'à la fin.

De mon côtel, à ouïr ceci, je ne laissais d'être étonné car, ne connaissant pas ce M. de La Boétie dont on venait d'annoncer le trépas, il m'était difficile d'entendre la grande affliction en laquelle semblait plongé le baron, au point que ses yeux se brouillèrent et que sa voix perdit son timbre coutumier, clair et sonnant.

— Nous perdons prou avec cet homme, ajouta le baron sombrement. Bien que catholique, c'était un juste, ouvert à la liberté des cultes, à la tolérance et au dialogue entre les religions, au refus de la tyrannie d'où qu'elle vienne. Si des deux bords, nous avions à la tête de l'État, ne serait-ce que trois ou quatre La Boétie, nous n'en serions pas là où nous en sommes, hélas !

— Je m'en vais prier pour le salut de son âme, dit Sauveterre en écho.

— Et vous faites bien, mon frère, et cette pensée est noble, qu'un huguenot comme vous puisse prier pour un catholique comme lui.

J'appris par la suite que le baron avait une affection particulière pour Étienne de La Boétie, pourtant sensiblement plus jeune que lui, pour ce qu'il l'avait rencontré au côté de son père, Antoine de La Boétie, lieutenant-criminel par autorité royale de la sénéchaussée de Sarlat, dès son arrivée en Périgord et avant même d'acheter le domaine de Mespech. Lui et

Sauveterre avaient trouvé auprès du père un appui, ce qui de catholique à huguenot était déjà fort notable, et le fils Étienne, âgé lors d'une quinzaine d'années seulement, avait montré dès le premier entretien un esprit vif, épris de justice, exalté aussi dans son horreur de toute oppression. Ils s'étaient ensuite encontrés nombre de fois et ce jusqu'au départ d'Étienne à Bordeaux où il fut nommé ensuite conseiller au parlement dès l'âge de vingt-deux ans, ce qui montre assez l'extrême précocité du jeune homme.

Les êtres précoces vivent vite et meurent jeunes, dit-on. Je ne sais si la chose est exacte mais il est constant qu'on la vérifie souvent. En ce qui concerne cet Étienne de La Boétie, n'est-il pas merveille qu'il écrivît sa grande œuvre – *Discours de la servitude volontaire* – à l'âge de dix-neuf ans seulement ? Si mon maître a pour M. de Montaigne – et je le comprends – une admiration sans limite, j'avoue que cet ouvrage de La Boétie que j'ai lu fort tard, et parce qu'il se trouve en la librairie de mon maître, me parle autrement, et mieux sans doute. Car j'ai pu le constater, moi qui suis valet, et fils de paysan, la servitude est une longue habitude et elle survit par l'acceptation pleine et entière de ceux-là mêmes qui la subissent. C'est le peuple qui s'asservit de plein gré, par la conviction intime et profonde qu'il a que cet état est juste, et qu'il en vient à confondre l'état de sa naissance avec un état de nature. *Soyez résolus de ne servir plus, et vous voilà libres*, écrit La Boétie, mais il en faudrait prou pour passer de l'idée à l'acte, et l'homme seul ne sert à rien en cette entreprise, il y faut du nombre, et trop incultes sont les paysans pour ne plus serrer la main de celui qui les étrangle. À quoi sert-il de leur faire connaître cette servitude volontaire, et qu'ils se tiennent à genoux, s'ils ne désirent se lever ! Peut-être, en les siècles à venir, cette conscience viendra où mes frères laquais et paysans pourront redresser la tête, mais je n'en suis pas trop assuré, n'ayant pas asteure une vue tant optimiste de l'humaine condition.

J'hésite, les ayant relues, à biffer ces pensées car je n'ignore pas qu'il me faudra, pour la publication de ces Mémoires, l'assentiment du roi, et qu'on peut trouver à y redire de ce que j'écris là. Il me semble néanmoins que je peux avoir fiance en la libéralité de notre bon roi Henri IV, protestant en conscience, catholique par ambition royale, et qui a connu de par le fait, et du dedans, les deux faces de l'oppression religieuse. Et celui qui a eu la grandeur de signer l'édit de pacification, mettant fin définitivement à tant et tant d'horreurs et de cruautés, ne devrait guère s'offusquer de ce léger égarement dont je me suis rendu coupable à l'instant.

Le soir même, le baron réunit ses trois fils en la librairie de Mespech, et je vins aussi, car mon maître le désira, et je me demande encore si ce n'était pas seulement pour rebiquer son frère François, qui n'en avait point, que Pierre de Siorac promenait ainsi son valet, en tous lieux et toutes occasions. Sauveterre était là aussi, recouvert d'une noire et austère vêture, à l'écart, plus sombre et silencieux encore que de coutume.

Jean de Siorac promena son regard azuréen sur sa progéniture tandis que la Maligou allumait les deux chandeliers d'étain à cinq branches et toutes les chandelles de la pièce, les trois fils étant fort étonnés de cette extraordinaire dépense, que Sauveterre avait dû autoriser puisqu'il était présent, et qui participait grandement à l'exceptionnel de la réunion. Le baron attendit que la Maligou fût sortie pour parler d'une voix grave et solennelle.

— Mes enfants, et toi aussi Miroul puisque je vois que tu es présent, vous savez que nous avons reçu ce jour d'hui une bien triste nouvelle en celle de la mort d'Étienne de La Boétie. Vous êtes trop jeunes pour l'avoir connu, mais Sauveterre et moi l'avons fréquenté, puisqu'il est né à Sarlat et s'y trouvait encore, auprès de son père, quand nous sommes arrivés dans la région. C'était, je vous en assure, un homme de bien, et comme je l'ai dit ce matin, le royaume perd prou avec lui, de ce qu'il aurait pu faire pour notre cause, étant rare catholique à souhaiter apaisement et liberté de culte. Il a par le passé déjà, mandaté par Michel de L'Hospital, œuvré dans les négociations entre protestants et catholiques pour parvenir à une entente entre les deux parties. Il aurait pu faire mieux si Dieu lui avait donné plus de temps. Mais personne, vous le savez, ne décide du jour ni de l'heure où il nous faut partir et renoncer aux vils plaisirs de ce bas monde.

Là, Sauveterre toussa, et je ne sais s'il trouva un rien chattemite d'évoquer comme « vils » des plaisirs où le baron se vautrait si fréquemment, mais il s'agita un peu dans son recoin. Jean de Siorac ne sembla pas le remarquer et continua sur le même rythme :

— Il a laissé des écrits, que nous ne connaissons pas tous, des sonnets et diverses poésies qui démontrent, si besoin était, la hauteur de son esprit. Un petit livre aussi sur la tyrannie, lequel est fort pénétrant.

— Ce n'est certainement pas ce qu'il a fait de mieux, dit Sauveterre d'un ton brusque. Il était jeune à l'époque, un peu exalté, et je ne conseillerais pas cette lecture…

— … qui n'en reste pas moins intéressante, poursuivit le baron sans hausser la voix. Je voudrais, mes enfants, que, plus tard, vous vous souveniez de son nom, que vous en ayez le plus grand respect et y tiriez vous-même matière à orienter votre vie. Sachez que si l'un de vous, ou tous les trois, deveniez semblables à lui, j'en ressentirais la plus grande fierté.

Le baron fit une pause, constata que son auditoire écoutait avec une profonde attention, puis reprit :

— Mes enfants, je souhaite écrire une lettre à sa femme car il est important que celle-ci sache en quelle tristesse est reçue la mort de son époux en ce royaume, et combien son âme et son esprit étaient appréciés par ceux mêmes qui n'étaient pas de même religion que lui. Et il me plaît que cette missive soit de la main de mes trois fils, afin qu'elle n'ignore pas que la jeunesse aussi est touchée par cette soudaine disparition.

À cette dernière parole, il y eut de l'étonnement dans les yeux des trois fils, mais aucun ne branla ni ne dit mot.

— Prenez la plume, François, vous l'aîné pour commencer, et sur l'écritoire, déroulez votre plus belle écriture, et ayez la main bien légère car, comme vous le savez, je dicte vite et sans répit.

Et sans plus attendre, dès que François fit un petit signe pour avertir qu'il était prêt, le baron commença ainsi :

— En haut à droite, François.

À Mademoiselle Marguerite de Carle,
épouse de notre cher et très admiré Étienne de La Boétie

— … à la ligne, François.

Par M. de La Porte, lequel nous en a fait prévenir par messager et nous en donna détaillées les tristes circonstances, nous savons l'affliction qui vous frappa cruellement le 19 de ce mois d'août. Cette perte est pour vous, sa tendre épouse qu'il appelait « ma semblance », irremplaçable et unique, et je vous devine inconsolable et démunie comme au premier jour. En cette tristesse qui vous accable, peut-être pourrez-vous trouver meilleure fortitude si vous connaissez l'estime et l'admiration que portaient envers lui tant d'amis connus et inconnus. J'en porte témoignage, et mon ami Jean de Sauveterre aussi, qui avons eu le privilège de le connaître en ses vertes années, avant même que le monde ne le découvre tel qu'en lui-même, dans toute sa sagesse et probité.

— Pierre, prenez à la suite de François, voulez-vous ?

Pierre s'avança à son tour, saisit la plume et se pencha sur l'écritoire.

Vous ne serez pas étonnée si je vous dis que nous sommes nombreux à le considérer comme un des grands esprits de notre époque, qui a œuvré pour le bien du pays, le royaume de France, et que son aide pour une paix juste en fait l'honneur de son temps. Par-delà son action politique, à Bordeaux et dans la province, le pont qu'il a jeté entre nos deux religions ne sera pas détruit et, j'en suis sûr, sera parcouru dans les deux sens par les hommes de bonne volonté qui sont las des massacres inutiles, et de ces revanches sanglantes qui appellent, encore et encore, à l'infini, d'autres revanches sanglantes. Ainsi, le monde ne saurait aller perpétuellement vers le mal, et les guides isolés, tel votre mari, seront suivis par beaucoup d'autres, qui deviendront multitude.

— Samson, s'il vous plaît, à vous.

Quand Samson commença à écrire, je constatai que le baron, qui, jusque-là, dictait grand train, ralentit fortement le rythme, sans doute car il savait ce fils-là plus malhabile en ces matières que les deux autres.

À vos côtés, j'aurais souhaité l'assister en ses derniers instants, où il fut admirable et tout empreint de la vraie foi, ainsi que me l'a rapporté M. de La Porte. Mais je suis assuré qu'il fut entouré comme personne pour le grand voyage vers l'Éternel puisque, avec vous, se trouvait M. de Montaigne, dont on sait la très grande affection qu'il lui portait. Si votre Étienne n'est plus là dans l'indigne forme humaine qui est la nôtre, soyez-en convaincue qu'il demeure auprès de votre personne, vous aime et souffre avec vous de vos tourments. Oncques il ne sera oublié et même son nom et sa renommée continueront de briller au-delà de ce siècle.

— Allez à la ligne, Samson.

Votre dévoué Jean de Siorac,
Baron de Mespech

Le baron s'approcha de l'écritoire, saisit la lettre avec précaution car l'encre n'en était pas encore séchée, et la relut attentivement et à haute voix.

— Cela est bien, dit-il. J'y apposerai ma signature et ajouterai de ma main quelques mots pour vous nommer et montrer combien vous êtes également associés à sa douleur.

*

* *

À la vérité, je fus à l'époque très impressionné que l'on puisse dicter de la sorte une lettre, d'un trait et sans hésiter, et j'acquis ce jour une tout autre admiration pour le baron. Nous autres, gens de petite condition, qui n'avons pas été nourris à ce lait-là, restons bien incapables de presser nos mérangeoises avec tant d'aisance, et quel labeur et que de sueurs nous sont nécessaires pour écrire quelques lignes qui ne fassent pas naître aux lèvres du lettré un mortifiant sourire de condescendance. De cette admiration, j'en fortifiai le désir de m'élever, non pas jusqu'aux hauteurs de ces messieurs, inaccessibles à mon esprit, mais du moins jusqu'au seuil de cette admirable aisance afin de l'entrevoir et, les jours de grâce, l'effleurer du bout de la plume, la caresser le temps d'une phrase, échappant de la sorte, un court instant, à mes plus humbles et habituelles capacités.

Ceci passa par une attention plus soutenue encore, une volonté d'apprendre redoublée, une détermination et une opiniâtreté inégalées que j'exerçai aux leçons reçues avec la petite Hélix et la Gavachette, où je tentais de percer les mystères de la rhétorique et de cette science de la parlerie dont les maîtres du domaine étaient si friands. Nul doute que, des trois écoliers, j'étais l'élève le plus motivé et dont les progrès furent, sans contestation aucune, les plus rapides, sans oublier que je les confortais par ces autres leçons de français du Nord dispensées, non sans mal, par Samson. Ce fut pour moi le temps de l'imitation, car il ne s'agit que de cela quand on apprend, et je pris mon maître pour modèle, comme celui-ci en son temps avait imité son père, et ainsi de suite, telle la chaîne du savoir et de la connaissance, laquelle démarre toujours par la copie avant de dessiner un original, celui-ci n'étant hélas réservé qu'aux seules âmes bien nées. Et j'ajouterai, afin que de clore le sujet, que les Miroul et autres fils de paysans, à l'ordinaire, n'ont pas de modèle sous les yeux et que ceci explique assez la raison pour laquelle oncques ils n'accèdent à ce savoir qui leur est à jamais refusé et impénétrable. Fort heureusement, le regret n'en est pas trop amer, ni même pénible car, s'ils n'ignorent pas l'existence de ce savoir, son étendue et son intérêt leur sont totalement méconnus.

D'aucuns penseront que, de mon entrée à Mespech à mon départ pour Montpellier, mes apprentissages multiples s'arrêtent ici et que lire, écrire, compter, mieux parler, monter à cheval, manier la pertuisane et le braquemart, tirer au pistolet sont tâches suffisantes en nombre et en difficulté pour un jeune drôle de mon espèce. Pourtant, il en est une autre qui me fut si plaisante et si aisée à acquérir que je m'en voudrais de ne pas vous la conter également.

Du temps de ma famille, avant l'infâme meurtrerie dont elle fut victime, j'étais accoutumé à chanter, et sans forfanterie aucune, à chanter bien. Ceci me prit tout marmot, et le chant chez moi se développa en même temps que la parole, s'associa et se mêla à elle, comme deux nouvelletés de la même farine. Que je chantasse d'une belle et agréable façon, ce n'est pas moi qui osais seul à le prétendre – suis-je coutumier à me paonner ainsi ? – mais on le disait et le répétait, ici et là, partout, dans notre hameau et ceux voisins, et l'on me demandait de chanter devant autrui, et je voyais bien que la chose plaisait, et en particulier aux garces qui écoutaient rêveusement en se tenant quiètes.

Quand, hélas, je fus jeté en larronnerie sur les chemins de misère, je cessai tout à plein de chanter, et cela sans même m'en rendre compte, toute joie et espérance coupées, et la tristesse pour unique compagnon. Ce qu'on croit avoir oublié, pourtant, n'est rien qu'enfoui dans le souvenir d'une vie ancienne, et revient parfois tout soudain en mémoire pour peu que la fortune change de bord et vous joigne derechef. À Mespech, je me remis à fredonner et siffloter, sans du tout m'en apercevoir au début, mais tout naturellement, comme on se remet debout après l'alitement d'une longue intempérie. Puis je chantai vraiment, comme auparavant, des chants de nos campagnes ou des psaumes de ma religion, car c'est à moi qu'on demandait de psalmodier quand, en famille, on célébrait la cène. Chez mes nouveaux maîtres, je n'osais chanter devant les autres et me cachais, m'isolant assez pour donner libre cours à mon plaisir, qui est réel comme bien le savent ceux qui, comme moi, possèdent ce don.

Or donc, un soir de ce mois d'août finissant, au soleil déclinant, je me trouvais sur le chemin de ronde, accoudé au créneau, face aux verdoyants combes et pechs de notre joli pays, et je me mis à chanter un psaume que mes parents aimaient, et de le chanter m'émut tant et tant, dans la souvenance de mon père et de ma mère, que mes yeux s'en mouillèrent, et que ma voix vibrante s'enfla d'émotion et atteignit les accents de la grâce et de l'unique.

Sonde-moi, Éternel ! Éprouve-moi,
Fais passer au creuset mes reins et mon cœur ;
Je ne m'assieds pas avec les hommes faux,
Je ne vais pas avec les gens dissimulés ;
Je hais l'assemblée de ceux qui font le mal,
Je ne m'assieds pas avec les méchants.
Je lave mes mains dans l'innocence,
Et je vais autour de ton autel, ô Éternel !

Mais je ne pus finir car le nœud de la gorge me noua si fort que mon chant s'étouffa, et que je restai coi, les yeux fixés sur les collines.

— Et pourquoi, mon bon Miroul, t'interrompre au milieu d'un psaume de David ? dit une voix derrière moi.

Sauveterre se trouvait là, à deux pas derrière moi, lors je me redressai incontinent, et d'avoir été surpris, je sentis mes joues et mes oreilles s'échauffer comme celles d'une prude pucelle.

— C'est que, Moussu Sauveterre, il m'a fait penser à mes parents, qui me manquent, parfois.

— C'est dans le psaume, Miroul, que tu dois puiser toute fiance en le Seigneur, et que ta tristesse doit s'effacer.

— Sans doute, répondis-je en séchant furtivement une larme qui s'échappait de ma paupière.

Il y eut un silence, non lourd et pesant, mais simple et naturel, pendant lequel Sauveterre me considérait de sa plus grande attention. Il était vêtu de noir, comme souvent, et sa face sombre et longue exprimait une douce tristesse, mais aussi l'humanité dont il pouvait être capable.

— Où donc, mon bon Miroul, as-tu appris à chanter de la sorte ?

— C'est don de nature, Moussu Sauveterre, point n'ai vraiment appris, mais aussi loin que je me souvienne, je chante ainsi pour mon plaisir.

— Et pour le plaisir des autres, car on a dû te le dire déjà, la justesse de ta voix et sa beauté ravissent le cœur.

— Si fait, Moussu Sauveterre, j'avais bonne réputation chez les miens.

— Je chante moi-même les psaumes, Miroul, et j'ai été instruit à la musique, et ce que tu dis être don de nature est en réalité mémoire de l'oreille, laquelle est rare et précieuse, car il n'y a pas que la voix chez toi, aucune note n'est fausse, jamais, j'en témoigne.

— Je vous mercie prou et infiniment, Moussu Sauveterre, et point ne savais que j'avais cette mémoire de l'oreille.

Sauveterre sourit, sans que j'en susse la raison, et il vint s'accoter près de moi le long de la courtine.

— Et d'un instrument, en joues-tu ? reprit-il.

— Non, Moussu Sauveterre, il n'y avait rien de tel en notre maison.

— C'est bien dommage, Miroul, car avec ce don que je découvre, et ta grande habileté et adresse en toute chose, jusqu'au lancement du cotel à ce qu'on m'a dit, tu aurais joué d'un instrument comme du grappin. Te plairait-il d'essayer ?

— Si c'est votre volonté, Moussu Sauveterre.

— Tu ne sais pas, mon bon Miroul, la fortune que possèdent ceux qui savent d'un instrument se servir. C'est don du ciel qui, de leur vie, ne les quitte et les accompagne toujours dans les bons et mauvais jours.

Sauveterre parut réfléchir un moment pendant que je m'apensais que jouer du cornet à bouquin, du tambour ou de la flûte devait être laborieux assez à apprendre mais que ce devait être une joie sans doute d'y parvenir. Puis, sans dire mot de plus, Sauveterre me laissa et je le vis s'éloigner, claudicant et bancal, et de le voir ainsi il me poignait un peu car, à sa place, je ne souhaitais y être et ne comprenais pas pourquoi Dieu logeait cette épreuve en la vie de certains, en épargnant les autres.

J'oubliai cette courte discussion et bien je pensais que Sauveterre aussi l'avait gommée de sa mémoire quand, quelques jours plus tard, il me fit mander par Barberine afin que je le rejoignisse en la librairie de Mespech pour entretien. J'y courus presque pour non pas le faire attendre car c'est qualité de valet que de répondre prestement et sans tarder à la sollicitation des maîtres. Sauveterre était assis, un livre saint entre les mains, et dès qu'il m'aperçut me commanda de m'asseoir face à lui sur une chaise qui, je le soupçonne, avait été disposée là pour cet usage.

— Mon bon Miroul, me dit-il, te souviens-tu de notre conversation sur les courtines à propos de ton don de mélodie ?

— Oui-da, Moussu Sauveterre.

Lors Sauveterre se pencha sur le côté et ramena à lui un instrument que je n'avais mie remarqué en entrant et que je ne connaissais pas.

— Voici une viole d'amour, Miroul, ainsi que l'archet qui va avec. Elle appartenait à la baronne Isabelle qui en jouait bien et souvent. Depuis, elle ne sert plus, sinon aux araignées qui font leur toile entre les cordes, et c'est grande pitié que d'être inusité de la sorte pour un instrument qui est si beau à entendre. Le baron, qui la possède à présent, ne s'oppose pas à ce que tu t'y essayes. Moi-même, j'ai tenté, après le décès d'Isabelle, d'en tirer quelques agréments mais je suis trop vieux sans doute pour apprendre et mes progrès sont lents. Ta jeunesse, ton habileté et ton oreille devraient en tirer parti. Qu'en penses-tu ?

Et béant je restai, tant l'attention dont j'étais l'objet me paraissait démesurée.

— Qu'en penses-tu, Miroul ? reprit-il, remarquant mon trouble.

— Vramy, Moussu Sauveterre, m'en croyez-vous capable ?

— Assurément. Tiens, je vais t'en bailler une première et dernière leçon pour te montrer comment on procède.

Et tenant la viole de la main gauche, il posa l'autre extrémité sur son épaule, puis saisissant l'archet de la dextre, il le fit glisser sur les cordes qu'il pinçait en même temps avec les doigts de sa sénestre. Je fus étonné de la mélodie que l'on tirait ainsi et qui me parut tant belle et mélodieuse qu'elle vibrait dans la tête. Si Sauveterre affirmait que ses progrès étaient lents, j'en témoigne encore ce jour d'hui qu'il jouait non sans une certaine aisance et que j'en fus admiratif assez, d'autant que le son produit me sembla imiter la voix même de l'homme avec ses inflexions. Quand il arrêta, reposant l'instrument sur ses genoux, il dit :

— Pourrais-tu chanter à présent ce que je viens de jouer ?

J'y parvins sans difficulté aucune tandis que Sauveterre fermait les yeux pour mieux m'écouter.

— Tout à fait remarquable, fit-il, un air que oncques tu n'entendis et sans que j'aie à le jouer derechef. Ton oreille est parfaite, Miroul, et grâce à elle tu sauras trouver, sur la viole, les accords qui te permettront de jouer tout ce que tu désireras.

Il me tendit l'objet que je pris avec respect et me donna congé, en ajoutant au moment où je franchissais la porte :

— Désormais, le dimanche, tu chanteras les psaumes quand nous célébrons la cène.

Sauveterre point ne se trompait, car vite je perçai les secrets de la viole, et créant ma mienne technique, sans doute barbare puisque nul ne m'en baillait d'autre, mais efficiente assez, j'acquis la virtuosité de l'autodidacte, lequel se soucie peu de méthode, car il a la sienne, et qu'elle ravissait tout Mespech, sans distinction d'âge, de sexe ou de condition.

Chapitre V

En mai de l'année 1564, le mal de peste qui ravageait Sarlat s'évacua de la ville sans qu'on puisse en connaître la raison, sinon que cette désertion fut soudaine, qu'elle soulagea les survivants, et permit aux bourgeois aisés ainsi qu'à la hiérarchie du clergé et de l'État de retourner enfin en la cité, et d'y reprendre leurs quartiers. Le bilan de l'épidémie fut l'un des plus lourds jamais subis par la ville, le tribut payé se comptant en milliers de morts.

La question de la peste ne se pouvait ignorer même en Mespech, pourtant isolé de la ville et de ses pestilences, car ce mal est grandement contagieux et le moindre quidam infecté peut, en un souffle, recruter pour la faucheuse moult complices involontaires, qui répandent à leur tour la mort aux alentours. C'est pourquoi le baron, quand je débarquai au château vers mars 1563, s'informa au plus tôt d'où j'étais et fut fort rassuré d'apprendre de ce que je venais de Vergt, le Périgord vert, et non point du côté de Sarlat, et autres lieux infects. Nul doute que j'eusse subi une quarantaine aussi si j'avais traversé les places contaminées.

À Mespech, il y avait ceux du dedans et ceux du dehors, ainsi appela-t-on, du temps de la peste, ceux qui vivaient en et hors des murs, ceux-ci étant Cabusse et sa Jacotte, Coulondre et sa Cathau, Jonas et sa Sarrasine, et Margot. Jonas était le carrier du domaine, et recruté par la frérèche dès avant la naissance de mon maître, peu de temps après les noces entre Jean de Siorac et Isabelle de Caumont. Originaire des Monts d'Auvergne, du village de Marcolès, carrier de métier, c'était un grand gaillard barbu, noué de muscles épais et qui travaillait dur à extraire les pierres et à les tailler à la demande. Il avait choisi de vivre en la grotte qui jouxtait la carrière et ne rechignait guère à la besogne, payé deux sols le jour, et chassant à l'arc le gibier dont il redonnait les trois quarts à la frérèche. En un temps où les bourgeois de la ville bâtissaient prou et en tout lieu, cette carrière valait or et rapportait son pesant à leurs propriétaires. On dit que Sauveterre était rude en affaires, et là encore, le marché, quand je l'appris, me parut avantageux assez pour Mespech, et trop sans doute, mais il est vrai que Jonas ne réclamait rien, très reconnaissant à ses maîtres du peu qu'ils lui donnaient, dévoué en tout, étant somme toute un bon exemple de cette servitude volontaire dont parle M. de La Boétie.

Tant que la peste infectait le pays, Jean de Siorac se méfiait prou de ceux du dehors, lesquels pouvaient introduire le mal en les murs et le transmettre à ceux du dedans, car il ne se pouvait que l'existence de ceux du dehors soit contrôlée en totalité, et qui ils fréquentaient alentour, de sorte que la frérèche, au plus fort de l'épidémie, devint plus circonspecte avec Cabusse à qui il fut demandé d'espacer les leçons d'escrime, avec Jonas qui tailla seul un moment sans savoir pour qui et pour quoi, et avec la Margot à qui Escorgol, sur ordre du baron, refusa parfois le franchissement du châtelet d'entrée, la cantonnant au potager ou dans l'île.

Quand Cabusse venait donner ses leçons d'épée et de combat, là où sueurs et humeurs peuvent se mêler plus aisément et qui sont moments de contagion, le baron exigeait que ses trois fils se frottent longuement le corps avec du vinaigre avant que de se rendre à la salle, car le vinaigre repousse les germes et les rejette, protégeant par son humeur froide et sèche de tous poisons et venins, et donc du terrible mal qui trottait de par le pays.

Il est merveille de constater que nul de Mespech ne fut touché, ceux du dedans comme ceux du dehors, et que la mort qui frappait au hasard, fauchant par grappes entières et à plaisir les familles et les professions, accumulant en tas immondes les cadavres rongés par le mal, épargna ce petit repaire de huguenots. Je cuide que Sauveterre y vit un signe du ciel, un encouragement à poursuivre dans la voie tracée, lors que le baron, plus médecin que religieux, y vit l'effet des précautions qu'il imposa à tous avec la plus grande des sévérités.

La fin de l'épidémie marqua le retour à la vie normale, et à ce moment cessa donc de peser au-dessus des têtes la sombre et obsédante pensée que l'existence est brève et n'est point assurée, même à quelques jours. Du moins à Mespech, car à Sarlat, il n'en allait pas de même. Laissée à son triste sort, la ville avait été prise en main par une bande de gueux misérables et d'une pauvreté extrême, prêts à toutes les meurtreries pour survivre, et commandés par un boucher qui répondait au nom de Forcalquier, mais qui se faisait appeler par ses beaux sujets le baron de la Lendrevie, du nom du quartier de Sarlat d'où il était originaire. Pour purger la ville de cette jacquerie qui sévissait dans les faubourgs, la ville n'ayant plus de soldats et plus un sol vaillant pour lever des mercenaires, les consuls lancèrent un appel pressant à la noblesse du pays, du moins celle qui avait survécu, et Mespech fut contacté en ce sens, au même titre que les autres seigneurs catholiques.

Ce fut, après l'aventureux sauvetage de la Franchou, la seconde expédition en la ville de Sarlat où le baron sollicita ses fils, Pierre et Samson, ainsi que François cette fois-ci, pour un fait d'armes autrement plus périlleux que le premier, et qui du reste n'eut pas l'heur, hélas, de se conclure sans malheur. Mespech ne fut pas seul impliqué car Compagnac et Puymartin acceptèrent aussi l'insigne et discutable honneur de s'en aller risquer sa vie à combattre des gueux pour la simple gloire de servir la cité sans rien en attendre en retour. Le camp des nobles, de fait, avait l'avantage du nombre en cette équipée, dépassant la trentaine d'hommes, car ces gueux atteignaient la vingtaine seulement, et n'étaient forts de ce qu'ils terrorisaient un peuple pleutre et désarmé. Mespech envoyait douze hommes, le baron, ses trois fils, les jumeaux Siorac, Cabusse, Marsal, Coulondre, Jonas, Escorgol, et – le croirez-vous – votre bon serviteur Miroul. Les claudicants Sauveterre et Faujanet – et honte assez ai-je à le dire ainsi – ne furent pas conviés à la fête, si on peut appeler telle un moment de tueries, car leur boiterie ne leur permettait pas de se battre, mais aussi parce qu'il fallait des hommes à rester garder Mespech, et leur utilité était là, et bien réelle malgré leur incapacité.

Je n'ai pas l'intention de narrer cet épisode avec moult détails, non pas que je rougisse du rôlet que me confia le baron – et que je vais narrer tantôt – mais parce que mon bon maître l'a confié en ses Mémoires et qu'il n'est nul besoin de le rappeler céans. Il y eut cependant des conséquences qu'on ne peut passer sous silence, aussi tristes furent-elles, non pour moi mais pour d'autres, car il n'y a pas lieu de conter sa vie si on doit déguiser, cacher ou travestir la réalité.

Adonc, en moindres mots, le baron comptait sur votre Miroul pour une mission où mon adresse et mon agilité devaient être mises à contribution. Les gueux gîtaient, nous le savions par M. de La Porte, en une grande bâtisse de religieux dont le baron-boucher avait expulsé les survivants pour y établir son quartier général et où, entourés de sa bande, ils ripaillaient et paillardaient jour et nuit avec des ribaudes, dont la plupart étaient atteintes du mal de Naples, et leur baillaient donc autant la maladie que le plaisir.

Le plan du baron était que je montasse sur le toit de la bâtisse et, enflammant des étoupes contenant des fleurs de soufre, que je les jetasse par les conduits de cheminées et ainsi, enfumant les gueux, les obliger à sortir et les canarder un à un, l'avantage du clan des nobles étant de posséder pistolets et arquebuses. À la pique du jour, après que notre troupe eut entouré le repaire, et alors que tout dormait encore dans le faubourg, je fis comme le baron m'avait commandé et sans difficulté aucune, le mur étant bien aisé à grimper même sans l'aide de mon grappin. Une fois fait, je redescendis au plus vite et courus rejoindre mon maître, Samson et François, dont le rôle en cette affaire était de surveiller une ruelle très étroite, un peu à l'écart, et d'en défendre le passage.

Malheureusement, le résultat ne fut pas celui escompté par le baron car, après un temps qui parut long, les gueux, ouvrant tout soudain les volets, jetèrent au-dehors les paquets d'étoupes et de fleurs de soufre, et en un tournemain, refermèrent les fenêtres, sans quitter la maison.

Puis, alors que le baron avait ordonné une retraite pour, je cuide, discuter avec Puymartin d'une autre stratégie, Forcalquier décida tout soudain une sortie avec ses gueux, espérant profiter d'un effet de surprise, qu'il obtint à vrai dire, car nul ne s'y attendait, et prenant la troupe des nobles à revers, il s'ensuivit de furieux et confus combats de rue où le sang des nôtres coula, ce que le baron voulait à tout prix éviter.

Dans la ruelle où le baron nous avait cantonnés, afin que de nous épargner des plus rudes assauts, nous vîmes surgir sept gueux qui nous coururent sus et mon maître a narré comme il fit feu de ses pistolets pour en abattre deux, comme je fis de même avec le mien pistolet, mais comment Samson et François n'ayant pas ce réflexe, ceci nous obligea à entrer en un combat incertain à quatre contre quatre. Nous en sortîmes vainqueurs et sans navrement, hormis une légère blessure au bras pour Samson, mon maître tuant le sien d'une si effroyable manière que je n'ose la répéter ici, tandis que François, tout en rompant, fit feu à bout portant avec son pistolet qu'il avait enfin saisi de la main gauche, et moi avec ma longue pertuisane parvenant également à percer mon adversaire. Celui de Samson, enfin, se voyant unique survivant d'une bande de sept peu auparavant, s'enfuit lors à toutes jambes en nous laissant maîtres du terrain.

À quelques rues de là, le clan des nobles finissait l'aventure en mettant à vauderoute les quelques gueux qui n'avaient pas péri dans les assauts et la victoire fut acquise, définitivement, celle-ci mettant un terme au triste épisode du baron-boucher de la Lendrevie en la ville de Sarlat.

Hélas, triste est le gain du combat quand il s'accompagne de la mort dans son propre camp, et Marsal le Bigle y connut la sienne, avec deux de Puymartin et l'un de Compagnac, ce qui nous rendit fermés comme huîtres et le cerveau tout embué de nos affreux exploits. Car pour mon maître, François et moi – et n'est-il pas merveille que Samson fût épargné de ce tourment ? –, c'était bien la première fois que nous tuions des hommes, et ce n'est pas ce qu'on en lit dans les vieux livres de chevalerie, où il semble qu'on s'en baille du plaisir à percer un flanc, trancher un bras, ou décoller la tête. Il n'en est rien, et elles tournent et se retournent en vous les terribles images de votre adversaire qui se tord sous la douleur, hurle l'abomination qu'on lui fait et, plus insoutenable encore, braque sur vous des yeux déjà tout empreints de l'au-delà.

Le lecteur qui oncques n'aurait connu ces sortes de tourments, et plutôt ici je songe à la lectrice, laquelle rarement guerroie et massacre telle la Jeanne d'Orléans, ne peut en concevoir la cruauté et le remuement sur des âmes sensibles, et même si j'en tiens par la raison qu'il ne peut en être autrement, surtout en ce siècle où les religions s'affrontent, et même aussi s'il vaut mieux tuer que d'être tué, l'horreur de la meurtrerie ne se peut exprimer et rend toujours amer et coi l'honnête croyant. Celui qui s'en vante, et s'en va le racontant, est la proie du Malin qui seul, du profond de son enfer, se réjouit et s'abreuve du sang de l'homme, désire sa perte, et rit de ses malheurs.

Et bien triste aussi fut le retour en Mespech, avec Marsal sur la charrette, lequel se trémoussait vilainement au gré des cahots de la route, les hommes silencieux n'osant le regarder, et ne sachant plus si la gloire de purger Sarlat de ces gueux valait un tribut tant cruel que de perdre un si ancien compagnon. Ce retour, le baron l'envisageait lui-même si malaisé, qu'il recruta avant que de quitter Sarlat un certain Petremol, bourrelier de son état, et seul au monde depuis peu, la peste lui ayant arraché femme et enfants et son logis brûlé par les consuls pour la désinfection. Jour pour jour, presque heure pour heure, ce Petremol vint remplacer Marsal, pour une autre fonction certes, mais avec l'usance première – ce me semble – de constituer une diversion à la mort du vieux soldat. Le baron allait de l'avant, et refusant de voir la mort en face, remplaçait incontinent un homme par un autre, et d'observer ceci me fit penser que grand capitaine il avait dû être en ses campagnes militaires.

De même, je laisse imaginer les cris, pleurs et lamentations des garces à la vue de notre cortège quand nous passâmes le châtelet d'entrée, et bien heureux que ce pauvre Marsal n'ait pas eu femme et enfants, ce qui eût accentué la pénible émotion de ce funeste moment. Mais il fallut bien s'en remettre, comme de tout, et de la disparition de Marsal, et de cet affreux baptême de mort où, à l'épée et au pistolet, mon maître avait occis trois gueux, François un, et moi deux. D'aucuns prétendent que c'est la première fois qui navre, et que les suivantes laissent à l'indifférence, mais je cuide que seul le soldat de métier peut s'habituer à cela, le cœur se devant d'en être ôté de la poitrine avant que de s'engager dans la légion.

*
* *

À quelque temps de là, lors que dans la salle commune et de bon matin je trempais mon pain noir dans le lait, la petite Hélix face à moi, je vis sa face se contracter et, portant la main à la tête, elle poussa un gémissement qui m'étonna.

— Qu'as-tu là ? dis-je.

Elle me regarda en clignant des yeux, les sourcils froncés de douleur, puis ses traits se détendant lentement, elle finit par me bailler un gentil sourire.

— Rien, répondit-elle. Ça cogne fort et me branle dedans, parfois, mais ça passe…

— Et depuis quand que ça te branle ainsi ?

— Quelques mois, mais depuis peu, j'en ai plus grand pâtiment et une gêne au labeur.

— Qu'en pense mon maître, que le baron instruit à l'art du médecin ?

— Néant.

— Néant ? Lui qui a des idées sur tout ?

— Point ne lui en ai parlé.

— Et pourquoi ?

— En vaut-il la peine de se pencher sur les maux d'une petite garce comme moi ? Du domestique, en plus ! Et que si c'était un grand mal, je m'en rendrais compte !

Rien n'ajoutai-je à cela, et j'oubliai cette conversation, comme toutes celles que l'on ôte de sa remembrance aussi vite qu'elles s'y logent, car autrement le cerveau en serait si plein de ces choses inutiles qu'il n'y pourrait plus rien entrer dedans. Elle me revint pourtant, plus tard, et tristement, et je la conserve aussi pour preuve que l'on ne sait comment commence un grand mal, et que peu nombreux sont ceux qui s'en aperçoivent.

Ce même jour, lors que j'aidais Faujanet à raboter le dessous de la porte d'entrée de la salle commune, laquelle porte était si lourde qu'elle en avait gauchi ses gonds, et raclait affreusement le sol dallé chaque fois qu'on la branlait, et ainsi de mal en pis chaque jour qu'il en fallait la réparer, mon maître surgit tout soudain et me héla de la sorte :

— Mon père veut m'entretenir et il requiert ta présence !

Ceci ne laissa pas de m'étonner mais je n'eus le temps d'y réfléchir plus avant que Faujanet, allongé sur le sol, le ciseau à bois en main, et voyant que je ne soulevais plus suffisamment la porte, s'écria :

— Et comment que je vais œuvrer, moi, si le drôle y me redresse plus la porte ?

— Tu demandes à Coulondre ! répondit mon maître.

— Y peut pas faire ça avec son bras de fer !

— Tu demandes à Escorgol !

— Il a point le droit de descendre de sa surveillance !

— Tu demandes à Petremol ?

— Il répare des harnais à l'écurie !

— Tu demandes à Cabusse !

— Il est point encore arrivé !

— Aux jumeaux Siorac !

— Ils récurent les fossés !

— Ah, sanguienne, tu commences à m'échauffer les oreilles, Faujanet ! Eh bien, tu demandes aux garces ! À deux, Barberine et la Maligou, elles la soulèveront ta porte !

Et sans plus attendre, mon maître tourna les talons, ce qui m'obligea à lâcher tout à plein le lourd montant, et je détalai illico, non sans entendre Faujanet lâcher une bordée d'injures à l'encontre de cette maison où « personne, oncques, n'aidait personne ! ».

Le baron nous attendait en sa librairie, assis à son bureau, et tenant une lettre cachetée à la main. Il sourit à son fils quand il le vit entrer et lui désigna une chaise, tandis que je restai debout, à la droite de mon maître, mais un peu en retrait.

— Mon fils, s'occuper du domaine de Mespech est une belle et bonne chose, et je vous félicite avec Samson d'y montrer tant d'ardeur. Mais il vous faut aussi, maintenant que le pays est débarrassé de la peste, et que les gueux de Sarlat ont été occis, que vous goûtiez à d'autres devoirs, qui sont ceux de sortir de sa tanière, de voir du monde, de causer alentour, en un mot de vous faire connaître, car les gens n'aiment point tant les noms que quand ils ont mis un visage dessus et savent à qui ils ont affaire. Ceci, je le dis pour plus tard, car si nul ne peut prédire encore ce que vous ferez de votre existence, vous savez que je songe et qu'il me plaît d'imaginer que vous deviendrez médecin en la ville de Sarlat.

— Oui, monsieur mon père, et médecin je serai en la ville de Sarlat, pour vous faire honneur et pour la renommée de notre famille, répondit Pierre.

— Nous en sommes loin et longue sera la route, mais il est bien d'y songer et de s'y préparer. Les temps, hélas, ne sont pas encore assez sûrs en ce royaume pour que je vous envoie avec votre frère Samson, et votre gentil Miroul, étudier en Montpellier. Cependant, il faut vous habituer à vous trouver tous les trois en action, loin de Mespech où vous n'apprenez guère que la théorique lors que rien ne vaut une saine et honnête pratique.

À cela, mon maître ne répondit rien mais je sentis à la tension de son buste sur la chaise qu'il avait hâte d'en connaître davantage.

— Pour cette toute première fois, il ne s'agit que d'une mission fort légère, absolument bénigne et sans péril, que je confie à vous et votre frère Samson. Je souhaite que, sans délai, vous portiez cette lettre au lieutenant-criminel de la ville de Sarlat et que vous m'en teniez la réponse, soit orale soit écrite. Miroul vous accompagnera, ainsi aurons-nous comme une très petite répétition de ce grand voyage que vous entreprendrez tous les trois en Montpellier.

Le baron fit un signe en tendant la lettre en direction de mon maître, lequel se leva, la saisit et la tint respectueusement comme un présent.

— Si la mission est légère et facile, rien n'est jamais sans périls dès lors qu'on s'aventure hors de nos murs. Je vous demande donc, mon Pierre, qui êtes si impétueux en toutes circonstances, de vous garder de vous-même autant que des malencontres qui pourraient survenir. Vous savez que vous ne pouvez guère compter sur Samson dans les menaces, que ce dernier en oublie de sortir son pistolet et de faire feu lors même que sa propre vie est en danger, comme récemment, et que sa bonté est une infirmité fâcheuse en ces circonstances. Au rebours, Miroul a montré, dans un prédicament identique, un tout autre tranchant, n'oubliant mie de faire feu et de faire mouche, et qu'il préféra ensuite occire son vis-à-vis plutôt que de se faire tuer. Avec votre valet, vous avez là un ferme appui mais, de grâce, ne gagez point votre vie, ni celle de votre frère, ni la sienne, en de futiles et inutiles querelles. Ayez la tête froide, le jugement solide, et s'il faut parfois être prompt à dégainer, que ceci ne soit fait que pour de justes et saines raisons. M'entendez-vous, Pierre ?

— Oui, monsieur mon père.

— Bien, au besoin, Miroul vous rappellera cela. Voici aussi quelques sols pour vos menues dépenses. N'en dites pas la somme à Sauveterre, si vous l'encontrez avant votre département, car elle est plus élevée que celle que nous avions convenue ensemble. Allez maintenant prévenir votre frère, acquittez-vous de cette courte mission, et revenez-nous vite.

Comme nous dévalions le grand escalier de pierre, côte à côte, je sentis que mon maître était fort excité de cette responsabilité, laquelle était la première où seul il allait exercer le commandement, qu'il y voyait l'occasion de montrer sa valeur et son efficience, et que la fiance témoignée par son père le transportait de joie et de bonheur. Quant à moi, il me tardait de revoir la belle ville de Sarlat en des circonstances tout autres que celles que nous avions connues et qui avaient causé tant de remuements et d'amertume en nos cœurs. J'avais aussi rempli à plein ma besace des aimables paroles que le baron avait prononcées à mon encontre, et que je tenais comme belle récompense à ma conduite et au dévouement pour mon maître.

— Cours à l'écurie, Miroul, et prépare les chevaux ! Je vais quérir Samson ! me lança mon maître comme nous entrions dans la salle commune.

À l'écurie, j'y encontrai Petremol qui, penché sur un établi, besognait à repiquer de petites pièces de cuir pour restaurer un harnais usagé dont les coutures ne tenaient plus qu'à quelques fils. Homme assez nonchalant mais méticuleux, adroit dans sa lenteur, il fut étonné de l'empressement que je mettais à seller trois chevaux, dont la belle Acla de mon maître.

— Que fais-tu là, Miroul, serait-ce que tu vas monter trois bêtes en même temps ?

— Non point, Petremol, répondis-je en riant, mais tu nous vois sur le département pour Sarlat, et ceci sans délai, mon maître, Samson et moi.

— Et pourquoi donc ? fit-il en se grattant la tête

— C'est mission du baron, et n'ai mie le droit de révéler de quoi il s'agit, dis-je en me gonflant d'importance.

Quand je m'y apense ce jour d'hui, je ne peux que constater que je me mettais aussi au jeu, comme mon maître, non sans fierté, et combien ridicules étaient ce sérieux et cette application on le comprendra – et j'en ai les oreilles qui me chauffent encore en y songeant – quand le lecteur saura de quoi il retournait à la vérité.

Mon maître, flanqué d'un Samson un peu ahuri et peinant à comprendre l'affaire et ses détours, me rejoignit à l'écurie. Tous deux avaient ceint le braquemart qui pendait à leur côtel et ils rapportaient trois pistolets qui furent glissés incontinent dans les fontes à l'avant des selles. Mon maître, assumant de suite le commandement de notre petite troupe, prévoyait donc le pire, et je conviens qu'il n'avait pas tort car, en ces temps incertains et cruels, mieux valait se prémunir contre les périls avant que ceux-ci ne vous jetassent dans l'autre monde.

Nous quittâmes Mespech en franchissant l'ultime pont-levis, mon maître et Samson en tête, au pas et au botte-à-botte, tandis que mon cheval se tenait juste derrière les leurs, son museau balançant entre les deux croupes qui constituaient son horizon. Me retournant avant de pénétrer dans la forêt, j'eus le temps d'envisager la silhouette d'Escorgol sur le châtelet d'entrée, lequel Escorgol devait nous regarder partir non sans s'interroger sur la raison de ce soudain département.

Dans le sous-bois, mon maître expliqua derechef à Samson la mission confiée par leur père et sortit pour un bref moment la lettre de son pourpoint afin que de la lui montrer. Samson branlait du chef en écoutant son frère et jeta un œil impressionné à la missive, sur laquelle se reconnaissait la grande et pleine écriture du baron indiquant le destinataire en lettres rondes : *M. de La Porte, lieutenant-criminel en la ville de Sarlat.* Nous n'avions pas fait un quart de lieue en cet équipage que nous encontrâmes la Margot, laquelle marchait d'un pas vif et décidé, au milieu du chemin et en direction de Mespech, balançant les bras en alternance et se déhanchant fortement, démarche qui lui était naturelle, comme je m'en étais déjà aperçu. De la voir ici, le cœur me bondit dans la poitrine mais ma position de valet, derrière mes maîtres, m'obligea à tenir l'attitude neutre et indifférente qui se devait d'être la mienne en toute circonstance.

— Eh bien, Margot, lui lança mon maître quand elle se trouva à portée de voix, où cours-tu ainsi? Point ne savais que tu avais à faire à Mespech ce jour d'hui.

La Margot stoppa devant nos chevaux, jeta un franc regard à nous trois et répondit les mains sur les hanches :

— C'est mon père qui m'envoie. Du travail à Mespech, m'a-t-il dit, toujours et à foison on en trouve ! Va proposer tes services, a-t-il ajouté, et donc je m'en vais voir si M. de Sauveterre peut lâcher un sol pour une journée de travail.

Sur ce, il y eut un silence car la rencontre était singulière assez, nous trois à cheval quittant le château comme pour un grand voyage et la Margot, seule au milieu du bois, qui nous faisait face.

— Et où donc que vous allez, Moussu Pierre, avec votre frère Samson et votre valet ? demanda la Margot pour briser ce silence.

— À Sarlat, Margot.

— À Sarlat ? Pour un long temps ? reprit-elle et ses yeux brillèrent aussitôt du même feu que celui que je lui avais connu près du potager.

— Pour ce jour seul, Margot, et avant la nuit nous rentrerons, répondit mon maître.

Les garces, quand elles sont jeunes et jolies, et j'eus fort souvent l'occasion de le vérifier en ma longue existence, ont en usance un culot que même les grands de ce monde n'ont pas devant le roi, et les requêtes insensées qu'elles formulent parfois avec le plus adorable des sourires peuvent désarçonner le plus pisse-froid des hommes. Et la Margot, en ce prédicament, ne faillit guère à cette féminine tradition quand elle lança à mon maître sur le ton d'une sœur s'adressant à son frère et en une étrange forme de réponse comme si question avait été posée :

— Et pourquoi que je viendrais pas avec vous si je gêne pas, Moussu Pierre ?

D'un modèle vif et mobile sont les mérangeoises de mon maître et bien rarement l'ai-je vu pris de court dans la parlerie de bec à bec, mais devant cette apostrophe hardie il resta coi un moment et comme il considérait la Margot un peu à l'étourdie, celle-ci insista :

— Et pourquoi donc, Moussu Pierre ?

Mon maître, vous le savez, a une intime faiblesse qui lui court sous la peau dès lors qu'il s'agit des garces et je crois assez qu'il n'y peut néant, sa raison s'égarant dès que le visage ou la silhouette de la femelle font danser en sa tête déduits et fêtes charnelles. Je le voyais balancer entre le devoir de sa mission et le plaisir de causer à la Margot tandis que Samson s'étonnait du temps que son frère mettait à répondre, à tel point que ce fut lui qui répondit à sa place.

— C'est à cheval que nous allons, Margot, et bien tu vois que tu ne peux faire partie de cette équipée.

C'était là refus légitime, et nous aurions pu en rester à ce stade, éperonnant nos chevaux pour repartir de l'avant. Mais mon maître ne bronchait pas, et bien qu'il constatait que son frère était opposé au fol projet de la Margot, il lui déplaisait de ne pas y accéder et de la laisser là au milieu du chemin. Malin et rusé, mon maître l'a toujours été, et cette occasion le démontra encore. Se soulevant de sa selle en poussant sur les étriers, il se retourna vers moi.

— Miroul souffrirait-il d'avoir Margot en croupe ? me demanda-t-il.

Et à l'évidence savait-il, en habile manipulateur, ce que j'en pouvais penser et quelle pouvait être ma réponse.

— Si c'est votre souhait, Moussu Pierre... répondis-je en m'inclinant.

— Mais ça va nous retarder, objecta Samson.

— Si peu, Samson, répliqua mon maître, Margot n'est pas bien lourde, ce n'est pas comme prendre en croupe la Maligou ou Barberine. Le cheval de Miroul a de l'allant et ne fatigue guère, il est petit mais robuste, et ne saurait pâtir de cette gentille surcharge. N'est-ce pas, Miroul ?

— Sans doute, Moussu Pierre.

Comme j'ai eu à le dire déjà, Samson est plus fin que d'aucuns se le figurent, et s'il trouva fort déraisonnable pour cette première mission de s'encombrer d'une garce sur la croupe d'un de nos chevaux, il sentit que et son frère et moi-même semblions souhaiter sa présence, fit à mauvais jeu bonne mine, et n'ajouta rien.

— Grammerci, Moussu Pierre ! dit la Margot en se précipitant vers moi.

Je lui tendis le bras, et s'y accrochant, elle se hissa derrière moi et posa ses deux mains sur mes hanches.

— Te rends-tu compte, Miroul ? me glissa-t-elle à l'oreille.

De sa folle joie je ressentis un grand bonheur et, encore ce jour, je suis reconnaissant à mon maître, même si ce fut par faiblesse, d'avoir permis à Margot de se joindre à nous pour cette inconcevable escapade.

Dès ce moment, les rôles changèrent car mon maître fit rétrograder son cheval pour se porter à notre hauteur, ce que voyant, Samson fit de même, si bien que nous nous trouvâmes tous trois sur la même ligne, et bien des questions mon maître posait à la Margot qui y répondait vivement avec son aplomb ordinaire. Cependant, nous n'allions pas grand train de cette manière et Samson, lequel ne disait rien de tout ce temps, semblait trouver que cette lenteur ralentissait assez une mission qui avait débuté avec plus de célérité.

— Je crains que nous ne soyons à Sarlat avant la midi, dit-il à la parfin.

Mon maître sourit, me jeta un regard où je devinais une certaine malice, et s'écria :

— Eh bien, Samson, lors piquons donc un petit galop afin que de rattraper ce retard !

Et jouant du talon sur son Acla chérie, il s'élança en avant, les sabots arrière de sa monture projetant alentour quelques mottes de terre, bientôt suivi par Samson, tandis que je frappais aussi le flanc de ma bête, laquelle rechigna un peu à s'ébranler, trouvant sans doute qu'on lui en demandait prou avec ses deux cavaliers. C'était là mauvaise humeur de principe car, à la vérité, Margot et moi, jeunes et minces comme nous étions à l'époque, devions peser comme deux moineaux sur le dos de ce robuste petit cheval.

Margot se colla délicieusement contre moi, enserrant fortement ma taille de ses deux bras, posant le menton sur mon épaule et, ce galop, je le tiens encore amoureusement en ma remembrance comme une chaude et douce intimité avec cette belle garce, et la perfide pensée me vint que c'était moi qu'elle serrait ainsi, et non mon maître, qui l'eût certainement souhaité tout autant.

Puis, pour non pas fatiguer trop les chevaux, nous fîmes du trot, ce qui nous secoua prou la Margot et moi, et nous fit beaucoup rire, avant que de passer au pas derechef pour reprendre le même train de sénateur romain. C'est merveille de penser que la Margot, qui oncques n'était montée à cheval de sa vie, sauta sur celui-là sans peur aucune, avec la simple certitude qu'il suffirait de se cramponner à votre Miroul pour ne pas tomber. Du reste, elle le fit bien, avec force et sans pudeur, à mon plus grand ravissement, et point ne chuta sur le sol !

À l'approche de Sarlat, le chemin alla s'élargissant et nous croisâmes plusieurs convois qui s'en revenaient de la cité. Il était sur le coup de la midi quand nous pénétrâmes dans l'enceinte et je sentais, aux vives pressions des doigts de Margot sur mes flancs, son ardente excitation d'atteindre enfin au but de tant et tant d'enfantines rêveries. Je comprenais bien ce qu'elle ressentait car, si l'occasion m'avait déjà été donnée d'aller une fois en cette grande et belle ville, ce n'était que pour un bien triste et cruel engagement, sans nullement voir la cité animée comme ce jour, avec tant de presse encombrant ses étroites ruelles, cette bruyante et constante animation, et ce curieux mélange de bourgeois étoffés et de mendiants enguenillés.

Mon maître s'informa, auprès de quelque gautier et guillaume, de l'hôtel particulier où logeait M. de La Porte et quand nous l'eûmes découvert, après quelques tours et détours car on se perd vite dans ces entrelacs de rues et de venelles, il tomba au bas de son cheval, m'en confia les rênes et s'en alla causer avec les deux gardes qui se trouvaient là en faction. Pendant ce temps, Margot me disait sa joie de se trouver céans et elle en parlait si bien que j'en fus ému jusqu'aux larmes.

— M. de La Porte ne peut nous recevoir avant le début de l'après-midi, annonça mon maître en remontant sur Acla.

— Et lors que faisons-nous ? demanda Samson.

— Pardi, Samson, nous allons potager dans une taverne car j'ai grand-faim, et boire aussi chopine, car la route dessèche le gosier !

Ne connaissant guère la ville, nous nous mîmes en recherche au hasard et touchant à l'enseigne du *Trou du tonneau d'or* nous décidâmes d'y laisser les chevaux en les attachant à la rambarde prévue à cet effet et de nous attabler face à eux afin que de les garder à portée des yeux. Margot me tira par la manche.

— Miroul, je n'ai pas un sol vaillant et n'ai pas l'us de mangeailler en ces sortes de lieux que point ne connais.

— N'aie crainte, Margot, la pécune est affaire des maîtres et tu n'as point à t'en soucier.

Et j'ajoutai :

— Profite de tout, Dieu en sa bénignité y pourvoit ce jour d'hui !

Me payant en retour de son adorable sourire, son visage s'éclaira tout à plein et elle me suivit, un peu timidement cependant, se pressant contre moi comme un oiseau tombé du nid. L'endroit n'était pas prospère et moins rassurant encore, sale et empli de quidams mal vêtus, qui levèrent vers nous des mines peu réjouissantes. Mon maître n'en eut cure et s'assit à une table, et nous fîmes de même, heureux somme toute à la pensée de s'en aller emplir la panse et de trouver un peu de repos. On nous bailla une piquante vinasse qui eût nécessité un corselet dans le gosier mais que nous bûmes d'un trait tant la poussière de la route nous avait mis à mal. Ensuite, ne regardant mie à la dépense, mon maître commanda un brouet de chapon que nous dévorâmes d'un appétit féroce, avalant des morceaux gros comme le poing comme au sortir du carême.

À la table voisine se trouvait un individu buvant chopine à la solitaire, le cheveu gris hirsute, la trogne renfrognée, les paupières à demi rabattues sur les yeux, paraissant n'attendre rien ni personne, et qui me fit penser à lézard guettant insecte, bien au chaud sur son muret. De temps à autre, il levait la tête vers nous et lors je voyais dans son regard s'allumer je ne sais quel intérêt suspect qui me mettait à la gêne. Je n'en parlai mie à mon maître, ne jugeant pas la chose alarmante assez et n'étant guère coutumier à m'inquiéter plus qu'il n'en est besoin.

Comme nous finissions notre francherepue, un groupe de six gueux vêtus de défroques crasseuses, hirsutes également et la démarche circonspecte, vinrent s'attabler en fond de taverne assez silencieusement, commandèrent chopines et ne firent rien que de se regarder sans mot piper. J'avais l'œil à tout cela car ma brève carrière en larronnerie m'avait instruit en certaines matières que oncques n'apprendront les écoliers ni les nobliaux de cour.

Soudain, le quidam à côté de nous racla sa gorge et lança entre ses dents, assez bas mais suffisamment fort pour que nous entendissions :

— Hum, à l'aube, doit être bien usée la jeune garce à être besognée toute la nuit par ces trois-là !

L'énormité de la réflexion nous cloua de stupeur et je n'eus pas le temps de réagir que déjà mon maître se redressait, se tournait vers le quidam et l'apostrophait :

— Que dis-tu, maraud ?

Loin d'adopter profil bas, l'homme fit face, releva ses paupières tombantes, et d'une voix grinçante et affreuse reprit :

— Je dis ce que je dis et y a rien à y reprendre ! On m'a bien compris et faut pas jouer le sourd !

— Et moi je veux te l'entendre répéter si tu l'oses, lors tu m'en rendras compte ! s'écria mon maître, mettant instinctivement la main à sa courte épée.

Un silence lourd, tout en tension, se fit autour de nous, et je remarquai que les six individus attablés au fond de la taverne avaient dans un bel ensemble tourné le regard vers nous et paraissaient attendre avec intérêt la suite de l'altercation. L'homme, avant de répondre à mon maître, eut un mauvais sourire, découvrant une bouche en partie édentée.

— Se mettre à trois pour tringler une garce, ça doit bien la ramollir ! dit-il en détachant ses mots, puis il cracha sur le sol un long jet de salive.

Je ne sais ce qui me donna le front d'agir ainsi, mais comme mon maître se levait tel un ressort, sortant à moitié le braquemart de son fourreau, je saisis son bras et tirant de toutes mes forces, je le fis retomber sur sa chaise. Il se tourna vers moi, l'œil étincelant, la joue écarlate, et il me hurla presque à la face :

— Que te prend, Miroul, de tant de couardise ! Il nous faut laver cet affront, et sans délai !

Lui tenant le bras très serré, je me glissai sur le banc jusqu'à le toucher épaule contre épaule.

— Que mon maître me pardonne, mais en grand danger nous sommes, lui soufflai-je à l'oreille.

— Quoi ? De ce gueux ivre de sa chopine ?

— Ce gueux n'est que le rabatteur, Moussu Pierre.

— Le rabatteur ? Que me chantes-tu là, Miroul ?

Des yeux je lui désignai les six hommes qui continuaient à lorgner de notre côté, attendant la suite.

— Il rabat pour ceux-là, qui sont autrement dangereux.

Même si mon maître n'en comprit pas les détours, il flaira le danger car il est malin, comme on sait, et sait juger des situations. De son côtel, Samson paraissait un ange égaré en enfer, avec ses yeux innocents et ses boucles cuivrées retombant sur ses épaules. Margot, quant à elle, avait peur et se tassait sur elle-même, immobile et comme morte.

— Explique-toi, Miroul, et clairement ! dit mon maître.

— C'est un stratagème en usage chez les gueux que l'un d'eux, en apparence seul et peu redoutable, provoque le bourgeois ou le noble isolé, et lorsque celui-ci va pour venger son honneur, croyant se battre contre un seul, il se trouve tout soudain entouré de dix qui lui font son affaire. On l'estourbit ou on l'occit, selon le cas, puis profitant de la confusion et du remuement tout autour, on robe ce qu'il a et on disparaît avant la venue des archers du guet.

— Comment sais-tu cela ?

— Je le sais par des marchands ambulants à qui je revendais mes maigres butins du temps où je robais les castels. Ils m'en ont averti pour m'en prémunir, me méfier moi-même de ces ruses que mie on ne soupçonne mais qui peuvent en une séance vous envoyer dans l'au-delà.

En oyant cela, mon maître se tint coi et je sentis la fureur refluer en lui, l'insulte du gueux isolé s'effaçant devant l'imminent danger qui nous menaçait.

— Moussu lou Baron, votre père, m'a demandé de vous avertir de ces sortes de péril, ajoutai-je à voix basse comme pour m'excuser d'avoir osé porter la main sur lui.

— Et tu fais bien, Miroul. Si ces six-là s'en mêlent, nous n'avons aucune chance d'en réchapper, nous serons dagués avant même que Samson ne songe à tirer son épée.

— D'autant que nos pistolets sont dans les fontes et que nous ne pouvons nous en servir.

— Lors, Miroul, que conseillaient les marchands ambulants en si chaudes circonstances ?

— De payer, et de filer, sans demander son reste. Et de vérifier qu'on ne nous suive pas pour nous faire notre affaire en lieu isolé et désert.

— Bien, je suivrai donc ce conseil. Samson, Margot, nous partons !

Mon maître se leva, jeta sur la table une bonne poignée de pièces, plus certainement qu'il n'en fallait pour payer nos dépenses, mais au moment où nous descendions de l'estrade en bois où nous étions attablés, le gueux nous lança haineusement :

— C'est vêtu comme des princes, avec leur valet et leur catin, mais c'est plus lâche que les plus lâches des lâches !

Je crus que mon maître n'allait pouvoir se contenir tant l'insulte lui pesa, mais il y parvint cependant, et les dents serrées, il saisit les rênes de la belle Acla, se mit en selle, et nous nous éloignâmes au plus vite du *Trou du tonneau d'or*.

À notre grand soulagement, nous ne fûmes pas suivis et décidâmes de nous rendre incontinent à l'hôtel particulier de M. de La Porte afin que d'accomplir notre mission. De cet épisode qui, par bonheur, s'acheva sans navrement pour personne, il me resta la certitude que j'avais une connaissance du monde, je parle du vrai monde, de celui de la rue et de ses périls, plus utile et plus salutaire que mon maître, lequel était comme un béjaune en ces matières, et cette constatation me gonfla d'importance. Je compris aussi ce que le baron, qui de la vie avait grande expérience, voulait signifier quand il disait que la théorique ne valait guère saine et honnête pratique. Il me sembla également que mon maître, lequel garda l'air sombre et malengroin jusqu'au logis du lieutenant-criminel, l'entrevoyait aussi et je gage que cette aventure lui apprit prou et qu'il ne l'oublia pas.

À l'hôtel particulier, les gardes nous autorisèrent à entrer dans la cour pavée et à laisser nos chevaux à deux laquais qui les emmenèrent à l'écurie. Je pensais rester avec la Margot et déjà m'en faisais une douce félicité quand mon maître m'intima l'ordre de le suivre avec Samson. Je ne sus si la raison en était qu'il souhaitait montrer ainsi à M. de La Porte que valet il possédait déjà ou qu'une sournoise jalousie l'empêchait de me laisser seul avec Margot, et peut-être bien que les deux raisons s'y mêlaient ensemble, tant il est malaisé parfois de connaître soi-même ce qui pousse à agir de telle ou telle manière.

L'escalier en pierre était monumental assez pour ceux qui le gravissaient, et ainsi avait-il été conçu sans doute pour impressionner le visiteur et lui rabattre la crête avant que d'encontrer le lieutenant-criminel de la ville de Sarlat. Un domestique aussi silencieux que poisson en bocal nous introduisit dans un bureau, très grand également, et bien éclairé par de vastes fenêtres à meneaux. Seul assis à une vaste table, M. de La Porte se leva à notre entrée et, les bras tendus en avant, s'approcha de mon maître et de Samson. Comme le lecteur l'imagine, je me tenais en retrait, deux pas derrière eux, l'air humble et respectueux.

— Ainsi donc, voici les fils de notre cher baron de Mespech ! dit-il d'une voix avenante.

— Je me nomme Pierre, et mon frère, Samson, et celui-ci est Miroul, notre valet, répondit mon maître en serrant la main du lieutenant-criminel, lequel serra ensuite celle de Samson, et me gratifia même d'un bref regard.

— Voilà bien deux magnifiques garçons qui font honneur à la réputation du baron, reprit M. de La Porte, et comment donc va ce grand et cher ami ?

— Mon père se porte à merveille, par la grâce de Dieu, et il vous transmet son amitié et sa fidélité.

— Ah, je n'en suis du tout étonné ! N'a-t-il pas toujours été d'une santé à faire pâlir un immortel ? Quant à son amitié et fidélité, elles dépassent de beaucoup celles de nombre de nos nobles catholiques, lors même que votre père a embrassé la religion réformée, dit M. de La Porte en retournant à son bureau.

M. de La Porte était un bel homme d'une cinquantaine d'années, de complexion robuste, mince de corps et sec de visage, l'allure énergique. Il portait avec élégance un habit de satin bleu et son riche pourpoint était surmonté d'une fraise large et magnifique.

— Bien, bien cela. Que me vaut le plaisir de votre visite ? demanda-t-il soudain comme si les civilités qu'il avait répandues à foison dans la pièce étaient à présent terminées.

Mon maître s'approcha du bureau et, avec un sérieux qui m'impressionna, lui tendit la lettre de son père.

— C'est ce courrier qu'il vous fait tenir par nous et dont il requiert prompte réponse, orale ou écrite.

M. de La Porte saisit la lettre, regarda un instant la belle écriture du baron qui indiquait son nom puis, à l'aide d'un coupe-papier en or, l'ouvrit d'un geste court et précis. Pendant la courte lecture, il y eut un moment de silence qui fut brusquement interrompu par un rire sonore, M. de La Porte se renversant en arrière sur le dossier de son fauteuil, s'esbouffant à gorge déployée, à tel point qu'il en lâcha la lettre, laquelle tomba sur le tapis, sous le bureau.

— Ce cher baron ! parvint-il à dire en séchant des larmes qui lui brouillaient la vue et la mine toute réjouie encore de ce qu'il venait de lire, aussi loin que je cherche en ma remembrance, je n'ai souvenance d'une si plaisante mission donnée à sa géniture !

Samson ouvrait des yeux aussi grands qu'une écuelle où seule la surprise se lisait, mais je notai que mon maître prit un air pincé, un peu piqué que cette grande et belle mission tournât ainsi à la pantalonnade. M. de La Porte, qui était assez fin pour le remarquer, cessa de rire, et il dut, je crois, se forcer pour cela, puis s'adressa à mon maître en ces termes :

— Monsieur Pierre de Siorac, vous avez rempli la mission qui vous a été confiée par votre père avec célérité et sérieux, montrant ainsi toutes les nobles qualités qui sont les vôtres et dont vous tirerez profit, je n'en doute pas, au cours de votre existence. Votre père cherche à vous aguerrir, vous et votre joli frère Samson, et je lui donne raison, même si pour cela il imagine des subterfuges qui sont du meilleur cocasse.

Se penchant sous le bureau, il ramassa la lettre et la posa devant lui sur la table.

— Souhaitez-vous que je vous lise cette lettre ?

— S'il vous plaît, monsieur, répondit mon maître assez roidement.

— Bien, voici donc, dit M. de La Porte en se penchant derechef sur la missive.

Monsieur de La Porte,
très estimé lieutenant-criminel en la ville de Sarlat

Vous recevez ce jour d'hui la visite de mes deux fils, Pierre et Samson, qui seront accompagnés de leur dévoué valet. Je ne doute pas que celui qui parlera et vous donnera cette lettre sera mon fils Pierre, et que mon fils Samson, plus réservé de nature, n'ouvrira mie la bouche.

Cette lettre n'a aucun objet. Considérez-la comme la balle qu'on lance au milieu de l'étang pour vérifier que ses chiens fidèles et adorés sont capables d'y aller chercher et de la rapporter.

J'éprouve ainsi ces deux fils, qui me sont fidèles et que j'adore, et que je destine à la conquête du vaste monde. Ils sont jeunes encore et il me faut les sortir un peu de leur basse-cour.

Vous leur communiquerez la réponse qui vous paraîtra appropriée.

Votre dévoué et ami, Jean de Siorac

Baron de Mespech

Ayant lu cette surprenante missive, M. de La Porte considéra mon maître qui restait fermé comme une huître.

— De grâce, monsieur de Siorac, ne le prenez pas mal, dit-il. Il plaît à votre père cette sorte de facétie et je suis certain qu'il n'y voit point malice, n'ayant trouvé autre stratagème afin que vous considériez la mission avec tout le sérieux nécessaire. Sur cette lettre, j'appose ma signature avec la mention *Mission accomplie*, et vous me ferez le plaisir de la lui rapporter et donner en main propre.

Il se leva, rendit la lettre à mon maître qui la prit du bout des doigts, et nous donna notre congé.

— Dites bien à votre père toute l'admiration que j'ai pour lui et que je le mercie encore, et par ma personne toute la ville de Sarlat, de nous avoir débarrassés de ces gueux de la Lendrevie et de ce Forcalquier que le Diable asteure doit accueillir en son logis, d'autant que je crois que votre père a perdu un homme dans cette affaire, ce qui est bien triste en vérité mais rançon de ces temps troublés. Qu'il n'oublie pas de me rendre visite à son prochain passage en notre cité, j'en serai toujours le plus ravi et le plus honoré.

Quand, à cheval, quittant les lieux, nous franchîmes les portes de l'hôtel particulier, mon maître n'avait encore prononcé nulle parole depuis qu'il avait serré la main de M. de La Porte. Il n'en proféra aucune tant que nous fûmes en les murs de la ville, l'air malengroin et faisant du renfrogné, le visage fermé et mâchonnant de sombres pensées. Je ne sais quel aurait été mon émeuvement dans un prédicament semblable, s'agissant de mon père et de la joie à le servir, et peut-être aurais-je réagi à l'identique, car on tombe de haut quand on s'investit dans une noble mission et que celle-ci tourne au ridicule. Et ridicules nous l'étions certainement, tous les trois, au moment de sortir, la mine basse et déçue, du bureau de M. de La Porte.

*
* *

Certes, on ne peut tout dire et tout raconter dans ses Mémoires, sinon on noircirait bien des volumes, mais il est des faits qui se désagrègent du souvenir plus aisément que d'autres et qu'on ne retrouve plus, même quand un témoin vous les rappelle. C'est pourquoi je ne suis mie étonné de ne trouver nulle trace de cette équipée en la ville de Sarlat dans les fameux Mémoires de mon maître. D'un bilan le compte est vite fait, entre le traquenard du gueux solitaire dont je l'avais tiré et le rire mortifiant de M. de La Porte, pour mon maître, rien de tout cela ne rehaussait son blason et jeter le tout aux herbes folles était fort naturel. Que Dieu me pardonne ma déraison, mais tel Jésus de Nazareth, j'ose demander aux lecteurs lequel lui jetterait la première pierre, et suis bien certain que chacun ressent en son âme le tourment que mon maître endura en cette occasion.

Pour ma part, l'affaire fut fort différente, outre que mon pauvre père, du ciel où il logeait déjà à cette époque, y était pour néant, j'étais bien consolé de ma peine à sentir les douces mains de la Margot qui étreignaient et palpaient mes flancs derechef, toute à sa joie, plaquée contre mon dos, de découvrir le grand Sarlat dont elle rêvait depuis pitchoune en ses linges et maillots. Tout l'étonnait, tout la ravissait, tout la divertissait, et mon oreille était la confidente de ses émeuvements et enchantements, à la vue de toutes les bruyantes et insolites animations de la ville.

Ainsi nous traversâmes ruelles et venelles, mon maître en tête, solitaire et perdu en ses lugubres pensées, Samson ensuite, dont oncques ne sus exactement ce qu'il pensait de cette comédie de lettre car son visage demeurait calme et serein comme à l'ordinaire, et nous deux, elle me serrant comme une amoureuse – et, telle, la foule devait l'imaginer en vérité –, jasant et causant à l'infini de tout ce que nous apercevions, car si je fais l'affranchi céans devant vous, lecteur, j'en découvrais tout autant des merveilles que je n'avais jamais vues.

À la sortie de la ville, cependant, alors que l'enceinte en était juste dépassée, mon maître nous stoppa, et ayant – ce me semble – repris quelques couleurs à la perspective de possibles périls, nous demanda sur le ton du commandement de patienter quelques minutes pour vérifier que nul ne nous suivait. J'y vis là grande sagesse, car les gueux se faufilent dans la foule sans qu'on les remarque, et savent traquer le gibier pour surgir où on ne les attend pas. Mais nous ne vîmes rien ni personne franchir à notre suite les portes de la ville, et nous reprîmes notre route, piquant un vif galop pour nous retrouver au plus vite dans le couvert du sous-bois.

Des embûches, nous n'en eûmes aucune sur la route du retour tant et si bien que Samson se porta à hauteur de mon maître et devisant avec lui, non de la lettre de leur père, mais de la cité de Sarlat, de sa presse, de son exubérance et de son opulence, s'appliqua à soigner l'âme meurtrie de son frère en le distrayant de son mieux. Brave et discret Samson qui sentait si bien les choses pour les autres qu'il en oubliait de les vivre pour lui-même, à tel point qu'une étonnante indifférence semblait l'habiter quant aux événements et traverses de l'existence.

De mon côtel, ce retour fut une félicité, Margot se serrait doucement contre moi et nos corps s'épousaient finement au gré du balancement du cheval. Dans les descentes, car le chemin était montueux et malaisé, son buste s'alourdissait, sa poitrine massait mon dos, ses jambes pressaient les miennes, et je voyais soudain son museau passer par-dessus mon épaule. Elle ne faisait rien pour se retenir, laissant la nature et les caprices du chemin nous rapprocher et nous unir, puis nous disjoindre, puis nous réunir derechef, s'abandonnant lascivement, cuisses ouvertes enserrant mes flancs. Le désir me submergea à plusieurs reprises, que je dus soumettre et étouffer, et je ne saurais affirmer si Margot, par sa position et sa féminité, alla plus loin, en cachette derrière moi, mais je le crois assez, puisqu'il me sembla percevoir, deux ou trois fois, comme un soupir ou un râle étouffé qui lui sortait du dedans et la parcourait d'un frisson. Chère et tendre Margot, si j'ai pu ce jour-là, tout en guidant les pas de mon cheval, te donner un long et suave plaisir, j'en suis encore tout atendrézi et empli de bonheur !

Mais on le sait tous, et il faut s'en faire une raison, rien ne dure, hélas, et tout s'interrompt, ne laissant que le regret du passé qui oncques ne se retrouve. Non loin de Mespech, elle me montra un sentier qui partait à sénestre et me fit signe qu'elle devait descendre et regagner son logis. Ah, vramy, je l'aurais bien emmenée ainsi au bout du monde, et au-delà, mais je laissai pendre mon bras sur le côté afin qu'il lui serve de liane, et s'enroulant autour, elle se jeta au bas de la monture.

Mon maître fit effectuer un demi-tour à son Acla chérie et envisagea Margot avec gravité.

— Margot, fit-il d'une voix ferme, je ne souhaite pas que ceux du château sachent qu'à Sarlat tu nous accompagnas.

— Et que dirai-je à mon père, Moussu Pierre ?

À cette réponse qui dissimulait habilement tout en ne cachant rien de la vraie question, mon maître s'esbouffa tout à plein, et ceci me fit grand plaisir de le voir tant joyeux après une si longue et triste pénitence.

— Ah, Margot, tu es aussi fine de corps que d'esprit ! répondit mon maître.

Déliant sa bourse, il en sortit deux sols et les lança à Margot.

— Deux sols pour une journée de travail à Mespech, c'est deux fois plus que ce que me baille M. de Sauveterre ! s'écria-t-elle mi-ravie mi-épouvantée.

— Certes, Margot, et ainsi ferons-nous : le premier sol est pour ton père comme preuve que tu as passé le jour au château ; le second est pour toi.

— Pour moi ?

— Ou, si tu préfères, pour ton charme grâce auquel le voyage sur ces chemins empoussiérés fut plus plaisant.

Et se tournant vers moi, il ajouta ce trait que je reçus sans ciller :

— N'est-ce pas, Miroul ?

— Grammerci, Moussu Pierre, s'écria Margot, et bien généreux vous êtes de me payer alors que vous m'avez déjà offert la plus belle journée de ma vie !

Puis, faisant une courte révérence, elle nous tourna le dos et s'engagea gaillardement dans le sentier, vers sa ferme, balançant les bras avec vigueur et se déhanchant fortement. Mon cœur se serra de la voir disparaître ainsi, sans se retourner une seule fois, mais d'éperonner mon cheval je fus vite obligé, mon maître et Samson s'étant remis en route. Et de me retrouver si seul sur ma monture sans le contact et la chaleur de son corps dans mon dos, je me sentis orphelin et tout marmiteux.

Comme le premier pont-levis était en vue, mon maître se retrouva au botte-à-botte avec moi, et posant sur moi son regard azuréen, il m'interpella :

— Eh bien, mon brave Miroul, que te pense de cette courte équipée en la ville de Sarlat ?

Du rôlet de valet, humble et dévoué serviteur, il est une règle aussi dont je souhaiterais vous causer, et que j'appris très tôt, car elle est collée à votre peau tel l'habit que l'on porte. Quand le maître demande vos sentiments, c'est souvent pour n'entendre que le reflet des siens, et non véritablement les vôtres, comme s'il vous prenait pour un miroir et non pour ce que vous êtes en réalité. C'est sa manière à lui de vous considérer en confident, que vous n'êtes point, et c'est une tradition chez lui tellement en usage qu'il ne comprendrait pas que vous passiez à côté. Mais, en se calquant de la sorte bien précisément sur son humeur, on récolte aussi toutes sortes d'informations, autrement instructives, qu'il faut savoir écouter comme si on ne les oyait pas vraiment, et faire mine plus tard, à l'occasion, de ne les avoir jamais entendues.

À cette question, moi dont le pensement était tout de Margot empli jusqu'à déborder, je répondis avec l'habileté du valet qui connaît son métier et sa fonction.

— J'ai été déçu, Moussu Pierre, que nous n'étions pas en charge d'une belle et vraie mission.

— Moi aussi, mon brave Miroul, moi aussi, répondit-il en soupirant.

— Mais cependant, ajoutai-je, nous l'avons accomplie comme telle, quelle différence alors ? Et n'est-ce pas ce dont votre père voulait s'assurer avant que de nous en confier de plus hautes et de plus importantes ?

— Sans doute, Miroul, sans doute.

Là s'arrêta mon rôle de confident car, m'ayant donné une petite tape dans le dos, comme si ce fut moi qui étais à réconforter, il ne m'adressa plus la parole jusqu'à l'île où, sautant à bas de la belle Acla, il me la confia en me demandant de la desseller, de la bichonner avec de la paille, de la faire boire et de lui donner une bonne brassée de foin. Il s'approcha de Samson et, d'une voix assez basse mais qui ne le fut pas suffisamment pour m'empêcher d'ouïr pleinement, il lui dit en lui montrant la lettre :

— Samson, en bon chien fidèle, je m'en vais incontinent porter à mon maître cette balle trouvée dedans l'étang.

Samson ne répondit rien à cette saillie qui exprimait l'amère potion que mon maître buvait en ce prédicament, et il n'y avait rien à y reprendre tant il est vrai que l'existence vous apprend très tôt qu'il faut seul souffrir des traverses qui tombent parfois sur le chemin. Là-dessus, mon maître s'éloigna en silence, balançant au bout de la main la fameuse lettre avec le glorieux paraphe de M. de La Porte et la suprême mention : *Mission accomplie.*

Ce que Jean et Pierre de Siorac se dirent ce jour-là, je ne le sus jamais et personne donc ne le saura non plus, et je m'en désole auprès du lecteur qui patientait, espérant la confrontation du baron et de mon maître. Ce dont je peux témoigner, en revanche, c'est que cet épisode n'altéra en rien leur relation, qui me sembla sans tache le lendemain, preuve sans doute que le père sut trouver les paroles qui réconfortèrent le fils, et qui firent que l'histoire fut vite effacée des remembrances.

Chapitre VI

N'ayant point tant de besognes à accomplir en ma vieillesse depuis que mon maître m'a fait la grâce de mettre un terme à mon office tout en me baillant une petite rente, je resterais désoccupé de longues heures du jour si je n'avais entrepris la rédaction de ces Mémoires. Dieu merci, celles-ci me tiennent de la pique du jour au crépuscule, ou presque, et ainsi n'ai point à souffrir de cette lassitude des années qui ralentit le verbe et les gestes. Ceux des lecteurs qui sont parvenus à l'âge qui est le mien savent que l'existence ne vous y occupe guère et qu'il y faut de longues rêveries solitaires, parfois immobile sur une chaise, pour parvenir enfin au crépuscule, et s'en aller ensuite dedans son lit, et ce jusqu'au jugement final.

Si Sauveterre parlait de la musique comme d'un réconfort toujours en usance la vie durant, mon maître a bien raison de considérer l'écriture comme une médecine de l'âme qui peut prou pour détourner notre vue de la mort qui est au bout du chemin et nous illusionner d'une conscience d'immortel. Plus encore que pour mon maître et moi, simples chroniqueurs de notre vie, en va-t-il ainsi pour celui qui écrit des romans, comme notre Rabelais, capable d'inventer des histoires qui oncques n'existèrent sinon dans l'étrange jus de ses mérangeoises. Quelle joie sans doute que celle-là, d'être sur terre en y menant deux existences, l'une bien réelle et enchâssée dans les traverses de la vie, et l'autre aérienne et mouvante que l'on mène à sa guise, au gré de son bon vouloir. Ni mon maître, ni moi, et je le regrette tant et tant, n'avons été conçus avec le rare métal qui permet ce dédoublement, mais il me semble que nous l'approchons et le touchons du doigt dans nos Mémoires, non pas que nous inventions quoi que ce soit, que le lecteur se rassure, seulement nous prenons plaisir à ressusciter une existence qui n'est plus, et cela en soi procède un peu de la magie, sinon de la sorcellerie.

Qu'un Rabelais que j'ai lu en riant à gorge déployée, ou une Marguerite de Navarre dont les nouvelles m'ont charmé à l'extrême soient nécessaires pour distraire ou adoucir notre existence, c'est sans doutance aucune que je le crois, ayant observé sur mon âme l'effet de leur médecine. Je cuide assez que nos rois et princesses devraient favoriser leur éclosion avec une plus grande ardeur, et nous aurions fort besoin d'une nouvelle Aliénor d'Aquitaine pour développer les arts et les lettres en ce royaume. Et tout aussi capital serait que le peuple et nos paysans apprennent à déchiffrer afin que de pouvoir lire les romans qui travaillent l'imaginative et font tant de bien qu'ils sont comme un onguent sur une plaie.

Ira-t-on aussi loin un jour dans le remuement et la nouvelleté de notre organisation sociale que même les paysans pourront faire profit de nos plus grands poètes, tels Ronsard, Villon ou Du Bellay? Je ne le crois pas, et c'est là utopie et mirage qui illusionnent mon esprit, mais à tout prendre, peut-être est-il salutaire de s'aveugler ainsi plutôt que, de lucidité, se rabougrir et se dessécher comme un vieux pain rassis.

D'un jour entier les heures qui me restent, hors mes lectures et la rédaction de mes Mémoires, se passent au potager, en compagnie de ma vieille épousée, à cultiver nos légumes en courbant nos dos usés. C'est saine occupation que celle-là et qui me revient de loin, de mes plus vertes années, avant le grand malheur qui me jeta loin de la ferme de mes parents. On en revient toujours à son enfance, m'a dit un jour mon maître, et si je ne suis pas bien certain d'avoir compris ce trait ni ce qu'il signifie, je le vérifie pour le travail de la terre qui m'est revenu en ma vieillesse.

Et ceci est d'autant plus étrange que nous avons de la pécune assez, mon épouse et moi, pour nous payer ce que nous appétons au marché de Montfort-l'Amaury, et n'avons point besoin absolument de ce potager pour survivre. Il tomberait en friche que la famine ne s'inviterait pas à notre table ! Mais nous menons, ma femme et moi, un train de vie modeste, selon l'us paysan, et je ne me suis jamais laissé éblouir par l'éclat de la richesse, que j'ai pourtant approchée d'assez près.

À la vérité, la richesse m'a plus dégoûté que séduit car il m'a semblé qu'elle pervertissait ceux qui la possédaient, et leur faisait oublier les devoirs de l'humaine condition qui sont, comme l'enseigne la foi de Calvin, de rester attentif à son prochain et de lui tendre la main en toute circonstance. Or, à ce que j'en ai observé à la cour du roi de France, l'argent a un curieux pouvoir sur ceux qui le détiennent et qui va à l'encontre de ce que, naïvement, on pourrait supposer. Et ce pouvoir tient en une phrase : plus l'or s'amasse dans les coffres, plus il exige d'être amassé.

Il est constant, et je l'ai cent fois vérifié chez les grands de ce monde, que l'avidité d'en avoir plus est d'autant plus forte que le prince est riche, comme une règle de la science que nos savants feraient bien d'étudier, car elle s'apparente presque à une loi de la nature, tant sa régularité est avérée. De là, j'en conclus que l'or est un poison dont il faut grandement se méfier et qu'il ne devrait pas être détenu en trop grande quantité par une minorité sans rien laisser, ou quelques miettes, à la multitude.

Cette minorité n'ayant qu'un seul et capital but, en empiler encore plus, elle déploie là toute son intelligence pour y parvenir, et cela lui est d'autant plus facile que la richesse confère tout pouvoir sur les autres en les maintenant dans la servitude. Ce faisant, les puissants de ce monde plongent la multitude, volontairement et sans l'ombre d'un remords, dans la pauvreté la plus absolue, et trouvent normal qu'il en soit ainsi, se baillant toutes sortes de justifications et bonne conscience, à commencer par celle de leur naissance qui leur a octroyé une particule accrochée à leur nombril. L'or donne le pouvoir, et le pouvoir de l'or, et ainsi s'accroissent les fortunes de nos princes et princesses, prenant aux pauvres le peu qu'ils ont pour le glisser incontinent dans leurs coffres.

Pourtant, de ce cercle infernal de l'or et du pouvoir, ils n'en tirent que la joie malsaine de compter et recompter, et même s'ils se ventrouillent dans le luxe et se paonnent de leurs palais, leur humeur est sans cesse altérée par le pressant besoin d'aller ramasser d'autre argent, lequel besoin est tout aussi irrépressible que celui de gloutir, ce qui ne les rend pas bien heureux. Si les paysans se libéraient de cette servitude volontaire dont parle M. de La Boétie, nul doute que ces innombrables richesses leur seraient arrachées pour meilleure usance, car la misère est trop grande en ce monde pour ne pas mériter diligent traitement. Encore faudrait-il trouver un arbitre suprême, comme un parlement d'anciens domestiques, pour empêcher les paysans eux-mêmes de s'entre-tuer devant tant d'or répandu.

Il est des exceptions qu'on se plaît à souligner car elles redonnent fiance en l'homme et laissent à penser qu'un grain de sable pourrait gripper le triste ordonnancement que je viens de décrire. De la famille Siorac je n'ai point senti telle avidité à entasser toujours plus en les coffres de Mespech. Certes, Sauveterre avait une tendance fâcheuse à gratter plus que nécessaire, mais il le faisait dans une rigueur toute protestante dans le simple but de se prémunir contre des temps difficiles, où les catholiques cherchaient à étrangler les nôtres, et oncques n'y mit cet appât du gain qui commandait les grands de ce monde. Et chez le baron, d'une nature généreuse, j'y ai décerné aussi du malaise à tant détenir lors que les humbles étaient si pauvres. Si ce malaise qui existe chez certains pouvait adroitement être travaillé, on parviendrait – qui sait – à leur faire desserrer les cordons de la bourse et à mieux répartir les richesses.

Mais je m'illusionne sans doute encore car cette sorte de gens sont rares et j'en ai peu encontré au cours de mes pérégrinations. Plutôt, je m'apense asteure que les famines et les disettes auront raison de la patience des pauvres et que nous aurons, tôt ou tard, un bien bel embrasement de cette misère, que les piques et les faux seront un jour brandies, qui trancheront les têtes et perceront les corps pour se revancher de ce qu'ils subissent.

Brisons là, voulez-vous, ces sinistres prophéties que je ne tiens pas pour assurées, loin s'en faut, et que je souhaiterais même éviter à notre humanité, ne les tenant pas pour nécessaires à l'instauration d'un monde meilleur. Si j'en suis venu à causer de cela, c'est sans doute au souvenir de mon maître baillant généreusement deux sols à la Margot, à la surprise de celle-ci d'en tâter le double de ce qu'elle pouvait espérer pour une journée de labeur, lors même qu'elle n'avait point travaillé du tout, tout le rebours, n'ayant pris que du bon temps en une folle et inespérée escapade. C'est en voyant le maître se séparer, sans y penser, du compte de deux journées pour payer une seule journée, chômée de surcroît, qu'on mesure mieux que certains ont trop et d'autres pas assez. Je ne sais si Margot retint la leçon, car il est une dure erreur bien enfoncée en la tête du paysan, qui raisonne ici à l'aune de sa pauvreté, que le maître ne peut bailler plus que ce qu'il donne, et que demander davantage serait exiger de lui un effort financier qu'il ne peut tenir. Il n'en est rien, et je me suis trouvé suffisamment près des poches des maîtres pour savoir qu'ils peuvent beaucoup plus que la charité qu'ils accordent.

Mon maître ne me reparla jamais de notre équipée en la ville de Sarlat, et comme je l'ai dit déjà, la tenant sans doute pour peu glorieuse, la raya tout à plein de sa mémoire. Plusieurs années plus tard, à Paris, lors que nous nous trouvions auprès de la cour du roi Henri III, lequel avait succédé à Charles IX peu de temps après l'horrible massacre de la Saint-Barthélemy, je l'évoquai un jour où nous n'avions rien de mieux à faire que clabauder et nous distraire. Il me plut ainsi de lui rappeler cette soudaine générosité envers la Margot qui m'avait tant saisi et empli d'admiration.

Tournant vers moi une face étonnée, il me regarda longuement comme s'il cherchait en sa remembrance un fait de la toute petite enfance, et son visage se troubla parce qu'il était incapable de s'en rien souvenir. À la parfin, mouvant sa tête de droite et de gauche en signe de dénégation, d'une voix très calme où nul mensonge ne perçait, il me dit :

— Tu dois confondre avec une libéralité de mon père, mon brave Miroul, car je ne crois pas avoir jamais fait avec la Margot ce que tu prétends céans.

Et du voyage à Sarlat il eut le même sincère étonnement, si bien que je bafouillai une excuse, avançant que ma mémoire me faisait proprement défaut, sans doute, et qu'il y eut bien, peut-être, tout se brouillant dans le passé car c'était si loin, un voyage que je fis à Sarlat avec son père et la Margot, et qu'il était bien étrange que je l'identifiasse à son père, ce qui somme toute lui fit plaisir, et mit fin à l'embrouillement où j'avais donné le bec.

*

* *

Ainsi que je l'ai indiqué, et que le lecteur me pardonne ces répétitions, l'épisode en Sarlat n'eut aucune suite entre le père et le fils, et c'est heureux, car le château tout entier gardait en souvenance cette terrible querelle qui les avait un jour opposés, et qui avait fait vaciller sur ses bases l'ordre naturel de Mespech. Rien de tel, cette fois-ci, et j'eus grand étonnement le lendemain de retrouver un Pierre de Siorac rieur et facétieux, détendu, se gaussant de tout et de rien. Et même Samson, si peu affecté la veille par cette affaire, paraissait presque triste à son côtel, se tenant droit et calme, d'une humeur tant égale qu'elle en respirait un peu l'ennui. Mon maître a toujours vécu ses émeuvements au plus près, les épousant sans l'ombre d'une hésitation, avec tous les risques que cela comporte, tout au rebours de son frère, lequel semblait les réfréner, ou les gardait si secrets qu'ils ne se pouvaient discerner.

— Ah çà, Miroul, il nous faut aller voir le Jonas en sa carrière ! me dit-il tandis que nous finissions notre pain et lait du matin.

Et il se frotta les mains comme s'il y avait là de quoi se réjouir lors même que cette carrière est un endroit morne et sombre, minéral, qui ne me sied guère, moi qui n'aime rien tant que nos douces collines verdoyantes et les pâturages ensoleillés.

— Qu'avez-vous à y faire, Moussu Pierre ?

Mon maître point ne broncha à cette question, ce qui n'était pas la première fois, soit qu'il n'entendît pas, soit qu'il ne désirât pas me répondre, et j'opte pour le *primo* car il n'y avait guère de raison à ne pas m'informer du but de cette visite chez notre hercule auvergnat.

Il est rare que le baron vienne à cet horaire matutinal prendre son déjeuner, mais je le vis pourtant pénétrer dans la salle commune, chercher des yeux son fils, car je ne doutais pas qu'il le cherchait, et comme tout un chacun, empoignant un quignon de pain et un grand bol de lait, se diriger droit à la longue table et s'asseoir à côté de Pierre, si bien que je les avais tous deux face à moi. La Maligou qui épluchait des carottes près de ses fourneaux ne perdait miette de tout cela, comme bien on pense, sa vie étant toute dévolue à l'espionnage, racontars et clabauderies, quand elle n'y allait pas de la calomnie, mais d'une façon si naïve qu'elle ne s'en rendait du tout compte.

Le baron me fit un signe de tête puis, entourant du bras l'épaule de son fils et lui baillant une forte brassée, il l'apostropha joyeusement :

— Êtes-vous bien reposé, mon Pierre ?

— On ne peut mieux, monsieur mon père !

— À la bonne heure, fils !

Et le baron plongea son quignon de pain dans le lait et, le relevant aussitôt, l'enfourna dans sa bouche, grande ouverte comme un fourneau, puis tout en mâchant à grand bruit de mastication, promena un regard circulaire autour de la salle commune. Il y avait céans, à l'autre extrémité de la longue table, la Gavachette et les deux petits de Barberine, qui mangeaillaient aussi de bel appétit tout en causant de tapageuse manière.

— Mon Pierre, vois-tu comme est mignonnette cette petite Gavachette ? dit soudain le baron à son fils en se penchant à son oreille.

— Savez-vous bien son âge et que son arrière-grand-père vous pourriez être ? répondit mon maître en souriant.

Le baron se redressa et, par gausserie, regarda son fils comme si on l'avait outragé.

— Mais l'âge ne fait rien à l'affaire ! Ai-je l'allure d'un vieux barbon ?

— Que nenni, monsieur mon père, loin de moi une telle pensée !

De fait, à le considérer avec attention, le baron, qui devait pourtant avoir dépassé la cinquantaine de quelques courtes années, portait beau, la démarche élastique, les épaules bien découpées, le buste droit, et les yeux vifs dans un visage où la maturité se lisait plus que la vieillesse. Il reprit sur le ton du maître à l'écolier :

— Cette Gavachette est jeunette, certes, mais à voir les airs qu'elle se donne et les sourires qu'elle lance, c'est déjà une petite femme ! Et je ne serais pas étonné qu'elle en soit plus loin que ce que vous croyez, mon Pierre !

Prononçant cette dernière parole, le baron me fit un clin d'œil auquel je pris garde de ne point répondre, ne sachant quelle en était la signification, ni s'il s'agissait là d'une allusion, moi qui oncques de ma vie n'ai touché la Gavachette.

— Enfin, monsieur mon père, vous vous jouez, et ne songez pas réellement à la Gavachette ? Vous qui avez été marié, et êtes père de quatre enfants ! répondit Pierre affectant l'offusqué.

— Ne la faites point à la chattemite, mon fils, on dirait le curé Pincettes du village de Marcuays, qui baisse les yeux en messe pour mieux lever la queue en sacristie !

À ceci, mon maître s'esbouffa tout à plein et, pour cela, mit un moment avant de répondre :

— Certes, mieux vaut de la franchise en ces affaires qu'une telle sordide hypocrisie ! Pourtant, l'excès n'étant bon à nulle chose, je persiste à penser que vous

vous titillez avec cette Gavachette mais que vous n'y songez pas vraiment.

— En effet, mon fils, j'ai en ce moment, avec qui vous savez, jolis bas-de-chausses à mon pied, et n'ai point besoin de cette enfant. Votre père n'est pas l'ogre que la Maligou imagine !

Et ce disant, il se retourna vivement, et surprit la Maligou qui s'était rapprochée d'une assez sournoise manière, une carotte à la main et l'ouïe aux aguets.

— Je disais que ta fille était bien mignonnette, la Maligou, et qu'il faudra te la surveiller pour non pas qu'elle soit engrossée avant l'âge !

— Mais je la surveille, Moussu lou Baron, je la surveille ! répondit la Maligou en reculant précipitamment vers ses fourneaux.

Le baron se pencha derechef vers mon maître.

— Mais je ne renonce à rien, *a priori*, et même s'il lui manque encore quelques petites années à mon goût, je sais être patient.

Puis, laissant filer quelques secondes, il ajouta :

— *Le mariage est un lien détestable, Nature nous a fait toutes pour tous et tous pour toutes...*

— Voilà une bien étrange maxime ! s'écria mon maître.

— C'est que votre éducation n'est point encore complète, mon fils. Cette étrange maxime, comme vous dites, a déjà plus de deux siècles puisque je la tire du *Roman de la Rose* de Jean de Meung. Ne l'avez-vous donc point lu ?

— Que nenni. Le devrais-je ?

— Peut-être pas encore à votre âge où on s'illusionne sur l'amour, mais plus tard, certes, l'ouvrage est très divertissant à lire, même si l'auteur, qui en a violemment contre le mariage, ce en quoi il n'a pas tort, en a aussi contre les garces, semblant les considérer toutes comme des catins, ce qui le rend de ce point de vue assez déplaisant. C'est dommage, car il y a de belles pages et une savante critique de notre société. Ah ! Voilà un livre qui raconte de telles choses sur tout que notre ami Sauveterre demanderait à ce qu'il soit brûlé, tant il respire le soufre et le blasphème !

— Il n'a pas tort concernant le mariage, dites-vous ?

— Eh bien quoi, mon Pierre, à quoi donc cela sert-il de vous attacher de la sorte comme biquette à son piquet ? En est-on plus heureux ?

— Je ne sais pas, sans doute non.

— Vous savez combien j'ai souffert du mariage avec votre mère Isabelle. Je l'ai pourtant aimée au début – et prononçant ces mots le visage du baron s'assombrit – mais elle ne me l'a point rendu comme elle aurait dû. Toujours à chercher querelle sur cette question de religion, et ne permettant rien, aucun écart, jamais ! Est-ce beaucoup demander pour un homme que d'aller goûter parfois à d'autres fruits ? Et sans prétendre à les ramener chez soi !

— Laissons cela, voulez-vous ? dit mon maître.

De même, je me sentais bien malaisé d'ouïr ces confidences qui sont de celles que le valet, bien que présent, ne doit pas paraître entendre, et je baissais les yeux, observant mon bol vide et les cercles de lait séché déposés sur le fond. Pour mon maître, l'affaire était plus délicate encore, car s'agissant de sa mère, à son père, que pouvait-il répondre qui ne heurte et ne froisse, et bien écartelé entre le vif et la morte il devait se trouver.

— Oui, laissons cela, vous avez raison ! lâcha le baron. Car elle n'a pas cessé sur la religion de porter notre différend, comme si cela était vraiment l'essentiel ! N'ai-je pas les idées assez larges pour vivre en bonne intelligence avec une catholique ! Mais là était son os à ronger, et je ne crois pas qu'elle manquât à ce sujet une seule occasion !

Mon maître se taisait et je voyais se dessiner sur son visage une indicible tristesse, qui me poignit, l'ayant vu si joyeux peu de temps auparavant. Le baron poursuivait :

— Et jusqu'à son dernier souffle ! Car que penser de cette ultime perfidie qui vous oblige à porter cette blasphématoire médaille de la Vierge Marie à votre cou, d'un serment de morte que nul ne peut délier !

À ce stade, je crus que mon maître allait suffoquer et, serrant les dents dans sa détresse, d'une voix altérée, il répéta :

— Laissons cela, voulez-vous ?

Lors le baron, qui jusqu'à ce moment regardait droit devant lui, emporté par ses propres rancœurs, pivota son buste d'un quart de tour et considéra son fils une pleine seconde. Il y eut un silence presque pathétique pendant lequel les yeux du père et du fils se croisèrent. Puis soudain, entourant derechef mon maître de ses bras et l'amenant à lui pour l'étreindre plus fort encore, le baron s'écria :

— Pardonnez-moi, mon Pierre ! Je sais le fardeau que cette médaille est aussi pour vous et je suis bien injuste de vous mettre en cet état !

Et comme enfin mon maître se dégageait en souriant, le baron insista :

— N'est-ce pas, mon fils bien-aimé, que vous me pardonnez ma sottise ?

— Allons, monsieur mon père, chacun ici-bas porte sa croix, et il ne me viendrait pas à l'esprit ni de les soupeser ni de les comparer.

— Et il vaut mieux ne pas en parler si ces croix doivent s'entrechoquer. *Fugaces labuntur anni*[1], ne les gâchons pas en de vaines querelles !

Là-dessus, l'atmosphère se détendit à nouveau et je relevai la tête, ainsi que doit faire le valet qui surgit de sa boîte intérieure dès que l'orage entre les maîtres est passé.

— Bien, mon Pierre, dit le baron en frappant dans ses mains, c'est une bien belle journée qui se prépare. N'oubliez pas de rendre visite à notre Jonas pour ce dont nous avons causé hier.

— J'y vais de suite, monsieur mon père, Miroul en est déjà prévenu.

Le baron serra son fils encore, puis se levant, il nous gratifia d'un large sourire heureux, et quitta la salle commune, non sans un regard prolongé en direction de la Gavachette, laquelle, tout occupée à jacasser avec les marmots de Barberine, ne le remarqua point.

*

* *

Après avoir franchi l'ultime pont-levis de Mespech, mon maître et moi, nous quittâmes le large chemin qui menait à Sarlat pour nous engager dans un sentier étroit qui descendait jusqu'au fond d'une combe

1. Les années s'enfuient rapidement.

très encaissée. Dans ce contrebas, la roche affleurait par places au milieu des ronces et de vieux arbres, et je fus saisi par l'humidité qui régnait là lors que le soleil brillait haut pourtant dans le ciel. De la clarté il n'y en avait guère et cette atmosphère sombre, les passages presque boueux par endroits car quelques flaques glauques stagnaient ici et là m'attristèrent, surtout à la pensée que le carrier vivait à demeure en une grotte qui devait ressembler plus à un tombeau qu'à un logis.

Jonas – vous l'ai-je déjà signalé, lecteur ? – avait préféré cet endroit à tout autre et c'est par une étrange et farouche volonté qu'il en avait décidé ainsi. Nul n'en connut jamais la raison, sinon, je suppose, qu'il était solitaire au point de refuser la compagnie de ses semblables, ce qui cependant eut ses limites, car femme lui manqua, et il en prit une, à la stupéfaction de tout Mespech. Mais le moment n'est pas de conter l'histoire de sa Sarrasine, que le lecteur trouvera du reste dans les Mémoires de mon maître.

La carrière était une falaise quasi verticale de quelques toises de hauteur, en arc de cercle, qui avait dû servir à cette usance depuis des temps immémoriaux, et je cuide assez que toutes les pierres qui constituaient le château, de ce front de taille, avaient été extraites. Jonas était à son labeur et, torse nu, frappait de larges blocs de rocher qu'il fendait à l'aide d'une lourde masse. L'apercevant de dos, je fus étonné par la largeur du buste, sa haute taille, et la puissance que dégageaient ses épaules musculeuses. Assurément, l'Auvergnat était un colosse, bâti pour son métier, et les éclats de rocher se projetaient alentour comme mitraille sur le champ de bataille, raison pour laquelle mon maître le héla afin qu'il cessât de cogner et que nous puissions nous approcher. Se retournant, il passa son bras sur le front afin que d'ôter la sueur qui en perlait, puis nous fit signe de le rejoindre et, comme nous parvenions près de lui, nous salua fort civilement.

— Votre respect, Moussu Pierre, dit-il en inclinant la tête.

— À toi le bonjour, Jonas, répondit mon maître.

Suivant en cela l'us paysan, ce qui m'étonna prou de la part de mon maître qui à l'ordinaire entrait fort directement en matière, il le questionna sur le temps, la carrière, la dureté du labeur, les outils qu'il faudrait remplacer, la Sarrasine qui se trouvait au marché de Marcuays, longueur que Jonas mit à profit pour s'en aller chercher une bouteille et emplir à déborder trois gobelets d'ailleurs fort sales. Il semblait presque que nous eussions terminé notre visite et sur le point de nous en retourner quand mon maître aborda l'objet de la rencontre.

— Dis donc, Jonas, que t'apenserais de la quantité de rocher qu'il faudrait tomber pour remplacer par un mur de pierre la palissade de bois qui cerne le potager et le verger ?

— Que ce ne serait point une petite affaire, Moussu Pierre.

— Certes non, mais c'est là l'idée de mon père pour accroître la défense de Mespech.

Jonas resta silencieux un moment, se grattant le crâne tout en réfléchissant.

— Et comment donc que vous le voudriez, ce mur ?

— Haut de deux toises environ pour que, sans échelle, on ne puisse le franchir. Faujanet, côté intérieur, monterait une sorte de courtine en bois permettant de dominer l'assaillant en cas d'attaque.

— Haut de deux toises... répéta Jonas puis il se tut tout à plein si bien que mon maître le relança.

— Eh bien, Jonas, adonc ? L'ampleur de la tâche, tu l'estimes comment ?

— Ça dépend, Moussu Pierre, vous le voudriez comment ce mur ?

— Mais haut de deux toises, je te l'ai dit, Jonas !

Lors Jonas eut un curieux regard en biais, tout chargé d'incompréhension, et voyez-vous, lecteur, il ne faut point prendre trop vite ceux du peuple pour les imbéciles qu'ils ne sont pas, comme la suite le montra, car parfois ce n'est que votre propre ignorance qui vous fait juger de leur stupidité.

— Oui-da, Moussu Pierre, haut de deux toises, reprit Jonas lentement et humblement, mais à un ou deux parements ?

Là, il y eut un silence fort long pendant lequel je gage que c'est mon maître qui dut se sentir stupide.

— Qu'est-ce à dire, Jonas ? interrogea-t-il d'une voix moins assurée que jusques-lors.

— Que voilà, commença Jonas, un mur à deux parements, c'est comme deux murs côte à côte avec de la fourrure entre les deux.

— De la fourrure ?

— De la blocaille si vous préférez, de la caillasse qui empêche les grosses pierres de chacun des deux murs de glisser vers l'intérieur. Autrement, sans blocaille, votre beau mur, il s'écroule sur place avant la nouvelle an. Évidemment, c'est de la pierre en plus...

— Ah ? Et qu'est-ce donc qui est le plus solide, Jonas, à un ou deux parements ?

De sourire Jonas ne put s'empêcher et, connaissant son respect pour la famille Siorac et l'autorité en général, c'est dire si l'ignorance de mon maître dut lui paraître abyssale.

— À deux parements, Moussu Pierre, sinon on n'aurait rien inventé de tel, qui demande tant plus de travail.

— Mais il y faut deux fois plus de pierre, pas vrai ? déclara mon maître, lequel, cherchant à remettre pied à l'étrier, en arrivait à énoncer des évidences qui auraient fait rire à gueule fendre n'importe quel niais de village.

— Sans compter la blocaille… dit Jonas, glissant sans ciller sur le propos de mon maître.

Ce dernier se tut un court instant et reprit aussitôt :

— Mon père optera pour un double parement.

— Sans doutance aucune, Moussu Pierre… plus large, plus stable, surtout avec une hauteur de deux toises.

— Et combien de temps pour tailler tout ça, Jonas ?

— Faut que j'y va voir la palissade et que j'en mesure la longueur. Un mur à deux parements sera bien solide… pour sûr… et de pierre sèche suffira, nul besoin de liant ou de mortier… les pierres de chaque mur seront *une à cheval sur deux et deux à cheval sur une*, comme à la tradition, et c'est solide que vous y croiriez pas !

— Mon père semble impatient de réponses rapides, pourras-tu t'y rendre ce jour d'hui ?

— C'est selon le désir de votre père.

Derechef réfléchissant, Jonas questionna :

— Mais c'est pas de la roche là-bas, c'est que de la terre en profondeur ?

— En effet, Jonas.

— Lors il y faudra une semelle.

— Et m'expliqueras-tu ce qu'est une semelle ? demanda mon maître qui s'habituait à son ignorance.

— C'est l'assise, Moussu Pierre. Pour que ça tienne sur de la terre, faut creuser une tranchée et y placer de gros blocs plats et de même épaisseur, sinon ça s'affaisse ici et là, cause aux tassements. Évidemment, c'est de la pierre en plus…

— Bien, je vois que tu connais ton affaire, Jonas.

— Faut bien, Moussu Pierre, pourquoi que je serais carrier autrement ?

Jonas en était presque gêné du compliment, surtout qu'il avait bien conscience de ne réciter là que la base du métier, rien de plus.

— Et l'entrée ? Quelle largeur que vous la voulez ?

— De quoi faire passer les charrettes, pas plus.

— Bon, une voûte clavée j'y placerai, et un cintre de bois Faujanet me fera.

Jonas saisit la bouteille et nous resservit un plein gobelet. Avec admiration je le considérais car il était tant grand et fort qu'il semblait, le buste nu et tout suant, tel le Vulcain des images au fond de sa forge.

— Et des boutisses en saillie pour la défense, vous en voulez ? ajouta-t-il après avoir vidé son verre cul sec.

— Des boutisses en saillie, mon bon Jonas ?

— Au sommet de votre mur, côté assaillants, ce serait des pierres placées en débord et en léger dévers. Ça rend plus ardu de grimper le mur.

— Oui, mais ça offre aussi une protection contre nos tirs pour celui qui a atteint le mur.

— Pour sûr. C'est comme vous voulez, Moussu Pierre, et puis c'est de la pierre en plus…

Il se resservit encore un verre.

— Et sans vouloir offenser M. de Sauveterre, il y aura de la main-d'œuvre ?

J'y vis là une certaine malice contre Sauveterre et son côté chiche-face car les bras coûtaient cher et la dépense n'y serait pas petite.

— Jonas, cuides-tu que mon père te laisserait faire tâche pareille à la solitaire ?

— Ce n'est pas que je rechigne à la besogne, mais seul il y faudrait des années à tailler et assembler tout ça, et si vous êtes pressés…

— Mon père payera bien une dizaine de drôles du pays à te prêter la main !

— Ah, ainsi, pour sûr que ça pourrait aller vite !

— Combien vite, Jonas ?

— Faut voir, Moussu Pierre, faut évaluer l'ouvrage.

Et de cette évaluation Pierre de Siorac ne put en connaître davantage car Jonas aucunement ne se laissait bousculer, même par les maîtres, son respect du métier l'empêchant de causer à la légère et d'avancer des délais que point ne pourrait tenir. On s'en retourna, non sans avoir vidé l'ultime gobelet, si bien que l'allure me manquait en remontant le sentier, le souffle aussi.

Mon maître allait pressant le pas, et me voyant tant à la peine, me héla sans patience :

— Hardi, Miroul ! Cabusse doit compter les mouches en salle d'escrime et la leçon d'épée oncques je ne manque, comme tu sais !

— Si fait, Moussu Pierre, que je me sens tout ralenti d'avoir tant bu, et que je trouve que le Jonas il y va fort sur la chopine !

— Certes, mais quand tu vas considérant son grand corps et le labeur qui l'occupe le jour durant, mon idée est qu'il écluse tout ça bien vite et que ça ne lui fait guère d'effet !

Suant à gouttes et bien pressés d'arriver enfin, nous parvînmes en salle d'escrime où François et Samson tiraient l'un contre l'autre sous la houlette attentive de Cabusse. Dès que le maître d'armes aperçut son dernier élève, il lui fit signe et, marchant à sa rencontre, le salua de l'épée d'une fort majestueuse manière, puis entra en propos :

— Pierre, voilà bien de l'inhabituel chez vous ? Qu'est-ce donc qui excuse ce retard ?

Je notai que Cabusse, dont j'ai déjà signalé la grande familiarité avec le baron, laquelle contrastait fort avec le respect de Coulondre et de feu Marsal, usa du mot *excuse* qui m'étonna, même dans la bouche d'un homme qui, sans se soucier de question de rang ni d'étiquette, causait à la franche marguerite avec chacun, et je m'apensai qu'il en outrepassait un peu d'en paraître demander des excuses à mon maître, et non pas seulement des explications du retard. Du reste, mon maître ne prit pas la remontrance tant à la légère et d'un sursaut d'agacement sa réponse fut agrémentée :

— Cabusse, le domaine de Mespech est grand et sans limite de temps exige d'être administré, si bien que me voilà en retard, certes, mais prêt cependant à en découdre pour peu que vous en manifestiez le désir.

— Je ne faisais que regretter votre absence, laquelle plombe un peu ma leçon, rétorqua Cabusse la crête un tantinet rabattue me sembla-t-il, car mirez donc vos deux frères tirer l'un contre l'autre, ne dirait-on pas un ballet plus qu'un combat ?

Il y avait là flatterie pour se faire pardonner son entrée en matière, je n'en doute pas, mais elle s'appuyait, non sans ruse, sur une franche et solide réalité car François et Samson offraient cet ennuyeux spectacle dont de causer l'occasion me fut déjà donnée. Samson avançait, un peu lourdement, sans jamais chercher à placer la botte décisive, tandis que François rompait avec grâce, ne songeant qu'au moment où il faudrait parer la botte décisive, laquelle oncques ne venait.

— Regardez donc ! poursuivit Cabusse. Tel est à l'attaque qui ne veut conclure et tel est à la défense qui ne veut attaquer ! Croyez-vous que cela puisse se terminer avant longtemps ?

À cela mon maître rit à gorge déployée tout en préparant son arme.

— Si fait, le spectacle étonne, comme si le jeu était de durer et non d'abréger au plus vite !

— Ah, Pierre, *abréger* certes, *au plus vite* sans doute, mais point au détriment de la défense, ne l'oubliez pas !

Et faisant quelques pas vers le milieu de la salle, Cabusse leva son épée et s'écria :

— Croisons le fer, Pierre, et gardez-vous de vos cuisses, je porterai là mes attaques !

Lors mon maître me donna congé pour deux heures, si bien que je sortis dans la cour, sans but aucun, à la flânerie, et tournant quelque peu en rond, indécis, je me décidai à rendre visite à Faujanet et à ses tonneaux.

Mais au moment où je m'y dirigeais, je fus hélé par le baron qui, de la fenêtre de sa librairie, me fit signe de le rejoindre. J'y courus en gravissant par poignées les marches du grand escalier et pénétrai fort essoufflé en la bibliothèque où le baron m'attendait debout, les mains derrière le dos.

— Miroul, entre voir, mon bon Miroul, dit le baron. Je m'apensais à tort que Pierre viendrait céans me conter le résultat de sa visite à Jonas, et point ne l'ai vu. Où donc se trouve-t-il asteure, le drôle ?

— En salle d'escrime à tirer contre Cabusse, Moussu lou Baron.

— Ah bien, et que ces leçons sont importantes qui peut-être un jour lui sauveront la vie ! Mais la visite à Jonas, tu en étais, je crois ?

— Oui, Moussu lou Baron, nous nous en retournons.

— Qu'a-t-il dit, notre grand Jonas, et de boire chopine avec vous la langue lui en a-t-il déliée ?

— Il a demandé si le mur devait être à un ou deux parements ?

— À deux parements, bien sûr, est-ce un mur pour garder les moutons dont nous avons besoin !

— C'est ce que votre fils a répondu, Moussu lou Baron, à deux parements.

— Excellent. Ensuite ?

— Qu'il y faudrait une semelle.

— C'est là vérité d'évidence, Miroul, que de la terre près de notre étang, et meuble de surcroît ! Mais encore ?

— Que pour l'entrée, il ferait une voûte clavée…

— Ce sera du plus joli effet ! Et quoi ?

— Il a parlé de boutisses en saillie...

— Qu'est-ce à dire ? demanda le baron que je voyais étonné pour la première fois.

— Au sommet du mur, des pierres qui débordent vers l'assaillant afin que de le gêner à escalader le mur.

Là, le baron se donna une minute de réflexion avant de répondre :

— À mon avis, ces boutisses gêneront plus le défenseur pour viser ceux qui sont à ses pieds que l'assaillant dans son escalade, lequel assaillant doit rester à découvert pour être mieux repoussé. Point de boutisses, Miroul !

— C'est à peu près ce que votre fils a répondu.

— Pierre comprend donc l'art militaire, j'en suis bien aise, même si à ce stade le simple bon sens suffit. Mais le délai, Miroul, combien de temps nous faudra-t-il pour que ce mur soit en place ? Pierre a-t-il dit à Jonas que je lui baillerai jusqu'à vingt bras pour l'aider ?

— Oui, il le lui a dit.

— Adonc ? Sais-tu que tu me fais mourir d'impatience, Miroul ?

— Pardonnez-moi, Moussu lou Baron, mais Jonas point n'a voulu le dire.

— Ah, sanguienne, que n'étais-je là ! Il faut insister avec ce Jonas, il sait fort bien mais a peur de se tromper ! Ce carrier toujours me fera enrager !

— Il ira mesurer la palissade ce jour d'hui... dis-je pour calmer une ire que je sentais monter et dont j'avais appris à mesurer les désastreux ravages.

— Ne nous plaignons pas ! Le primordial n'est-il pas qu'il se mette à l'ouvrage incontinent ? Le délai, je crois le deviner, il nous faudra une année entière pour que tout soit achevé, mais j'aurais bien aimé qu'il le dise lui-même, l'animal !

Cette discussion me donna fort à penser sur l'intérêt que le baron portait à ce projet, lequel était de ceux qu'il avait conçus avec la passion qu'il mettait en toutes choses, qu'il le suivrait de ses prémices à la dernière pierre posée, assurément, et je m'apensai que les bons ouvriers du chantier en verraient bien souvent la visite, à la manœuvre tout autant que Jonas qui s'effacerait au besoin, sachant bien que le maître a raison partout, même quand d'évidence il se trompe. Mais je dois reconnaître aussi que le baron avait acquis en ses longues campagnes militaires de rudes connaissances, en toutes choses, et cela je le constatai souvent, à tel point qu'il empiétait allégrement, et sans ridicule aucun, sur le savoir de l'artisan, du maçon au bourrelier ou du charpentier au forgeron.

Et je compris mieux la raison qui avait si prestement réconcilié le père et le fils après le cocasse épisode de la lettre à M. de La Porte. D'une si capitale affaire que cette nouvelle fortification, le baron avait délégué son fils à la carrière de Jonas pour en être le premier émissaire lors même qu'elle occupait tout à plein ses mérangeoises et le dévorait d'impatience. Que le projet fût d'importance, le père n'avait guère eu de mal à le communiquer au fils, lequel l'avait reçu comme tel, et de fierté retrouvée avait accepté avec l'enthousiasme que j'ai dit d'aller ce matin-là rendre visite à Jonas. Si toutes les actions de notre existence venaient à être éclairées de la sorte, nous en connaîtrions des tours et des détours de nos heurs et malheurs, et plus encore, car je gage que certains d'entres eux se jouent entre nos proches et hors notre présence.

*
* *

Pas plus tard que le lendemain, nous nous en retournâmes en cette combe humide et grise, et aux tranchantes questions que mon maître posa à Jonas, je n'eus point de peine à y lire la patte du baron qui, connaissant son carrier et aimant à s'imposer à lui comme le capitaine Siorac à ses anciens soldats, avait prodigué à son fils marche à suivre plus insistante. Pressé jusqu'à la garde en son refus de donner la durée du chantier, Jonas, qui s'était rendu à la palissade et avait évalué l'ampleur de l'ouvrage, finit par lâcher, mais très à rebelute, quelques précisions sur le délai à y attendre. Baillant toutes sortes de considérations sur la main-d'œuvre qu'il obtiendrait, son nombre et son habileté, il en fit le pivot d'une estimation qui courait entre six mois et un an et demi, ce à quoi je me dis que celle du baron était la bonne, et qu'il fallait bien compter une année pleine afin que de remplacer la palissade de bois par un beau mur à deux parements.

Ce délai fut tenu, de mars 1564 à avril 1565, et l'acharnement de Jonas à y travailler n'y fut pas pour néant, car l'Auvergnat abattait en sa carrière un labeur herculéen qui tant me stupéfia à chacune de nos visites, semblant défier la falaise, y arrachant des blocs gros comme un bœuf qu'il roulait ensuite jusqu'à son rudimentaire atelier comme s'il s'agissait d'un simple estoc de jeu de paume. À son côtel, les dix aides qu'on lui avait attachés paraissaient autant d'enfants qui lui tournaient autour, se mettant à trois là où ses seuls bras suffisaient.

Dès que le chantier se déplaça de la carrière à la palissade, le baron y vint journellement, avec mon maître, exigeant que la palissade ne soit ôtée que partie par partie et incontinent remplacée par le mur. Dès potron-minet, les hommes s'activaient, qui amenant les pierres, qui fracassant la palissade, qui creusant la tranchée, qui y posant la semelle, qui montant les deux parements, qui ajustant la blocaille, et ce jusqu'à n'y plus discerner le visage de son voisin dans l'obscurité du crépuscule.

Il y eut des blessés, et certains en furent estropiés, qu'il fallut remplacer, car la pierre ne pardonne pas quand elle glisse des mains, et elle brise l'os ou écrase la chair, en une seconde et nul espoir de guérison. Le baron n'en avait cure, comme en ses campagnes militaires passées où l'homme qui tombe sous la mitraille doit être remplacé, et où le combat ne laisse guère de loisir à l'apitoiement. J'observai ces rudes méthodes, que je fus heureux en ma vie de n'avoir point à utiliser, l'occasion ne m'en étant pas donnée et j'en remercie le Seigneur, bien que je doive avouer qu'elles sont efficaces en diable pourvu que les hommes ne pensent plus à eux mais seulement au but final. Et à la vérité, en avaient-ils le choix les pauvres hères qui tels des forçats besognaient céans, ayant femmes et marmots à nourrir, n'étant eux-mêmes que des enfants de la misère.

Quand l'œuvre fut achevée et – devrait-on dire – le dernier estropié retourné en sa chaumière, il y eut comme une sorte de cérémonie organisée par le baron, où tout Mespech se déplaça pour admirer le beau mur à deux parements et haut de deux toises. Faujanet, côté défense, y avait monté un chemin de ronde en bois qui courait tout du long, si bien que Jean de Siorac en tête, suivi de Sauveterre claudiquant, des fils et fille du baron, de Jonas et de tout le domestique, garces et marmots compris, fit le tour de ces nouveaux remparts, et chacun de s'extasier de la belle ouvrage que c'était là, d'y aller de son commentaire, de toucher et de caresser les pierres, trouvant même à cette muraille des airs de ressemblance avec d'autres fortifications du pays, tout comme s'il s'agissait d'un nouveau-né, sorti tout droit des cuisses de sa mère, et que l'on aimait à comparer à ceux de sa famille.

Si Jonas ne disait rien, on sentait sa modeste fierté, tel le père du nourrisson, et le baron, debout sur ce chemin de ronde qui dominait le pré environnant, face à nos belles collines verdoyantes du Périgord, devant tous et toutes assemblés en cette occasion, le serra dans ses bras d'une bien solennelle manière pour le mercier et le féliciter du labeur accompli. Preuve que le baron savait rendre à César ce qui appartenait à César, et ceci avec générosité, c'est-à-dire devant tous. Pourtant, nul doute non plus qu'il s'accordait à lui, et à lui seul, la paternité de l'ouvrage, première défense visible de Mespech et conçue pour décourager illico assaillants ou maraudeurs qui en viendraient à s'approcher.

— Ce mur, Jonas, est beaucoup plus qu'un mur, dit le baron d'une voix forte que gonflait l'enthousiasme, c'est notre muraille de Chine !

Et ces fortes paroles furent reçues en un grand silence car le domestique, et votre Miroul en premier, ignorait ce qu'était cette muraille, ni savait ce que le mot Chine signifiait, à tel point que je cuide assez que Sauveterre seul entendit cette allusion, et encore ne puis-je l'assurer avec certitude, car je ne vis sur ses traits nulle réaction, ni de surprise, ni d'assentiment.

Si je ne craignais de prêter à gausserie, j'assumerais bien volontiers une part de paternité en cette affaire, car il me plaît à penser que cette périlleuse facétie que j'eus de m'introduire en Mespech à l'aide de mon grappin, et par là de franchir avec tant de facilité cette palissade en bois, n'y est pas pour néant dans la décision du baron de la remplacer par une plus impressionnante fortification.

Mais j'anticipe, car après notre première visite à Jonas, considérant l'ampleur démesurée de la tâche, j'étais très en doutance que ce mur fût jamais construit, ne sachant pas encore que le baron était de ces hommes qui vont au terme de leurs désirs, et ceci avec une implacable ardeur, sans se décourager aucunement des traverses qui surgissent tant et tant et qui affaiblissent la volonté de beaucoup. Non, le baron avait une fermeté en lui qui forçait l'admiration, qu'il a léguée en partage à son fils et que j'ai vue en action en moult occasions, et aussi bien en tant de choses insignifiantes et négligeables, ce qui prouve assez que là se trouvait le ressort de son existence tout autant que sa joie de vivre.

*

* *

De triste mémoire sont les jours qui suivirent nos premières visites à Jonas car ils présageaient de sombres prédicaments en Mespech où la faucheuse s'en viendrait rendre une de ses terribles visites que oncques elle n'annonce à son de trompettes, comme honteuse de son emploi et de son action.

Un matin que derechef je prenais mon déjeuner en compagnie de la petite Hélix, je la vis prendre à deux mains sa jolie tête et pousser un cri de douleur qu'elle ne tenta même pas de réprimer. Comme je l'interrogeais sur le mal étrange dont elle m'avait causé quelques semaines auparavant, elle eut un malheureux sourire, la pauvrette, qui ne devinait mie que ce qui la rongeait était bien l'ultime épreuve dont Dieu la gratifiait. Et que l'on doive subir pareil pâtiment, qui ressemble fort à un châtiment, avant que d'aller rejoindre le Tout-Puissant en sa voûte céleste reste pour moi un bien épais mystère.

— Si fait, Miroul, me répondit-elle, c'est grande pitié que ce mal, qui semblait m'avoir quittée ces jours-ci, m'est revenu plus fort encore, et que tout branle en mon crâne au point que je ne le supporte.

— Que n'en parles-tu à Pierre qui en saurait le remède ou qui le manderait à son père ?

— Ainsi ai-je fait, Miroul, mais mon Pierre ne sut quoi prédire, ni que penser de douleurs qui lui sont tout à plein déconnues.

— Et le baron qui est grand médecin et ne peut en ignorer ni les causes ni la curation ?

— Il m'a vue, interrogée et palpée, et n'a rien dit de bien éclairant à ce sujet, sinon qu'il souhaitait m'examiner de nouveau si la chose empirait. De tout le temps que je suis restée en la librairie, il a gardé un air froid et distant, comme emmuré dans des pensées autres, et je crains fort que peu lui chaut mes souffrances.

Hélas, elle se trompait bien la petite Hélix, comme je le sus par mon maître le soir même, car le baron n'avait usé de cette distance que pour masquer son inquiétude, laquelle était vive, craignant une de ces affections profondes qui progressent en dedans, sans grand signe extérieur, sinon cette violente douleur à la tête.

— Et de remède n'a-t-il donc rien prescrit ?

— Si, quelques potions qu'il me faut ingurgiter et qui sont si mauvaises que mon cœur se soulève rien que d'y songer.

— Et des effets ?

— Néant, le mal est là, Miroul, et se gausse bien de toute cette médecine.

Je quittai la petite Hélix fort troublé de tout cela, mais en voilà bien de la jeunesse que je n'ai plus, il lui suffit de s'éloigner des misères du monde pour les oublier tout à plein, et ainsi étais-je à l'époque, le soleil sortant à l'improviste de derrière un nuage suffisant à me transporter hors des inquiétudes et angoisses qui vont s'accumulant en la vieillesse. Mon maître, un jour, me dit à ce sujet qu'on devrait avoir vingt ans sa vie durant, et mourir tout soudainement, un soir, sans s'en apercevoir. Si l'idée est plaisante, je ne suis pas tant sûr d'y adhérer, car il me semble que la maturité est un état à vivre aussi, qu'il a ses avantages, qu'il donne à l'existence une autre perception, et que notre terrestre voyage ne serait point complet si nous n'y goûtions également.

Au reste, il n'y avait pas que le soleil qui m'importait à cette époque, car j'avais Margot en tête, et vous savez bien, lecteur et lectrice, que rien n'est plus obsédant que le drôle ou la drôlette quand ils s'invitent ainsi en votre pensement et désir, et qu'il y faut de grands et imminents malheurs pour vous en détourner. Depuis notre équipée en Sarlat, je n'avais mie revu l'appétente garce, ou en de si brefs instants, nous croisant seulement et chacun vaquant à sa tâche, que d'une chevauchée inachevée j'en appelais le complément. Un sourire vite entrevu dans un couloir du château, ou un petit signe de la main donné du potager nourrissent l'impatience plus qu'ils ne la calment et, comme vous le savez, il est des âges où on peut guère attendre bien longtemps, sinon à se dérouter de ce qui tarde, jusqu'à lorgner même sur cette Gavachette qui ne demandait que cela.

Lors donc, je traînais mes guêtres négligemment, faisant ici et là quelques inutiles détours dans le seul espoir d'entrapercevoir Margot derechef, et nulle part ne la devinai, quand le destin s'en mêla d'une bien significative manière. Me trouvant à l'inopinée en la salle commune, car à l'aventure mon maître recevait sa leçon d'escrime – mais point ne me souviens vraiment de ce détail – que Barberine se mit à crier sur ses deux marmots qui s'accrochaient à sa robe, l'empêchant presque d'avancer. Cherchant à se dégager, elle bouscula le petit Jacquou, lequel, tombant à la renverse les pieds contremont, heurta de la nuque les dalles de la salle et se mit à brailler si fort en sa douleur que Barberine, laissant tomber le paquet de linge qu'elle tenait en main, s'agenouilla à son côtel afin que de le consoler. Mais rien n'y fit, et le petit Jacquou, ayant compris là que sa mère enfin s'occupait de lui et en devinant la raison – brave pitchoune –, se mit à hucher plus fort encore à en rester inconsolable. Tant et si bien que Barberine, qui ne pouvait être en même temps au four à linge des maîtres ni au moulin à cris de son fils, me demanda de porter la pile de vêtements en la chambre de M. de Sauveterre où, ajouta-t-elle, j'y retrouverais la Margot qui nettoyait là-haut.

Il est des services qu'on s'empresse de rendre et celui-ci était de ceux-là, surtout avec le pressant aiguillon que Barberine, sans le savoir, avait utilisé. Tel un soldat aux ordres, j'empoignai incontinent le paquet de linge et, ne me donnant pas même le loisir de m'enquérir de la santé du petit Jacquou, lequel, non sans un malin plaisir, continuait de nous tympaniser les oreilles, je sortis en grande presse, prouvant à Barberine que j'étais bien le condisciple dévoué et attentionné qu'elle espérait. Prenant la porte intérieure, je franchis le sombre couloir, m'engageai à grandes enjambées dans l'escalier central et me retrouvai en une poignée de secondes à l'étage supérieur.

Dans le corridor, assez à l'inopinée et bien loin de la retrouvaille dont je rêvais, j'y encontrai le baron, accompagné d'un Sauveterre qui claudiquait rude pour se maintenir à sa hauteur, tous deux sortant de la librairie, à ce qu'il me sembla. Le baron m'arrêta d'un geste impérieux et, par un ordre incontournable et d'exécution immédiate, je crus y voir la fin de mes belles espérances. Il n'en était rien, tout au rebours, et le destin continua ici, et avec grâce, à paver ma route des bonnes et solides dalles de la fortune.

— Miroul, à pic te voilà céans ! s'écria le baron en m'apercevant. Sauveterre et moi départons pour Sarlat à l'instant, ayant à y régler quelque pressante affaire. Petremol nous accompagnera et, en passant, nous prendrons Coulondre en son moulin de Gorenne. Ne sais où sont mes drôles en ce moment et n'ai point le temps d'aller les y quérir ! Adonc Miroul, tu leur annonceras mon département, et que, dès ce soir, de retour nous serons. Et ne t'arrête point à Pierre ou Samson, va le dire à François aussi ! M'entends-tu, Miroul ?

— Oui-da, Moussu lou Baron, je ferai tout bien comme vous le demandez. Peux-je, toutefois, finir cette tâche que me confia Barberine ? dis-je en soulevant les linges à hauteur de mes yeux.

— Mais certes, Miroul, certes ! répondit le baron en s'inclinant par gausserie. Que le service de la reine Barberine passe avant celui du roi !

Et il me planta là, reprenant sa course derechef, toujours suivi par le pauvre Sauveterre qui peinait à tant de presse et de célérité. Dès que, dans le grand escalier, j'entendis leurs pas décliner, j'orientai les miens vers la chambre de Sauveterre en laquelle je n'avais jamais pénétré jusques-lors. La porte en était ouverte à demi, et je la poussai pour y découvrir une Margot en plein labeur, à genoux et le buste penché, enfouissant le balai sous le lit pour en extirper la poussière, tâche singulière dont l'utilité m'a toujours intrigué, car la poussière y vit là bien quiètement, à la dérobée et sans du tout déranger quiconque.

À la découvrir enfin mon cœur s'accéléra, mais comme elle ne m'avait mie entendu entrer, je restai un temps suffisant à l'observer se battre avec la poussière honnie, laissant ainsi mon palpitant amoureux reprendre souffle, car je suis émotif assez, du moins pour tout ce qui touche à la bagatelle. Subitement, sans que je sache ce qui l'en avait avertie, peut-être mes pieds de par-dessous le lit furent-ils aperçus, elle se redressa et toujours à genoux, lâchant le balai, ses joues virant à l'écarlate, elle posa ses verts et intenses yeux de chatte sur moi et s'écria d'une fort peu engageante manière :

— Miroul ! Est-ce donc à l'espion que tu joues en ce château ! Que fais-tu céans en fainéant de valet qui oncques ne travaille et reluque comme je suis à la tâche !

— Tout doux, Margot, répondis-je, car le fainéant de valet vient te prêter la main et non point te reluque ! Vois cette pile de linge que j'amène à toi, sur ordre de Barberine qui soigne son petit Jacquou.

— Comment ? Son Jacquou est blessé ? dit-elle en changeant de ton, inquiète tout soudain à la pensée que quelque chose de grave eût pu survenir.

— Non point, Margot, il a chu sur le carreau et sans plus que bosse sur crâne, mais le petit Jacquou pleure plus qu'il ne souffre à ce que j'en devine ! Et tu connais les mères, qui sont vite trompées par le jeu des marmailles !

Elle se leva, ajusta sa robe, me regarda d'une étrange façon, et dit :

— C'est le linge de M. de Sauveterre ?

— Oui, c'est ainsi que j'ai compris la chose.

Des bras elle me prit la pile, avec l'autorité du spécialiste qui ne peut souffrir de voir l'amateur gâcher la besogne, et après un temps d'hésitation, la posa sur le lit.

— Ferme la porte, tu vas m'aider puisque tu es là ! me lança-t-elle par-dessus son épaule.

Et à ce stade, lecteur, vous conviendrez que pour l'aider il n'y avait nul besoin de fermer la porte, et du reste, que ne l'avait-elle close auparavant si besoin en était pour travailler en la chambre de M. de Sauveterre ! Donc, tel qu'elle le souhaitait, avec conscience et application, je fermai la porte, faisant semblant de croire, comme elle, que je l'avais ouverte pour entrer.

— D'abord, il faut plier tout ça mieux que ça n'est ! affirma-t-elle ensuite.

Elle étendit sur le lit les hauts et bas-de-chausses, les chemises, les pourpoints et d'une belle adresse et savoir-faire elle pliait et repliait en un tournemain.

— Adonc, me dit-elle, que tu es là pour bayer aux corneilles ou pour prêter la main ?

La main, donc, je la prêtai puisqu'on me la demandait, mais je dois avouer que ma coutumière habileté s'y ruinait, me trouvant plus malhabile et ridicule qu'un noble à qui on aurait confié une faux, retournant le chiffon en tout sens et le pliant en une affreuse boule qui me portait honte. Margot ne me laissa pas poser cette première chemise sur le tas bien en ordre qu'elle montait à mesure et, me poussant du coude, elle l'attrapa au vol, la déplia – si on peut user de ce mot – et la replia derechef.

— Grand nigaud ! Est-ce plié ce que tu me fais là ? Ça grimpe aux murailles comme un lézard, saute par-dessus les murs, cause avec les chiens, lance le cotel à vous transpercer le cœur, mais ça ne sait pas même, d'une chemise et d'un pourpoint lavés, rendre la chose présentable !

— Le linge, c'est affaire de garces ! dis-je pour me défendre.

— Affaire de garces ! fit-elle en haussant le ton, et mettant les mains aux hanches. Affaire de garces ! Point trop d'excuses, Miroul, tu n'es qu'un maladroit, un lourdaud, un balourd, et que les choses fines et délicates, point tu connais et oncques ne seront à toi !

Et tout d'une colère feinte, elle s'approcha de moi et me bourra le ventre de petits coups de poing tout en dévidant le même chapelet de vexations sur ma prétendue balourdise. Nous étions face à face mais Margot ayant tête baissée, ses yeux évitaient les miens, et à la longue, ses doigts se délièrent et les coups de poing se transformèrent en sorte de chatouillements qui me firent rire et reculer jusqu'à toucher le mur où je calai mon dos.

— Hein, que tu n'es qu'un gros lourdaud ! disait-elle entre ses dents, mi-encolérée mi-rieuse, comme si elle me donnait le juste châtiment que je méritais.

À la parfin, n'y tenant plus, je saisis ses poignets et les passant autour de ma taille, je la plaquai contre moi. Relevant la tête et me fixant de ses yeux de chatte, étonnée, la bouche ouverte, elle murmura à voix basse :

— Miroul, que fais-tu là ?

Ne répondant mie à cette interrogation, qui ne méritait nulle réponse, je posai mes lèvres sur les siennes et si je m'attendais à une rebuffade, ce fut tout le rebours, sa langue encontrant la mienne sans du tout se retenir, et même, son corps se serrant plus fort contre le mien. Ah, quel envoûtant baiser que le premier, le plus désiré, le plus intense, le plus accompli, qui vous pénètre jusqu'aux tripes et vous soulève en une fébrile excitation ! Mais soudain, sans se départir de notre étreinte, elle rejeta son visage en arrière et parut manquer de souffle.

— Miroul, nous sommes en la chambre de M. de Sauveterre !

— À Sarlat, il s'en est allé, avec le baron…

— À Sarlat ?

Et point ne la laissant réfléchir, sinon à cette heureuse nouvelle, je la pris par la taille, et la bousculant quelque peu en la forçant à reculer, nous tombâmes sur le lit au milieu du linge de Sauveterre. Là encore, je m'attendais à une tendre lutte et débattement, mais elle devait, tant chaude et ardente Margot, avoir dépassé ce point où la raison domine encore le désir. Je sentis sa main tirer sur ma chemise et, passant en dessous, me parcourir les flancs en une délicieuse caresse, que je ne peux me souvenir sans frémir ni que renaisse ce suave et lointain émeuvement. Lors je rebroussai sa robe, et mes mains glissèrent sur ses cuisses qui s'écartaient, et plus avant encore. Mon corps était prêt, et jusqu'à l'essentiel, pour une course que nul ne peut retenir, et le sien aussi, je le sentais sous mes doigts, si bien qu'il ne se put que nous ne franchissions les dernières barrières qui nous conduisirent au terme de notre sensuelle folie. Car c'est bien une sorte de folie qui s'empare des drôles et des garces en ces troublants instants qui sont hors du temps et de notre discernement.

Quand d'une jouissance commune nous émergeâmes enfin, et que nos langues et le reste se séparèrent, Margot la première reprit ses esprits, et bien que caressant doucement et tendrement et mes hanches et mon dos, elle s'alarma derechef du lieu où nous étions.

— En la chambre de M. de Sauveterre, Miroul ! Sommes-nous fols ?

Et je ne sais ce que l'idée d'être en cette chambre, et précisément en celle-là, me fit, mais je réprimai à grand-peine un fou rire qui, se communiquant, passa à Margot, et bientôt nous fûmes tous deux riant à gorge déployée, et nos corps enlacés secoués par des tressautements incontrôlables. Là encore, c'est Margot qui revint la première à de terrestres craintes, et me repoussant de toutes ses forces sur le côté, se releva d'un bond.

— Lève-toi donc, grand nigaud ! s'écria-t-elle. Et ta place et la mienne nous perdrons si on nous surprend !

Bien raison elle avait, Margot, et je n'ose imaginer, même en pire cauchemar, Sauveterre ouvrant tout soudainement la porte et nous découvrant sur son lit et au milieu de son linge, à moitié nus, en une posture tant claire et évidente qu'elle nous vouait pour toujours aux gémonies puis aux flammes de l'enfer. Ceci nous fut épargné, Dieu merci, et je gage que nous ne serions allés si loin céans sans cet inopiné voyage du baron et de Sauveterre qui fut signe de grande Providence pour moi et ma belle Margot.

Inquiète, elle me pressa de vider les lieux et de la laisser remettre tout en état, et le linge et le lit, pour que rien de ce qui advint en la pièce ne se puisse soupçonner. Comme un robeur, j'entrouvris la porte pour glisser la tête dans le corridor, lequel était calme et désert, à notre infini soulagement, et lors me retournant, j'attirai Margot à moi pour un tendre baiser.

— Quand ? dis-je simplement.

— Ni tantôt, ni demain… répondit-elle.

— Quand ? insistai-je non sans une certaine âpreté.

— Dans deux jours, au potager, je serai avec la Gavachette, et à l'aventure Barberine et la petite Hélix. Si quatre nous sommes, je pourrai les laisser pour la repue de midi et te rejoindre en la grange de l'île, pour peu que tu sois habile assez pour t'y rendre sans que personne ne t'y voie. Si, au rebours, avec la Gavachette je suis seule au labeur, ce ne sera point possible cette fois-là, car je ne saurai quitter la Gavachette sans qu'elle pose d'innombrables questions sur ce que je vais faire et m'en débarrasser oncques ne pourrai.

— En la grange je me tiendrai, Margot.

Lors elle me poussa hors la pièce et, dans le mouvement de recul, nos bras tendus se longèrent en s'épousant jusqu'à une ultime et lointaine caresse des mains, lesquelles une dernière fois se serrèrent, avant que de se retrouver abandonnées.

CHAPITRE VII

Point n'existe à mon sens de moments plus délicieux en ce monde que ceux où le rêve s'est accompli et où, le tenant encore pour une insurpassable nouvelleté, il brise votre existence de sa lassante monotonie et vous rend joyeux même en vos plus quotidiennes et rébarbatives tâches. Ainsi étais-je, à peine ayant quitté Margot en la chambre de Sauveterre, sifflotant et fredonnant tout en dévalant le vaste escalier de Mespech, et surgissant en la salle commune, la face pleine et entière, tel un diablotin ravi et réjoui de tout.

Et tant que j'en devins étrange à l'entourage, m'approchant de la Maligou penchée sur ses marmites et lui lançant un bien inhabituel salut lors que, d'un long temps, je ne lui avais mie adressé la parole.

— Quoi de bon nous prépares-tu asteure, la Maligou ?

Elle se redressa de surprise, m'envisagea comme si ma raison s'était égarée puis, se reprenant, et très à l'agressive, pointa son menton vers moi.

— Et depuis quand que tu t'en intéresses, émissaire de Satan ?

Ce disant, elle se signa et aurait même, encore et derechef, jeté une poignée de sel sur ma personne si la crainte d'être dénoncée à Sauveterre ne l'avait tout à plein stoppée en son élan.

— Mais de tout temps, la Maligou, j'ai considéré, si tu venais à nous quitter, que oncques Mespech ne trouverait meilleure cuisinière que toi pour nous régaler la panse à chaque repue !

— Point le Malin ne m'aura à la flatterie ! rétorqua-t-elle, et elle se pencha sur son fourneau comme si je n'étais déjà plus en la salle commune.

Peu me chaulait la Maligou et il en aurait fallu bien plus que cette grenouille pour altérer l'inextinguible bonne humeur qui était la mienne en ce présent. Au demeurant, je ne restai point désoccupé céans en cette frivole oisiveté et, par mon maître qui entra à l'inopinée, je fus dès l'abord requis pour un autre labeur, à la grande satisfaction de la Maligou, laquelle fut très aise, et le fit savoir avec sa coutumière discrétion, de voir le Diable écarté par la Providence et céder en cette soudaine tentative de séduction qu'il avait entreprise sur elle. Mais qu'importent les besognes que l'on me confiait, même les plus rudes, lesquelles j'accomplissais avec ardeur, la joie au cœur, tout à la perspective de ma prochaine rencontre avec Margot.

Quand le jour fut venu, et Dieu sait si l'attente parut longue à mon impatience, je quittai comme à la flânerie la cour de Mespech, franchis le châtelet d'entrée sans me retourner et tout en réfrénant l'envie de courir pour non point attirer l'attention d'Escorgol, dont le zèle était du reste assez limité, je pris la direction de l'île.

C'est au niveau de la petite tour que j'encontrai Petremol qui s'en revenait des écuries où certain travail avait dû l'occuper en matinée.

— Eh Miroul, me fit-il, que tu ne viens pas te repaître de la bonne repue de la Maligou ? Où vas-tu donc asteure ?

— Que ne pourrai ce jour d'hui en profiter, Petremol, répondis-je, l'estomac me porte comme une enclume et qu'il est si lourd et chargé que rien ne saura s'y loger sans en ressortir illico ! De ce pas, tu me vois allant marcher un peu en forêt pour me rebiscouler !

— Adonc que bonne promenade te retape, Miroul !

Et de compassion il me fit un engageant sourire auquel je répondis, la main sur la panse, par une grimace qui se voulait prouver le mal dont je souffrais. De second obstacle il n'y en eut point, et la grange de l'île étant déserte, je m'y encoignai au mieux, assis dans le chaume, tout à l'espoir que Margot saurait de l'encombrante Gavachette se débarrasser sans détour.

En ces prédicaments où le temps est suspendu, les minutes comptent double ou triple, comme vous savez, et je me sentis tout languissant, et même un peu marmiteux, le cerveau vide et l'angoisse taraudant le ventre, brisant à l'infini les tiges de paille ou les mettant en gerbes jusqu'à taille si grosse que mes doigts ne pouvaient mie les tenir.

Margot fut si légère qu'elle pénétra en la grange sans que j'en fusse alerté, si bien qu'elle se trouva tout soudain face à moi, ses yeux de chatte me dévisageant comme si j'étais un quidam que oncques elle n'avait encontré. Et je vis bien dans son regard et sa roide attitude que l'inquiétude avait œuvré en son âme, y distillant un doute sur ma personne, et qu'elle s'était presque attendue à ne point me trouver céans.

D'un bond je me levai, et courant à elle, et elle à moi, nous nous choquâmes à mi-chemin, et nous serrant à étouffer, de pleurs et de rires mêlés, nous ne fîmes plus qu'un jusqu'à ce que nos émotions reprennent indépendance. Lors je l'entraînai au plus profond de la paille et le remue-ménage que ce fut, je le garde en moi, et ne le livrerai à quiconque, quand bien même on me conduirait au gibet, car c'est là félicité du grand émeuvement des sens que seule jeunesse connaît et qui ne se peut décrire.

Mais même dans le plaisir la lassitude s'invite et nous fûmes tantôt allongés, flanc contre flanc et les yeux au plafond, à murmurer notre béatitude et l'ivresse du moment. À la parfin, une crainte m'enveloppa que je lui confiai sans détour.

— Et si d'un pitchoune nos jeux en étaient le terme ?

— Je sais les cycles des garces, connais le mien et rien ne devrait advenir asteure, répondit-elle.

— Et si quand même ?

— Lors je sais aussi les herbes pour faire pourrir et tomber le fruit.

— Ce serait mal…

— Vramy, et pourquoi cela ? Ma grand-mère l'a fait lors qu'elle était tant jeune qu'elle ne s'en voulait marier, et m'en a causé pour m'en faire éducation. Et d'un pitchoune point ne veux encore !

— Moi non plus, Margot.

De ceci jamais nous ne reparlâmes et j'eus fiance en Margot pour la question, n'ayant moi-même aucun pouvoir dans le cours de ce destin-là. Au demeurant, par la suite, elle se refusa à plusieurs reprises, non point que l'envie lui manquât mais parce qu'elle devait, de ce cycle des garces dont elle m'avait causé et dont j'ignorais tout, se trouver au moment où le risque était grand de nous voir concevoir ce que nous ne voulions pas. Et je ne sais de quelle lointaine observation de la nature Margot tirait cela, que sa grand-mère lui avait transmise, ni pourquoi les autres garces semblaient tout en méconnaître, à se trouver grosses parfois à douze ou treize ans, dès le premier contact avec un drôlet de passage ou un trop hardi cousin.

Sa certitude qu'il n'y aurait aucun mal non plus à effacer le petit ange sitôt conçu me rassura, tant il est vrai aussi qu'on ne trouve rien dans les livres saints à ce sujet et que nul commandement de Dieu ne l'interdit. La réflexion que je m'en fis, et sur laquelle je n'ai point varié jusqu'à ce jour d'hui, est que Dieu, qui décide de rappeler auprès de lui tant et tant de ses enfants à la naissance, ne peut se trouver chagrin d'en accueillir certains dès la conception, en une forme encore plus évanescente et, par le fait, touchant bien plus au divin que nous-même.

Il fallut bien un peu d'organisation et de quotidienne prudence, à Margot et votre serviteur, pour nous fréquenter de si près sans que quiconque ne le sache, pas même la Gavachette, laquelle pourtant était précoce en ces choses du sexe, branlait en tout sens dès que le mâle s'approchait d'elle, et faisait bien des efforts et meuvements de son joli corps pour attirer le regard. Mais nous y parvînmes et nos rencontres furent vite une douce habitude, encore que la passion de nos corps demeura intacte et que notre déduit était souvent empreint d'une saine et bonne brutalité.

*

* *

Quand je m'en revins ce jour-là, le cœur derechef aérien et tout de félicité, je trouvai mon maître tristeusement assis sur le banc de la cour de Mespech en une attitude tant peu commune pour lui, pensive et misérable, que j'en restai tout interdit. J'envisageai même – chose rare, j'en conviens – de passer mon chemin, prétextant, si besoin en était, ne point l'avoir aperçu céans. Mais il releva la tête à mon passage et, me faisant un petit signe de la main, m'engagea à m'asseoir à son côtel sur le banc de pierre, ce que je fis assez à rebelute, vu son apparente humeur qui contrastait fort avec la mienne, mais sans le montrer comme le bon et dévoué valet que j'étais. Mon maître ne m'en causa point pour autant et nous demeurâmes ainsi comme deux statues d'un palais royal, silencieux pour l'éternité, lui penché en avant en ses marmiteuses pensées, et moi le buste droit, les paumes sur les genoux, et à la parfin, comme de néant la suite semblait pavée, repensant à la Margot et à notre dernier ébat. J'en étais là, et si loin de mon maître en vérité, qu'un sourire étira mes lèvres à la pensée des beaux seins de Margot, bien ronds et bien fermes, que j'avais eu tout le loisir d'admirer et de caresser, et ce beaucoup mieux qu'en la chambre de Sauveterre.

— Miroul, fit soudain la voix de mon maître que j'en sursautai presque, bien désolantes sont les nouvelles de la petite Hélix. Tu sais le mal qui la ronge ?

— Oui, Moussu Pierre, d'un branle de tête qui oncques ne la quitte et que c'en est pitié de tant la voir pâtir de cela.

— Mon père fit venir ce matin M. de Lascaux, médecin en la ville de Sarlat, lequel est venu avec ses deux aides examiner notre petite Hélix et opiner à son sujet.

— Adonc, Moussu Pierre ?

— Ce M. de Lascaux n'opine que le néant de son ignorance tout enrobée de grandes phrases et discours savants. Il prétend que la petite Hélix est atteinte du mal de l'épilepsie car son sang n'a pas été purgé assez en son enfance, ayant été épargnée par petite vérole, oreillons et rougeole.

— Mais l'absence de maladie, chez un pitchoune, n'est-elle pas à prendre pour signe de bonne santé ?

— Il affirme tout le rebours, que ces maladies sont faites pour préparer la santé de l'adulte et qu'il est gravissime de ne point les attraper petit, et que la conséquence de tout cela est le pâtiment qui s'observe chez la petite Hélix.

— Et de la curation, Moussu Pierre ?

— Des saignées fréquentes pour purger le vieux sang qui depuis longtemps ne devrait plus se trouver en son corps et corrompt ainsi tous les organes, remontant maintenant à la tête, d'où les douleurs.

— Et qu'en pense monsieur votre père ?

Mon maître se tourna vers moi et je vis briller en ses yeux une ire désespérée et violente. Il cria presque :

— Que tout ceci n'est que charlatanismes, pédanteries de sots et suffisance de médecins ignares ! Mon père pense que le mal est dans la tête, et dans la tête seule, et que s'il pouvait la scier en deux il en verrait bien vite la vraie cause !

Il y eut un silence un peu oppressant, puis d'une voix plus basse mais lourde d'angoisse mon maître ajouta :

— Mon père pense qu'il s'agit d'un apostume.

— Pardonnez mon ignorance, Moussu Pierre…

— Un apostume est un abcès que l'on doit percer pour en laisser s'écouler l'humeur malsaine.

— Que l'on doit percer ? dis-je épouvanté.

— Oui, Miroul, or cet apostume gonfle et s'enfle en dedans du crâne qu'il faudrait donc perforer pour permettre au pus de s'en échapper.

— Mais le peut-on ?

— Non, on ne le peut pas.

Derechef nous fûmes cois tous les deux et murés en nos pensées, mais je peux vous assurer, lecteur, que les seins de Margot m'avaient abandonné en cet instant et que les images qui erraient maintenant en mon cerveau n'avaient plus rien d'heureux ni de plaisant.

— Mais alors, murmurai-je à la parfin et d'une voix faible, n'y a-t-il donc point de curation ?

— Que nenni, mon brave Miroul, il n'y a pas de curation.

À ces paroles, je vis mon maître essuyer furtivement une larme qui dévalait sa joue, et ceci, je m'excuse par avance auprès du lecteur si cette pensée lui paraît incongrue et même choquante en un tel prédicament, ceci – disais-je – me fit chaud au cœur et me réconforta. Près de cinquante années ont passé depuis lors, et un long temps je mis avant de comprendre la véritable raison de mon apaisement à la triste nouvelle que je venais d'ouïr. De mon maître, j'en découvrais soudain l'humanité profonde. Qui, en ce monde, d'un maître à une servante, a vraiment vu sincère affliction, au point que les larmes lui en coulent des yeux ? Peu de vous, lecteurs, je le cuide assez, car c'est une règle aussi, dont j'eus à juger de l'excellente rigueur, que les maîtres sont sensibles et humains pour leurs proches et égaux, mais peu touchés en vérité par les malheurs du domestique, ou tout en superficialité et hypocrites manières. C'est un fait constant et avéré, mille fois vérifié, que cette compassion pour les uns et cette sécheresse pour les autres, lors même qu'il s'agit d'identiques malfortunes, et qui m'a tant et tant révolté ma vie durant.

— Miroul, reprit mon maître, tu devrais à l'occasion jouer de la viole et chanter pour elle. Comme bien tu sais, ta musique est un enchantement et c'est merveille de voir le ravissement de notre petite Hélix quand tu pinces les cordes en accompagnant de la voix.

— Je le ferai, Moussu Pierre, quand même j'aurais le cœur bien gros de me trouver devant elle.

— Je te mercie bien, Miroul.

Rare est le valet qui entend son maître le gratifier de cette manière car le serviteur n'appartient mie à la condition qui s'y prête, et je vis là encore l'effet de l'honnête désarroi que Pierre de Siorac éprouvait au grand malheur de la petite Hélix.

De cette tristeuse nouvelle je conçus un trouble profond car la petite Hélix était si proche de mon maître que souvent nous conversions et qu'elle m'était apparue dès mon arrivée en Mespech comme la fleur en son vase qui parfume et réjouit le logis. N'était-elle point la secrète compagne de Pierre de Siorac qui très sûrement, étant plus âgée que lui, l'avait déniaisé et instruit en ces choses du sexe dont mon maître ferait tant usance au cours de l'existence ? Pour mon maître, de la savoir si mal, soudain, que nulle curation ou remède ne la pourrait guérir mettait un terme à l'enfance aussi, et je devinais et la rupture et la blessure que signifiait son trépas.

D'un pas mal assuré je traversai la salle commune et Petremol, qui s'y attardait avec Faujanet, me voyant en cette hésitante démarche, lança à mon encontre :

— Mon pauvre Miroul, la promenade ne t'a rien accommodé et ton visage même a jauni depuis ! Il t'en faudra bien une diète jusqu'à demain pour te remettre !

Rien ne répondis à cela, sinon un pauvre regard, et mon Dieu – pensai-je –, si par de simples diètes on pouvait guérir toutes les terrestres afflictions, je cuide assez que nous serions tous aussi minces et tranchants que la lame d'une épée !

Quand je pénétrai en la chambre où la petite Hélix reposait, je la vis couchée sur son lit et son visage était devenu tant pâle que le cœur me poignit. Elle me fit un bien gentil sourire mais qui eut, hélas, la malfortune de souligner sa neuve maigreur, des yeux plus reculés en leur orbite, des cernes sombres assez creusés, et un teint malsain, exsangue et jaune à la fois. Du sommeil, elle ne devait plus en avoir son comptant, la pauvrette, la douleur souvent la privant du salutaire repos et allant ainsi, nuit après nuit, l'épuisant davantage. *Décharnée, dénervée, démusclée, dépoulpée*, m'apparut-elle en ce jour, tel notre grand poète Ronsard peu avant son trépas.

— Ne sais, petite Hélix, si ton branle de tête pourrait supporter un air de viole ? dis-je en levant mon instrument à hauteur de la tête.

— Rien ne me ferait plus plaisir, Miroul, me répondit-elle, car tu me vois là un peu fatiguée et ne ferai guère d'autre besogne ce jour d'hui que néant sur ma couche à m'ensommeiller et rêvasser.

Elle se redressa et, ajustant l'oreiller, tâcha de me présenter une attitude plus vive, un regard plus ferme, une attention plus soutenue.

— Sais-tu que même un médecin de Sarlat est venu pour me voir et qu'il a dit des choses fort savantes sur mon mal et ses causes ? ajouta-t-elle. Qui aurait pu croire que pour une simple servante on manderait un docteur de la ville ? C'est Pierre qui m'aime, et que j'aime, qui a convaincu Moussu lou Baron de déplacer une si importante personne, rien que pour moi, et de si loin !

— Et qu'a-t-il dit ?

— Point n'ai compris son jargon, Miroul, c'était fort embrouillé. Mais le baron, ensuite, m'a réconfortée, disant que même la saignée, que le savant conseillait, n'était pas utile en mon cas, et que j'en guérirais seule, mais que ça pourrait durer un long temps. Ah, Miroul ! Je ne voudrais pas que ça dure trop, que j'en ai mal parfois à me couper la tête, et que je me sens faible et superflue, à ne plus servir à grand-chose en cette maison.

— Tout reviendra comme avant, c'est affaire de patience ! dis-je avec un sourire, mais quand même je me tournai aussitôt, les larmes me montant aux yeux, et j'allai ouvrir le fenestrou de la chambre pour lui montrer le dos un moment.

Il y eut un silence jusqu'à ce que je revienne près d'elle, et m'installant sur une escabelle je fis quelques accords avec ma viole.

— Et chante aussi, Miroul, j'aime tant ta voix quand tu chantes.

M'éclaircissant le timbre, cherchant quelques secondes une chanson que je ne voulais tristeuse, mais tout au rebours gaie et joyeuse, j'y puisai en ma mémoire un vieil air qu'on chantait jadis en mon hameau.

C'est à ce joly moys de may
Que toute chose renouvelle
Et que je vous presentay, belle
Entierement le cueur de moy.
Les arbres par leur grant beaulté
Se sont tresous couvers de verd,
Les oyseyllons y ont chanté
La nuit, le jour comme il apert.

Tout en chantant, j'observais la petite Hélix dont le regard se perdait au loin, et dont le buste glissait doucement, s'abandonnant à la mélodie.

L'alouette et aussi le gay
Avec la gente teurterelle
Qui à son jolly chant appelle
Le roussignol qui est tant gay.

La porte s'ouvrit doucement et je vis Samson pénétrer en la pièce et, sans dire un mot, tirer à lui une escabelle et, me souriant, se tenir coi à m'ouïr lui aussi et regarder la petite Hélix. Celle-ci avait fermé les yeux et ne s'était mie aperçue de cela, tant murée en la musique qu'elle en était devenue son unique univers.

M'amye m'a salut mandé
Par ung messager seullement,
Ainsi qu'il m'a contremandé
Au jolly bois où il m'attend.
Je my en voys presentement
Et luy diray : « Ma damoiselle,
Par mon serment, vous estes celle
Qui resjouit le cueur de moy. »

Quand j'en eus fini de cette chanson d'amour et reposé la viole sur mes genoux, je vis que des larmes coulaient sur les joues de notre petite Hélix, sans que son visage ne bougeât d'un trait, et que tout son corps reposait immobile, telle une morte. Seule une faible respiration soulevait un peu sa maigre poitrine, et j'acquis certitude que la musique l'avait endormie, et par là soulagée de ses douleurs. Mais point ne bougions, Samson et moi, comme terrorisés par le sommeil de cette pauvre garce, scène qui figurait la fin, ou pire, une morbide répétition, laquelle nous faisait d'autant peur que nous sachions devoir la vivre bientôt. Nous échangeâmes un regard, où la détresse clairement se lisait, et ensemble nous levant de nos escabelles, attentionnés à ne point faire plus de bruit qu'une souris trottant sur les dalles, nous laissâmes à ses rêves la pauvre petite Hélix.

J'eus, pendant cette époque, les deux pans de la vie chaque jour en pâture, croquant la chair et l'amour en les bras de la belle Margot, goûtant l'amer et la désolation près du lit de la petite Hélix. Et tel j'étais, vramy, passant de l'un à l'autre, de la joie à la tristesse, de la force à la faiblesse, de la naissance au trépas, et comme j'en parlais à Margot, elle me dit :

— C'est dans tes yeux déjà que tu es ainsi, Miroul. L'un bleu, l'autre marron, et toujours dans les deux plateaux de la balance en même temps.

— Que veux-tu dire, Margot ?

— Que de ta vie tu resteras triste et gai à la fois, ne sachant toi-même ce qui domine en toi.

Ceci me laissa coi et interdit, tant il est vrai que l'on ne se connaît mie, et bien étonné l'on demeure quand quelqu'un prétend en savoir plus et vous débite comme à la boucherie un long morceau de vous-même que oncques vous n'aviez soupçonné.

*

* *

À quelque temps de là, lors que je rangeais du bois en la cour de Mespech à l'intention de Faujanet, lequel avec son parler bref et rude me l'avait quasi ordonné, je vis le baron et Sauveterre passer non loin, puis s'arrêter un peu à la dispute, sans guère prêter plus attention à moi que si je n'avais existé.

— Nenni, Jean ! disait le baron, le fer doit être porté quand il est rougeoyant, et ne point attendre que tout se soit dilué dans le temps qui passe.

— Mais pourquoi diantre y aller seul ? répliqua Sauveterre d'une voix glacée.

— Mais parce que d'escorte n'est point besoin pour aller à Marcuays ! Le village est à moins d'une lieue de Mespech !

— Un homme seul, même pour un trajet fort court, reste un homme seul.

— Et que craignez-vous donc ?

— Mais enfin, Jean, s'écria Sauveterre, des maraudeurs, gueux et réprouvés, à l'affût de mauvais coups, peuvent toujours s'encontrer. Pourquoi s'aller gager ainsi votre vie ? Sommes-nous encore à la légion à risquer notre peau sous la mitraille ennemie ?

— Non, vous vous trompez, le pays est sûr asteure. Je n'ai ouï dire depuis longtemps que des bandes traînaient en ces bois pour rançonner le voyageur.

— Ce n'est certes pas à son de trompettes que ces misérables officient !

— À son de trompettes ! s'esbouffa le baron.

— Prenez au moins vos fils avec vous !

— Interrompre mes fils en leur leçon d'escrime ? Non, il ne saurait en être question, je n'y souscrirai point.

— Et le pire, lâcha Sauveterre, c'est que bien vous savez que j'ai raison ! Mais vous vous entêtez, tout à la bravade, comme en vos vertes années où vous n'aimiez rien de moins que le péril pour aller le défier !

— Tu m'ennuies, Sauveterre !

Voltant alors sur lui-même, comme s'il cherchait ainsi à briser la querelle, le baron m'aperçut et s'écria :

— Tenez, Miroul que voilà paraît désoccupé ! Je l'emmène avec moi. Êtes-vous donc satisfait, Jean, que je suive vos conseils ?

À la vérité, il ne me sembla pas que Sauveterre se trouvât satisfait de me voir promu, moi jeune valet au bec enfariné, au rang de garde du corps du baron, car il haussa les épaules, jeta un regard désespéré à son compagnon, lança les bras au ciel, et sans répondre, nous tourna le dos et s'éloigna en claudiquant.

— Viens ici, Miroul, me lança le baron. Notre ami Sauveterre est trop avisé, et à ce compte-là, je ne sortirai oncques de ce castel. Allons, lâche ce madrier, je t'offre une petite flânerie au village de Marcuays pour chauffer un peu les oreilles de ce damné curé !

Il m'entraîna à sa suite jusqu'à l'écurie, où sellant lui-même son cheval, puis mettant le pied à l'étrier, il se hissa en souriant et me regarda faire de même. L'action le rebiscoulait et, en ces sortes de prédicaments, il retrouvait tout soudain le suc de sa jeunesse et, gaillard en diable, il éperonna les flancs de sa monture pour quitter Mespech au galop. Je le suivis comme je pus, n'ayant ni sa maîtrise de l'animal ni l'habitude de tant forcer le train de mon cheval.

Dès que le champ qui s'étendait à l'ouest de l'étang fut franchi et que nous empruntâmes le chemin qui descendait dans l'étroite vallée qui séparait Mespech de Marcuays, le baron stoppa sa monture, la mit au pas, et me fit signe de me mettre au botte-à-botte avec lui. J'étais fort impressionné de me trouver seul en compagnie du baron en une mission dont j'ignorais tout, mais que je devinais courte, et du tout ne parlais, sérieux et intimidé, me mettant à la patience en une serviable et attentive attitude.

— Ah, Miroul, me dit-il sur le ton de la confidence, je suis bien aise de ta providentielle venue en notre domaine. Depuis quand nous as-tu rejoints à présent ?

— Plus d'une année, ce me semble, Moussu lou Baron.

— Une année déjà ! Misère, comme ce temps qui file est bien triste et sans cesse nous rapproche de notre département. Ne pourrait-il nous laisser vivre un peu sans nous presser de la sorte à nous gâcher le séjour !

— Point ne trouve qu'il passe si vite, Moussu lou Baron.

Il me jeta un regard de côté.

— À ton âge, sans doute. Mais il s'accélère ensuite, comme tu verras.

À l'ouïr ce jour-là, cette étrange théorie sur le temps me parut bien douteuse, ne voyant point comment les lois de la nature pouvaient, pour l'un forcer l'allure, sans que l'autre ne s'en mût plus vite, mais je portai cela au compte de mon ignorance que je savais grande en tant de choses.

— Au demeurant, à ton âge, journellement la sève déborde et crache alentour, ajouta-t-il. As-tu trouvé céans où mettre ta courte épée ?

Je fus tant stupéfait d'une interrogation si directe que j'en restai pétrifié et coi.

— Eh bien, Miroul, ne t'ai-je point posé là une question ? reprit le baron, brisant le silence où je m'étais réfugié.

L'autorité du baron et son naturel étaient tels qu'il était de ces hommes à qui il est malaisé de mentir ou de déguiser la réalité, et quand bien même je l'aurais souhaité, ce qui était le cas, je m'en sentis incapable.

— Si fait, Moussu lou Baron, dis-je d'une voix dont la clarté avait faibli.

— Ah, ah ! fit le baron. Laisse-moi deviner… La Gavachette ?

— Non, Moussu lou Baron, oncques n'ai touché la Gavachette !

— Pourtant, elle jette à tous des œillades et des sourires à vous damner, cette petite Gavachette. Je tiens qu'elle ne doit point être bien farouche à celui qui se penche sur ses féminins appas.

— Je vous jure, Moussu lou Baron, oncques n'ai touché la Gavachette, qui est la fille de la Maligou, laquelle me déteste, me prenant pour un émissaire du Diable, comme vous le savez.

Le baron rit à gorge déployée tout en manœuvrant son cheval pour contourner une vieille souche qui barrait le chemin.

— Vramy ? La jeunesse est devenue bien pleutre de craindre la mère lors que la fille est si mignonnette ! Il me semble que si je pouvais remonter le cours de mon existence de trente petites années, je visiterais tout de la Gavachette, extérieurs et intérieurs !

Il rit derechef puis se tourna vers moi et me dévisagea de son regard azuréen.

— Mais adonc, qui te contente en mon castel, Miroul ?

J'eus la gorge nouée, et le sentiment de trahir un secret que Margot n'aurait point livré de la sorte, quasiment sans combattre.

— La Margot... dis-je à voix basse.

— La Margot ? s'écria le baron en se redressant sur sa selle. Fi donc, Miroul ! Voilà une belle et saine garce bien conçue pour ces choses-là, en vérité ! J'aime à la regarder, cette paysanne, quand elle s'en vient à Mespech ! Et comment donc n'y ai-je pas songé, car si ce n'est la Gavachette, ce ne pouvait être que la Margot. Qui d'autre en effet ? À part la Franchou, mais la Franchou est à moi, comme tu le sais, Miroul ?

— Oui-da, Moussu lou Baron.

Et fort bien j'entendis ce que cette dernière parole signifiait mais, au demeurant, le baron n'avait guère à se soucier sur le sujet car jamais n'ai eu de pensée ni de vue sur la Franchou, qui, comme la petite Hélix de mon maître, me paraissait aussi sacrée et intouchable qu'une reine en son royaume.

Le baron cessa de causer, et ce silence me pesa car il me tournait et me retournait sans relâche, comme un damné de l'enfer sur les broches du Diable, à propos de la confidence sur Margot que j'avais lâchée si vite lors que rien ne m'y obligeait en vérité. Et j'eus la surprise de m'entendre dire :

— Peux-je vous parler à la franche marguerite, Moussu lou Baron ?

— Voyons cela, Miroul.

— Un valet, en toute circonstance, à son maître doit répondre, sans travestir ni déguiser en rien, et je me suis donné cette règle, étant simple et honnête, depuis que vous avez eu l'infinie bénignité de ne point me pendre et de me confier à vos deux fils, Pierre et Samson…

— Va au fait, Miroul !

— Vous m'avez demandé qui me contentait à Mespech et je vous ai tout droitement répondu.

— Comme tu te devais de le faire…

— Mais ce que je vous ai confié tantôt, tous l'ignorent au castel.

Le baron arrêta son cheval, le fit volter de côté pour me faire face et posa sur moi son bleu regard perçant.

— Même mon fils ? dit-il en levant le sourcil.

— Moussu Pierre ?

— Oui, Moussu Pierre, il ne le sait point non plus ?

— Nul ne le sait, Moussu lou Baron, et pas plus votre fils qu'un autre.

— Adonc ?

— Si vous le dites, tous le sauront.

— Craindrais-tu l'ire de la Maligou s'apercevant que le Diable en personne chevauche la Margot ? s'écria le baron en riant à gueule fendre.

— Que non pas, Moussu lou Baron, mais sa famille aussi saura, son père pareillement, et la Margot jamais plus ne viendra à Mespech.

— Ah, c'est là le point ! Tu crains de perdre ton bien le plus précieux, mon jeune Miroul ?

Puis, redevenant sérieux tout à plein, il dit d'une voix grave où je ne sais quelles petites gausseries se glissaient cependant au fond de ses paroles.

— Si j'entends bien la requête, c'est là grande question d'honneur pour ta Margot. L'honneur, pour les damoiselles, est la première des vertus, et je me sentirais par trop vergogné de le lui ôter en allant clabauder partout sur les amours du valet de mon fils. Personne, Miroul, n'en saura jamais rien, je serai sur ce point aussi dissimulé que le Saint-Esprit et aussi muet que le tombeau du Christ !

— Grammerci, Moussu lou Baron, vous ne savez l'émeuvement que me causa la pensée que tout pourrait être connu pour la Margot !

Jean de Siorac sourit à cela et remit son cheval en avant, me faisant signe derechef de me mettre au botte-à-botte avec lui. Le maigre ruisseau qui court au fond de l'étroite combe séparant Mespech de Marcuays fut franchi et les chevaux, montrant moins d'allant, entamèrent la montée qui nous menait au village.

Malgré son serment, et parce qu'il me sembla un peu trop solennel de lui à moi, j'étais à ce moment en grande doutance qu'il tînt parole et se tînt coi sur ma relation avec Margot, mais je dois avouer qu'il n'en laissa jamais rien échapper, ni en public, ni au bec-à-bec avec quiconque, et nonobstant les années passées depuis lors, je lui sais toujours gré de cette discrétion, qui n'est pas le lot habituel du maître au valet. Jean de Siorac, en dépit de bien des défauts que j'ai narrés déjà, était un homme de cœur, et bien me le prouva en ce prédicament.

— Sais-tu, Miroul, reprit-il au bout d'un moment, que mes garçons me causent grand souci, lequel me pèse souvent sans que je n'en puisse mais.

— Des soucis, Moussu lou Baron ?

— C'est vaille que vaille que l'on fait de son mieux en ce domaine, mais les qualités de mes enfants sont d'une étoffe si différente qu'il me faut hardi courage à tenter de les appareiller.

À cela, je ne répliquai rien, jugeant mon intervention inutile, et j'attendis sagement que la suite se dévidât seule comme une pelote tombée à terre.

— De querelles, il n'y en eut oncques entre Pierre et Samson, et je gage que c'est surtout à Samson, dont l'essence est toute de bénignité et de conciliation, que l'on doit ce miracle. Mais que dire des deux aînés du même lit qui se querellent à tout vent et cherchent l'affrontement dans la moindre des peccadilles !

Il y eut un silence un peu triste et, comme il se prolongeait, je clignai des yeux vers les grandes frondaisons d'où le soleil perçait par intermittence.

— Comprends-tu, Miroul, le fond de cette querelle ? Tel, sûr de son fait et de sa position, qui morgue son cadet, lequel oncques ne l'acceptera, et de sa vie traînera comme le forçat son boulet de ne pas être baron de Mespech, place qu'il nie à l'aîné. Entends-tu cela, Miroul ?

— Oui-da, Moussu lou Baron, dis-je avec application.

— Et je n'y puis rien, sanguienne, si l'un est né avant l'autre !

Il se tut et je vis ses mains se crisper sur les rênes, à telle enseigne que le cheval redressa la tête pour se soulager du mors qui lui ouvrait la gueule.

— Ah ! poursuivit-il, j'entends bien les critiques de Sauveterre à mon égard, qui s'apense que je place le cadet au-dessus de l'aîné ! C'est là injuste reproche, car je sais les qualités et défauts et de l'un et de l'autre, et en biffant les vices chez les deux, ne conservant que les qualités, on ferait là un parangon de vertu et de fortitude. J'en suis bien convaincu de cela ! Et est-ce de ma volonté, ajouta-t-il avec un désarmant accent de sincérité dans la voix, si je me sens plus proche du cadet, y compris de ses imperfections !

Comme vous l'imaginez, lecteur, j'étais tout esbaudi et bien brouillé de tant de confidences de la part du baron et, ne sachant quel parti prendre, je résolus derechef de me tenir quiètement à ma place, celle de celui qui oit sans écouter.

— Cela n'en finira point tant qu'ils seront face à face tels deux lions devant le même quartier de viande et, de ce qu'il faut faire, je vais t'en dire ma ratelée. J'ai depuis tout temps projet d'envoyer Pierre à Montpellier, ainsi que Samson, pour préparer leur avenir. L'un sera médecin, l'autre apothicaire, car tel je l'ai décidé. Quand Pierre sera établi médecin en la ville de Sarlat, les avantages de la fonction et de la cité le guériront du mal qui le ronge. Et toi, Miroul, tu auras ton rôlet à tenir en cette affaire.

— Moi, Moussu lou Baron ?

— Tu les accompagneras et, par ton aide constante, tu seras l'intendance sans laquelle tout projet débouche sur le néant.

— M'en croyez-vous digne, Moussu lou Baron ?

— Certes oui ! Tu es de ceux qu'on ne remarque guère mais qui sont solides sur leurs jambes, résistent au vent et à la tourmente et répondent présent quand on a besoin d'eux.

Je goûtai suavement le compliment comme un bon miel qui coule dans le gargamel, sans me douter que j'allais ce tantôt le justifier tout à plein, et que le baron n'aurait qu'à s'en louer, et de la plus vitale des manières.

Ce fut la première fois que le baron me confia au bec-à-bec son projet pour mon maître et m'informa de la sorte que ma vie s'élargirait bientôt vers d'insoupçonnés horizons, si vastes et si lointains que le paysan ne se peut pas même l'imaginer. Et encore, à ce moment, je ne pensais me rendre qu'en la lointaine Montpellier, et qu'aurais-je dit si on m'avait prédit que j'irais jusqu'en la capitale de ce royaume, et même plus tard en celle d'Angleterre ? Je cuide assez que j'en aurais eu le palpitant tout accéléré, des jambes flageolantes, et la tête tournant à me pâmer devant le grand vertige de l'inconnu.

— Pour cela, il faut encore se mâchouiller un temps cette morne patience qui nous ensommeille, car les affaires du pays ne sont pas ce qu'elles doivent être pour que deux huguenots puissent sans trop de péril quitter leur tanière. Mais les choses sont en toute bonne voie, Miroul, et j'ai bon espoir que le moment viendra plus vite que d'aucuns le pensent. Au rebours de ce que j'ai craint il y a peu, il semble que Catherine de Médicis, la mère du roi, ne s'alliera pas avec l'Espagnol Philippe II. Ceci est capital, Miroul, et devrait éloigner les menaces qui planaient sur ceux de la religion réformée.

À moi qui ne savais pas même qui était cette Catherine de Médicis, et encore moins Philippe II d'Espagne, l'information me glissa tout autant que l'eau sur les plumes d'un canard et je n'en compris du tout le rapport avec le voyage à Montpellier. Mais le baron n'en avait cure et continua à me causer de la situation du royaume, comme à d'aucun voisin noble qu'il aurait encontré sur la route de Marcuays, et je n'ai aucune souvenance de ce qu'il me raconta ensuite, tout son discours s'embrouillant en mes mérangeoises à peine était-il sorti de sa bouche.

— Je ne tiens pas pour avéré, dit-il à la parfin et en proie à un certain doute, que mon Pierre se contentera de cette belle place de médecin qui m'aurait tant comblé à son âge, et qu'il ne soit paré pour un tout autre destin. Quand je le vois tant impétueux et talentueux maugré son jeune âge, je me dis que le monde n'est point trop vaste pour lui qu'il ne tente d'y mettre sa griffe plus profondément que cela.

Là aussi, cette prémonition me passa dedans la tête sans que je n'y prenne garde, mais quand je m'y repense ce jour d'hui, j'avoue que le baron avait bien de la science des hommes pour juger tel, et sur son fils de surcroît, dont on sait que les pères sont les moins bien logés pour y voir clair.

Le baron s'accoisa et se rencoigna un moment, paraissant s'aviser d'autres pensées qui, lui chargeant la tête et l'âme sans doute, changèrent du tout au tout sa physionomie.

— Ce voyage en Montpellier devra attendre aussi le dénouement de ce mal dont la petite Hélix est atteinte. Tu n'ignores pas ce qu'il en est ?

— Non, Moussu lou Baron, et j'en suis fort triste, aimant prou Hélix pour ce qu'elle est, et pour mon maître aussi.

— Oui, qui peut dire pourquoi ceci survient à cette pauvrette, et qu'il est bien honteux de la voir tant jeune jetée en de si cruels tourments. Mon fils aura bien de la peine.

Que cette tristeuse pensée mît fin à notre conversation, nul ne s'en étonnera, et nous fûmes tout alourdis, côte à côte, de la dureté de l'existence, qui nous pesa encore et encore, nous laissant cois et désemparés.

La lisière du bois qui couvrait la combe entre Mespech et le village fut dépassée peu après, et nous fûmes dans des prés, verdoyants et paisibles, goûtant le doux soleil du Périgord, et devant nous le massif clocher de l'église de Marcuays. Lors, je m'alarmai que le baron ne m'avait en rien parlé de notre mission, mais je n'osais l'interrompre en son mortuaire pensement, et toujours au pas lent de nos montures, nous pénétrâmes dans les premières ruelles où s'activaient quelques artisans sur le pas des logis.

Le baron savait où il allait et monta à l'église, ce qui fut vite accompli car le village était petit et regroupé autour de son clocher. Face au porche, il démonta et, s'approchant d'un logis assez cossu, il en ouvrit la grille, pénétra dans la cour pavée où je le suivis, tirant ma monture par la bride.

— Miroul, me dit le baron en un sourire, nous voici dans le *sanctum sanctorum*[1] de notre ennemi et la belle allure de ce presbytère montre bien que nos villageois sont régulièrement tondus pour l'entretenir !

Toquant énergiquement à l'huis, lequel par une gouvernante toute à la méfiance ne s'ouvrit qu'à demi, il se fit reconnaître comme étant le baron de Mespech.

— Qu'on s'occupe de nos chevaux, fit-il avec autorité à un palefrenier qui sortait tout soudain de la grange attenante, et qu'on les fasse boire surtout ! Madame, prévenez M. le curé que je souhaite le voir d'urgence pour une affaire qui ne souffre aucun délai.

Dans une vaste salle, bien coquettement meublée, la gouvernante nous convainquit de patience et partit s'enquérir de la disponibilité du maître du logis. Le temps passant, le baron faisait mille et un tours et détours dans la pièce, qui-ci qui-là, s'arrêtant derrière les dossiers des fauteuils, les serrant des deux mains, puis après un soupir où affleurait sa claire exaspération, repartait en un sens ou en l'autre, comme lion en cage, et ainsi de suite, tandis que je me tenais, droit et immobile, près des rideaux de la fenêtre.

Quand il apparut sur le seuil, le curé de Marcuays me fit l'effet d'un bon apôtre, la tonsure bien dessinée, le ventre rond, la soutane longue et propre tombant sur de neuves sandales mais d'où, de chaque, émergeait le gros orteil, comme un petit détail incongru et obscène. Sa voix était profonde, douce et assurée, et en chaire, je l'imaginai répandant sur ses ouailles,

1. Le saint des saints.

du ton patelin de l'évidence, la bonne parole de son Église.

— Monsieur le baron de Mespech, s'écria-t-il apercevant son hôte et feignant la surprise comme si nul ne le lui avait annoncé déjà, est-ce bien vous céans, en ce lieu, qui me visitez ce jour d'hui ? Vous eussiez dû m'en prévenir, j'aurais pris les dispositions pour mieux vous recevoir.

— Gardez cela pour vos supérieurs, monsieur le curé, répondit le baron avec vivacité, je ne suis pas de ceux qu'on ensommeille à la flatterie ! Et il n'est point utile de nous dissimuler et ce que vous pensez de moi et ce que je pense de vous, dont nous savons fort bien tous les deux ce qu'il en est !

— Voyons, monsieur le baron, d'où vous vient donc ce langage, et m'aurait-on calomnié à vos yeux que je vous vois en un remuement que du tout je ne m'explique ?

Ce qui m'étonna dans cette réponse, c'est qu'elle fleurait tant la sincérité que je m'y fusse laissé prendre sans réfléchir plus outre, mais bien béjaune je devais être devant ce genre de personnage car le baron, loin de saisir, comme je me l'imaginais, le rameau d'olivier qu'on lui tendait, se rebiqua tout à plein et porta la querelle plus avant, tout à la pointe de l'épée.

— Ah, vramy, monsieur le curé, je ne vous savais point si chattemite, ou si couard, de paraître ignorer l'objet de ma visite !

— Mais que Dieu m'entende, monsieur le baron, je vous assure que je ne comprends ni le ton ni les insinuations dont vous usez à mon encontre, fit le curé d'une même voix unie, calme, et désarmante de franchise.

— Laissez Dieu en dehors de cela car d'intermédiaire point n'avons nécessité en cette affaire ! Adonc, brisons là ces dénégations qui sont les vôtres, et permettez, puisqu'elle vous manque, que je vous rafraîchisse la mémoire !

Le curé cilla, jeta un œil dans ma direction, et pour la première fois je sentis dans son attitude un léger repli ou tassement sur lui-même qui me laissa accroire qu'il se trouvait soudain sur la défensive.

— Dimanche dernier, monsieur le curé, quand vous montâtes en chaire pour le sermon, déversant la soupe sur votre *servum pecus*[1], de ma personne et de Mespech vous avez longuement causé en des termes que vous devez vous ramentevoir.

— Monsieur le baron, s'écria le curé et sa voix avait grimpé d'une octave, ce sont là cancans de village qu'il ne se peut que vous preniez au sérieux !

— Les connaissez-vous donc ? laissa tomber le baron avec mépris.

Il y eut lors un silence tendu où, par la face rembrunie du curé ainsi qu'à ses doigts, lesquels, croisés sur son ventre, s'agitaient tant et plus, je mesurai le point que le baron avait marqué.

— Non, naturellement… répondit-il enfin, mais je les imagine, tant nos bonnes paysannes, clabaudant sans cesse, aiment à répandre rumeurs et médisances.

— Il s'agit bien de nos bonnes paysannes ! s'écria le baron tout à la fureur. Et vous avez grand tort de souhaiter que Dieu entende vos impudentes menteries ! En chaire, vous dis-je, et j'en ai été promptement informé par d'aucuns catholiques honnêtes qui

1. Troupeau servile.

refusent à s'abreuver au poison de l'affrontement, vous traitâtes Mespech de repaire d'hérétiques, lesquels hérétiques périront tantôt de leur déchéance pour s'en aller rôtir dans les flammes de l'enfer ! Voilà qui est œuvrer pour la paix en notre province, monsieur le curé, et de ce beau jugement à l'appel au meurtre, il n'y a guère plus qu'un petit pas léger que vous comptez franchir dimanche prochain, sans doute ?

— Mais je vous assure, monsieur le baron, jamais…

— Il suffit de vos mensonges ! hurla le baron. C'est insufférable ! Et vous avez touché à l'apothéose quand, de moi, vous fîtes le portrait !

Tant de brusquerie ne devait pas être le lot quotidien du curé, qui aimait sans doute à causer en sous-entendus policés et bien tournés, répandant le fiel avec un bon sourire, et cette violence du baron le laissa tout à plein désarmé et muet.

— Je n'admets pas, poursuivit le baron sur le même ton impérieux et les yeux étincelants, que l'on me présente comme un pourceau d'Épicure, se vautrant dans la luxure et la débauche, la queue toujours dressée comme un satyre grec, et cherchant partout à la fourrer, quel que soit l'orifice, du cul de la chèvre au trou de la serrure quand la femelle vient à me manquer !

À ces paroles, le curé rougit grandement, jusqu'aux oreilles, et je le comprends car, moi-même, j'eus de la gêne à entendre de telles obscénités proférées en presbytère qui, maugré les déviances de la foi catholique, reste un lieu habité par un représentant de Dieu et où les propos de soldatesque dissonent fortement.

— Monsieur le baron de Mespech, vous n'êtes pas sans savoir que votre conduite envers les garces n'est pas celle qu'autorise notre bonne Mère l'Église et heurte la conscience de nos paroissiens, si bien que je ne suis pas outre étonné que des ragots là-dessus se colportent, ici et là. Le péché de chair, de ce que j'en pense…

— Et qu'en connaissez-vous, monsieur le curé, du péché de chair ? coupa le baron avec un cinglant mépris. *Ne sutor ultra crepidam*[1] !

Le curé rougit derechef, baissa les yeux, et si je n'entendis pas cette belle locution latine du baron, je vis bien que notre prêtre se sentit prou humilié par la remarque. Il bafouilla quelque peu, puis s'accoisa un moment, se reprit et déclara :

— Ne parlons plus de cela dont votre esprit s'irrite, les mauvaises langues sont légion en notre province et la médisante clabauderie est une occupation qu'on ne peut, hélas, circonscrire.

Et levant les bras et les yeux au plafond, il ajouta :

— *Sunt verba et voces praetereaque nihil*[2] !

— Qui ne se reproduiront plus ! lança le baron d'une fort menaçante manière.

— Qui ne se reproduiront plus, j'y veillerai, et surveillerai à ce sujet mes paroissiens.

— Sur ce, je vous salue, monsieur le curé !

— Moi de même, monsieur le baron, et souffrez de m'avertir de votre prochaine visite, c'est pour moi un honneur et un plaisir dont je souhaiterais profiter à l'avance, répliqua le curé, reprenant son ton uni, obséquieux et ronronnant.

Le baron tourna les talons et sortit à grandes enjambées, sans un dernier regard pour son interlocuteur,

1. Que le cordonnier ne juge pas au-delà de la chaussure !
2. Ce sont des mots et des paroles, rien de plus.

et je le suivis en toute hâte pour non point rester seul face au curé, lequel me considérait avec une attention suspecte, sans doute comme un de ces pourceaux d'Épicure dont avait parlé le baron.

Dans la cour du presbytère, me maintenant à grand-peine deux mètres derrière le baron, ce qui m'obligeait presque à courir, je sentais à sa démarche brutale et emportée toute la rage qui l'animait encore, bouche cousue et crispée, gestes vifs et saccadés, et les yeux étincelants de fureur.

— Que le Diable emporte ce bren de cureton ! marmonna-t-il en tirant son cheval hors de l'écurie, sans même un signe de reconnaissance au palefrenier qui le bichonnait avec de la paille.

Cependant, quand il se hissa sur la selle, je le vis sourire tout en flattant d'une main l'encolure de sa monture tandis que, de l'autre, il combinait les rênes, les ramenait à lui et les tenait bien tendues.

— Ah, sanguienne ! J'ai lu la peur dans ses yeux, et celle-ci, en ces sortes d'affaires, est bonne conseillère ! Ce chafouin ne se permettra plus ses vilenies, au moins au su de tous, le dimanche, du haut de sa chaire !

Prenant à rebours les ruelles qui nous avaient conduits jusqu'au presbytère, nous gagnâmes les prés où des paysans rassemblaient troupeaux de chèvres et de brebis puis, quittant la clarté du jour, nous nous engageâmes sous les grandes frondaisons de la forêt, descendant au pas vers l'étroite combe qui séparait le village du castel.

Le baron ne semblait plus souhaiter ma compagnie, guidant au pas sa monture sans plus se retourner et en avant de moi, le buste droit, dodelinant de la tête au gré des cahots du chemin, muré en des pensées que je ne pouvais mie deviner. Ce cuidé-je qu'il revivait suavement la querelle et appréciait d'avoir cloué le bec à cette chattemite de curé, lequel de son côtel devait se féliciter d'avoir supporté la tempête sans nullement démériter, ni sans avouer être l'auteur des propos qu'on lui reprochait.

De cette équipée, je m'apense qu'elle fut fort utile car le fiel que peut répandre un homme d'Église est rendu au centuple par le peuple qui s'échauffe soudain jusqu'à l'émotion, laquelle tourne à la vaine meurtrerie que nul ne peut plus endiguer dès lors qu'elle a rompu ses amarres. Et il est plus qu'urgent de tuer en l'œuf ce poison, surtout quand il s'agit de religion, où toute raison est proscrite, chacun jugeant de la vérité selon son unique sentiment, et sans considération aucune pour son voisin, tout paré qu'il croit l'être de la volonté divine.

La vie de nos paysans est tant rude et cruelle qu'elle trouve aisé à s'exprimer en répandant le sang, surtout si l'autorisation – ou le prétexte – lui en est donnée par les représentants de Dieu ou du roi. De cette vérité, j'en ai vu maintes applications en mon existence, et jusqu'à cette affreuse barbarie de la Saint-Barthélemy, que je vécus à la terreur avec mon maître en la grande ville de Paris. Et c'est là un vrai détournement du malheur que de voir les miséreux, englués dans la *servitude volontaire* de M. de La Boétie, se revancher de leur sort sur de pauvres innocents lors qu'ils devraient viser ceux-là mêmes qui les poussent en ces horribles excès. Mais ainsi le pouvoir des puissants est conservé à l'identique, et même renforcé, comme il le sera sans doutance aucune jusqu'au Jugement dernier.

Le baron était, je l'ai jà signalé, bon cavalier, et il menait, même au pas, un train plus rapide que le mien, car j'avais toute peine au monde à empêcher ma monture de croquer, en tordant son cou à dextre et à sénestre, feuilles tendres ou herbes vertes, ce qu'elle faisait tout en avançant, certes, mais ce qui la ralentissait prou.

Lors donc nous avancions inégalement, lui d'un rythme rapide et maîtrisé, moi assez à la lenteur et tirant sans succès sur les brides dès que ma monture se tournait vers les feuilles d'une branche basse, que je ne vis bientôt plus le baron, ou devinai seule sa silhouette à travers les broussailles, et simplement son dos, de place en place, au gré des contours du chemin.

Je fus tout étonné de l'entendre parler, haut et fort, non à moi, comme on le devine, si bien que je talonnai mon cheval pour me rapprocher au plus vite. Quand je l'aperçus derechef, à dix pas de moi, il avait stoppé son cheval et s'adressait à un quidam allongé en travers du chemin.

— Holà, drôle ! disait-il, que fais-tu céans asteure, au milieu du passage, tel un tronc d'arbre couché par le vent ?

L'autre porta la main à sa jambe sénestre, et soupirant fort, geignant même tel un malheureux souffrant d'un cruel pâtiment, répondit d'une voix faible et défaillante :

— Messire, de ce que vous voyez, la cause en est des malandrins qui m'ont estourbi et robé, et m'ont laissé là pour occis. Ma jambe me fait tant mal que je crois qu'elle en a été brisée par le gourdin, que je ne peux plus la mouvoir, ni en un sens, ni en l'autre.

C'est le ciel qui vous envoie car je m'apensai servir aux loups, cette prochaine nuit, de pâture, si nul ne venait à passer en ces bois avant le soir.

Je ne voyais pas moi-même le quidam, masqué par le baron et sa monture, mais j'entendis fort bien sa voix pleureuse et gémissante, et mon cheval à l'arrêt, toujours à une dizaine de pas environ de la scène, j'attendais que le baron décide ce qu'il avait à faire.

Il me sembla que celui-ci voulut de son cheval descendre car il se souleva de la selle, les deux mains appuyées sur le pommeau.

— Voyons cela, dit-il calmement.

Mais au même instant, surgit sur sa sénestre, de derrière des broussailles où, dissimulé jusque-là, il devait attendre son heure, un gueux, tenant haut une longue pique, et qui courut sus au baron en hurlant. Tout alla si vite en ce fatal instant que je peine à restituer l'ordre des événements et qu'il me faut l'y reconstruire patiemment en mes mérangeoises.

Le baron se tourna vers l'assaillant, mais dans le même meuvement se pencha en avant, plongeant le bras dans les fontes et, ressortant incontinent un pistolet, il fit feu à bout portant au moment où la pique allait le transpercer. Le manant fut rejeté en arrière par la déflagration et tomba brutalement sur le dos, pour ne plus bouger, une grosse tache rouge de sang en lieu et place du cœur.

La Providence voulut que je me trouvasse en arrière, ayant sur l'action un recul que le baron n'avait point, car sur sa dextre cette fois-ci, avec un léger temps de retard mais quasi en même temps, un autre gueux déboula de derrière les troncs d'arbres, tenant en sa main une longue dague, et se ruant en direction du baron.

En ces sortes de prédicaments, celui qui est coutumier de la réflexion avant d'agir perd la vie, et sans même s'en rendre compte, comme dirait Cabusse ! Car les choses s'enchaînent à une célérité qui n'autorise que la pratique, et non plus la théorique. Il n'était plus de mise pour le baron de tirer un second pistolet des fontes, si tant est qu'il en eût emporté deux, ce qui n'était pas le cas – je le sus par la suite – et l'attaque étant quasi simultanée, le temps qu'il réalisât ce qui se passait, il ne se pouvait échapper au mortel coup de dague.

Mué par un instinct où la pensée n'avait nulle part, je saisis mon cotel et le lançai à la désespérée sur le gueux. Je n'avais oncques connu de cible mouvante en ma courte existence, et celle-ci fut bien la première. Je ne sais ce qui me fit évaluer et la vitesse de mon cotel et le déplacement du larron, sans doute une sorte d'horloge interne que je découvris ce jour-là, mais je visai en avant, et bien certain que mon couteau se perdrait dans l'espace et que le baron, sous mes yeux, allait être proprement occis.

Ai-je jamais dans ma vie connu pareille fortune ? La lame pénétra dans la gorge, qui fut traversée de part en part, le manche fiché d'un côté et la pointe émergeant de l'autre. Le gueux tournoya sur lui-même, comme happé par la mélodie d'un branle mortel, puis s'affala sur le sol, d'une fort pitoyable manière, et râla affreusement, tandis qu'un flot de sang jaillissait de la gorge et se mélangeait à la terre. Son supplice ne dura guère car ses yeux, tout soudain, devinrent aussi fixes que la perle d'une huître, et la mort le saisit là, sans autre forme de procès.

Ce que voyant, le troisième quidam se détendit comme un ressort, et une fois debout prit sa course, disparaissant dans les taillis sans même nous laisser le temps d'ouvrir la bouche ni d'esquisser le moindre geste.

Le baron se laissa tomber au bas de sa monture et, tirant sa longue épée, s'approcha de son mort, dont la tache au cœur était allée s'élargissant et empourprait le devant de la chemise. Examinant le corps sans mouvement, d'une pointe molle, il piqua la joue du cadavre, qu'il transperça, et observa l'effet, qui fut néant. Il fit de même avec mon égorgé, sans plus de suite sur la santé du cadavre, et lors rassuré remit l'épée au fourreau. À la vérité, on pouvait avoir fiance en la bonne et saine issue de nos deux trépassés, vu les navrements qu'ils avaient subis, mais le baron, instruit en cela par son expérience de soldat, où sur champ de bataille certains tués, parfois, se ressuscitaient, et se saisissant d'une arme donnaient la mort à leur étourdi adversaire avant que d'y succomber à nouveau, avait appris à s'assurer de la sincérité de leur cadavéreuse apparence.

Dès lors que cette utile et salutaire prudence fut accomplie, le baron se tourna vers moi, qui avais sauté au pied de mon cheval, et me marchant sus à grandes enjambées, il me serra dans les bras et me bailla une forte brassée, jusqu'à m'étouffer, la seule que le baron m'accordât jamais du temps que je le connus.

— C'est merveille, Miroul, c'est merveille ! Ainsi, te dois-je la vie à présent, mon bon Miroul ! Le fait est par lui-même si extraordinaire que je ne saurais trop bénir la Providence qui te fit m'accompagner en cette équipée ! Quel coup de maître que ce lancement de cotel, à dix pas d'un gueux en mouvement, et dans l'émotion de l'embuscade ! C'est Dieu qui guida ta main, car l'exploit n'a rien d'humain, mais tient de la précision de l'aigle qui, du haut des airs, fond sur sa proie et s'abat sur elle avec la sûreté de la flèche ! Ah ! Sanguienne ! Capdediou ! Sanbleu ! Miroul, tu vaux bien tout ce que je me suis apensé sur toi quand tu as traversé les murs de mon castel, et vramy, je ne serai pas un ingrat en ce prédicament !

Il retourna à son cheval, se remit en selle, et fit volter sa monture dans ma direction. Tandis que je remontais sur ma bête et avançais vers lui, il ajouta :

— L'immutable ami Sauveterre n'avait pas tort de même, le risque n'est pas moins grand en courte ou longue équipée ! Et je lui dois prou aussi à cet obstiné, qui me poussa à te prendre avec moi, afin que de le voir cesser de m'assaillir de son encombrante sollicitude ! Miroul, de me savoir vif, et non pas gisant céans face contre terre, me voilà tout ragaillardi et rebiscoulé !

Quand nous fûmes au botte-à-botte, prêts à repartir, il posa sur moi son regard azuréen et me sourit.

— Miroul, l'artisan laisse-t-il ses meilleurs outils aux mains de ses clients ?

— Non, Moussu lou Baron, répondis-je sans comprendre ce que cette étrange question signifiait.

— Adonc, ton cotel ?

Lors, je descendis derechef de ma monture et m'approchant de mon tristeux égorgé dont les traits fixes et tendus semblaient un masque de comédie, je saisis le manche et, non sans répugnance, retirai la lame de la gorge, ce qui eut pour immédiat effet de gonfler le flux de sang qui s'échappait de l'horrible plaie. Mais ne pouvant mie remettre à ma ceinture un tel couteau gouttant du sang le plus affreux, je cherchai comment le nettoyer et n'ayant point sur moi chiffon ou dentelle à gâcher, je restai un peu gauche, debout près du cadavre.

— L'herbe et les feuilles des arbres, Miroul ! me lança le baron qui devina ma peine.

Et ainsi je fis, passant et repassant la lame dans les hautes herbes, d'un côté et de l'autre, puis des larges et tendres feuilles d'arbustes je m'en fis comme autant de chiffons que j'abandonnai ensuite sur le sol. Ce n'est qu'après cette action de purification accomplie que je me remis en selle, le cotel bien en place, et que nous repartîmes en direction du castel.

— Il faudra que tu reviennes dès demain ici avec nos gens afin que de donner à ces malheureux une sépulture chrétienne, car il ne serait pas juste de les laisser se faire dévorer par les loups tels des animaux sans âme. Encore que la curée commencera dès cette nuit, ne sais ce qu'on en retrouvera…

Telle fut bien la seule parole prononcée par le baron en notre retour au domaine, et nulle embûche ne vint se mettre au travers de la route, ce qui me soulagea grandement, car l'émotion de cette embuscade fut forte, qui ne se révéla qu'ensuite, comme souvent, et me laissa sur mon cheval mol et languissant tout le reste du chemin.

De cette position de faiblesse où je me trouvais en ce présent, les membres quelque peu avachis, tassé sur ma selle et la cervelle tant vide, je m'avisai que ce gueux, qui gisait en arrière la gorge tranchée par mon cotel, était le troisième trépassé par mon seul et unique fait, après les deux du faubourg de la Lendrevie où le boucher Forcalquier fut dépêché et emporté par la *man negra*[1] du Diable. J'en récoltai un poignant chagrin, n'ayant jamais souhaité la mort d'autrui, et toujours bien marri de la donner quand j'en fus obligé par les circonstances.

Si fait, pourtant, que j'en fais le compte, et que je pourrais dire très exactement combien sont-ils ceux que j'ai ainsi proprement occis depuis les deux de la Lendrevie jusqu'au jour où j'écris ces lignes. Il se trouve dans ce morbide décompte une attention qui ne se peut expliquer et dont je suis fort travaillé en mes vieux jours, car je la trouve suspecte assez, et tant peu chrétienne, qu'il m'en soulage un peu de l'avouer en ces Mémoires. Il m'est venu à l'esprit que ces gueux figuraient ceux qui jadis massacrèrent ma pauvre famille et que je n'avais point tant de déplaisir à me revancher de la sorte de cette lointaine vilenie qu'on me fit. En cette troublante et incertaine pensée, j'assure Dieu, et vous, lecteur, que oncques n'ai pris du contentement à tuer mon prochain et que, toujours, j'ai laissé vif l'assaillant quand la noise le permettait.

1. La main noire (oc).

Chapitre VIII

On sait que l'émotion et l'exaltation d'un périlleux moment portent à des paroles qui vont au-delà de l'usage et du sensé, outrepassent la pensée ordinaire et contreviennent passagèrement aux barrières de la condition et de l'état de naissance. C'est de cette manière que j'avais entendu les fraternités du baron quand il me serra dans ses bras et jura – ou peu s'en faut – de n'être pas ingrat envers moi qui venais de lui sauver la vie. Et je n'attendais que néant d'une action d'éclat où la fortune y fut pour beaucoup et qui, somme toute, pouvait se considérer comme la parfaite réussite de mon devoir ou de ma charge, et rien de plus. Dès que cette émotion serait retombée, et le fait d'être vif, pour le baron, derechef une chose naturelle et banale, la gratitude qu'il me devait s'estomperait de même et se diluerait tantôt dans le monotone de l'existence. Ainsi pensais-je et grandement me trompais, tant le baron et son fils Pierre sont d'une étoffe différente de celle d'aucuns maîtres et grands seigneurs que j'approchai plus tard en la cour du roi de France.

Car dès le soir même, le baron me fit mander en la librairie de Mespech où, encore et encore, il me bailla fortes brassées dans une confraternité qui ne laissa pas de m'étonner. Puis, tirant à lui un sac qui se trouvait sur sa table d'écriture, il me compta une somme si exorbitante que je me sens presque vergogné de la révéler ici, d'autant que fort peu nombreux sont ceux qui furent en la confidence – du reste le baron me recommanda la discrétion – et je suis bien convaincu que Sauveterre n'en sut jamais rien et resta étranger à cette étonnante libéralité qu'il eût certainement réprouvée.

— Tiens, mon bon Miroul, dit-il avec gravité, compte-toi ici cinq écus, qui ne sont rien en comparaison de ta salutaire adresse et fortitude.

Oncques de ma vie n'avais entrevu somme aussi considérable, et si je la relativise à présent, car je ne suis plus le pauvre paysan qui de la pécune n'en voit pas même la queue, et parce que j'ai appris depuis à mesurer les richesses, je restai en la circonstance, et devant une telle largesse, muet et stupide comme demeuré de village.

— Prends donc, Miroul ! s'écria le baron qui, me voyant tout soudain changé en statue de sel, rit à bec fendre et de ma stupéfaction et – je le crains – de ma nigauderie.

Comme bien on pense, je ne comptai rien, me contentant de ramasser les pièces et de les glisser dans mon haut-de-chausses, presque honteux de tant de pécunes gagnées en si peu de temps.

La discrétion que le baron me recommanda en cette affaire ne venait pas de la crainte d'une quelconque réaction de Sauveterre, qu'il eût pu, à n'en pas douter, circonvenir sans trop de difficulté. Non, dans l'esprit du baron, et il me le fit comprendre à demimot, il s'agissait avant tout d'éviter que le reste du domestique ne fût au courant, excitant par là envies et jalouseries qui eussent pu me porter tort. Il montrait là encore subtile connaissance de l'humaine condition qui rarement se contente de ce qu'elle a, lorgne sans cesse dans l'assiette du voisin, méconnaît les qualités d'autrui et magnifie les siennes, et juge la reconnaissance du mérite d'un autre comme une injustice faite à soi.

Je fus fort embarrassé d'une telle somme, ne sachant où la serrer pour qu'elle sommeille en sécurité. Le fait est que, d'une telle quantité de pécunes, point n'avais besoin, si bien que je la glissai sous mon matelas comme un voleur, vite et à la dérobée pour que nul ne m'aperçoive, y revenant sans cesse afin que de vérifier qu'elle s'y trouvait toujours. De ce jour et de cette courte expérience en la matière, j'en conclus que l'argent est un souci et que, pour peu que vous ayez la bonne fortune de manger à votre faim et d'avoir le gîte où reposer votre terrestre enveloppe pendant la nuit, il n'est nullement besoin d'en posséder.

De cet avis assez sommaire, qui n'était dû qu'à ma jeunesse, j'ai changé depuis, car je ne pourrais nier maintenant, en mes années grises, que la pécune assure une sécurité, que la vieillesse estime, et grandement permet d'améliorer l'ordinaire. Ce n'est pas avoir goût de l'inutile et du faste que de souhaiter meilleur rôt que la soupe aux choux, meilleur confort en mettant vitres aux fenêtres, ou bûches en abondance pour de hautes et belles flambées en la cheminée. De tout cela, je dispose à présent, et j'avoue, sans être grippe-sou ni chiche-face, que j'ai découvert avec le temps l'intérêt de la pécune.

Tout est dans l'usance qu'on en fait ; tel qui empile un tas d'or et oncques ne le dépense, tel qui jette incontinent aux quatre coins le peu qu'il obtient et se retrouve sans cesse dans le besoin, tel qui voue sa vie à en amasser toujours plus afin que de jouir et se ventrouiller sans répit dans le luxe, ils sont légion ceux qui tombent sous la tyrannie de l'argent – lequel les consume comme la chandelle – et ne savent s'en faire un simple et solide allié.

Quoi qu'il en soit de ce que chacun en pense, ces cinq écus me furent plus une peine qu'une joie, et ce que j'en fis à la vérité, je vous le conterai tantôt, quand le moment sera venu.

De ce dernier entretien avec le baron, j'en ressortis fort troublé, non pas seulement par la pécune, mais aussi par l'attitude de celui-ci à mon égard. Il me sembla qu'après cette équipée en Marcuays, ses rudes émotions, et la sincère gratitude que le baron me montra, je touchais à une relation autre que je mis bien de la patience à comprendre. Je ne voudrais pas choquer le lecteur, et du tout je n'oublie de quelle basse extraction je suis, ni que mon ascension en la société s'arrêta avant même que d'atteindre le premier étage. Mais le baron, à compter de ce jour, remplaça dans mon cœur le père que j'avais perdu jadis, et par une sorcellerie de l'âme, me le fit considérer comme tel, maugré nos dissemblances de condition et de savoir.

Je souhaiterais qu'on entende bien ce que je dis et que de cette confession aucune fable ne sorte, et ne se répande à la médisance parmi les lecteurs. En aucune manière n'ai-je oublié mon mien père, disparu en cette cruelle meurtrerie que j'ai narrée en tête de ces Mémoires. Sa remembrance reste à jamais présente, oncques ne s'effacera, et Dieu me placera sans doutance aucune à son côté quand le moment sera venu de vous donner mon congé. Que le lecteur considère plutôt que d'un orphelin la peine est dure et qu'il n'y a aucune vergogne à se donner un autre héros quand le premier s'en vient à disparaître. C'est ainsi qu'il faut le prendre, et je n'y vois point malice, ayant eu pour ce père second l'admiration de l'ombre, et sans revendiquer quoi que ce soit qui ne sortît de ma condition de valet.

Du reste, si le baron me porta une gentille affection, ce qui me fit honneur, ai-je nécessité de préciser que lui-même jamais ne me considéra comme son fils, cette nouvelleté dans la relation étant de mon unique fait, et cette filiale piété, telle l'eau du torrent, coula selon la seule pente de mon attachement, sans oncques remonter vers sa source.

*

* *

Ce soir-là, lorsque tous assemblés autour de la grande table de la salle commune pour la repue de la Maligou, le baron en vint à narrer notre équipée en Marcuays, il y alla dans les moindres détails, et sans rien celer de mon bel exploit, ce qui laissa une forte impression sur l'assistance. De ce jour, je fus considéré différemment, non plus comme un simple paysan, certes habile à escalader les murailles ou amadouer les dogues menaçants, mais aussi comme une recrue utile à la défense ou la protection du domaine. J'y gagnai prou en l'occasion, et beaucoup plus, je dois le dire, que les cinq écus du baron, car il s'agissait là de respect, ce dont tout homme a besoin pour tailler un droit chemin en ce monde.

— Et qui donc jugeait qu'il n'y avait nul danger à se rendre seul à Marcuays ? dit Sauveterre avec irrision et sur un ton où perçait un doux triomphe, alors que tous les regards étaient encore portés sur moi.

— J'ai, *de facto*[1], une dette envers vous, mon cher Jean, ce n'est pas la seule, ni sans doute la dernière, et cela je ne l'ignore pas, répondit le baron avec une humilité dont on ne l'aurait cru capable.

Puis il redressa la tête, parcourut de son bleu regard l'assemblée, dont il était de nouveau le centre, et sa voix s'éleva, sonore, tranquille et assurée comme à l'ordinaire.

— De cette heureuse issue, il nous faut tirer leçon. Dès maintenant, la prudence est requise, comme par le passé, car je constate que nous en prenons à nos aises, imaginant trop vite que l'on peut aller et venir en le pays sans encontrer malfortune. Il faut derechef s'armer toujours, même pour courte sortie, et éviter de se trouver seul à l'aventure.

Faujanet, assis à l'autre bout de la table, entre Petremol et Escorgol, se racla la gorge à plusieurs reprises comme pour attirer l'attention.

— Moussu lou Baron, peux-je parler ?

— Mais bien entendu, Faujanet ! Qu'as-tu à nous dire ?

— Même pour aller au moulin de Gorenne rendre visite à Coulondre, ou au Breuil pour Cabusse et Jonas, faudra-t-il s'y mettre à plusieurs et s'armer ?

1. De fait.

Il y eut un murmure dans l'assistance, car chacun comprit, à la claire question de Faujanet, que ces nouvelles instructions allaient singulièrement limiter les va-et-vient, or les visites hors des murs de Mespech où, loin des maîtres, on clabaude à l'infini sans travailler du tout, ou si peu, et tout en vidant un litron de la bonne piquette du pays, figuraient bien l'unique vraie liberté du domestique et qu'il y aurait là grand-peine si on y touchait.

— J'opine que oui, répondit le baron.

Là-dessus, il y eut un profond silence, où la consternation devait le disputer au ressentiment. C'est la Maligou, s'agitant brusquement sur sa chaise et jetant aux autres un regard entendu, qui partit à l'assaut sur un ton très abrupt qui fit sourciller le baron.

— Mais Moussu lou Baron, quand Coulondre, Cabusse ou Jonas s'en viennent ici céans, puis s'en retournent, nul ne les protège, eux ? Adonc, moi je dis, si ces petits sauts de puce sont dangereux pour nous, ils le sont pour eux aussi bien !

Tous approuvèrent avec de grands hochements de tête sans trop savoir où cette rhétorique, dont l'étrange logique apportait peu, allait conduire, mais sentant confusément qu'on pouvait en tirer profit.

— Lors quoi, Maligou ? s'écria le baron avec humeur. Que nous vaut ce beau raisonnement ?

— Qu'il n'y a pas de raison qu'on prenne plus de précautions pour nous que pour eux !

— Je n'ai pas les moyens, Maligou, d'envoyer une escorte à tout ce beau monde quand ils viennent nous visiter ! dit le baron d'une voix forte qui se voulait mettre un terme à la discussion.

Mais la logique du baron, que j'entendais bien, n'était pas celle de la Maligou, à l'évidence.

— Et pourtant vous les laissez faire ! lança-t-elle victorieuse.

— Je les laisse faire quoi ?

— Vous les laissez venir nous visiter sans escorte !

— Je ne peux faire autrement, te dis-je, sotte caillette ! cria le baron.

— Moi, je m'apense que si on laisse Cabusse, Coulondre et Jonas venir ici sans escorte, c'est que le danger il est pas si grand, que sinon on leur interdirait, et que nous donc, on a le droit aussi de leur rendre visite sans escorte !

La Maligou avait enfin dévidé toute sa pelote et, comme souvent les êtres à grossière et obtuse cervelle, mais ayant toute audace, elle s'imaginait avoir un caractère fort, au reste le répétait à l'envi, et se croyait assez supérieure aux autres, ce qui, en vérité, ne faisait pas preuve de grande clairvoyance. Ainsi, de contentement, elle croisa les bras sur son gros corps flasque, et releva le menton, comme si elle défiait quiconque de revenir sur cette belle conclusion.

Assurément, elle se faisait fort d'être le porte-parole de tout le domestique en cette affaire, et toute gonflée de vanité par ce nouveau rôlet, elle s'apprêtait à lutter farouchement pour la revendication de tous, goûtant déjà, non sans une certaine jouissance, les dividendes de son intrépidité puisque les autres l'avaient, par leur silence, adoubée dans cette position de chef et de meneur. Pour ma part, il ne me sembla pas que ce champion par défaut fût le meilleur, loin s'en faut, mais il fut le seul à se présenter, et je cuide assez que la douce Barberine, Faujanet maugré son franc-parler, ou mieux encore Franchou – le lecteur comprend pourquoi – auraient pu jouer celui-là avec plus d'avantage.

J'eus peur que le baron, dont je vis les joues s'empourprer et les yeux lancer des éclairs, ne s'emportât en une colère irrépressible et violente, laquelle aurait glacé l'assistance et durablement assombri la relation entre maîtres et domestique, lors que celle-ci à Mespech était d'une rare qualité et toute de fiance réciproque à comparer à d'autres.

Mon maître se trouvait face à son père et je gage fort qu'il sentit le péril de l'affaire encore plus prestement que je ne le fis moi-même, car il étendit soudainement le bras, ce qui coupa le baron en son élan et le força à regarder son fils.

— Monsieur mon père, dit mon maître, si vous me le permettez, la Maligou parle d'or et je voudrais lui poser une question.

Le baron eut une réaction de surprise, laquelle ne dura guère, car il se rencoigna quasi incontinent au fond de sa chaise, levant la main en signe d'assentiment, et bien heureux je pense que l'opportunité lui soit donnée de calmer son ire et de réfléchir à la manière d'apaiser les choses. De tout ce temps, Sauveterre avait gardé un visage froid, imperscrutable, clos et coi, le dos bien droit, les avant-bras posés sur la table dans une attitude de parfaite immobilité ; François suivait les débats d'un air sombre et pensif mais sans montrer aucunement l'intention d'y participer, et Samson montrait la vive inquiétude – ou torture de l'esprit – qui agite les justes quand le monde autour d'eux n'est plus dans l'harmonie et la sérénité.

— Maligou, dit mon maître, si tu possèdes en ta basse-cour deux populations de poules et de poulets, que l'une loge en ta chaumière, et l'autre dans la cour, tu n'as pas moins d'intérêt pour l'une ou l'autre ?

— Non, Moussu Pierre, répondit la Maligou, les sourcils froncés, et dont on devinait la cervelle en grande agitation, à tenter de deviner ce que cette fable signifiait.

— Si tes poules et poulets logent dans la chaumière en vertu de leur choix et que, pareillement, ceux de la cour sont hors des murs parce qu'ils l'ont ainsi décidé, tu t'accommodes de cela car tu aimes à laisser poules et poulets maîtres de leur destin.

— Sans doute, Moussu Pierre.

— Imagine à présent que le loup rôde alentour, ne fermerais-tu illico la porte de ta chaumière pour mettre hors de portée de la terrible gueule ceux des poules et poulets qui s'y trouvent ?

— Si fait, Moussu Pierre.

— C'est ce que décide, pour le bien de tous céans, monsieur mon père. Et encore ne s'agit-il pas ici de clore la porte mais d'accompagner les sorties pour atténuer les périls.

Un léger brouhaha suivit cette explication et je n'étais point tant sûr que celle-ci convaincrait son monde, car elle laissait intacte la rhétorique de la Maligou, et la faille qu'elle avait soulevée n'y était mie disputée. La Maligou ne fut pas longue à s'en rendre compte et crut, bien à tort comme la suite le montra, avoir partie gagnée.

— Et ceux de la cour adonc, on les laisse au loup ? s'écria-t-elle en jetant des regards triomphants autour d'elle, cherchant approbation.

— Voilà pourquoi, Maligou, reprit mon maître, j'affirmais que tu parles d'or, car il y a les poules et poulets du dehors en cette affaire.

— Oui-da, dit la Maligou très à l'agressive, vous n'y pensez oncques aux poules et poulets du dehors !

— Et voici pourquoi derechef je te pose une question. Pour ceux du dehors, la Maligou, point ne tenterais-tu de les faire entrer dedans afin que de les mettre avec les autres à l'abri du loup ?

— Si fait.

— Et vois-tu autre manière d'agir ?

— Non point.

Mon maître eut un fin sourire, lança un bref regard à son père qui oyait cela sans piper, et reprit sans tarder, afin de porter l'estocade, mais s'adressant cette fois à tous et non plus à la seule Maligou :

— Voilà bien le message de la Maligou, que je tenais à ce que tous ici comprennent, et que je soutiens, car il est entièrement frappé au sceau du bon sens et de la justice. Nous ne pouvons laisser ceux du dehors sans leur demander de nous rejoindre afin qu'ils soient en sûreté derrière nos fortes murailles.

Et se tournant vers son père, lequel fort bien comprenait la farine utilisée, mon maître ajouta avec des yeux rieurs :

— N'est-ce pas, monsieur mon père, que la Maligou dit juste et qu'il faut urgemment prévenir ceux de Gorenne et ceux du Breuil que nous leur ouvrons grandes nos portes, s'ils le souhaitent.

Se faire le porte-parole de la Maligou, après l'avoir amenée, par une ruse à sa façon, à énoncer une conclusion tant différente de celle qu'elle avait défendue auparavant, me remplit d'admiration pour mon maître. La Maligou en restait bouche bée, muette et stupide, embrouillée, ne sachant plus bien où elle en était, d'autant plus qu'elle paraissait conserver vis-à-vis des autres une position enviable puisqu'il semblait qu'on reprenait ses idées et les défendait auprès du baron.

— Si fait, mon Pierre, fit le baron, cette opinion de la Maligou n'est point à délaisser et doit être suivie. Il n'y aurait pas de logique à protéger les uns sans chercher à soutenir les autres, d'autant que ceux du dehors nous sont chers et sont, comme vous le savez tous, d'anciens du dedans, hormis Jonas.

Ces paroles tombèrent au milieu d'un grand silence et personne n'y ajouta rien, car c'eût été grande vergogne que de ne vouloir soutenir ceux du dehors en contestant protection et refuge en Mespech.

— Pierre, poursuivit le baron après avoir longuement considéré l'assistance comme s'il avait attendu que chacun s'exprimât, je te confie la mission, dès demain, à la première heure, de visiter nos amis, et de leur proposer assistance comme il en vient d'être décidé. Et point ne néglige de prendre Miroul avec toi. Dieu veuille en sa grande bénignité que celui-ci n'ait pas derechef à lancer le cotel !

*

* *

C'était pure forme que cette mission car ni le baron ni mon maître ne doutaient que ceux du dehors, tels Cabusse, Coulondre ou Jonas, refuseraient tout à plein cette offre, aucun n'étant de nature à se laisser intimider et bien de taille à se défendre hardiment, du moins le supposeraient-ils. Pour ma part, ayant vécu l'émotion de Marcuays, je n'en étais point si sûr car la traîtrise peut vaincre en tout lieu et à tout moment, et ces gueux, certes peu nombreux, ne sonnaient pas trompettes avant que de commettre leur forfait.

En cette plaisante équipée, Samson se joignit à nous, à la demande du baron, qui jugea que trois gaillards valaient mieux que deux, mais aussi – pensai-je – pour bien montrer à tout le domestique les précautions qu'il prenait et par là donc le sérieux des menaces et des risques encourus. Il nous demanda d'emporter chacun deux pistolets dans nos fontes, ce qui nous donnait une puissance de feu assez considérable, propre à mettre à vauderoute les gueux enguenillés et mal armés qui rôdaient alentour.

Au moment de notre département et lors que nous étions tous trois en selle auprès de l'écurie, mon maître se tourna vers Samson et, contrefaisant le ton et l'attitude de Cabusse, il le questionna à l'abrupt :

— Samson, si un maraud te fonce sus, la pique levée et prêt à t'embrocher, que fais-tu ?

— Je me défends, Pierre, répondit Samson avec simplicité et qui, ne relevant l'humour de cette imitation, s'étonnait du ton de son frère.

— Certes, Samson, tu te défends. Et comment donc te défends-tu ?

— Avec mes armes.

— Mais quelle arme, Samson, si la pique est pointée vers toi et que le gueux s'élance comme un cabri ?

— Le pistolet ?

— Oui, Samson, avec le pistolet, que tu lui décharges sans remords ni réflexion dans le buffet. Sinon ?

— Sinon ? répéta Samson sans comprendre.

— Sinon, m'écriai-je, joyeux de montrer à mon maître que son jeu m'était clair et transparent, sinon tu meurs sans même t'en rendre compte ! reprenant là l'une des expressions favorites de Cabusse, le maître d'armes des enfants Siorac.

Mon maître rit à gorge déployée, suivi avec un temps de retard par Samson qui comprit tout soudain la gausserie de son frère et n'y vit pas malice. À la vérité, pourtant, il fallait y déceler l'inquiétude de Pierre au peu de disposition guerrière de son frère ainsi que le souci qu'il mettait à tenter d'incruster dans la cervelle de celui-ci les réflexes salutaires qui sauvent parfois du trépas quand le péril survient.

Il n'y eut aucune embûche ni embuscade sur le trajet qui nous mena à la vallée des Beunes, au nord de Mespech, puis au moulin de Gorenne, où je vis pour la première fois la compagne de Coulondre Bras-de-fer, laquelle me surprit fort par sa jeunesse – elle n'avait que quinze ans –, sa gentillesse et sa mignonnette allure, mais surtout parce que je trouvais bien étrange qu'une garce si verte et si tendre puisse s'aller marier avec le sinistre et lugubre Coulondre, qui plus est de trente ans son aîné. Mais l'amour a bien des mystères et Coulondre n'avait de rude que l'écorce, comme j'ai eu jà à le montrer, si bien que le ménage allait gaillardement et plaisamment, et qu'on en oubliait vite la différence d'âge entre les époux.

Quand mon maître informa Coulondre que le baron l'invitait à se mettre à l'abri en Mespech, il eut la réaction attendue, rejetant la proposition sans même la considérer, et tel à son habitude répondit d'une lapidaire manière, levant son bras de fer à hauteur de sa tête :

— N'ont qu'à venir s'y frotter !

Ce fut tout, et pour Coulondre nul besoin d'y causer davantage, l'affaire étant entendue, de sorte qu'après une courtoise visite du moulin et de ses dépendances, nous reprîmes notre route, profitant de cette belle journée ensoleillée où il était bien difficile de croire à ces gueux désespérés terrés dans les bois à la recherche d'un mauvais coup. Du reste, Coulondre et sa Jacotte pouvaient profiter d'un souterrain que la frérèche avait creusé en la graineterie du moulin, lequel menait droit de leur maison au chemin qui conduisait à Mespech, et d'où ils auraient pu échapper à une attaque, pour peu que celle-ci ne tombât pas trop à l'improviste.

Pour nous en retourner au domaine, nous prîmes par la route des Ayzies, puis obliquant vers Mespech, nous atteignîmes le Breuil pour notre seconde visite à Cabusse et Jonas, lesquels habitaient non loin l'un de l'autre et à moins de trois lieues du château. Cabusse se trouvait sur le seuil de son logis et fendait des bûches pour les mettre à dimension de sa cheminée. Il nous salua avec dignité et un peu d'emphase, comme à sa manière, et invita la Cathau à venir le rejoindre pour déboucher une bouteille, car visite du château était rare, Cabusse lui-même y montant souvent pour ses leçons d'escrime, ce qui donnait de l'inutile qu'on se rendît chez lui.

La Cathau, ancienne femme de chambre de la baronne Isabelle, était grosse et bien fatiguée de son fardeau qu'elle s'en déplaçait lentement et sans grand entrain, n'attendant plus que le terme de son pitchoune.

— Il se peut, dit Cabusse après que d'avoir écouté en silence la raison de notre visite, que quelques gueux égarés errent dans les bois, lesquels, sans doute, sont à éviter, mais le pays est à bien des égards beaucoup plus sûr qu'auparavant, et à tout prendre, meilleurs sont les temps à présent que quand Cathau et moi nous nous sommes installés ici, si bien que je ne vois guère ce qui me pousserait à revenir au château. Mais vous remercierez prou le baron de cette attention qui me touche et m'honore et lui transmettrez mon salut fraternel.

On trinqua, ne causant plus de l'affaire qui ne sembla pas préoccuper le maître d'armes Cabusse plus que l'instant de sa réponse.

À la carrière, Jonas, à l'aide d'un pic de petite dimension, démaigrissait la queue d'un moellon en faisant converger ses faces de joints. Il y allait par petites touches bien dosées, appliquées avec justesse vers la queue en dépouille qui prenait forme à chaque impact. Jusqu'à présent, je ne l'avais visité que dans des travaux herculéens où les puissants muscles s'exerçaient tout à plein, et je fus dès l'abord étonné de le voir en ce travail de précision, tel un sculpteur, passant à maintes reprises la main sur l'angle convergent des faces pour y juger de son arête. Il s'interrompit à notre approche et nous salua civilement et sobrement.

— Votre respect, Moussu Pierre et Samson. Et bien le bonjour à toi, Miroul.

Pour la première fois aussi je fis connaissance de la Sarrasine dont l'étrange vie est contée dans les Mémoires de mon maître et qui m'apparut telle une gentille effrontée, sachant barque mener et qui, après bien des errances, avait choisi le Jonas en sa carrière pour la sécurité que celui-ci devait offrir à l'existence.

Il y fallut lever derechef la chopine pour ce que Jonas n'aurait pas compris qu'on s'y refusât, quand bien même nous serions arrivés chez lui fin saouls comme au sortir de la noce. Au demeurant, les us paysans étant céans à respecter, mon maître tarda prou avant de lâcher le but de la démarche, tel un jeu où le visiteur se pique à faire croire qu'il est passé là par hasard, ou sans autre intention que la politesse de se saluer, ce qui est une subtile façon d'atténuer la brutalité des demandes qui sont parfois l'objet des entrevues.

Fort heureusement en ce prédicament, la Sarrasine compensait les silences de Jonas par une langue bien déliée, alerte et vive, ce qui là encore, à la suite de Coulondre et Jacotte, me donna le tableau d'un couple contrasté et, au premier jugement, peu assorti. Mais cette Sarrasine, qui n'était point désagréable à considérer, tout le rebours, étant fort provocante en toutes ses attitudes et expressions, permit par ses infinies clabauderies au temps de passer plus vite, jusqu'au moment où mon maître narra brièvement l'embuscade de la veille dans les bois de Marcuays et fit à Jonas la proposition que l'on sait.

— N'est point utile que je quitte la carrière pour si peu, répondit Jonas en secouant la tête.

Et il avait tout dit, ayant le parler bref, exprimant là toute sa pensée, et il vida son verre cul sec tel un géant des livres de Rabelais.

Sur le chemin du retour, ayant par trois fois essuyé le même et identique refus, je cuide que mon maître savourait la réussite de sa stratégie d'enveloppement et d'enfarinage de la Maligou.

— On ne pourra pas dire, Samson, dit-il avec une pointe de gausserie dans la voix, que nous n'avons pas tout tenté pour convaincre ceux du dehors de suivre l'avis de la Maligou.

— Oui, Pierre, répondit Samson simplement, j'en témoignerai au besoin.

De cette surprenante parole de Samson, je ne sus jamais quoi en penser, ni s'il était entré dans la comédie de Pierre et du baron ou s'il causait avec sincérité, mais je penche pour la seconde hypothèse, les tortueuses manœuvres et ruses lui étant tout à plein déconnues et peu susceptibles de se loger dans l'incrédible rectitude de son âme.

Il n'y eut point matière à discuter plus avant avec le domestique qui, fort à son détriment et donc à rebelute, se rangea aux nouvelles obligations de sécurité. Celles-ci guère longtemps ne durèrent, car d'incidents il n'y en eut point, et oncques ne revit ces gueux loqueteux et misérables qui faillirent ôter la vie au baron en le chemin de Marcuays. Il sembla que ce fût comme un ultime soubresaut de ces troubles qui s'achevaient, et nous fûmes vite convaincus que le pays en était débarrassé et qu'une ère nouvelle venait à s'ouvrir.

De mon côtel, je ne fus pas sans ressentir un certain malaise suite à cet épisode où la Maligou avait endossé la parole des autres, car je m'aperçus que ma place, qui au naturel aurait dû se trouver près de ceux de ma condition, s'en était trouvée prou éloignée, et que j'avais été spectateur de la querelle, sinon allié des maîtres. Certes, peu s'étaient exprimés en l'occasion, et mes pensées équivoques n'avaient en rien affleuré, mais il ne fallait pas travailler trop à l'imaginative pour deviner l'opinion de tous, laquelle épousait fortement celle de la Maligou et de Faujanet.

Il en est ainsi du valet qui, proche des maîtres, et ayant à les servir et même à les seconder, est embarqué maugré lui sur le même navire. Et que faisais-je donc à visiter Coulondre, Cabusse et Jonas ce matin-là, sinon prêter la main à la ruse de mon maître afin que de clore le bec du domestique et imposer la volonté du baron ? Je m'y apensai souvent dans les jours qui suivirent, et n'en fus pas bien heureux, me trouvant écartelé entre mes deux fidélités, l'une à mon état de naissance, paysan pauvre et laborieux, et l'autre à mes maîtres à qui je devais tout, le gîte, le couvert et une situation enviable.

Cette contradiction jamais ne l'ai résolue de ma vie et elle me pesa continûment, comme un fardeau dont je ne pouvais mie me débarrasser, étant trop touché par la misère des pauvres gens qui tant pénétrait en mon cœur, mais sans pouvoir y apporter l'appui qui m'aurait soulagé. Que le lecteur me pardonne cet état d'âme qui certainement l'ennuie, car il ne le peut comprendre, à moins d'y avoir été sujet lui-même, ce dont je doute. Il est une pensée de la Bible qui s'y applique : celle de la croix que chacun porte, étant entendu que la sienne croix reste obscure à autrui, chacune étant d'une confection propre et unique.

Dès le surlendemain, je confiai à Margot mon tourment. Nous étions demi-nus en la grange, rencoignés au plus profond de la paille, tout plaisir bu et d'amour gorgés, et elle me biscottait tendrement, caressant mes flancs d'une douce et sensuelle manière. Comme je la lui racontais, elle s'esbouffa fort de cette enfarinade de la Maligou par mon maître, mais quand j'eus dit ma ratelée sur mes états d'âme, elle s'en gaussa et me considéra avec étonnement.

— D'où te viennent donc ces sinueuses pensées, me dit-elle, et comment de telles tortures du cœur peuvent naître en ta cervelle ?

— Mais point ne commande à mon âme ! répondis-je un peu piqué de sa réaction.

— Eh bien, tu le devrais ! affirma-t-elle avec autorité.

Je me tins coi un moment, très marri du peu de considération accordée à ma mélanconie et, chagrin, je repoussai même sa main, laquelle s'enhardissait vers des contrées de mon corps qui, à coup sûr, auraient trahi et bafoué ma détresse. Margot bouda, mais peu de temps car ce n'était pas dans ses façons, et revenant à la charge, elle me bailla un baiser si vif que je ne pus l'esquiver.

— C'est ton œil triste qui te tourmente, fit-elle en souriant, et moi je ne veux avoir affaire qu'à celui qui joue, explore la vie et les plaisirs, et aime sa Margot !

Ému lors jusqu'aux larmes, je l'enlaçai, la serrai contre moi, et je crois bien que – nous étions tant jeunes à l'époque ! – nous coqueliquâmes derechef dans le chaume. Ah, vramy ! Que la remembrance de ces déduits dans la paille m'est précieuse et comme je souhaiterais à chacun, au moins une fois en son existence, d'y goûter et d'en être ! Ce sont là juvéniles plaisirs et sensations dont la découverte décuple l'intensité, et qui s'estompent ensuite avec l'âge, leur force s'en allant diminuant à proportion de la connaissance qu'on en acquiert. Plus tard, la technique se peut remplacer les premiers émeuvements, mais je ne suis pas bien sûr que le contentement et l'enchantement y gagnent, et je reste pour ma part convaincu que cette technique n'est que cautère sur jambe de bois et ne saurait atteindre aux ravissements des émois de jeunesse.

*
* *

Dans les semaines qui suivirent cette discussion avec Margot, je remarquai que Franchou s'alourdissait, allant d'une démarche plus précautionneuse qu'à l'accoutumée, que son visage s'arrondissait et se lissait, sans qu'on pût y lire aucun signe de santé mauvaise, et que son humeur douce et sereine s'accentuait même d'une curieuse et frappante manière. De cet état nouveau qui chaque matin se faisait plus sensible, je ne fus pas long à douter de la cause, et si nul ne s'ouvrait de cela en ma présence, je surpris certaines allusions et clabauderies en la salle commune, surtout des garces telles la Maligou, la Gavachette ou Barberine, qui ne laissaient guère d'incertitude sur le devenir de la chose. Adonc, la Franchou était grosse, et il en devint de cette nouvelleté que chacun le savait mais que nul n'en parlait, comme si le Saint-Esprit en était l'auteur.

Au demeurant, il aurait fallu être bien béjaune pour s'en étonner, car le baron, tel qu'on le connaissait, devait journellement tremper son pain au rôt, avec les conséquences que voilà, la Franchou n'ayant certainement ni le choix de se refuser, comme ma Margot, ni sans doute l'accès aux herbes et décoctions pour remédier aux lois de la nature. Elle ne semblait pas en être affectée plus outre, et même je dirais que c'était merveille de la voir s'arrondir ainsi dans la quiétude et la sérénité, ne semblant craindre aucun fâcheux retournement du baron à son égard en raison de son état. Il n'y en eut point du reste, le baron ne changeant en rien sa conduite envers elle et la place de la Franchou en Mespech restant à l'identique de ce qu'elle était avant l'engrossement.

Avouons aussi que les gens de la campagne ne s'offusquent guère de telles mésaventures, lesquelles sont ordinaires chez les garces de ferme et de village, le mariage venant bien souvent conclure une fête que, selon l'Église, il se devrait d'ouvrir, si bien que ce n'est pas du domestique que le baron pouvait craindre docte reproche ou morales représailles pour son éternelle malconduite. Ceux qui trouvaient à y redire, sans doute, étaient à chercher en châteaux voisins, chez les seigneurs catholiques, qui devaient en ce prédicament trouver zèle et appui vertueux chez le curé de Marcuays, lequel ne devait pas manquer de relever que de telles aberrations se produisaient en maison huguenote, preuve du lubrique dérèglement de ces hérétiques. Et, de fait, la conduite du baron n'aidait guère la cause de la Réforme, d'ailleurs elle n'en était mie conforme, tout le rebours, et je sais bien qui, au château, devait encore s'en désoler, et accabler le baron de sa désespérance.

Je ne sus rien, pourtant, de la réaction de Sauveterre, mais elle ne peut faire de doute, car il était si peu dans les façons de l'immutable ami du baron de frotter son lard contre celui d'une garce, à moins que Dieu lui-même ne la lui désignât comme sa promise, ce qui oncques n'arriva, qu'il dut encore se produire d'âpres querelles à ce sujet, même si elles se déroulèrent dans le secret de la librairie, et toutes portes bien closes. Cependant, si comme l'affirme le populaire : *à quelque chose malheur est bon*, Sauveterre ne pouvait que penser aussi à la phrase de la Bible qui recommande à tout bon chrétien d'être fécond et de se multiplier sur la Terre[1]. Si le mode de multiplication n'était pas le meilleur au regard de la stricte morale, il n'en était pas moins efficace, et Sauveterre pouvait au moins se féliciter que de cette indigne union, d'un baron et d'une chambrière, résulterait un pitchoune, regrettable certes, mais que celui-ci serait huguenot et viendrait grossir les rangs de ceux qui sont dans la vraie religion. D'une certaine manière, ne pouvait-on point dire qu'au regard des livres saints, l'exubérante inconduite du baron compensait celle, trop monacale, de Sauveterre, et que le baron engendrait par procuration la marmaille que Sauveterre se refusait à faire lui-même de son vivant ?

Sur le fond, le baron n'avait cure de tout cela et ses préoccupations n'étaient point tant célestes et spirituelles, mais son sens du devoir ne le quittait pas et, à la naissance du petit, laquelle eut lieu, selon mon souvenir, en juillet 1564, il convoqua le notaire, fit nommer le nouveau-né David de Siorac et s'engagea, à sa majorité, à lui bailler une somme de deux mille écus pour son établissement, agissant ainsi d'une façon fort similaire à ce qu'il avait décidé jadis pour Samson. Ceci portait à cinq le nombre des enfants du baron Jean de Siorac, mais j'eus souvent le sentiment qu'il devait s'en trouver d'autres, inconnus et sales, ignares et incultes, usant leur fond de culotte en certaines cours de ferme.

1. Genèse (1-28).

Lors que la grossesse de la Franchou se poursuivait au vu et su de tous, et sans plus de clabauderies inutiles dès que le baron l'annonça officiellement à la repue d'un soir, mon maître, un jour, s'en revenant de son inspection du domaine qu'il effectuait une fois par mois, me demanda de m'en aller quérir Samson sans tarder. Comme je revenais en sa compagnie, je vis mon maître en grande parlerie avec son père et ce dernier, nous apercevant, s'écria :

— Eh bien, mon Pierre, mène-nous et montre ce qu'il en est !

À pied, franchissant les trois ponts-levis, nous gagnâmes l'arrière du château, le long de la muraille nord où les douves n'étaient qu'un étroit bras d'eau qui rejoignait par les côtés, longeant tout du long les remparts par l'ouest et par l'est, l'étang qui s'ouvrait au sud.

— Voyez, monsieur mon père, dit mon maître, comme ces éboulements qui continûment affectent la berge glissent dans ces douves et menacent de les combler, aplanissant le relief.

De cet air grave qu'il prenait parfois, le baron constatait par lui-même et hochait la tête, approuvant le constat.

— Et de la profondeur d'eau, qu'en est-il à présent ? demanda-t-il.

— Avec une gaule, j'en ai estimé la hauteur. Elle varie de place en place, mais au mieux atteint tout juste mes épaules, alors qu'en d'autres endroits elle dépasse de peu mes genoux.

— Bigre ! fit le baron d'un ton sinistre.

Il marcha à grands pas dans un sens puis dans l'autre, inspectant de dextre à sénestre, deçà delà, sans mot piper, puis à la parfin, il s'arrêta net et se tourna vers nous :

— Bien nous faudra curer l'ensemble, sinon cette douve n'aura plus guère d'utilité et nous aurons là une faille dans notre défense.

Chacun se tenait coi, attendant instructions qui tardaient à venir, car l'affaire n'était pas tant simple ; curer les fossés sans vider l'eau n'était pas envisageable, et assécher le lac était monstrueuse et titanesque tâche, qui nous aurait laissés un long temps sans cette bien utile protection.

Le baron s'écarta de la berge et s'adossa à un saule afin que de prendre tout le moment de la réflexion, et parler juste et net comme à son habitude. Ayant passé la main plusieurs fois sur son menton, tel un homme de sciences qui encontre un épineux et inattendu problème et tarde à le résoudre, il revint près de nous et nous livra son idée.

— Mon avis est que nous ne pouvons vider l'étang, car si le fait en lui-même n'est point tant ardu, c'est l'emplir derechef qui demandera une main-d'œuvre que nous n'avons pas, ou qui nous coûterait une somme que Sauveterre sera fort renâclant à bailler.

Il nous conduisit lors à l'une des deux extrémités de la douve, là où elle s'interrompait pour laisser place à l'étang.

— C'est ici qu'il faut agir, et à l'autre côté aussi. Il nous faut construire, en ces deux endroits, un barrage qui coupera le passage entre l'eau de la douve et celle de l'étang.

— Ensuite ? demanda mon maître.

— Ensuite, par une tranchée creusée de la douve et vers le bois, qui est un point bas, nous viderons l'eau de cette seule partie avant que de commencer le curage. Enfin, quand tout sera terminé, en enlevant les deux barrages, nous emplirons d'eau de nouveau ce secteur.

— Mais cette ultime étape ne provoquera-t-elle pas une baisse du niveau de l'étang ? objecta mon maître.

— Si fait, Pierre, mais négligeable, tant la douve arrière représente un volume bien petit à comparaison de celui de l'étang, et cette ponction sera vite rattrapée par les eaux de pluie, du moins je le cuide.

— Et qui construira les barrages ?

— Faujanet me paraît tout indiqué, sachant tout faire avec quelques planches de bois.

On fit venir Faujanet, lequel oya sans sourciller l'idée du baron, tout en gardant les yeux fixés sur les douves. Quand le baron se tut, il nous considéra les uns après les autres, mais resta coi et taciturne.

— Adonc Faujanet, que t'en pense de ce plan ? questionna le baron assez à l'abrupt, étonné par ce silence.

Faujanet racla sa gorge par deux fois et dit :

— Si Moussu lou Baron me le permet, c'est une belle et bonne idée, mais vous y perdrez l'eau des douves, aussi pour partie celle de l'étang, et vous aurez une bien dure tranchée à creuser.

Le baron eut un geste d'humeur, regarda tour à tour ses deux fils, comme s'il les prenait à témoin que la critique chez le domestique était seconde nature, et sans doute se demanda-t-il s'il n'y avait pas là une séquelle de l'affaire de la Maligou, car chacun, après coup, avait bien compris combien elle s'était fait enfariner d'une fort ridicule manière.

— La tranchée, s'écria-t-il, ce n'est pas moi qui la creuserai et tu y seras de corvée comme les autres !

— Nenni, Moussu lou Baron, point n'ai l'intention de creuser comme un bagnard.

— Quoi ! hurla le baron, tu refuses de creuser ?

— Je ne refuse pas, Moussu lou Baron, mais ne creuserai point.

— Fais bien attention à ce que tu dis, Faujanet, car ma patience atteint sa limite et il t'en cuirait de continuer à jouer l'insolent !

À dire le vrai, je craignais prou pour Faujanet et son comportement m'était tout sauf intelligible. Mon maître, qui assistait à la scène, en était lui-même tout abasourdi, et jetait des regards inquiets à son père, ne trouvant point aussi facile remède pour contrer le Faujanet, dont il n'entendait mie ni l'attitude ni la posture, que pour la Maligou quelques semaines auparavant.

— Moussu lou Baron m'a demandé mon avis, lors je l'ai donné, reprit Faujanet. Si je prétends que je ne creuserai point la tranchée, et je vois bien que cette affirmation heurte Moussu lou Baron, c'est que j'en tiens pour inutile de la creuser.

— Inutile ? fit le baron en soulevant les sourcils.

— Oui-da, inutile. Car on peut mettre l'eau des douves dans l'étang, puis la remettre ensuite dans les douves quand le curage en sera terminé.

— Quel est ce prodige ? Tu deviens fol, Faujanet ?

— Que non point, Moussu lou Baron ! et ce disant, Faujanet s'approcha de la douve et étendit le bras dans sa direction. Voyez-vous que le niveau de la terre dans les douves, du fait des éboulements, est beaucoup plus haut que dans l'étang ?

Tous, comme de bons écoliers, nous approchâmes pour le constater. Faujanet reprit :

— À l'embouchure de la douve, le niveau s'abaisse brutalement pour rejoindre celui de l'étang. Il faut, à ce niveau, poser un barrage et un pertuis assez proches.

— Un pertuis ? questionna le baron.

— C'est un barrage muni d'une porte. Quand le barrage côté étang et le pertuis côté douve seront bien en place, et il me faudra pour cela l'aide de Jonas et de quelques autres, nous viderons l'eau du sas dans l'étang à l'aide d'un système de barriques pivotantes que j'installerai au sommet du barrage. Puis, le sas étant vide, nous ouvrirons la porte du pertuis, et l'eau viendra couler naturellement dans le sas et le remplir. Quand celui-ci sera plein, nous fermerons la porte et recommencerons l'opération de vidange par les barriques. Il suffira de répéter l'opération autant de fois que nécessaire jusqu'à assèchement complet de la douve.

Nous restâmes béants d'admiration devant un procédé si ingénieux que même le baron n'y avait point songé.

— Mais, Faujanet, dit le baron d'une voix fort basse, es-tu bien certain que ceci marchera ?

— Certain, Moussu lou Baron !

— L'as-tu vu faire déjà ?

— Oui-da ! Je l'ai vu, tel que je vous vois, ou tout comme sur certains moulins en la région de Normandie et du Bordelais. Là, on met deux pertuis et, grâce au courant de la rivière, il n'y a pas besoin de barriques, le sas se vide tout seul en ouvrant le pertuis côté aval !

— Mais dis-moi, insista le baron, comment ouvrir ou fermer les portes avec la pression de l'eau ?

— Ce ne sont point des portes comme celles de votre logis, Moussu lou Baron. Elles sont à relevage, comme la herse du château, et s'actionnent verticalement, ce qui élimine le problème que vous dites !

— Et à l'autre extrémité de la douve, tu comptes faire de même ?

— Non pas ! Là, un simple barrage suffira ! Vous y gagnerez prou à faire comme je dis, pas de tranchée à creuser et point d'eau gâchée !

Le baron hocha la tête à plusieurs reprises comme s'il se débarrassait des derniers soupçons d'incrédulité qui s'étaient logés en sa cervelle.

— Excuse ma rudesse, Faujanet. Mais ne tardas-tu pas à donner ton idée ?

À cela, point ne répondit Faujanet, qui semblait savourer son triomphe, et je m'apensai que l'atermoiement qu'il prit à exprimer son procédé tenait sans doute pour ce qu'il avait eu nécessité à se revancher du sort fait à la Maligou, laissant ainsi le baron aller à la fureur, tout en sachant qu'il briserait ce jeu périlleux avant que les choses n'allassent trop loin.

Fort de sa victoire, Faujanet se mit au labeur dès l'instant, et aidé en cela par Escorgol et Petremol, prit les mesures de la douve, largeur et profondeur, puis s'enferma en son atelier pour préparer le pertuis et les deux barrages. On ne le vit plus de dix jours, hormis quand il demandait assistance pour retourner ou mouvoir des panneaux encombrants que sa claudication ne lui permettait mie. Il fit du bel ouvrage, qui fut admiré par tous bien avant d'être enchâssé dans la douve, car on passait en l'atelier, sous l'un ou l'autre prétexte, pour admirer brièvement la construction du pertuis, mais sans questions poser, le Faujanet étant vite escagacé par celles-ci.

Mettre les barrages et le pertuis en place exigea force et persévérance, le Jonas fut précieux en l'aventure, mais il en fallut du nombre, et j'en fus, à tremper dans l'eau froide et patauger dans la boue, une journée pleine, qui me fit tomber sur mon lit le soir, les membres rompus et la cervelle bien vide.

Le procédé inventé par Faujanet fonctionna au mieux, et sans effort aucun car, par un ingénieux système de vases communicants, les barriques se remplissaient d'elles-mêmes et seule l'action de les pivoter afin que de déverser leur contenu dans l'étang exigeait de s'y mettre à plusieurs, Jonas cependant effectuant ce travail sans l'aide de quiconque. Relever la porte du pertuis était un jeu qui amusait prou tout Mespech, et les garces, massées sur la berge, riaient et applaudissaient chaque fois que l'eau s'engouffrait par la vanne ainsi ouverte et remplissait le sas. Une journée y suffit à vider complètement la douve, et les deux barrages retenaient et contenaient dès lors une hauteur d'eau, côté étang, qui inquiéta le baron.

— Faujanet, lui demanda-t-il après l'avoir attiré à l'écart, ne crains-tu pas que l'un ou l'autre barrage ne cède sous la pression de l'eau ?

— Si fait, Moussu lou Baron, que c'est là un bien périlleux moment qui m'a prou tourmenté le temps de la construction. Il leur faut être solides assez, à ces deux barrages, pour non point se disloquer et ruiner notre labeur ! Voilà pourquoi vous remarquerez que le vantail qui retient l'eau d'un côté n'est pas un simple panneau, plan et droit, mais est en fait constitué de deux parties assemblées verticalement au milieu du vantail, ce qui m'a permis de donner à chaque barrage une forme busquée vers l'étang. Cet angle pointé vers l'étang permet de briser la force de l'eau en l'orientant vers les côtés et la berge.

— Mais, Faujanet, je galope de merveille en merveille, est-ce toi qui inventas cette astuce ?

— Certes non, Moussu lou Baron, je l'ai vu faire ainsi sur certains cours d'eau de notre pays, aux écluses, où l'angle est tourné vers l'amont pour la raison que j'ai dite. Et Jonas pourrait vous en conter aussi, avec ses constructions, car c'est le même procédé que celui de la voûte pour les portes des logis, qui, comme vous le savez, allège la charge des pierres du dessus.

— Comme cela est simple et clair, Faujanet, et comme il me plaît de l'apprendre !

La douve asséchée, un bien pénible labeur commença, car il nous fallut y descendre et, à la pelle et à la bêche, les pieds parfois enfoncés jusqu'aux chevilles, creusant dans un mélange de boue et de végétaux pourris, nous remplissions des cuves en bois que d'autres allaient déverser et vider sur la berge, ou au-delà. Sauveterre desserra les cordons de la bourse et engagea des drôles du village de Taniès et de Marcuays, une quinzaine au total, qui furent fort utiles, tant le travail paraissait sans fond et sans limite. Le baron ne voulut point que ce chantier fût à reprendre avant longtemps, et nous fit creuser si profond, que nous n'en pouvions mie remonter seuls à la fin des journées, et que d'une échelle nous eûmes nécessité. Il ne fut satisfait que lorsque la profondeur atteignit deux fois la hauteur d'un homme, et encore ne le choisit-il pas petit, puisqu'il se servit de Jonas comme patron.

Maugré cette profondeur énorme, le baron cherchait aussi comment éviter que les éboulements de la berge ne se reproduisent à l'infini, ruinant derechef le labeur accompli. Alors que Jonas, tel un bon géant au milieu des nains, soulevait seul une des cuves emplies de terre, la chargeait sur ses larges épaules, et s'apprêtait à grimper l'échelle, le baron le stoppa d'un geste et descendit lui-même nous rejoindre.

— Jonas, dit-il, si cette douve est remise en eau maintenant, la berge tiendra-t-elle ?

Jonas posa sa cuve et, parcourant du regard la rive abrupte que nous avions creusée, eut une moue qui en disait long sur ce qu'il pensait.

— Moussu lou Baron, l'eau va saper tout ça bien vite, je le crains.

— Et de remède à ce mal, en connais-tu ?

— Pour sûr, il y en a un, mais qui va nous tenir à ce labeur encore un long temps !

— Lequel ?

— Il faut adosser contre la berge, selon son inclinaison, du fond jusqu'en haut, comme un rideau d'énormes pierres, les plus grosses en bas et la taille s'en pouvant diminuer jusqu'au sommet, mais pas trop. C'est tel un contrefort qui retiendra la terre et l'empêchera de glisser et s'écrouler.

— Ces pierres doivent-elles être taillées, Jonas ?

— Non, Moussu lou Baron, ce n'est point l'affaire, il faut surtout qu'elles soient grosses et lourdes.

Et le baron opta pour cette idée, si bien qu'il en nécessita moult nouveaux efforts pour que la carrière délivrât des blocs de grosse taille qu'il fallut ensuite amener jusqu'à la douve, et les drôles des villages en eurent leur occupation prolongée d'autant au domaine de Mespech. Mais le baron y tenait prou, et comme j'ai eu à le dire déjà, il n'était pas homme à lâcher une décision quand celle-ci lui paraissait salutaire.

Tout le temps que dura ce nouveau délai, Faujanet vint chaque jour vérifier l'étanchéité de ses barrages, et colmatant une brèche, où-ci où-là, s'inquiétait du suintement qui courait aux jointures des planches, répétant fort malengroin à quiconque lui tombait sous le bec qu'il fallait en finir et que son ouvrage n'avait pas été prévu pour tenir jusqu'au Jugement dernier. Mais à la fin, il tint, et solidement, sans qu'aucun craquement ne se fît entendre, et le baron n'en douta pas un instant qui oncques ne pressa son monde de terminer rondement, veillant à ce que ce contrefort de pierres fût bien fait, et non vite fait.

Vous imaginez, lecteur, comme le jour de la remise en eau, après si profond curage de fossé, attira tout Mespech et au-delà, puisque Cabusse et Coulondre vinrent aussi, avec Jacotte, Cathau, et aussi la Sarrasine, et que tout ce joli monde s'assit sur la berge, près du barrage qu'on se promettait de faire sauter, au mitan du jour, chacun ripaillant dans l'herbe et buvant la piquette du domaine, la marmaille courant à droite et à sénestre comme de jeunes cabris échappés de l'enclos.

De cette affaire, pourtant, nul n'y avait songé réellement, car on se convainquit vite que retirer le barrage présentait quelques périls, la pression de l'eau d'un côté et le vide de l'autre promettant moult plaisir à celui qui se trouverait côté douve au moment où le barrage céderait. L'attaquer par la base et à la hache fut donc rejeté, et déboîter le barrage côté berge, à son sommet, nécessitait une puissance de bras que personne ne possédait, même Jonas. On proposa donc de creuser par le haut autour du contact du vantail et de la terre, petit à petit, jusqu'à ce que la force de l'eau fît le reste et emportât tout l'ouvrage.

Il est constant que, dans un groupe, on trouve souvent un quidam qui a soudain une idée au-dessus des autres, laquelle s'impose de suite, sans discussion aucune. Ce jour-là, ce quidam fut Petremol, qui causa bien haut et bien juste, lors que Jonas s'était déjà saisi d'une bêche pour commencer à saper le barrage par le haut, comme il venait d'en être décidé.

— Et si, d'une grande flambée au fond de la douve, tout contre le barrage, on brûlait ainsi le barrage jusqu'à ce que rupture par l'eau s'ensuive !

Vers le baron on se tourna, avec des yeux de chiens fidèles, suppliant que la fête ne soit pas gâchée, et il sourit, trouvant aussi l'idée belle et bonne, plaisante, et qui promettait du spectacle. Ce fut la ruée vers les branchages, bois mort et broussailles alentour, qui furent jetés pêle-mêle dans le fossé, et tant et tant que le baron dut intervenir pour que cesse tel désordonné entassement.

Le baron désigna ensuite Petremol – bien nous lui devions cette faveur – ainsi que Jonas, pour descendre allumer l'incendie, ce qu'ils firent, et quand de hautes flammes commencèrent à s'élever, ils remontèrent bien vite par l'échelle, qui fut tirée de suite pour non pas la perdre dans le désastre annoncé. Ce fut merveille que ce moment où chacun, pendant de longues minutes, comme à la communion, retint souffle et paroles, les yeux fixés sur l'immense flambée, à regarder les flammes lécher la verticale paroi de bois, qui sous l'effet de la chaleur et du feu finit par s'embraser dans une lumière d'Apocalypse. On recula, mais peu, car il fallait tout voir, et surtout cet instant magique où l'eau se déverserait sur le feu, tel le Déluge de la Bible.

Rongée et dévorée par les flammes, la paroi résista tant et tant qu'il y eut parmi l'assistance quelques mouvements d'impatience, des cris d'exhortation, qui en appelaient au feu, qui en appelaient à l'eau, pour que le déferlement final se produise au plus vite.

Déstabilisé à sa base, le barrage soudain se disloqua de toute part, en plusieurs endroits l'eau jaillit, et l'ensemble fut tordu, renversé, balayé, et l'étang se rua dans la douve avec une force inconnue, en sa fureur débordant même sur la rive, et filant en grondant au fond du fossé, le recouvrant d'un seul élan, et ce jusqu'au second barrage que l'on ne voyait mie d'où nous nous trouvions.

Margot se tenait à mon côté, et je la sentis frémir à l'étonnant spectacle que nous eûmes en ce présent, lequel fut tel le salaire de l'immense effort entrepris, et enduré, mais qui fut bref, l'eau se calmant dès le niveau de l'étang rattrapé dans la douve, et lors d'un calme si surprenant qu'on en doutait presque que ce déferlement se fût jamais produit.

Et cette mémorable journée, Margot et moi, nous l'achevâmes de fort belle manière, en la grange de l'île, sur le chaume, frottant le lard ensemble comme dit le populaire avec un sens de la poésie que je laisse au lecteur apprécier, lui qui, sans l'ombre d'un doute, est plus ouvert et instruit aux arts et belles lettres que je ne le serai oncques, et m'en excusant humblement.

*
* *

Ainsi l'existence prend ses douces habitudes, et d'un fréquent déduit avec Margot j'en goûtais le plaisir, tel le point d'orgue de cette fortune qui me souriait tant depuis l'entrée en la maison des Siorac. Hélas, des chagrins également rongeaient et dévastaient notre âme, et la lente bascule de la petite Hélix vers le trépas en était le plus intense, le plus cruel, le plus injuste, qui ne se peut exprimer, et que je souhaite éviter au lecteur afin qu'une trop grande compassion ne vienne ternir l'esprit de ces Mémoires. Margot bien me l'avait dit, et la leçon fut apprise, ce n'est pas par mon œil triste, mais par l'autre, que je veux considérer la vie et ses traverses. Si bien que de cette lente agonie je ne veux mie causer, sinon pour instruire qu'elle se poursuivit, et que j'y pris ma part de misère, à chanter de plaisantes et légères chansons lors que je me retenais de pleurer. De cette pitié, il faut certes se souvenir, et la petite Hélix demeure encore en mon cœur, même ce jour d'hui, mais il n'y a nul besoin de l'écrire et de s'y étendre, sinon à raviver le tristeux pâtiment que nous endurâmes à l'époque.

C'est en sortant de la chambrette de la petite Hélix – chambrette qu'elle occupait depuis peu pour y reposer plus quiète – que, le cœur gros et la pensée en désespérance d'avoir tant gaîment chanté et joué de la viole, je me rendis un matin à la grange où Margot et moi devions nous encontrer. À percevoir et ouïr mon pas rude marteler le sol de la cour, je me sentis derechef appartenir au monde des vifs et mon esprit se desserra de sa peine, s'éloigna des brumes de cimetière qui le hantaient, et recouvra son appétence au plaisir de la chair que me promettait ce rendez-vous.

L'appréhension des premières retrouvailles dans la grange – que je vous ai narrée, lecteur – avait laissé place à une tempétueuse impatience qui me poussait à attendre debout, à peine rencoigné en un obscur renfoncement, guettant les mille et un petits bruits du dehors, prêt à bondir, comme le lion sur la fine gazelle, au plus petit signe annonçant ma bien-aimée. Comme à l'accoutumée, le temps parut long, et à proportion de ma hâte à étreindre, caresser, embrasser, mordre et pénétrer le joli corps de ma Margot, dont le pensement me nouait assez les tripes et branlait même le manche, à peu que je n'en fusse honteux et confus tant le désir devenait intolérable.

Mais quand l'attente dépasse une certaine limite, le doute lentement s'insinue, et l'inquiétude aussi, ce qui vous fait quitter ces féroces dispositions au sexe pour laisser place à une angoisse diffuse, ma foi bien douloureuse. Or donc, Margot ne venait pas, et quand il devint trop évident qu'une chose inhabituelle se produisait, ou s'était produite, je sortis de la grange, tournai autour d'une bien fébrile manière, fouillant du regard les moindres parcelles des alentours, et ne voyant que néant, à rebelute mais ne sachant que faire d'autre, je revins au château.

En notre grande salle commune, je tournai en rond, deçà delà, dans un tel état d'excitation et de tension, les yeux fiévreux, qu'il ne se peut qu'il n'ait été remarqué par les présents, mais je ne leur adressai mie la parole, ne désirant trahir par mon émeuvement la passion que j'avais lors pour Margot. Ce qui traversa ma cervelle en cet extrême pâtiment fut de toute sorte, du plus incertain au moins tangible, n'ayant nulle hypothèse concrète à ruminer, et sans cesse ressassant celle d'un drôlet qui se serait montré mieux à son avantage, jusqu'à la séduire et l'entraîner en d'autres lieux. La douleur en est vive de cette sordide pensée, qui vire parfois à la plus crue des images, vous oppresse jusqu'à l'étouffement, et revient toujours à l'assaut dans le seul but de vous tourmenter davantage.

Si bien que, le soir venant sans que rien ne vienne expliquer cela, évitant la Maligou et la Gavachette comme Charybde et Scylla, à Barberine je confiai mon inquiétude tout en lui celant au mieux la vraie cause de mes tourments.

— D'aucuns auraient-ils aperçu la Margot ce jour d'hui ? dis-je avec un feint détachement. Elle devait m'apporter, je m'en ramentois, quelques feuilles de chélidoine pour curer un cor qui me peine à mon pied gauche.

— De la chélidoine, Miroul, tu en trouveras tout autant que tu en voudras le long du mur ombragé de la grange, répondit Barberine. Mais de la feuille de saule, aussi, tu pourras essayer avec le même profit. Et il y a un saule sur l'île.

— Grammerci, Barberine, et ma voix se noua dans le nœud de ma gorge.

Point ne pus supporter le silence qui suivit, lequel me laissait Gros-Jean comme devant, aussi stupide qu'une vache ayant tenté d'encorner le vent.

— Mais la Margot, point on ne l'a vue ? ajoutai-je à voix presque basse, comme si de baisser d'un ton pouvait masquer l'intérêt que je portais à la question.

— Nenni, Miroul.

— Adonc, elle n'avait pas à venir ?

— Si fait, avec la Gavachette, au potager, on aurait dû la voir, mais on ne l'a pas vue, ce qui a bien encoléré la Gavachette qui pour deux a trimé. Et que c'est bien étrange parce que, la Margot, elle n'a jamais manqué !

À cela je n'ajoutai rien, jugeant plus sage de ne point paraître intéressé plus outre, mais cette nouvelleté me trotta en la tête, non seulement que nul ne connaissait la raison de cette absence mais aussi que celle-ci ne s'était jamais produite. Et l'inquiétude me rongea derechef avec une autre intensité, que d'un grand malheur il eût pu advenir, sans que quiconque encore ne le sût, me fut insupportable, et me laissa yeux grands ouverts sur ma coite la nuit durant.

Le lendemain, j'avais appétit perdu devant mon bol de lait, ne touchant mie à mon pain, le front soucieux, les cernes creusés, le teint jaune et fatigué.

— Quelle est cette sinistre figure ? demanda mon maître en s'asseyant face à moi.

— C'est Margot qui n'est pas venue hier et personne qui n'en sait la raison, dis-je en un souffle.

Mon maître me considéra avec attention, resta coi un moment, puis se pencha vers moi et déclara à voix basse :

— Et que la Margot ne soit pas venue hier, pour Miroul, c'est plus cruel que toute autre chose…

— Oui, dis-je, le regard baissé comme catholique à confesse, et de l'avouer me fit un grand bien, car le bonheur se peut porter seul, mais il en est plus malaisé du malheur qui se partage volontiers.

Mon maître sourit, mais sans irrision aucune, et se renversa au fond de sa chaise.

— Nous sellerons nos chevaux et nous irons tous deux, dès ce matin, à la ferme de ses parents pour tirer cela au clair.

— Je vous mercie humblement de la peine que vous prenez à une affaire de si peu de conséquence, Moussu Pierre.

— De si peu de conséquence, dis-tu ? Peut-être ces affaires-là sont-elles plus importantes que d'élever un mur d'enceinte ou de curer les douves du château !

De la grande bénignité et humanité de mon maître, j'en avais encore la preuve en ce prédicament, et surtout au regard de la grande douleur où il se trouvait à suivre journellement le déclin de sa pauvre petite Hélix.

Cependant, nous étions à peine sortis dans la cour qu'Escorgol nous héla du haut du châtelet d'entrée, très à l'agitation et pointant son bras en direction de l'île.

— Qu'y a-t-il, Escorgol ? Est-ce attaque de Roumes, de gueux ou seulement le soleil qui te joue des tours ? répondit mon maître se gaussant.

— Rien de tout cela, Moussu Pierre, c'est un simple paysan que point ne connais mais qui s'en vient ici.

— Eh bien, à sa rencontre, allons ! Voyons ce que nous veut ce pauvre diable ! lança mon maître.

Et je le suivis, nous portant au-devant du quidam que nous encontrâmes peu avant le second pont-levis. C'était en vérité un bien pauvre paysan que nous avions là, de petite taille, vêtu de frusques râpeuses et élimées, l'air fatigué assez, la moustache tombante et à la tristeuse mine. Il s'arrêta en nous apercevant, et quand nous fûmes à sa hauteur, se tint coi, les bras ballants, gauche et intimidé.

— Je suis le fils du baron de Mespech, dit mon maître, que cherches-tu céans ?

Raclant sa gorge, et en une courte phrase jetée comme à la panique, le paysan répondit :

— *Soi lo paire de Margot*[1].

— Ah… de notre Margot ! Et adonc ? *Es malauta*[2] ? fit mon maître.

Lors le pauvre vieux, tout en retenant de grosses larmes qui tout soudain affluèrent sur son maigre visage, d'une voix tremblante s'écria :

— Moussu… *Margot a desparegut*[3]…

---

1. Je suis le père de Margot (oc).
2. Elle est malade ? (oc).
3. Margot a disparu (oc).

Chapitre IX

La foudre tombant sur moi à la verticalité n'aurait pas produit d'effet plus saisissant. J'en fus comme hébété, mon regard se portant du bonhomme à mon maître, de mon maître au bonhomme, et la sincère douleur de ce dernier qu'il tentait de cacher, mais sans y parvenir, tant m'émut et me poignit que je sentis les larmes à mes yeux se presser, et cet émeuvement s'ajouta à la nouvelle de la disparition, laquelle me fut tel un gouffre qu'on ouvrait sous mes pieds.

C'est sans hésitation aucune que mon maître, jugeant le prédicament étrange et alarmant, fit signe au bonhomme de nous suivre en la librairie du château pour y encontrer le baron. Celui-ci, quiètement installé dans un fauteuil, un livre en main qui semblait l'absorber, se leva dès l'abord qu'il vit le père de Margot, lequel il connaissait pour avoir embauché lui-même la jeune garce en sa ferme, l'ayant choisie en compagnie de Sauveterre pour son entrain au labeur, sa robuste santé, et sa franche droiture – et peut-être bien, pour le baron mais non pas pour Sauveterre, pour le simple plaisir des yeux. Le père aussi, de voir le baron dont il espérait tout, et comme s'il se trouvait devant le Tout-Puissant lui-même, dans son émotion se jeta à ses genoux pour l'implorer et le supplier de lui redonner sa fille, et ceci dans une parladure si fruste et embrouillée que le baron, n'y comprenant goutte, releva le pauvre homme et s'enquit auprès de son fils de la raison de ces débordements.

Quand le baron eut compris l'affaire, il demanda au père de Margot de s'asseoir – lequel, épouvanté d'un si grand honneur, obstinément refusa – puis de lui narrer dans les détails ce qu'il savait de la disparition de sa fille, ce que le brave paysan fit incontinent en un débit tant rapide que le baron à plusieurs reprises le stoppa, lui faisant répéter derechef pour s'assurer de bien comprendre. J'en fus étonné car, pour ma part, je compris au premier jet, maugré l'émotion du bonhomme, et la réflexion que je me fis là-dessus est que les nobles ont bien du mal à entendre le parler bref et direct de nos campagnes, et qu'ils sont un peu perdus dès lors que l'on cause sans contrefaire nos accents et intonations, enlevant l'enrobage des phrases auquel ces messieurs sont accoutumés.

Quand il en eut terminé de son court récit, le père de Margot laissa ses yeux fixés sur la personne du baron, comme s'il s'attendait à ce que celui-ci, ayant réfléchi au problème, ouvrît une porte dérobée de la librairie, et en fît sortir sa fille, mettant ainsi un terme à son épreuve, tel le *deus ex machina* du théâtre.

Sur cette entrefaite, Sauveterre entra en la salle, salua fort civilement le père de Margot dès qu'il le reconnut, et s'en alla s'asseoir assez roidement après que Pierre lui eut, en deux mots, expliqué la présence du pauvre homme en la librairie de Mespech. Il y eut ensuite un assez long silence où chacun, je cuide, devait opiner sur ce qu'il avait appris, tandis que le baron semblait balancer entre plusieurs options, l'air grave et soucieux, passant moult fois la main sur le menton en une attitude tant embarrassée qu'inquiète.

À la parfin, il assura le père de Margot que Mespech s'engageait à chercher le fin mot de l'affaire, et il le congédia tout de gob, se pouvant que la présence du bonhomme le gênait pour dire avec assez de clarté ce qu'il pensait de cela. Notre homme tristeusement se recula jusqu'à la porte comme un abandonné, les yeux mouillés de désespoir, et disparut après un bref salut à la ronde, et je m'apensai qu'il n'aurait pas grand-chose à raconter à son épousée sur l'issue de sa démarche, laquelle le laissait tout à plein désemparé et sans réponse.

Dès qu'il fut hors de la pièce, il y eut un échange de regards entre le baron, Sauveterre et mon maître, qui fut rompu par Sauveterre :

— Jean, quel est votre sentiment sur cette malaventure ?

Le baron eut un sinistre sourire en direction de son ami, pivota autour d'un fauteuil et, se penchant en avant, crocheta ses deux mains sur le dossier de velours.

— Je dis que c'est folie d'avoir laissé Margot se rendre seule au marché de Taniès !

— Selon son père, n'en avait-elle pas l'habitude ?

— La belle raison ! s'écria le baron. Si tel prédicament est jugé hasardeux, doit-on chaque semaine y fourrer le bec derechef, sous prétexte que nul navrement ne s'est encore produit ?

— Certes, reprit Sauveterre non sans rudesse, mais nos paysans vivent entourés de périls et rarement les mesurent tels qu'ils sont en vérité ! Lors donc, vous opinez comme je le crains ?

Le baron se redressa, eut un mouvement de tête en signe d'assentiment, et resta coi.

— Comment jugez-vous l'affaire, messieurs ? demanda mon maître, lequel se faisait là – peut-être à dessein – mon porte-parole.

— Et que voulez-vous qu'il arrivât, mon Pierre ! lança le baron avec humeur. Quand une jolie garce, telle la Margot, s'en va seule au marché, comme à la promenade, à sauts et à gambades à travers bois, et que la malfortune lui fait encontrer quelques misérables gueux, semblables à ceux que j'ai croisés au retour de Marcuays l'autre jour, il est peu probable que sa destinée ne soit point scellée dès l'abord ! Vramy, mon Pierre, et toi aussi Miroul, il nous faut vérité bien en face regarder, car rien ne peut avoir empêché Margot de s'en aller ou de s'en retourner du marché, sinon ce mauvais sort dont j'ose à peine parler ! Je crains que Margot n'ait été forcée à plusieurs sur le bord du fossé, puis dépêchée à la chaude dans les fourrés, afin de ne pouvoir par la suite reconnaître ou accuser ses assaillants !

— N'est-ce pas ce qui arriva à Jeannette, de ce même hameau de la Malonie, trois ou quatre ans de cela ? fit Sauveterre impassible.

— Si fait, hélas, et combien je me ramentois ce pauvre corps dénudé et égorgé, jeté telle une charogne dans le fossé !

À cela, je ne pus plus tenir, et mes jambes flageolantes ne me portant plus, je fis quelques pas de côté pour tomber sur une chaise, les mains tremblantes et la cervelle prête à éclater. À l'esprit me revinrent, toutes mêlées, confondues, embrouillées, enchevêtrées, les horribles images du supplice de mes sœurs auquel j'assistai jadis, en la grange de mes parents, impuissant et vomissant. Et que ma Margot puisse être à présent ce que le baron en disait – charogne en fossé – lors que je sentais encore l'odeur de son corps sur le mien, la douceur de ses caresses et l'élan de sa jeunesse contre mes flancs, me laissa en une immobilité de statue, comme absent du monde qui m'entourait.

Ce que voyant, mon maître de moi s'approcha, et posa la main sur mon épaule en guise de réconfort, geste qui sûrement étonna le baron, lequel se croyait seul à connaître ce qui m'unissait à Margot. Sauveterre, au comportement de mon maître, eut un regard d'incompréhension et de surprise, mais ne chercha pas à en savoir plus outre.

— Cependant, reprit mon maître s'adressant à son père, n'avez-vous point promis à ce pauvre homme d'éclaircir la disparition de sa fille ?

— Oui, je l'ai promis. Il nous faut donc suivre ce chemin de Taniès, qui descend jusqu'à la grande route des Beunes, puis jusqu'au village. Mon idée est que c'est dans les bois, avant d'arriver à la vallée, plus ouverte et fréquentée, que cette vilenie s'est produite.

— Mais enfin, Jean ! s'écria Sauveterre. Vous n'allez pas vous armer en guerre pour retrouver la trace d'une simple employée de ferme, laquelle n'habite pas même au château ! Laissons donc cela, on nous mandera assez tôt quand le corps sera retrouvé, et c'est bien suffisant, ce me semble !

Le baron point ne répondit à cet assaut, qu'il feignit d'ignorer, et jeta un regard à son fils.

— Messieurs, dit celui-ci, nulle nécessité en effet de le faire vous-mêmes, j'irai moi-même, avec Samson et Miroul.

— Miroul, mais le peut-il ? répliqua le baron sans laisser à Sauveterre le temps d'ouvrir la bouche.

— Si, je le peux… dis-je comme un automate.

— Bien, reprit le baron, et quand voulez-vous partir, monsieur mon fils ?

— Dès l'instant que nous serons prêts et que nous aurons bien ouï les conseils que vous nous donnerez.

Lors le baron nous entraîna hors la librairie, et je fus bien heureux de cette diversion qui, me lançant dans l'action, apaisa un peu mon désespoir. Dans la salle d'armes où Samson nous rejoignit, les deux frères mirent l'épée au côtel et le morion en tête, et sur l'île, deux pistolets chargés furent glissés dans les fontes des chevaux tandis que le baron vérifiait notre équipage : harnais, bridons, fers des chevaux, courroies, alênes; comme si nous en étions à quitter Mespech pour plusieurs mois. À mon maître qui s'en étonnait, il répondit :

— En vérité, vous serez sans doute revenus dès ce soir porteurs d'une fort mauvaise nouvelle. Mais il se peut aussi que vos recherches vous entraînent plus loin et que vous soyez absents un temps plus long que vous ne le pensez. Nul ne prédit l'avenir, mon Pierre, et le bon soldat est celui qui a prévu ce que l'insouciant n'a pas envisagé.

Le baron songea aussi à nous adjoindre François, jugeant Samson peu sûr dans les périls et me voyant bien alangui par la peine et le chagrin qui était le mien, mais il se ravisa, tout aussi certain que des tiraillements dans le commandement se feraient dès lors sentir, et sachant trop, en vieux soldat, la paralysie que ceci entraîne dans la bonne marche d'une troupe, surtout petite. Il choisit Jonas – et de plus rassurant il ne se pouvait – dont la haute stature, la force et le calme étaient de bon aloi en une équipée dont nous méconnaissions les traverses et les dangers.

— Jonas, ajouta le baron, ne sait tirer au pistolet, mais il a un arc anglais dont il se sert avec grande adresse, capable comme je l'ai vu de percer en une seule flèche un corbeau juché sur la plus haute cime d'un arbre. Il faudra prendre un cheval supplémentaire et décider notre carrier à vous suivre. Dites-lui bien qu'il s'agit d'un commandement que je donne, et que j'exige que la Sarrasine, pour sa sécurité, s'en aille vivre chez Cabusse en attendant votre retour.

Quand tout fut prêt pour le département, le baron bailla à ses deux fils une forte brassée, leur souhaita bonne fortune, et les avertissant de s'attendre au pire car il ne songeait point, pour sa part, qu'il pût en être autrement que ce qu'il avait dit. Sur ce, mon maître et Samson éperonnèrent leur monture, tandis que je suivais à distance, tenant mes rênes de la dextre et, de la sénestre, le licol du cheval supplémentaire destiné à Jonas.

Promptement parcouru fut le chemin menant à la carrière et Jonas qui, assis à l'entrée de la grotte, changeait le manche d'une lourde cognée, la Sarrasine dévidant et cousant à ses côtés, se trouva fort esbaudi de notre visite et, de son but surtout, quand il l'apprit par la bouche de mon maître. Mais, j'eus déjà à vous le signaler, lecteur, Jonas était tout de fidélité et de servitude, et il n'hésita pas un instant à nous suivre, le commandement du baron n'étant que simple confirmation de la volonté de celui-ci, ce que Jonas ne songeait pas à mettre en doute, ayant toute fiance en le fils préféré de Jean de Siorac. Empoignant son arc et ses flèches, Jonas fit donc de courts adieux à la Sarrasine, laquelle promit de se rendre de ce pas chez Cabusse et la Cathau pour se mettre hors de tout péril.

Il en est un, je gage, qui ne trouva pas l'affaire bien plaisante, ce fut le cheval sur lequel Jonas se jucha, et dont j'eus l'impression que le dos ployait dès lors vers le sol, ce qui ne se pouvait en vérité, mais de charge entre la croupe et le garrot il ne devait en avoir connu de plus lourde, et de plus éreintante. Retournant en direction de Mespech, nous prîmes au nord par le chemin des forêts, lequel était l'unique sentier pour se rendre en la vallée des Beunes. Mon maître et Samson prirent la tête du petit cortège, me laissant avec Jonas fermer la marche, et j'observai avec horreur l'un et l'autre considérer attentivement les broussailles sur les côtés, à droite et à sénestre, à la recherche d'une macabre découverte que je ne pouvais mie envisager. Et pourtant, aussi scrutai-je ainsi les alentours, espérant, au rebours de toute évidence, en voir surgir une Margot saine et alerte, nous faisant grand signe de la main, et nous confiant en riant à gorge déployée qu'elle s'était égarée, perdue, et bien heureuse de nous trouver céans enfin. Hélas, ce ne sont là que chimères qui errent en la tête du malheureux, et qui le tiennent en fol espoir, lequel ne se peut briser qu'avec plus de force quand la vérité se dévoile.

Peut-être avions-nous parcouru une lieue déjà quand mon maître tira sur les brides de sa monture, l'arrêta et, ce que voyant, Samson fit de même.

— Renifles-tu, mon bon Samson, ce pestilentiel effluve ?

— Oui, Pierre, il me chatouille et indispose mes narines, répondit celui-ci.

— Pour sûr, s'écria Jonas, cette odeur me pue, à peu que je ne raque ! C'est là odeur de charogne, et pas petite !

Je pardonne à Jonas cette terrible parole, qui fut tel un coup de marteau sur la tête d'un noyé, car il en savait néant de mon amour pour Margot, et de ma peine, et ne pouvait deviner l'état de désespérance en lequel il m'avait tout soudain jeté en prononçant l'horrible mot. Mon maître me lança un regard hésitant, inquiet sans doute que je ne tinsse le choc, mais je le supportai, sans trop savoir comment, et quand il s'écarta du chemin, contournant les broussailles et les arbres, je le suivis comme les autres, jusqu'à l'endroit d'où l'odeur semblait s'exhaler de la terre elle-même.

Onques n'ai entrevu de toute mon existence une charogne avec autant de soulagement ! Là, étendu sur le sol, en des émanations tant tenaces et prégnantes que mon maître et Samson en portèrent à leur nez un mouchoir, un reste de cabri, à moitié dévoré par les loups, pourrissait en sa nuée de mouches bourdonnantes, les lambeaux épars de chair grouillant d'une infecte population de vers, sous un pelage encore bien visible et parfaitement reconnaissable. Peu de temps, comme bien on pense, nous restâmes à envisager ce peu ragoûtant spectacle, et apaisés de ne pas avoir vu ce que nous redoutions de voir, nous reprîmes le sentier derechef, poursuivant notre inspection des broussailles.

Il n'y eut nulle embûche, et point de macabre découverte, jusqu'à la grande vallée des Beunes, où mon maître, le visage soucieux, l'air grave, fit stopper la petite troupe.

— Que Diable devons-nous faire, mes amis? fit-il. Serait-il que Margot soit jusque-là parvenue, sans ambages, et qu'elle soit allée à Taniès?

Il y eut des regards échangés, mais personne ne pipa mot ni miette, car nous étions à l'ancre, comme les navires au port, accablés par cette absence totale d'indice d'aucune sorte, qui augurait bien mal de nos chances à retrouver la Margot, vive ou même, hélas, morte.

— J'en tiens qu'il nous faut aller au village, et questionner tous et chacun, reprit mon maître. Il ne se peut qu'on ne l'ait aperçue au marché si elle s'y est finalement rendue.

Ceci parut à tous de la bonne et saine logique, et quoi faire d'autre du reste, sinon à s'en retourner à Mespech, la mine basse, tout espoir à jamais enseveli dans un épais mystère. Tournant à dextre, vers l'est, et remontant la vallée dans un large chemin empierré et carrossable, nous prîmes la direction du village, au pas, continuant à fouiller la campagne de nos regards, à la recherche d'une piste à se mettre sous le bec. Je m'apensai que le baron avait bien raison de considérer que le malheur s'était produit sur le sentier qui menait du hameau à la vallée, et non au-delà, car cette vallée des Beunes était large, défrichée, cultivée, empruntée aussi, la route étant celle qui menait, au rebours de notre direction, vers l'ouest, au bourg des Ayzies[1].

1. Les Eyzies.

Et cette constatation n'était pas de nature à fortifier notre espérance, d'un trajet sans péril nous sentions l'inutile, car il y avait là trop de paysans aux champs, trop de charrettes sur la route, pour que Margot y ait pu encontrer malfortune.

Obliquant à sénestre, par un rude chemin en pente, nous nous hissâmes au niveau du village, lequel était aussi peu étendu que celui de Marcuays, présentant à l'identique étroites ruelles et maisons groupées autour de son église. Mon maître décida du partage de nos forces, lui et Samson d'un côtel, Jonas et moi de l'autre, avec pour mission d'interroger tout quidam encontré, du plus jeune au plus vieux, sans distinction de sexe ni d'occupation. Ainsi nous fîmes, surtout dans les échoppes et pas de porte, du sabotier au menuisier, de la couturière à la lavandière, et dans les rues, de l'enfant au vieillard. De cette inquisition, et confrontant nos réponses, nous acquîmes certitude et fiance en les points suivants, tous n'étant pas pour nous de même utilité : Margot était bien connue au village de Taniès – elle était la fille de Jehan et de Marie du hameau de la Malonie –, souvent venait-elle au marché d'ici, seule ou avec ses frères, non pas pour y vendre mais pour y acheter, et avec un grand panier qu'elle chargeait sur son dos s'en retournait chez elle avant la midi, mais nul ne l'avait vue au dernier en date, celui d'avant-hier.

— Margot, à Taniès, oncques n'est allée ce jour-là… conclut mon maître d'un air sombre. Nous échouons.

Debout au côté de nos montures, tenant les brides en main, sans nous regarder, il y eut un silence tant long qu'il me poignit de désespérance, à peu que les larmes ne viennent s'en mêler pour achever ma déroute.

— Allons, il faut nous en retourner ! ajouta mon maître avec dépit, se hissant sur sa monture. Telle une dernière chance d'en apprendre davantage, sur le sentier, là-haut, nous guiderons nos montures, deux d'un côté, deux de l'autre, marchant sur une même ligne, large d'une centaine de pas.

La petite troupe s'en redescendit dans les Beunes et lentement progressa sur le large chemin de la vallée, chacun muré en de tristeuses pensées, les miennes étant assurément les plus sombres, car se dissipait vers le ciel l'espoir ténu que j'avais jusque-là conservé en mon cœur. Et de la route nous allions nous écarter pour reprendre le sentier du retour quand mon maître, sans apparente raison, avisant un paysan courbé en son champ et creusant son sillon à la bêche, détourna sa monture et s'approcha de lui. Parvenu à la haie, il le héla sans rudesse.

— Holà, mon brave ! De quelques renseignements sommes en nécessité, saurais-tu nous répondre ?

L'homme se redressa et, tout esbahi de découvrir face à lui quatre cavaliers dont deux assez richement vêtus et d'un noble maintien, enleva incontinent son chapeau à large bord qui le protégeait du soleil.

— Mais que peux-je savoir, Moussu ? répondit-il.

— Nous cherchons Margot, la connais-tu ?

— La Margot de la Malonie, la fille de Jehan ?

— Oui, la fille de Jehan et de Marie. Adonc, comme tous ici, tu la connais… Et où étais-tu avant-hier, jour du marché au village ?

— Ici même, Moussu, en même place et même labeur !

— Et la Margot, ce jour-là, l'as-tu vue ?

— Oui-da, Moussu.

Est-il besoin, lecteur, de vous conter et la tension que cette tant courte réponse répandit parmi nous et l'émoi d'apprendre tout soudain que la Margot n'avait été ni forcée ni occis sur le sentier menant à la vallée, laquelle vallée elle avait bien atteinte, mais que pourtant elle n'était point parvenue au village, lors qu'il n'y a plus grand péril de ci à là, même pour une jolie garce marchant seule à l'aventure.

— Et lui as-tu parlé ? reprit mon maître.

— Que non pas, Moussu, j'étais en haut du champ, mais je l'ai vue descendre du sentier et prendre le chemin.

— En es-tu bien certain que c'était elle ?

— À marcher comme ça en balançant les hanches, il n'y en a pas deux, Moussu !

Et ceci, bien à la vérité, suffit à nous convaincre que le bonhomme avait aperçu notre Margot ce jour-là ! Or, du champ, le regard portait loin vers l'est, et jusqu'à l'embranchement de la courte montée qui menait au village.

— Et tu l'as suivie des yeux ? fit mon maître.

— C'est que, répondit l'autre, le rouge lui chauffant un peu les oreilles, elle est bien mignonnette à regarder, la Margot…

— Jusqu'à la croisée là-bas, où elle a pris la direction du village ?

— Non pas, Moussu. Un chariot s'est arrêté et l'a prise.

— Quoi ! cria mon maître, faisant sursauter notre bonhomme. Un chariot l'a chargée, dis-tu ! Et lequel chariot a tourné à sénestre, à la croisée, pour se rendre à Taniès ?

— Ça, je pourrais point dire, Moussu. J'avais plus rien à regarder et fallait que le travail avance.

— Eh bien, moi, reprit mon maître, je sais que ce chariot jamais n'est allé à Taniès.

— Peut-être bien, Moussu, je peux point dire.

Mon maître considéra le paysan avec attention à tel point que celui-ci, gêné par un regard tant inquisiteur, finit par paupières baisser, soulevant ses sabots et les frappant l'un l'autre pour en enlever la glaise collante qui tombait par paquets.

— Et ce chariot, saurais-tu nous le décrire ? demanda mon maître à la parfin.

— Pas grande nécessité de le décrire, Moussu, je sais bien à qui il appartient.

— Tudieu ! s'écria mon maître, et à qui donc ?

— C'est un drapier de Sarlat qui vient une fois le mois au village. Ma cousine, qui est couturière, traite avec lui pour les toiles et les étoffes.

— Son nom ?

— Delacombe, Moussu.

— Et il loge en Sarlat, dis-tu ?

— À ce que j'en sais, oui-da.

Remerciant le paysan, lequel reposa sur le chef son chapeau à large bord et sans plus attendre se remit au labeur, mon maître se tourna vers nous, vif et alerte, le teint tant revigoré que j'eus fiance en son espoir.

— C'est en Sarlat que nous en apprendrons plus, il faut retrouver ce Delacombe ! Hardi, compagnons, éperonnons nos montures, soulevons la terre, il nous faut avant ce soir être en la cité !

Et gaillardement, piquant le galop, nous arpentâmes derechef le sentier vers Mespech afin que de rejoindre la route menant à Sarlat, mon maître et Samson en tête, moi ensuite qui tentais, vaille que vaille, de suivre ce rythme, et Jonas en queue, pour ce que son cheval avait la plus lourde charge et pour ce que, je le remarquai aussi, le carrier n'était pas bien habile cavalier, son assiette laissant fort à désirer. Mais il fallut bien, à notre grand dam, mettre nos montures au pas dès qu'elles furent trop usées de galoper ainsi, ce qui du reste soulagea autant Jonas que son cheval.

En soirée, les portes de la cité furent franchies et j'eus plaisir à me retrouver en cette ville que j'avais jà parcourue, Margot en croupe, la chaleur de son ventre contre mon dos, à nous émerveiller tant et tant de la richesse des échoppes et de leur surprenant agencement. Mon maître s'enquit d'une auberge car il n'était plus temps, la nuit tombant, de chercher le logis du drapier Delacombe, et nous démontâmes, rompus par la fatigue des justes, confiant nos bêtes au palefrenier du lieu.

L'alberguière était une forte femme, entre deux âges, au plein visage épanoui et réjoui, parlant haut et fort en agitant les bras, et qui nous accrocha à peine le seuil de sa maison franchi.

— La bienvenue, mes seigneurs, s'écria-t-elle, que peux-je faire pour votre service ?

— S'il ne vous en déplaît, le gîte et le couvert, madame, répondit mon maître en s'inclinant.

Elle nous guida à l'étage, par un sombre corridor et un vieil escalier de bois qui branlait à chaque marche, jusqu'à une chambre coquette, ayant vitre à la fenêtre, vue sur la rue, calel allumé au-dessus de la porte, et désigna quatre lits collés contre les murs.

— Est-ce à votre convenance ? demanda-t-elle, dévorant des yeux notre beau Samson lequel, pensées dans les nuages et innocence au fond des yeux, ne s'en apercevait mie.

— Excellentissime ! répondit mon maître qui ne pensa pas même à barguigner le prix, au demeurant assez élevé, que l'alberguière proposa par la suite.

De ces auberges, où gîte et francherepues nous furent dispensés, tant à Montpellier, Paris, Londres et autres grandes villes où je séjournai en compagnie de mon maître, j'ai douce souvenance, et peut-être ne suis-je pas loin de considérer que ce fut le lot le plus plaisant de ma condition de valet, que le paysan oncques ne connaîtra, et n'en peut imaginer pas même l'odeur ni la félicité. Pour Jonas, comme pour moi du reste, c'était la toute première fois que nous pénétrions en ces lieux, où il faut montrer clicaille avant que d'entrer, la porte se refermant incontinent sur le bec des gueux qui s'y présentent les mains vides.

La salle où on nous servit était grande, animée, emplie d'une foule de bourgeois et voyageurs à la vêture et aux mines insolites, et je cuide assez que je passai bien le quart du repas à envisager cette assemblée qui m'était tout à plein fabuleuse et étrange. Le rôt fut à tel point délicieux que nous ne laissâmes nul relief au fond de l'assiette, ayant grand-faim de surcroît, et le vin clairet coula gaiement dans nos gosiers, à peu que la tête ne me tournât à la fin du souper.

La garce qui courait deçà delà, de table en table, était fort mignonnette, taille fine, pied menu, visage angélique sous de longs cheveux blonds, et mon maître la remarqua aussi, qui lui fit mille grâces tout au long du service, clins d'œil, sourires et propos galants. À la parfin, comme la salle se vidait et que nous traînions sur nos bancs, désoccupés et bayant aux corneilles, mon maître fit signe à l'accorte servante de s'asseoir un moment à son côtel pour causer. Elle accepta, et avec tant d'empressement, que je n'eus pas à travailler prou mon imaginative pour entendre où l'affaire pourrait bien se conclure, et tout à l'avantage de mon maître.

Du guilleret bavardage que Samson, Jonas et moi, de ces deux-là, nous eûmes à ouïr ce soir-là, je vous en ferai grâce, mais il ne faut pas aller trop loin pour se l'imaginer, conter fleurette n'étant plaisant qu'à ceux qui en sont, l'oiseau et l'oiselle donc, et paraît bien nigaud à ceux qui, par mégarde, écoutent, et sont bien maugré eux dans la position de la chaise ou du calel. La jeunette se prénommait Guillemette, était native de la cité, qu'elle n'avait jamais quittée, travaillait ci depuis une année déjà, avait père cordonnier et mère blanchisseuse, dormait seule dans une chambrette à l'étage, et c'est paupières baissées sur ses jolis yeux bleus qu'elle répondait de bon cœur à toutes les questions.

Mais si tant bien je me ramentois la jolie petite blonde de l'auberge, c'est que mon maître – se peut qu'il avait épuisé là son sac à merveilles – en vint à lui causer de notre affaire, mais tout à la prudence, lui celant proprement sa véritable issue. Je suis sans doutance aucune qu'il n'y avait pas là préméditation de sa part, mais plus sûrement, ayant bien avancé d'un côtel – l'oiselle étant près du nid –, il songea soudain qu'il pourrait tout autant avancer de l'autre par la même occasion.

— Sais-tu, Guillemette, que mon père m'a demandé de quérir certaines draperies pour notre logis et j'ai ouï dire d'un certain Delacombe, drapier de son état, et habitant la cité. En as-tu vent parler ?

— Sur la cité, répondit Guillemette, d'autres plus réputés se trouvent, et que je vous indiquerai, non pas que Delacombe n'offre du drap de qualité, mais on dit de lui qu'il est âpre en affaires, retors assez, et aime à parfumer ses clients de farine.

— Adonc, un autre sans doute aura ma clicaille, mais peux-tu cependant me bailler son adresse ?

— Rue du Chapon, mes parents sont sis en la même rue.

— Grammerci, Guillemette, et demain matin me donneras-tu le nom des autres drapiers ?

— Je suis tout à votre service, Moussu Pierre, ce sera où bon vous semble et quand vous le désirerez, fit-elle avec un sourire tant charmant que j'aurais été un bien beau nigaud du dernier œuf à ne pas l'identifier pour ce qu'il signifiait.

Lors il fut temps pour nous quatre de nous acheminer en notre chambre, la salle étant vide, les tables dégagées, les couverts rangés en leur bonne et propre place, et l'alberguière passant un à un les calels sous l'éteignoir.

Les émeuvements du jour écoulé ne me poussaient guère à la veillée et je fus le premier allongé sous ma coite, prêt à fermer les yeux et à m'ensommeiller, en songeant que, de retrouver Margot saine et vive, l'espoir renaissait derechef et que du drapier Delacombe, peut-être, nous en obtiendrions davantage. Tel, pourtant, ne fut-il pas de mon étonnement, à voir mon maître, loin de se coucher, effectuer mille détours au milieu de la pièce, puis se posant soudain face à la fenêtre, observer dans la rue en une plus quiète attitude, les mains derrière le dos mais le bout des doigts s'agitant en tous sens. Le paisible et doux ronronnement de Samson, lequel, tel à son habitude, s'était étendu pour s'endormir aussitôt, sembla attirer l'attention de mon maître qui se retourna, lorgna un instant vers son frère, et nous jeta un regard incertain.

— J'ai grand besoin, dit-il à voix basse en s'adressant à Jonas et à moi, de marcher et de respirer l'air plus frais du dehors, afin que de réfléchir à notre affaire, et à ce Delacombe que nous verrons demain.

— N'est-il pas périlleux de s'aventurer en la rue asteure où coupe-gorge et assassins doivent rôder en quête d'égarés ou de retardataires ? demandai-je, assez inquiet d'imaginer mon maître déambulant seul en les rues mal famées de la cité.

— Rassure-toi, mon bon Miroul, point n'irai là, mais simplement en la cour de l'auberge, laquelle est close de murs et toute de sûreté. Dormez, éteignez le calel, et n'espérez pas de sitôt me revoir.

Là-dessus, du plus silencieusement qu'il put, mon maître ouvrit la porte et disparut dans le sombre corridor. Ai-je besoin de préciser, tel le plus tatillon des historiographes, que mon maître de la nuit ne revint, et que sa coite le lendemain n'avait été du tout touchée, aussi lisse et plate que la veille. Je ne suis pas gardien de la morale, et oncques ne le serai, tenant que celle-ci œuvre souvent au mal plus qu'au bien mais, de cette équipée nocturne, j'eus un pincement au cœur en songeant à notre pauvre petite Hélix qui se desséchait en son lit. Autant nous en pend à l'œil, dit-on, et je ne veux guère ergoter plus avant sur cette vérité.

Nous fîmes retrouvailles avec mon maître en la grande salle de l'auberge, où une Guillemette joyeuse, mais les traits tirés, nous servit de quoi nous émerveiller, tant le déjeuner du matin en cette auberge était comme une repue du midi ou du soir, lard et bacon d'abondance, œufs à gober crus, fromage et pain sans retenue, dont nous fîmes de bonnes gorges chaudes. D'aplomb pour la suite, nous préparâmes notre département, ce qui ne prit pas long vu que de bagues nous n'en avions guère, et sur le pavé de la rue, face à l'auberge, nous fûmes en peu de temps, hormis mon maître qui s'attarda en compagnie de Guillemette afin que de lui faire ses adieux et, il se peut aussi, lui répéter, comme souvent en pareil prédicament, les ordinaires promesses dont on sait sitôt dites qu'elles ne seront oncques tenues, ni par l'un ni par l'autre.

Ayant pris la décision de laisser nos montures en l'auberge afin de déambuler plus aisément en les étroites ruelles de la cité, nous évitâmes de trop nous charger en armes et des pistolets nous dûmes nous séparer, les confiant à l'alberguière, car il eût été trop encombrant – et trop menaçant aussi – de les tenir continûment en main. Jonas, cependant, prit son arc anglais qu'il glissa en travers de son large torse, cet arc étant la seule arme à distance, avec mon cotel, que nous possédions en cette équipée.

*

*   *

La rue du Chapon était une ruelle par endroits tant étroite, que les hautes façades des logis en cachaient le soleil, lequel ne devait guère y pénétrer, si ce n'est en été, lorsqu'à son zénith la puissance d'ycelui écrase le paysan en son champ ou l'artisan en son échoppe. L'abord de la boutique du drapier était encombré d'étoffes suspendues à des barres de bois, si bien qu'on en distinguait mal l'ogive de pierre qui en délimitait la véritable entrée.

— Jonas, annonça mon maître, tu resteras debout en la venelle, face à la boutique, et tu courras nous prévenir si un agissement anormal ou suspect se produit.

Mon maître, ensuite, me fit un clin d'œil entendu tout en me désignant Samson du menton, ce que je n'eus guère de peine à interpréter comme un commandement à veiller plus avant sur son frère, dont on sait qu'il n'est pas des plus experts quand le péril survient, étant très capable en force et adresse, mais peu enclin à entendre la méchanceté des hommes. Ceci me fit tâter ma chemise pour vérifier que mon cotel s'y trouvait bien en place.

Le dedans de la boutique était tout autant encombré que son abord, draps et étoffes mêlés tombant des murs de tous côtés, si bien que nous crûmes un instant l'endroit désert, car nulle parole ne s'y entendait. Un gros homme, cependant, surgissant des étoffes comme une apparition, s'approcha de nous et nous causa sans détour.

— Certainement aurais-je en mes étals de quoi satisfaire ces messieurs… dit-il en s'inclinant légèrement et de la plus affable des manières.

L'homme était petit, des mains boudinées prolongeant ses gros bras courts, le torse épais et gras, le visage rouge et gonflé qui évoquait un porcelet de ferme, mais des yeux attentifs et vifs au milieu de toute cette graisse molle et dolente.

— C'est au drapier, le sieur Delacombe, que je souhaiterais avoir affaire, demanda mon maître.

— Je suis celui-là même, fit l'homme en s'inclinant derechef.

— J'en suis fort aise, reprit mon maître, c'est que je préfère m'adresser à Dieu plutôt qu'à ses saints, on n'en est que mieux servi.

Je m'apensais que ce proverbe, en la bouche d'un huguenot, ne manquait pas d'ironie et j'eusse pu rire de cette saillie si l'heure n'était pas toute à la gravité et à la tension.

— Je vois que monsieur aime à s'entourer des meilleurs conseils, et c'est bien de cette manière, en vérité, que l'on fait les meilleurs choix, répartit le maître drapier en joignant sur son ventre ses gros doigts boudinés. Que cherchez-vous ? Dites-moi, car je l'ai, n'en doutez pas !

Mon maître sourit comme un béjaune sensible aux compliments.

— Je suis le fils du baron de Mespech…

— Vramy ! J'en suis très honoré pour ma modeste boutique, coupa Delacombe, son obséquiosité montant soudain d'un cran.

— … dont le domaine est sis non loin du village de Taniès.

À cela, le maître drapier ne répondit point, se contentant de plisser les yeux, et de caresser brièvement une étoffe qui pendait non loin de sa main droite.

— Que vous connaissez ? ajouta mon maître.

— Il me semble, en effet… avoua Delacombe soudain sur la réserve.

— Car vous vous y rendez une fois le mois, au marché, où vous traitez avec diverses personnes du village.

— Je m'incline, en vérité. Monsieur le fils du baron est fort bien renseigné...

— Je m'apensais à vous y trouver cette semaine-ci, désirant connaître votre offre et vos prix.

Le drapier hésita, baissa les yeux, et son visage ne montra plus le même aplomb.

— C'est que je n'ai pu m'y rendre, étant bien pris par d'autres affaires qui ne se pouvaient délayer.

— Tu mens ! s'écria mon maître.

À cette sonnante affirmation, le maître drapier se troubla et considéra mon maître avec effroi. La tension fut si sensible en ce présent que je palpai derechef ma chemise pour y sentir le manche rassurant de mon cotel.

— Je vous assure, bafouilla Delacombe, vous pouvez demander là-bas, à Taniès, que nul ne m'y a vu...

— Je ne vais pas t'en dire mon opinion, Delacombe, mais vraie certitude et assurance : tu y es allé et on t'y a vu, non pas au marché de Taniès, mais sur la route des Ayzies !

— De par le fait que je me rendais ailleurs, d'autres affaires, en d'autres lieux...

Mais mon maître ne le laissa point achever. Il tira tout soudain son épée et la posa sur la poitrine du drapier qui se figea de peur, les mains autant tremblantes que feuilles agitées par le vent.

— Il suffit maintenant avec ces menteries ! cria mon maître. Tant bien, vois-tu, que nous savons que, sur cette route, tu as embarqué une garce et que, depuis lors, elle ne s'en est point retournée au logis !

L'agitation de la scène alerta l'alentour car, d'une arrière-salle, nous vîmes surgir un quidam, grand et fort, qui, voyant le drapier en telle périlleuse situation, saisit une barre de fer recourbée comme un gigantesque hameçon – ce pourrait qu'il s'agissait d'un crochet de boucher – et la brandissant au-dessus de sa tête nous marcha sus d'un pas décidé.

— Tire ton épée, Samson ! hurla mon maître. Jonas, à moi !

Son épée, Samson la tira, mais il resta ainsi, la rapière à la main, immobile, sans cils bouger, aussi menaçant que le joli tableau d'un peintre, et je cuide assez que notre jeunesse à tous trois n'était pas pour intimider le nouveau venu qui, s'approchant du drapier, le tira brutalement en arrière hors d'atteinte de mon maître. Cependant, malgré ce fait d'armes, l'avantage restait de notre côté car le drapier, grelottant de peur, ne comptait guère dans l'algarade, d'autant que j'avais sorti mon cotel du pourpoint, prêt à en user si nécessité s'en faisait sentir. Sur quoi, Jonas déboula à son tour au milieu de tous, tel un ours des montagnes, et son énorme taille, ses bras démesurés et sa mâle figure eurent un tout autre effet sur l'homme au crochet de fer. Il recula, et baissa son arme, ne se sentant pas de taille à vaincre quatre adversaires, dont deux gentilshommes maniant l'épée, un valet jouant du cotel, et un colosse qui d'un coup de patte l'eût envoyé sur le sol.

— Pose ce crochet, dit mon maître et le ton quiet et assuré de sa voix m'esbahit fort après un tel remuement. Voilà qui est bien… Jonas, tu nous prends cet hameçon à éventrer les vaches. Très bien… Et à présent, qui es-tu donc, coquin ?

— C'est mon commis… répondit le maître drapier, lequel, la mine défaite, semblait revenir de l'enfer.

— Qui pourrait bien aussi en être de notre affaire ! reprit mon maître.

Puis il pointa de nouveau l'épée sur la poitrine du drapier Delacombe, le piquant légèrement à travers son pourpoint, ce qui lui arracha un cri, tout autant de terreur que de douleur, à ce que j'en devinais.

— La vérité maintenant, et vite ! La garce que tu enlevas appartient au domaine de mon père, lequel est grand ami avec M. de La Porte, lieutenant-criminel de la ville, qui serait certainement intéressé à t'entendre !

Telle une claire menace de gibet, le nom de M. de La Porte épouvanta maître Delacombe dont le visage devint aussi blanc que certaines draperies suspendues au-dessus de sa tête.

— C'est une épouvantable méprise ! clama-t-il d'une voix aiguë. Aucun mal, je le jure devant Dieu, n'ai fait à la jeune garce ! Je suis persécuté par un misérable qui menace de s'en prendre à mon établissement, et d'y mettre le feu, si je n'en passe par ses volontés !

— Qui sont ? dit mon maître fort roidement.

— Il exige que je lui rapporte de jeunes et belles garces…

— Qu'il est aisé, avec l'aide de ton commis, de ramasser en campagne au gré de tes voyages, et que tu lui livres contre sonnante et trébuchante clicaille !

— Non, je vous assure ! Rien que la promesse de laisser mon commerce prospérer honnêtement !

— Et qu'en fait-il de ces garces ?

À cette question, le nœud de ma gorge se serra, le pire se pouvant imaginer en un tel prédicament, et mon cœur se chargea de la plus lourde angoisse.

— Je n'en sais miette. Le demander serait signer mon arrêt de mort !

Le maraud étant mûr pour certaines confessions, mais pas toutes, mon maître s'accoisa, balançant sans doute sur la suite à donner, car il désirait en tirer, maugré certaines menteries que nous soupçonnions, tout le sale jus de l'affaire.

— Le nom de ce gueux ? reprit-il.

— Il me tuerait s'il l'apprenait… supplia l'autre dont les mains se mirent derechef à trembler.

— Mais, pour le savoir, M. de La Porte te mettra à la question, laquelle réussit à faire parler même celui qui ne sait que néant, comme tu sais. Je t'offre la vie sauve, à toi et ton commis, si tu parles ici, lors que ce sera la question, puis le gibet, si je vous livre au lieutenant-criminel !

— Ai-je votre parole de gentilhomme ? dit le drapier, tel un homme en position de négocier, ce dont je doutais, et reprenant d'autant quelques couleurs.

— Tu l'as, si tu sais rester muet comme la pierre sur notre visite.

Le maître drapier n'hésita pas plus qu'il ne faut de temps à une canaille pour trahir son compère.

— Cocquelain, dit-il à voix basse.

— Et où trouve-t-on ce Cocquelain ?

— On peut le trouver en diverses tavernes, mais il a ses quartiers à *La Fleur de lys.*

— Sise où ?

— En la rue qui mène à la Lanterne des morts.

— Et à quoi le reconnaît-on ?

— À une profonde balafre qu'il porte sur la joue gauche.

Sur quoi, mon maître, piquant encore et encore la poitrine du drapier par de petites touches de son épée, tel le dard d'une abeille, lui intima le commandement, ainsi qu'à son commis, de n'entrer mie en contact avec ce coquin de Cocquelain, au risque sinon de se retrouver incontinent entre les mains de la justice royale, laquelle est prompte – comme il le savait – à soumettre le suspect à la question, puis à le conduire au gibet, sans être trop attentive sur les preuves de sa culpabilité.

Dès que dehors, nous prîmes à sénestre jusqu'à l'église, et sur le parvis d'ycelle, mon maître nous arrêta, quasi sous les fenêtres à meneaux de la belle demeure où Étienne de La Boétie avait vu le jour.

— Mes amis, nous dit-il, je suis d'avis qu'il nous faut tenir conseil et que chacun opine sur cette matière. De ce drapier et de son affreux commis, nous pouvons de prime prévenir M. de La Porte afin que de les remettre à la justice et laisser celle-ci s'occuper de ce Cocquelain, dont je gage qu'il est un fort dangereux gredin. Mais, au rebours, sans attendre plus avant, nous pouvons filer à *La Fleur de lys* et tenter de le débusquer nous-mêmes. Opinez, je vous prie, car le péril sera grand de se frotter à ce larron.

La méthode ici mise en usance par mon maître m'évoqua fort celle de son père qui, tout en ayant jà opinion sur une affaire, aimait à recueillir celles des autres, afin que de les confronter à la sienne, et éventuellement en changer si d'aventure de plus pertinentes s'y mêlaient.

— Samson, que t'en semble ?

— Mon frère, j'opine que nous devrions nous en aller trouver M. de La Porte et quérir son aide et celle des archers de la ville.

— Jonas ?

— Moussu Pierre, ce sera comme ces messieurs en décideront.

— Miroul ?

— Quérir M. de La Porte – et je fus bien étonné de répondre de la sorte, n'y ayant du tout réfléchi – perdra un temps qui peut être fatal à notre entreprise, car rien ne prouve que ce Delacombe n'ira prévenir Cocquelain de notre visite, s'ils sont de mèche. Et quand les archers se mettront en quête de notre larron, il se pourrait bien que l'oiseau ne soit plus au nid, et introuvable.

— Bien dit, Miroul ! J'opine aussi en ce sens, reprit mon maître. Nous avons, en ce jeu périlleux, un coup d'avance que nous ne devons perdre. Si je compte bien, nous sommes deux à pencher d'un côtel, un de l'autre, et Jonas qui s'en remet au parti le plus nombreux. Adonc, nous sommes trois contre un ! Samson, il te faut t'y plier.

— Je m'y plie, dit Samson avec simplicité.

— Alors, hardi, compagnons ! À *La Fleur de lys* ! Et gardons-nous au plus près car le danger est grand !

Lors, nous nous ruâmes dans la rue qui longeait la maison de La Boétie sur sa sénestre, et plus loin, piquâmes ensuite à dextre, en direction de la Lanterne des morts.

La Fleur de lys était une peu enviable taverne, dont le bâtiment tombait en ruine par parties, ayant les lauzes du toit bien enfoncées en leur milieu et une façade fort méchamment lézardée. Que ce fût là un repaire de vaunéants et de larrons semblait aller d'évidence, et nul honnête voyageur n'aurait songé à y pénétrer, tant, dès l'abord, on en soupçonnait la racaille de l'avoir investie.

Mon maître ne tint pas conseil mais ordonna, et l'oyant ainsi décider sans réplique au moment de l'action, je m'apensai que le baron avait été fort sage de ne pas nous adjoindre François en cette équipée, les décisions de l'un se heurtant aux considérations de l'autre, notre meuvement en aurait été bien proprement paralysé.

— De par notre vêture qui fleure trop son noble et sa richesse, nous dit-il, Samson et moi n'entrerons mie en ce galetas, où nous serions aussi discrets que papillons en nid de frelons. Jonas et Miroul, vous irez tous deux y boire une brève chopine, et ce faisant, sans éveiller l'attention plus outre, verrez si notre homme est dans la place. Ensuite, sans tarder, vous serez de retour ici pour nous en rendre compte.

Il se peut que le lecteur s'accroie que de pénétrer en cet antre fût pour moi un pénible tracas mais, à la vérité, il n'en fut rien, pour ce que, en ma vie de larron, j'en avais, hélas et je ne m'en paonne point, fréquenté du même style. J'avais appris à y entrer, les mains en poches, le regard mi-absent mi-assuré, prenant l'air de celui qui a déjà traversé tous les océans de la Terre ou fréquenté moult geôles du royaume. Ainsi je fis, flanqué du gigantesque Jonas qui, pour sa part, n'avait guère à déguiser, être lui-même étant en l'espèce bien suffisant.

Était-ce l'horaire encore matinal – nous étions sur le coup de la dix heures – mais la taverne, au demeurant fort sombre, n'était guère peuplée, quelques tables occupées ci et là, sans plus, tant bien que, sans ayant l'air d'y regarder, nous tirâmes deux chaises et, après avoir commandé chopine, nous demeurâmes cois, face à face, sans mot piper. Étant le mieux placé pour l'exercice, j'inspectai un à un les présents. Assurément, il y avait là gueux et réprouvés, mendiants aussi et d'autres épaves accrochées à leur verre, tout ce monde ne montrant ni entrain à la vie ni espérance en l'avenir, reclus à la taverne de *La Fleur de lys* comme chiens en leur chenil.

À la parfin, mon regard fut attiré par deux individus à la mine tant inquiétante que l'on aurait passé alertement son chemin plutôt que de leur adresser la parole, même égaré au milieu d'un désert. Les envisageant de profil, celui qui était à dextre était brun de poil, glabre, maigre, le cheveu hirsute, et le cotel tant ostensiblement glissé sous la ceinture qu'il semblait accoutumé à s'en servir en toutes occasions, même les plus légères. L'autre ne lui enviait rien, comme un frère jumeau en larronnerie, le cotel tout pareillement à la ceinture, le nez busqué et des oreilles qui me parurent tant grandes qu'elles en évoquaient celles d'un éléphant, si ce n'est qu'elles paraissaient aussi rigides que du cuir mal tanné. Comme le quidam était à sénestre, je ne pouvais distinguer sa joue gauche, mais cette sorte d'instinct, qui s'acquiert à l'expérience, me laissait en alerte, et j'attendis, tout à la patience, buvant ni trop vite ni trop lentement, que l'occasion se présentât d'en savoir plus.

Entre-temps, je fis signe à Jonas et qu'il se tînt prêt à lever le camp et qu'il évitât de se retourner, pour non pas attirer l'attention sur nous. Jonas montrait une tranquille assurance, propre au colosse qui n'a guère eu l'occasion dans sa vie d'être à son désavantage face à ses semblables, et à qui nul n'a oncques cherché querelle.

Que le larron tournât la tête, je l'espérais, et tant et tant, les yeux mi-clos cependant attentif, mais l'attente se prolongeait et je songeais à mon maître et Samson qui, du dehors, dans la rue, devaient être bien en peine de comprendre pourquoi nous ne ressortions de la taverne. Si bien qu'il arriva ce que nous n'avions mie prévu, les deux hommes tout soudain se levèrent, et glissant dans la patte du tavernier une pièce de monnaie, se dirigèrent vers la sortie. Ce n'est qu'à ce moment, car le quidam pivota de trois quarts pour s'orienter vers la porte, que je vis, barrant sa joue gauche sur toute la longueur, une profonde et large cicatrice, de celles qui vous tranchent la peau en deux, et celui qui lui fit cela, j'en eus incontinent la certitude, ne se pouvait plus encontrer qu'en enfer, à dialoguer avec le Diable de ses terrestres meurtreries.

Le cœur battant à rompre ma poitrine, car le lecteur peut s'aisément imaginer l'effet que cette vision eut sur moi, je pressai l'épaule de Jonas, qui lourdement se souleva, puis baillant quelques deniers au tavernier, sans attendre notre dû, nous nous précipitâmes au-dehors. Au visage tendu de mon maître, je compris que l'identité de notre homme ne lui avait mie échappé, et celle-ci nulle nécessité de la confirmer puisque, d'un geste, il nous indiqua la direction empruntée par Cocquelain et son acolyte, laquelle montait tout droit vers la Lanterne des morts.

Sur la décision à prendre, à la vérité, se pouvait-il que nous hésitassions, même le temps d'un regard, lâcher ici notre prise étant aussi dénué de sens que de voir un pêcheur jetant sa gaule à la rivière lors que le poisson est en vue. Adonc, sans nous presser plus outre, comme à la flânerie, et sans plan aucun, nous emboîtâmes le pas des deux larrons, ne sachant où cela nous mènerait ni s'il était bien prudent de faire ainsi. Mais de choix nous n'en avions point, et notre unique action en ce prédicament était seulement de ne pas nous laisser distancer, les gueux se pouvant aisément tourner en une venelle et disparaître à notre vue si nous n'y prenions garde.

Plus nous montions et moins les badauds se pressaient, tant est que, d'un moment l'autre, nous ne fûmes bientôt plus que nous et eux, l'endroit se révélant bien désert et fort propice à de mauvaises encontres. Sous la chemise, j'en tâtai mon cotel pour me réassurer de sa présence, le truchement d'une arme étant hélas, souvent, le seul dialogue qui demeure intelligible aux gueux. Et lors que nous pensions que les deux larrons allaient poursuivre vers les hauteurs, nous les vîmes pénétrer en l'ancien cimetière, lequel n'est pas plus fréquenté que la maison d'un pendu, et sans paraître douter du but de leur promenade se diriger droit à la Lanterne des morts.

Je ne sais qui, de mon maître ou de moi, eut le premier la juste intuition, mais il ne nous suffit que d'un regard pour entendre que nous pensions la même chose. Aller en lieu désert, ancien cimetière de surcroît, pour deux gueux de cette sorte ne se pouvait être pour accomplir pieuses actions de grâce ou prier au repos des trépassés, ni pour s'attrister des dures traverses de l'existence. Assurément, cette piste nous menait à un rendez-vous et, dès lors, mon maître nous fit signe de ralentir nos pas, car nous pouvions en cela y perdre l'avantage du nombre et de l'armement, ce qui était pour beaucoup dans notre assurance.

Comme les gueux marchaient eux-mêmes plus nonchalamment – serait-ce qu'ils touchaient au but de leur virée ? –, nous nous tînmes en retrait, tendus et attentifs, prêts à toutes éventualités, bonnes ou mauvaises, laissant une distance suffisante entre eux et nous pour nous mettre à la fuite si nécessité en venait.

C'est au pied de la tour des morts que Cocquelain émit alors un bref sifflement strident et que, de derrière celle-ci et donc dissimulés à nous jusque-là, surgit – et ce fut pour nous un bien beau saisissement – notre maître drapier, le sieur Delacombe, accompagné de son gros commis. Nul doute que rendez-vous avait été donné là, près de la Lanterne des morts, lieu où on peut causer à l'écart sans être ouï de quiconque, ce bien tristeux monument funéraire n'étant pas de ceux qui attirent la foule ni les promeneurs. Or, ce qui étonnait encore plus était que, nous étant rués incontinent hors la boutique du drapier en la taverne de *La Fleur de lys*, et ayant connaissance des faits et gestes de Cocquelain dès ce moment, il ne se pouvait que ce rendez-vous ait été donné par le drapier depuis notre visite chez lui. Le hasard ou malfortune voulut donc que cette entrevue ait été décidée antérieurement et que, bien à l'étourdie, nous venions d'y donner le bec, ce qui nous empêchait d'approcher Cocquelain par ruse, comme mon maître, je le suppose, avait dû y songer jusque-là.

Car il n'était pas besoin d'avoir la comprenette trop fine pour entendre que le drapier et ce Cocquelain étaient en régulière intrigue, même si on ne pouvait encore préjuger qui, de l'un ou de l'autre, dominait en cette affaire et tirait le bon bout de la pelote. Tout ceci mon maître fort bien le comprit, et aussi que le péril s'était accru : de deux, nos adversaires étaient à présent quatre, et que de prudence il fallait redoubler. Mais il n'y eut pas trop à s'apenser de cela, car le commis, lequel nous faisait face en sortant de derrière la tour, nous aperçut et nous reconnut, pointa son bras en notre direction, nous montrant à son maître, et donc – mais je gage que là n'était pas son intention – à Cocquelain et son compère.

À la hardiesse et bien dans son tempérament, mon maître lors s'avança et, à cinq pas de Cocquelain, s'arrêta et le héla sans détour.

— Cocquelain ! Sur un point tu dois nous rendre compte, et si tu y réponds diligemment, nous éviterons que le sang soit versé !

— Qui sont ceux-là ? dit Cocquelain, non à mon maître mais à l'adresse du drapier, dont les lèvres se mirent tant à trembler qu'aucun son ne sortit de sa bouche.

— Cocquelain ! reprit mon maître, à moi seul, et à mes compagnons, tu as maintenant affaire ! Nous cherchons la garce que Delacombe t'a amenée cette semaine ! Et de nous dire où elle se trouve à présent, tu auras la vie sauve !

— Qui t'a renseigné de la sorte ? demanda Cocquelain sourdement.

Je me ramentois encore ce jour d'hui le ton tant calme et menaçant dont usa Cocquelain à cet instant, et si l'instinct qu'on acquiert au contact de ces gueux m'avertit que le pire pouvait se produire, et j'en retins mon souffle, il n'en fut pas de même pour mon maître, qui commit là une si belle bévue, que je m'en veux encore de ne l'avoir prévenue.

— Cette fripouille de drapier ! répondit mon maître.

Tout se passa si vite que je peine encore à me remembrer la scène, tant elle fut horrible aussi, et je ne puis pas assurer au lecteur qu'elle se déroula exactement comme je vais la conter.

Samson, Jonas et moi étions groupés autour de mon maître, quoique un petit pas en retrait, et face à nous Cocquelain se tenait à la dextre du drapier, lequel était flanqué de son commis sur sa sénestre. Le complice de Cocquelain avait – je le cuide sans certitude – reculé d'un ou deux pas aux premiers échanges de paroles avec mon maître, si bien qu'il s'échappe hors ma mémoire à cet instant.

À peine mon maître eut-il répondu à Cocquelain que celui-ci, sans hésitation aucune, tira son cotel et se tournant vers le drapier le lui enfonça dans le ventre jusqu'à la garde.

— Traître ! hurla-t-il et la voix ignoble du gueux commettant cet horrible forfait, qui me rappela celui de Peyssou, résonne encore en ma mémoire.

Le cotel de Cocquelain n'était pas encore retiré de la plaie béante que son compère tira le sien tout pareillement, et le lança avec force en direction de mon maître. Je vis le geste, que je connaissais pour l'avoir en pratique, et me jetant sur mon maître, je le bousculai, il tomba, et le cotel passa sur nous sans nous atteindre, et se perdit dans l'espace. Lors le complice, son coup manqué, tournant casaque, partit à jambes avalées, mais Jonas encocha une flèche à son arc, le banda et la flèche jaillit à une tant stupéfiante vitesse qu'elle rattrapa le gueux et, le transperçant par le dos, il tomba en avant pour ne plus jamais se relever.

Pendant le temps que Jonas se saisissait de son arc pour abattre le fuyard – un peu avant ? un peu après ? je ne saurais rien affirmer de trop précis – Cocquelain se précipita sur mon maître qui, bien qu'à terre, tira incontinent son épée, la pointa prestement en avant, et Cocquelain, lequel ne put interrompre son élan ni dévier sa course, s'embrocha dessus d'une fort vilaine manière, la lame pénétrant en la poitrine et ressortant entre les omoplates, ce qui ne l'empêcha pas, d'un grand coup de cotel dans le vide, de tenter de toucher mon maître, mais il expira peu après en un râle affreux, tout tordu sur le sol.

Sur quoi, le commis voulut fuir, mais comme les portes de l'ancien cimetière se trouvaient derrière nous, il lui fallait passer au milieu de notre groupe, ce qu'il fit, à toutes jambes, comptant sur le remuement de toutes ces meurtreries pour s'échapper. Jonas, cependant, le chopa par l'épaule, et comme le commis, voulant se dégager, lui envoya un méchant coup de pied au tibia qui aurait plié n'importe qui de douleur, mais pas Jonas, celui-ci lui balança son poing qui, telle une tant lourde massue, s'écrasa en plein milieu de sa figure. Il y eut un craquement, et je crois bien qu'il lui cassa le nez, le commis basculant en arrière, les pieds contremont, le sang lui giclant des narines.

Combien de temps tout ceci dura-t-il ? Si peu, assurément, que Samson n'eut pas le loisir de branler d'un pouce, restant droit, son regard angélique assistant avec effroi à toutes ces horreurs, et seulement sa main, à la parfin, s'était-elle posée sur le pommeau de son épée, mais sans qu'il eût pris encore la décision de la tirer.

Le bilan de tous ces forcenés navrements n'était pas pour plaire, car à ceux dont nous espérions qu'ils nous renseigneraient sur Margot – Cocquelain et son complice – il n'y avait plus de questions à poser, et au drapier non plus, s'il en connaissait la réponse. Lors il restait le commis qui geignait, le visage tout barbouillé de sang, assis sur le derrière, tel un gros bébé qui a chu de son berceau.

Mon maître s'accroupit à son côté, tira sa dague et la lui plaça sur la gorge, l'envisageant sans pitié.

— Maraud, je fais ici serment que tu diras tout ce que tu sais ou que jamais tu ne te relèveras de ce cimetière !

À ces mots, le commis, ouvrant grands des yeux de terreur, supplia qu'on le laissât en vie.

— J'en fais aussi serment si tu parles ! répondit mon maître.

Lors l'homme jura qu'il dirait tout ce qu'il savait, et je m'apense qu'il aurait même inventé bien au-delà, tant la peur de mourir délie les langues, et rend fidèle serviteur le plus coquin des coquins.

— Cause ! Ton maître drapier vendait des garces à ce Cocquelain ?

— Oui-da.

— Contre clicaille ?

— Oui, Cocquelain exigeait des garces mais il en donnait une commission.

— À toi pareillement ?

— Oui, mais si misérable que je ne sais pourquoi j'obéissais. Il n'y avait pas là pour moi à trouver fortune…

— Et Cocquelain, que faisait-il de ces garces ?

— Il les revendait lui-même. Bien cher, je cuide, car la marchandise que nous levions était bonne souvent...

D'un revers de main, mon maître gifla le commis avec tant de violence que celui-ci poussa un strident cri de douleur, se peut aussi que son nez cassé fût bien secoué dans le soufflet.

— Et à qui Cocquelain revendait-il sa marchandise ?

— Au couvent des Sœurs de la Charité

— Eh quoi, maraud ! Tu te gausses ?

— Que non point, Moussu, les sœurs n'y sont plus depuis quelques années, le bâtiment étant par trop ruiné, et n'est plus en usance par l'Église.

— Lors quoi ! Qui s'y trouve asteure et que fait-on des garces ?

— C'est un bordeau, Moussu... répondit le commis en baissant la voix.

— Un bordeau... répéta mon maître, et il s'accoisa tout à plein.

Ainsi, c'est par la bouche de ce faquin de commis que nous apprîmes la vraie destination de Margot, condamnée à devenir fille de joie, possédée par tous à longueur de jour, engrossée mille fois, et par infectes maladies menacée en sa santé et en son existence. J'en fus un temps brisé, tant le pâtiment dont Margot avait dû à souffrir me paraissait incurable, inconsolable et désespéré.

Et je cuide que, maugré les années qui passent et qui sont tel un onguent à toutes les plaies de la vie, ou presque, j'en veux encore à mon maître de la question qu'il posa alors au commis :

— Et la marchandise, comme tu l'appelles, vous y goûtiez avant que de la remettre à Cocquelain ?

Le commis point ne répondit, mais à ses yeux fuyants et son regard apeuré, il n'y eut pour moi, comme pour mon maître et Jonas, nulle doutance sur la réalité de la chose. C'est par un fol instinct plus fort que la raison que je sortis mon cotel et marchai sus à cet homme à terre, mais Jonas me saisit par le bras, me bloqua, lors mon maître, se retournant, m'aperçut et sourcilla.

— Miroul, me dit-il, j'interdis ici toute autre meurtrerie, quand bien même le maraud que voilà la mériterait !

Il fit bien, assurément, car cet infâme commis, je l'aurais occis, sans autre forme de procès, et de cet unique meurtre de mon existence, hormis ceux où ma vie et celle de mes maîtres étaient à défendre, j'aurais conservé une indélébile souillure à mon âme, et au terme de son chemin n'avons point nécessité d'un tel fardeau au moment de rendre des comptes à Dieu.

— Et qui dirige ce bordeau ? reprit mon maître.

— D'autres garces, Moussu, qui font commerce de leurs sœurs, qu'elles emprisonnent.

— Les infâmes ! Et où trouve-t-on ce bordeau ?

— Avant de franchir les portes de la ville, en direction de Cahors. C'est une grande bâtisse, elle ne se peut manquer.

Mon maître rentra sa dague en son fourreau, se redressa, et je crus qu'il allait se détourner du commis, mais il y revint tout soudain comme si de tous ces nœuds il voulait aussi en éclaircir de moindre importance.

— Dis-moi, pourquoi être allé à ce rendez-vous après notre visite ?

— Maître Delacombe jugeait que si nous y manquions, Cocquelain se rendrait en sa boutique, et que nous serions bien en peine d'expliquer notre absence au rendez-vous.

— Exact. Lors que là ?

— Que nous en passerions par toutes ses exigences, sans barguigner, avec l'idée de filer de la ville ensuite.

— Il eût mieux fait, à la vérité, de ne point s'y rendre. La vie lui en a coûté… conclut mon maître d'un air sombre, car il ne se peut qu'il avait jà compris sa triste part en la fin du drapier.

Tournant le dos au commis et nous envisageant tous trois, mon maître eut un geste d'impatience :

— Jonas, relève ce porc ! Samson, tire ton épée !

— Que je tire mon épée ? répéta Samson tout esbahi et du ton et de l'ordre.

— Oui, tu la tires, tu la gardes en main, et tu conduis ce commis à la face ensanglantée chez M. de La Porte. Là, tu le remets aux archers du guet, et tu expliques au lieutenant-criminel notre aventure. Et…

Mon maître s'accoisa, comme s'il hésitait à dire la suite.

— Et, mon frère ? demanda Samson.

— Et tu lui fais savoir que nous sommes au bordeau de l'ancien couvent, que tous doivent connaître en cette ville, pour délivrer la Margot, si elle s'y trouve encore, et si elle est toujours en vie !

Jonas avait soulevé de terre le commis en le prenant sous les épaules et l'avait posé sur le sol, comme on le fait d'un enfantelet qu'on relève d'une chute, et pourtant, lecteur, je vous assure que le maraud devait peser le double de mon poids, si ce n'est le triple, tant gros et lourd il paraissait. Puis, Jonas lui lia les mains dans le dos avec des lambeaux de la chemise du sieur Delacombe, pour ce que celui-ci n'en avait plus besoin et parce qu'elle était de qualité, soyeuse et résistante.

— Samson, je te le confie, ajouta mon maître en lui désignant le commis, qu'il arrive à bon port et que M. de La Porte dépêche au couvent des renforts, voilà toute ta mission. Et garde-toi des ruses, même si en cet état, nez cassé et poings liés, le maraud ne peut guère nuire. Quant à nous, dit-il en posant son bleu regard sur Jonas et moi, il nous faut tirer au plus vite en ce couvent !

*

* *

Au pas de course, il fallut redescendre par la rue de *La Fleur de lys*, puis poursuivre en même direction dans un dédale de ruelles, et piquer au sud en la principale artère, jusqu'aux portes de la ville que nous atteignîmes en un petit quart d'heure. Le commis n'avait pas menti, sur ce point du moins, car l'ancien couvent ne se pouvait manquer, étant une grande et imposante bâtisse, rectangulaire et sans grâce, avec de petites fenêtres toutes grillagées et une porte basse munie d'un solide judas. Que ma Margot puisse se trouver en un tel sinistre endroit me poignait le cœur et j'eusse incontinent défoncé la porte si elle ne paraissait point tant épaisse !

— Miroul, me demanda mon maître qui n'en avait mie l'expérience, pour entrer en bordeau, que doit-on faire ?

— On cogne à l'huis, Moussu Pierre, et on fait connaître son intention.

— Et il n'y a ni enseigne, ni mot du guet ?

— Nenni, Moussu Pierre, c'est comme à l'église, ouvert à tous, sauf qu'il faut avoir clicaille en bourse, car garce n'est pas gratuite, alors que le Bon Dieu l'est.

— Pour sûr ! s'écria Jonas qui rit à gorge déployée, et dont j'entendis bien, en l'occasion, qu'il avait tout pareillement fréquenté ce type d'endroit.

— Eh bien, frappons donc ! Comme d'honnêtes clients ! dit mon maître.

Sans plus attendre, il s'approcha de la lourde porte, souleva le heurtoir et toqua deux bons coups sonores. Il n'y eut pas de réponse si bien que mon maître, dont patience n'est point qualité première, souleva derechef le heurtoir et, assez violemment, frappa encore trois nouveaux coups.

Le judas s'ouvrit soudain et nous vîmes deux yeux qui nous dévisagèrent sans retenue.

— Pas le matin ! C'est clos asteure ! cria une voix de femme, peu amène, et le judas se referma tout de gob.

À la vérité, oncques n'avais été en bordeau en aussi matinal horaire, encore que les cloches de l'église abbatiale sonnaient la midi en ce présent.

— Compagnons, nous ne pouvons délayer l'affaire ! s'écria mon maître. Contournons l'obstacle, et sautons par-dessus le mur du jardin !

Car, attenant à la bâtisse, sur sa dextre et la prolongeant, un mur séparait la rue de l'ancien jardin du couvent, et ce mur, haut d'une toise environ, sept pieds peut-être, n'était pas tant élevé qu'il ne se pouvait franchir avec un peu de hardiesse.

De notre jeunesse et de notre légèreté, mon maître et moi tirâmes avantage en ce prédicament, nous écartant de deux pas sur la rue, puis nous ruant vers le mur sur lequel nous nous hissâmes, tels deux chats, en bondissant à la verticale. Accroupis sur l'arrondi du mur, nous dûmes encourager Jonas, lequel fut plus à la peine, car trop lourd et imposant pour user d'une telle tactique, il assura ses prises, aux pieds, aux mains, et en force escalada le mur, mais avec assez de lenteur, puis parvenant à son faîte, s'assit dessus, jambe deçà, jambe delà, comme un gros marmot sur un cheval de bois.

Le jardin où nous atterrîmes, sur nos pieds en sautant, pour mon maître et moi-même, en boulant d'une fort pitoyable manière pour Jonas puisqu'il roula à terre comme un gros rocher, était un potager mal entretenu, telle une friche où s'évertuaient à pousser, avec grand courage, quelques plants de tomates et de carottes au milieu des herbes folles.

Le côté de la bâtisse n'était guère plus hospitalier, présentant également austère allure et fenêtres grillagées, et nulle porte pour entrer. Mais une fenêtre basse, sans barreaux, sorte de soupirail donnant à même le sol du jardin, était visible à sénestre, et nous y fûmes en quelques bonds, tant il nous tardait de pénétrer en la place. D'un coup de pied, Jonas brisa le cadre en bois de la fenêtre, et mon maître s'allongea, rampa et disparut, puis nous cria de le rejoindre, ce que je fis, m'allongeant pareillement, et je tombai cinq à six pieds plus bas en une cave faiblement éclairée. Il s'en fallut de peu que Jonas ne restât bloqué au milieu du soupirail, les jambes et le bassin hors, le buste et les bras dedans, mais mon maître et moi tirant à grande force sur ses épaules, raclant la chemise par le haut et par le bas, et la déchirant à moitié, notre Pantagruel passa et s'affala sur le sol, mains tendues pour amortir la chute, laquelle ne fut pas petite ni légère.

Il nous fallait remonter, et dans la semi-obscurité, l'escalier de pierre blanche – « du calcaire », nous informa Jonas à qui nous ne demandions rien –, dont les marches étaient fortement creusées en leur milieu, nous permit d'accéder à une porte de bois derrière laquelle nous fîmes station afin que de prendre décision sur la tactique à suivre.

— Il n'y aura guère matière à dialoguer, fit mon maître, nous exigerons qu'on nous rende Margot, au plus vite, et à la pointe de l'épée si ces maquerelles se révèlent plus coriaces que prévu.

De ce plan simple et droit, qui nullement ne tergiversait, ni en ruse ni en chicane, j'en approuvai la ligne, tant je sentais proche ma Margot et combien impérieux était mon désir de la retrouver incontinent.

L'issue de la cave franchie, nous fûmes de suite en un corridor sombre qui donnait sur une succession de portes, toutes fermées, et nul bruit ne se faisait entendre, si bien que nous avançâmes jusqu'à son extrémité, où un autre accès, une porte close tout pareillement, nous arrêta. Les murs lisses et froids du couloir, où aucune gravure ni rien de plaisant n'était accroché, dégageaient une impression tant inquiétante et malsaine qu'elle n'incitait guère à s'attarder. Or donc, mon maître, n'hésitant pas plus avant, tourna la poignée de l'ultime porte qui barrait le couloir et nous passâmes de l'autre côté.

Si surprise il y eut, elle fut double et des deux parties. Devant nous, au centre d'une vaste pièce, assises sur les bancs d'une grande table, une vingtaine de garces à la repue de midi, cuillères en mains et bouches pleines, tournèrent vers nous, et dans un bel ensemble, des visages esbahis, toutes conversations cessant incontinent. La plupart de ces garces n'étaient plus très jeunes, faces dures et vulgaires, cheveux gris mal peignés, mais les vêtures indiquaient plus de pécune, robes propres et soignées, taillées et assemblées par couturières qui connaissaient leur ouvrage. Il n'y avait pas doutance à conclure, nous avions donné du bec, un peu à l'étourdie, dans le creux du nid des maquerelles, toutes réunies céans au réfectoire, ou peu s'en fallait sans doute, pour cette repue de mi-journée.

Elles ne restèrent point un long temps à nous considérer de la sorte, les yeux ronds et incrédules devant l'apparition de deux jeunes drôles aux plaisants minois et d'un monstre de géant qui dut casser buste et plier jambes afin que de franchir la porte du réfectoire. Telle une ruche en laquelle on vient de donner du pied, toutes se levèrent en un grand brouhaha, levant les bras et se groupant à l'extrémité de la table. Au milieu de cette cohue, une garce, tant laide qu'elle aurait fait fuir le Diable lui-même, éleva la voix à notre adresse :

— D'où sortez-vous et que faites-vous céans asteure ?

Et cette question imposa le silence à toutes, qui nous dévisagèrent avec un air belliqueux et revêche, comme si elles se retenaient un ultime instant – le temps de la réponse – avant que de se jeter sur nous et de nous tailler des croupières.

— Mesdames, répondit mon maître sur un ton de gausserie et s'inclinant profondément comme s'il avait affaire à de nobles dames – et il eut tort, car il ne faut jamais sous-estimer un adversaire –, nous ne sortons point de votre cave pour nous joindre à votre repue, et moins encore pour goûter à la charmante marchandise que vous dissimulez en ces lieux. Non point ! Si vous nous voyez interrompre votre office d'une si grossière et intempestive façon, c'est que nous avons mission de vous reprendre une garce qui est nôtre et que vous séquestrez !

Le tumulte reprit de plus belle mais la chef maquerelle leva la main pour le faire cesser.

— Toutes nos garces sont ici de leur gré plein et entier, dit-elle du ton le plus roide. Je suis l'honnête tenancière du meilleur bordeau de la cité, nul n'ignore mon activité, et je me plaindrai de ces accusations auprès de personnes qui ont bras bien plus long que vous, jeune péremptoire ! Et maintenant, il suffit de ces insolences, délogez de la place ou nous vous sortons nous-mêmes par force !

— Par force ? s'écria mon maître qui s'étonnait de tant de résistance.

— Et quoi de plus simple ! répondit la chef maquerelle. Cuidez-vous donc être les premiers à tenter grabuge, et que du rustre aviné au soudard sans solde nous n'ayons eu jà à maintenir ordre et règle en cette maison. Délogez, et sans tarder, ou il vous en cuira !

— Nenni ! reprit mon maître, nous ne délogerons point tant que notre affaire ne sera pas conclue telle que je vous l'ai contée. Il nous faut cette garce et nous l'aurons !

Sur un geste de leur patronne, ces belliqueuses maquerelles qui n'attendaient pour cela que l'issue de la querelle se précipitèrent sur nous telle une nuée de guêpes, et je dois avouer, sans honte aucune, que nous aurions bien vite succombé sous le nombre, si mon maître n'avait tout de gob tiré son épée, et se collant contre le mur, moi à son côté, piquant en avant de l'épée, les empêcha de la sorte de nous atteindre. Ce que voyant, elles se retournèrent sur Jonas qui n'avait mie eu le temps de tirer son arc et d'encocher une flèche, et l'assaillirent toutes ensemble, tentant de le renverser sur le sol et de l'assommer à l'aide de tout ce qui leur tombait sous la main, écuelles, marmites, chaises ou balais.

Le pauvre Jonas, qui semblait tel un dogue attaqué par une meute de roquets, commença à avancer et reculer, la grappe humaine accrochée à lui, oscillant à dextre et sénestre en grand déséquilibre, jusqu'à ce que, pris d'une soudaine rage, il fît de ses bras un tel moulinet qu'il projeta sur le sol en un gros tas informe et remuant l'ensemble des maquerelles qui l'avait ainsi défié.

— Que le gros homme ne bouge plus ou il en perdra la vie ! lança la chef maquerelle avec force, laquelle n'avait point participé à l'assaut et se tenait toujours aussi droite, à la même place, près de la table.

À son côté, une garce, forte assez et grande aussi, tenait en ses mains une arquebuse qu'elle dirigeait vers Jonas.

Nous connûmes un moment de stupeur, et trop tard était-il pour s'aviser que nous avions pris ces maquerelles avec trop peu de sérieux ! À l'évidence, et bien aurions-nous dû nous en douter, tenir un bordeau nécessitait des qualités qui sont rarement en usage chez les garces, et par cette arquebuse pointée sur nos personnes, nous en avions la preuve. Mais que faire en vérité, car la balle de l'arquebuse n'a pas de sexe, tel un ange du Seigneur, et vous occit tout autant que l'arme soit tenue par un drôle ou une drôlesse.

Il est advenu un temps, ensuite, où l'entente entre mon maître et moi se fit sans mot piper, par un simple regard, et je crois bien que ce fut en ce prédicament que cette harmonie se construisit pour la première fois. Et fort bien j'entendis ce que mon maître voulut me signifier en tournant la tête vers moi, un tant court instant qu'il ne fut remarqué par quiconque.

— Madame, dit-il avec grâce en remettant son épée au fourreau, vous triomphez et je m'incline. Point ne sommes venus en ce lieu pour y passer de vie à trépas, et si vous nous en laissez encore le loisir, nous vous serions fort obligés de nous guider jusqu'à la sortie, ne souhaitant point repasser par la cave comme de vulgaires robeurs.

À ce discours tout d'humilité et de civilité, la chef maquerelle eut un méprisant sourire et, tel un ministre qui congédie un fâcheux, elle s'alla elle-même ouvrir la porte qui conduisait vers la sortie de l'ancien couvent.

— Passez les premiers, messieurs, dit-elle non sans une certaine morgue qui, je gage, dut fortement irriter mon maître.

Ce faisant, elle indiqua à la garce tenant l'arquebuse de bien garder son arme braquée sur nous tandis que nous traversions la pièce.

Le péril était réel, mais la fortune oncques ne sourit à ceux qui manquent d'audace et de témérité, et je choisis le moment qui me parut le plus propice à mon action. Me mettant entre mon maître et Jonas, tous deux tête et queue de notre trio, il me sembla que le fait de déloger de la pièce devait s'accompagner d'un relâchement de la tension, et donc de l'attention, surtout dès lors que nous nous engagions dans le corridor attenant. Je vis juste et, masqué comme je l'étais par la vaste carrure de Jonas, je saisis mon cotel de dessous la chemise sans que personne ne le vît, et me retournant incontinent, faisant un pas de côté, je le lançai sur la garce à l'arquebuse, laquelle avait légèrement abaissé son arme au moment de se mettre en branle à notre suite.

C'est l'épaule que je visai, celle du bras qui soutenait tout le poids de l'arquebuse, et la lame s'enfonça bien longue à cet endroit, que la garce en poussa un cri de douleur et lâcha son arme, laquelle tomba sur le sol avec fracas. Mon maître, espérant et anticipant mon action, fut le plus prompt à réagir, n'étant pas atteint par la stupeur de toutes les maquerelles massées derrière leur compagne arquebusier. Tandis que Jonas empoignait l'arquebuse, non point pour s'en servir car il en ignorait l'usance mais pour éviter que d'autres ne s'en emparent, il tira derechef son épée du fourreau et, la pointant sous la gorge de la chef maquerelle, lui tint ce langage :

— Il en va ainsi de la fortune qui vous prend, puis vous quitte ! Dites à vos compagnes de reculer et de demeurer quiètes, sans rien tenter qui ne puisse vous nuire dans l'instant.

L'affaire était entendue car la chef maquerelle tenait à la vie, et pendant que le groupe reculait en grondant, je m'en allai récupérer mon cotel, le retirant d'un coup sec de l'épaule de cette pauvre garce, laquelle geignit sous le violent pâtiment et, se pâmant, mit genou à terre.

— Le nommé Cocquelain t'a vendu l'autre jour une belle et saine garce, poursuivit mon maître. Celle-ci n'a pas pris séjour en ton établissement de son gré plein et entier, et de même je suis très en doutance que les autres aussi y vivent dans l'acceptation de leur triste sort ! De ceci, tu rendras compte à M. de La Porte, lieutenant-criminel de la cité, lequel à l'heure qu'il est doit être en chemin pour se rendre céans.

— Ce Cocquelain m'a nommée ? répondit la chef maquerelle, et le fait devait lui paraître tant extraordinaire que son visage s'arrondit de stupéfaction.

— Cocquelain est mort ! Mais un complice de ses forfaits a causé d'abondance !

L'annonce du trépas de son fournisseur et de la venue prochaine du lieutenant-criminel fut sans doute un rude coup pour notre maîtresse garce, car elle s'accoisa, et son visage vira de teintes, tirant sur le jaune pâle, et sa mâchoire eut un léger frémissement.

Lors mon maître ordonna qu'on lui livrât Margot sans délai et la chef maquerelle, d'une démarche lente et accablée où toute superbe avait disparu, nous conduisit à l'étage, après que nous eûmes enfermé les autres maquerelles au réfectoire et laissé Jonas en faction devant l'entrée. Le long et sombre couloir que nous longeâmes donnait sur ces cellules qu'on nomme « le silence » – je le sus plus tard –, lesquelles servent à la méditation et à la retraite de celles qui ont décidé de se couper du pauvre monde et de ses terrestres tentations.

Devant l'une d'elles, la chef maquerelle s'arrêta, hésita, paraissant désirer ajouter quelque chose, mais encontrant le visage fermé de mon maître, elle se ravisa, tira le verrou et s'effaça de notre passage. Assise sur une paillasse, les bras le long du corps, prostrée et pâle comme un linceul, Margot leva un regard perdu vers la porte ouverte.

Ah ! Misère que cette Margot dont je compris dans l'instant toutes les salissures et meurtrissures qu'elle avait endurées en son corps ! Dans ses yeux verts, pourtant, nous voyant surgir tout soudain à la porte de sa cellule, il y eut un sursaut, non pas de joie, mais d'un soulagement tant profond que j'en fus ému jusqu'aux larmes. Elle se leva mais n'eut pas le temps de faire le moindre pas puisque j'étais déjà sur elle et, la soutenant car je crus qu'elle allait tomber de faiblesse, je la serrai contre moi de toutes mes forces et de toute mon âme, et elle pleura en silence, la tête sur mon épaule.

CHAPITRE X

D'aucuns montrent des tempéraments qui les poussent à épancher leur douleur devant toutes les assemblées, sans pudeur aucune, confondant l'inconnu de passage d'avec le plus proche parent et lui confiant, dès la première poignée de main, ses plus personnelles misères et tristesses. Il est constant que ce travers s'encontre aussi chez certains chroniqueurs de leur vie, dont le récit n'est qu'une longue litanie de malheurs, auxquels le lecteur est prié de compatir en une étroite communion. Pour ma part, même aux intimes j'ai forte reluctance à confier mes états d'âme, surtout si ceux-ci sont marqués du sceau de la mélanconie et du chagrin.

Pourtant, il ne se peut éviter, narrant sa propre existence, d'être entraîné aussi, selon les époques évoquées, et maugré vous, vers des rivages que le bonheur déserta et qui n'incitent guère à rire ni à danser. Or, les passer sous silence serait déguiser la réalité des destins, car ceux-ci possèdent bien deux plateaux, lesquels sont également garnis des heurs et malheurs de chacun. C'est donc affaire d'équilibre que de dérouler les épisodes d'une vie, il en faut mettre à dextre et à sénestre, à joie et à peine, et n'être dans l'excès ni de l'un ni de l'autre.

Hélas, la joie de retrouver Margot, en ces dramatiques circonstances que je viens de conter, s'accompagna d'une palpable angoisse qui, de elle à moi, par imprégnation, comme l'eau mouille le chiffon, m'envahit totalement et me laissa marmiteux et solitaire en mes pensées. Hormis celle qui dans sa chair a subi la même salissure, nul ne peut entendre le tristeux état de Margot qui, pourtant, luttait bec et ongles pour le nier, bien qu'il s'imposât à elle comme un parasite dont on ne trouve la curation. De titanesques efforts, elle en fit dès l'abord, mais déjà, quand je la serrai en cette sordide cellule, notai-je la passivité de son corps que je pressai, mais qui ne se pressait point, comme si ma Margot n'était plus qu'une poupée de chiffon, sans âme et désincarnée.

Il me tardait de quitter l'endroit et nous n'y fîmes point siège car, décidant d'amener la chef maquerelle à M. de La Porte, c'est sur le seuil de l'ancien couvent que nous encontrâmes celui-ci, lequel arrivait diligemment, flanqué de Samson à son côté et suivi par une dizaine d'archers du guet. Mon maître rendit compte au lieutenant-criminel de notre action au couvent, trouvant là, je suppose, une belle revanche à l'humiliant épisode de la lettre, puis jetant un coup d'œil à Margot, et à moi, il requit de sa part la permission de retourner en Mespech, ce que de très bonne grâce celui-ci nous accorda. De son enquête je ne puis en dire que néant mais je n'ai guère de doute qu'il fit ouvrir toutes les cellules, permettant ainsi aux garces prisonnières qui le désiraient de s'ensauver de leur geôle et de regagner leur famille.

Margot se retrouva en croupe, derrière moi, en une position que nous avions goûtée avec tant de délices peu de mois auparavant. Mais il en fut d'une tout autre potion en ce retour, bien amère et désespérante, car Margot ne se colla mie à moi, bras ballants et présence absente, ne portant les mains à mes flancs que pour résister à certains cahots du chemin qui la faisaient glisser vers l'avant ou l'arrière. J'en doutais mais je dus l'admettre, comme il ne sert à rien de nier les évidences : les infamies et outrages que Margot avait subis en cette tristeuse aventure l'avaient atteinte au plus profond d'elle-même, et mon corps d'homme devait lui révulser l'âme, la maintenant distante et roide à mon encontre. Et la douceur de mes propos, la retenue de mes gestes n'y pouvaient mais, car ces attentions ne pouvaient encontrer sa raison – laquelle se débattait impuissante –, mais seulement sa chair meurtrie que rien ne pouvait consoler.

À Mespech, elle reprit une vie ordinaire, sans entrain, avec une inappétence en tout qui me désespérait, et c'était grande pitié de voir une tant grande et vigoureuse garce, qui tantôt vibrait d'une belle sensualité, à présent languissante et anxieuse comme une enfant malade. Au demeurant, il s'agissait bien d'une intempérie, et de celles que le baron ne savait guérir, dont le symptôme n'était que le désamour de la vie et des plaisirs.

Elle accepta de me retrouver en la grange, comme autrefois, et je crus bien que notre amour allait renaître par où il avait commencé, car elle en rêvait aussi, mais au dernier moment elle se refusa, ne pouvant aller au-delà de timides caresses, retenant sa main et la mienne comme une effarouchée pucelle.

Secret en mes états d'âme – tel je me suis présenté et tel je m'y tiendrai –, je ne dirai pas plus avant ce qu'il nous fallut endurer de tourments, Margot et moi, et maugré cela, je ne pouvais me détacher d'elle, la compassion chargeant mon amour d'une nouvelle eau, et le tenant à niveau de l'ancien, quoique d'une bien maigre substance.

Ainsi, contre ces intempéries on ne peut rien, et l'onguent qu'il y faut est le temps, lequel se déroule tout à la lenteur, tant le jour est ralenti par le chagrin et l'attente. Il y fallut bien de la patience, bien de la douceur et bien de l'attention pour recouvrir cette plaie, et d'y veiller avec soin je m'employai, afin d'éviter qu'elle ne se rouvrît au moindre geste et parole.

Le moment où enfin Margot m'accueillit à nouveau, et que nous pûmes coqueliquer derechef, fut pour moi assurément intense, non pas d'exubérance, mais tout au rebours de tension et d'anxiété, tout à la crainte que ne se réveillassent, avant le terme du déduit, des blessures que je sentais encore si fraîches sous mes doigts. Mais Margot possédait aussi une force qui reprit le dessus, et si je suis convaincu qu'elle n'oublia jamais ce qu'elle endura, elle parvint à me le faire croire, sinon aux autres, et les mois passant nous fûmes d'apparence comme au premier jour de notre amour.

J'avoue aussi – et combien pourtant je souhaiterais ne pas trop alourdir ce plateau – que ces temps incertains furent aussi ceux de l'irréversible bascule de la petite Hélix vers la mort, elle qui n'avait plus que les os et la peau, et montrait grand courage dans cette chute que nul ne pouvait empêcher. Elle mourut dans les bras de mon maître, à ce que j'ai lu dans ses Mémoires, et bien poignante fut cette fin qui laissa mon maître désemparé et abandonné. Le baron lui scia le crâne pour y confirmer sa diagnostique, et l'apostume était tant gros et purulent qu'il devait, en opprimant les méninges, causer un pâtiment si fort à notre pauvre petite Hélix que je m'apensai qu'elle était mieux entre les mains du Dieu miséricordieux qu'en sa terrestre et misérable enveloppe.

Faujanet cloua le cercueil de châtaignier où la petite Hélix fut couchée pour toujours, et dans le nord de l'enclos, non loin de la fosse où reposait Marsal le Bigle, elle fut mise en terre en une bien pénible cérémonie devant tout Mespech réuni, et les mines étaient fort longues et fort tristes, et la pluie qui s'en mêla n'arrangea pas les choses. Le baron fit le prêche, sachant qu'il saurait, mieux que Sauveterre, mieux que quiconque, trouver des mots simples et justes à destination de son fils, et il les trouva en une courte citation de Calvin, et mon maître héroïque resta droit, coi et sec, parvenant à retenir ses larmes, lesquelles devaient affleurer juste en deçà des prunelles.

L'ayant depuis lors côtoyé en toutes circonstances, à travers maints périls et malfortunes, j'affirme que oncques ne revis mon maître en si piteux état, tant broyé par le chagrin et la peine qu'il n'en fut plus le même pendant longtemps. Sa résurrection, il la trouva dans le département de Mespech, lequel se produisit peu après, un mois tout au plus, quand le baron et Sauveterre nous réunirent en la librairie pour nous annoncer que le royaume s'étant assagi, les querelles religieuses en apparente rémission, temps était venu pour mon maître et Samson de s'en aller étudier en Montpellier afin que de devenir savants.

Comme vous ne l'ignorez pas, je fus du voyage, et quelle équipée ce fut, qui nous conduisit jusqu'à la capitale du royaume, approchant les plus grands, la cour et les rois ! Mais bien loin étais-je de soupçonner pareille entreprise quand la date de notre département fut arrêtée et je me ramentois surtout que ma première pensée fut pour Margot que j'allais quitter, et ceci ternit fort la joie de cette aventure, laquelle s'ouvrait à moi en une fortune inespérée.

C'est dès le lendemain que je retrouvai Margot en notre grange et notre union fut plus grave qu'à l'accoutumée, et mélancolique et tristeuse, tout empreinte du pensement de la séparation.

Parce que je ne savais qu'en faire en vérité, j'avais apporté les cinq écus du baron afin que de les lui donner, sachant qu'ils ne me seraient d'aucune utilité, mon maître pourvoyant à tout, et m'apensant qu'elle en aurait meilleure usance.

— Mais, Miroul, me répondit-elle, que m'importe cette clicaille, lors que tu me quittes et que oncques ne te reverrai peut-être !

À la parfin, j'insistai tant qu'elle accepta, mais à rebelute, affirmant qu'elle baillerait ces écus à ses parents qui en avaient bien nécessité, et je suis bien assuré qu'elle en fit ainsi.

De promesses nous n'en fîmes aucune, la destinée se pouvant jouer tant de tours à des drôles de notre espèce, qui ne sont maîtres de rien, ni de leurs décisions, ni de leurs entreprises, elle fille de laboureur attaché à la terre, moi dorénavant valet au service des Siorac. Elle restait là, je partais, c'était tout, et bien suffisant, hélas, à notre chagrin.

Margot était forte, je l'ai dit assez, et elle ne pleura pas, du moins devant moi, car je cuide qu'elle le fit dès que j'eus le dos tourné. Et comment ne l'aurait-elle pas fait puisque de mon côté, comme mes pas me ramenaient au château, j'essuyais d'une pauvre main tremblante les larmes qui roulaient sur ma joue.

*

* *

Rarement mon maître, car ce n'est pas l'usage, s'en vient me visiter au logis. Ce matin, pourtant, lors que je traçais avec application les lignes ci-dessus, ému assez au pensement de Margot et de notre lointaine séparation, il toqua à mon huis et, déclosant la porte, ma bonne compagne de surprise le vit, guilleret et gaillard, comme à l'accoutumée. Il la salua, je le saluai, et m'envisageant ainsi, penché sur l'écritoire et la plume à la main, il se frotta les mains et arpenta la pièce, virevoltant autour de ma personne comme l'hameçon près du poisson.

— Ah, mon bon Miroul ! me dit-il à la parfin, je te surprends céans en plein labeur et travaux d'écriture ! De paysan à larron, puis de larron à valet, te voilà à présent historiographe de ta vie ! N'est-ce pas que l'existence réserve bien des détours, qu'il en faudrait être devin pour les imaginer ?

— Si fait, Moussu Pierre, le destin n'est pas entre nos mains, et que d'un grand malheur – j'évoquais là le cruel trépas de ma famille – il se peut venir de surprenants bienfaits, qui me firent apprendre à lire et écrire, et m'instruisirent en tant de choses que je n'aurais mie approchées autrement.

— Étrange, de fait, que ce fut le triste sort de tes parents qui t'ouvrit l'horizon et te poussa hors de la misère. Et te souviens-tu d'eux, ce jour d'hui, lors que tant d'années ont coulé du sablier ?

— Comme au premier jour, Moussu Pierre, et peut-être plus maintenant que vingt ans auparavant, comme si, au rebours du sens commun, la vieillesse me rapprochait d'eux. Et leur remembrance me point toujours autant, qu'elle en altère mon humeur les soirs de lassitude. Étrange, dites-vous, et certes il est bien étrange que mes parents m'aient donné à la naissance une première existence, et par leur mort une seconde, si différente de la première.

— Et le regrettes-tu, mon bon Miroul ?

— Il n'y a sans doute rien à regretter, dis-je faiblement.

Mon maître s'approcha et posa sa main sur mon épaule, en un geste protecteur dont il est coutumier.

— Adonc, Miroul, ces Mémoires, qui tel un fleuve charrient tant de souvenirs, sont-ils encore près de leur source ou bien parviennent-ils tantôt à l'océan ?

— J'y mets la dernière main, mon maître, humblement et non sans difficulté, l'exercice ne m'étant point tant naturel qu'à vous.

Avisant l'épais paquet de feuilles manuscrites qui, bien rangé, reposait à ma sénestre sur la tablette basse jouxtant l'écritoire, mon maître eut une exclamation où se mêlaient satisfaction et curiosité.

— C'est cela, n'est-ce pas ? fit-il en empoignant le paquet et le portant à hauteur de ses yeux.

— Oui, répondis-je et le voyant tourner et retourner entre ses doigts l'œuvre de tant de temps, l'inquiétude me saisit tout à plein et un affreux nœud serra ma gorge.

Mon maître posa sur moi son regard azuréen et, se gaussant de mon désarroi qu'il remarqua, serra le manuscrit tout contre sa poitrine.

— Apprends, mon bon Miroul, que ce qu'on écrit ne nous appartient plus ! Il en va ainsi de mes Mémoires que tu as lus sans même en mander l'autorisation, de par le fait qu'on les trouve en les rayonnages de ma librairie, dans leur belle reliure de cuir, et ornés de la juste autorisation de notre bon roi Henri IV.

— C'est que je n'ai point encore cette autorisation, hasardai-je.

— Tudieu, Miroul ! Et cuides-tu que c'est toi qui vas la lui demander, et non ton maître, qui le connaît assez pour s'en croire son ami ?

— Vous feriez cela pour moi ?

— Ainsi le ferai-je, pour peu que lesdits Mémoires du sieur Miroul m'agréent et que je n'y trouve point matière à y redire.

Comme je ne répondais rien, et montrais à ces paroles une mine fort longue et fort soucieuse, mon maître s'esbouffa et se dirigea vers la porte, tout en s'inclinant derechef devant ma vieille épouse.

— Mais que crains-tu, Miroul ? jeta-t-il par-dessus son épaule en franchissant le seuil du logis. Si la vérité n'est en rien déguisée, ni travestie, si tu n'as point fait offense à ceux qui ne le méritent pas, si ton discours est droit et honnête, pourquoi verrais-tu ton maître s'y opposer ?

Il sortit, et mon premier regard fut à ma tablette, laquelle était tant vide que je me sentis dépossédé de moi-même, comme à la perte d'un être cher. Ce désarroi, car c'en est un, est dur à expliquer, et je gage, plus encore à entendre, et je ne saurai trouver les mots pour le faire, d'aucuns doctes professeurs ayant là-dessus déjà déversé leur ratelée en de savants volumes. Ce que j'en dirai, à mon niveau et de mon humble expérience, est qu'on en perd l'appétence de l'existence, tourne en rond ne sachant plus que faire, passe devant nos proches sans les voir ni même les reconnaître, et que l'on est comme plongé dans l'angoisse, tel un chaton dans un torrent.

Au demeurant, j'avais été tant furieux et encoléré contre le curé de notre paroisse quand, tout à la confiance, je lui avais montré l'entame de ces Mémoires, et n'en avais tiré de lui que de vagues, embarrassées et obscures circonlocutions, que je craignais fort une déception de la même farine, et d'autant plus douloureuse que j'aime mon maître, et ai pour lui le plus grand respect, tant pour ses actions que dans son jugement.

Et l'attente en un tel prédicament – et pourtant suis-je plutôt d'une patiente nature – est aussi insupportable que d'être privé de nourriture ou de rester en plein soleil un jour de canicule. À mes proches et amis, je ne pouvais me confier, car eux-mêmes ne savaient que néant de mon entreprise, même mes propres enfants l'ignoraient pareillement, et si seule ma vieille épousée était en confidence, j'avais toujours obstinément refusé qu'elle en lût jusqu'à le premier mot d'une phrase.

Mais je n'eus guère à attendre bien longtemps car mon maître dès le lendemain s'en revint, et de la rapidité de sa lecture je ne savais s'il fallait s'en réjouir ou s'en alarmer, car on dévore vite ce qui plaît, mais on interrompt tout aussi vite ce qui déplaît.

Il avait l'épaisse liasse de feuilles entre les mains et la reposa à sa place, sur la tablette, la tapotant sur les bords pour qu'elle soit bien droite, ainsi qu'il l'avait trouvée la veille. Puis, il alla à la fenêtre, et regardant au-dehors, les mains derrière le dos, soupira d'une fort mélancolique manière. Je me tenais coi et distant, ne sachant qui de lui ou de moi devait causer, et ne voulant paraître trop pressé d'en connaître son idée.

— Ah ! Mon bon Miroul, fit-il au bout d'un moment qui me parut fort long, que d'émeuvements et de lointains souvenirs ne m'as-tu rappelés là ! Tout ceci est à la fois tant près et tant loin, qu'on hésite à croire que ce temps exista autrement que dans nos mérangeoises.

Il y eut un silence que je ne troublai pas, car je sentis dans son ton une telle nostalgie de la jeunesse qu'elle me poignit aussi, et que dans le passé oncques on ne s'en retourne, qu'il paraît tel un rêve qui vous plie et vous ploie, et vous laisse désarmé comme un enfant sans père.

— Ah ! Combien je m'en ramentois et de mon père, et de la petite Hélix et de l'oncle Sauveterre, et tous ceux de Mespech qui jadis nous aimèrent ! ajouta-t-il encore.

Et je ne crois pas qu'il me causait en vérité, car il avait parlé en un souffle, comme à lui-même, ne se souciant guère que j'entendisse ou non.

— Que sommes-nous devenus ! dit-il enfin.

Puis, il s'ébroua, fit volte-face et me considéra de ses yeux clairs, et je ne vis rien dans son geste ni dans son attitude qui puisse soupçonner ce moment de faiblesse.

— Miroul, sais-tu que tu as fort bonne mémoire et que de ces histoires je m'en souviens aussi !

Rien n'osais-je répondre à cela, m'inclinant seulement comme un bon écolier.

— Et j'avoue même en avoir découvert, tant il est vrai que tu eus en Mespech tes propres aventures et amours, dont je connaissais le sens mais non point les détails. Tel a ses secrets qu'il peut dissimuler, et qu'il divulgue un jour, on ne sait pas pourquoi. Le sais-tu, mon Miroul ?

— C'est médecine de l'âme, Moussu Pierre, vous me l'apprîtes vous-même.

— Certes ! Encore que je ne sais où celle-ci nous mène !

Il s'accoisa, semblant se refermer sur cette dernière pensée, et j'hésitai à relancer un dialogue qui semblait terminé. Or, pour ma part, il ne pouvait l'être ainsi, car, sur le fond, je n'en savais guère et de son opinion et du jugement qu'il portait.

— Moussu Pierre, dis-je, signifiez-vous que ces Mémoires vous agréent ?

Lors, il me dévisagea avec une intensité qui me fit baisser les yeux.

— Le revers n'est pas toujours conforme à l'avers, fit-il, et je ne suis pas assuré que la vérité s'y lise de son côté. Que deux Mémoires se confrontent et on en distingue les lacunes et manquements. Ici, il ne m'a pas semblé que tu divergeais trop, hormis certains détails qui m'ont fort étonné.

— Dois-je les amender ? demandai-je avec humilité, mais je sentis comme un gouffre s'ouvrir sous mes pieds.

— Qu'importe, Miroul, et qui se soucierait de ces détails que moi seul peux connaître ! Non, ainsi les as-tu écrits, et j'en suis bien certain, en conscience. Ils sont tiens, ne peuvent être miens, et des différences qui s'en montrent, celle du noble et du fils de paysan m'a paru la plus prégnante.

Il me sourit, puis prenant congé par son habituelle tape sur l'épaule, il ouvrit grande la porte et s'apprêta à sortir.

— Mais, de ces Mémoires... Moussu Pierre... insistai-je alors qu'il me tournait le dos, fallait-il les écrire ?

Il se retourna, et son regard azuréen, hésitant un moment entre mon œil bleu et mon œil marron, se fixa sur celui qui lui ressemblait tant, et d'une voix grave et douce, il dit :

— Tu fis bien, Miroul.

*

* *

Il me serre un peu, cher lecteur, de devoir me séparer de vous, mais de ma lointaine jeunesse je vous en ai conté la moelle, et même davantage, ne celant rien de ce qui remonta de ma mémoire. Je trempe là pour une ultime fois la plume en l'encrier, et achève ainsi, en ce tout début de l'année seize cent dix. Puisse le Seigneur absoudre mes fautes et, en dépit des humaines faiblesses dont j'avoue être captif tout pareillement que mes semblables, m'ouvrir grande sa porte lors que le moment sera venu. Qu'il ne hâte point mes pas pour autant, la poignée d'années qu'il reste à parcourir m'étant aussi précieuse que mes amours d'antan.

Comme je lève mon regard vers ma vieille épousée, je la vois qui coud et reprise près d'une bonne flambée, laquelle craque et s'élève en notre cheminée. Et Margot, de ses yeux de chatte qui sont restés tant verts maugré ces longues années, me voyant heureux, tendrement me sourit.

9 juin 2008
Ravine des Cabris, île de la Réunion

GLOSSAIRE DES MOTS ANCIENS

accoiser (s') : se taire
acla (oc) : aigle
acresté : effronté
adonc : alors
alberguière : aubergiste
algarde : attaque, mauvais coup
apazimant (oc) : apaisant
apostume : abcès
apothicaire : pharmacien
appéter : désirer
assouager (s') : se soulager, se calmer
asteure : maintenant
atendrézi (oc) : attendri
aventure (à l') : peut-être, si ça se trouve

bachelette : jeune fille
bacon : jambon
bagues : bagages
bailler : donner
bargoin ou *barguin* : affaire, marché
barguigner : marchander
battre sa coulpe : se repentir, avouer sa culpabilité

béjaune : jeune sans expérience (de *bec jaune*)
beluter : faire l'amour
bénignité : bonté
biscotter : baiser
bordeau : bordel
bougre : homosexuel
branle : danse ancienne
branler : agiter, mouvoir, remuer
brassée : accolade
bren : excrément
brides avalées (à) : à bride abattue

calel : lampe à huile
cantou (oc) : le coin du feu près ou dans la cheminée
céans : ici
chafouin : rusé, sournois
charnier : pièce où l'on garde la « chair salée »
chattemite : hypocrite
chaut (peu me) : peu m'importe
chiche-face : avare
clabaudage ou *clabauderie* : bavardage
clicaille : argent
coi : silencieux
col : cou
compain : camarade (celui avec qui on partage le pain)
conniver : être d'accord avec
constant : vrai
contremont : en l'air, en haut
coquardeau : sot, vaniteux
coquefredouille : sot, imbécile
coqueliquer : faire l'amour
côtel : côté (d'un autre côtel)
cotel : couteau

cotillon : jupon des paysannes
courtaud : petit cheval
courtines : murailles réunissant les tours d'une enceinte fortifiée ou d'un château fort
cuider : croire

déconnu : inconnu
déduits : jeux amoureux
délayer : retarder
départément : départ
dépêcher : tuer
derechef : de nouveau
désoccupé : sans travail, chômeur
doutance : doute

émeuvement : agitation, émoi
enchifrener : enrhumer, encombrer le nez
encoigner (s') : se tapir, se serrer dans un coin
engagement : combat de courte durée
esbahir : frapper d'un grand étonnement
esbaudir (s') : prendre du plaisir, se réjouir
esbouffer (s') : rire
escagacer : ennuyer
escalabrous (oc) : emporté
estourbir : assommer

fault (me) : me fait défaut
fenestrou (oc) : petite fenêtre
fiance : confiance
fleurer : exhaler une odeur, sentir
folieuse : prostituée
fortitude : force morale
fortune : chance, hasard, destinée

franche lippée : bon repas qui ne coûte rien
francherepue : repas rassasiant

garce : fille (sans connotation péjorative)
gargamel : gorge
gausser (se) : se moquer
gausserie : plaisanterie
géniture : progéniture
gloutir : avaler à l'excès
gouge : prostituée
goupil : renard
grammerci : grand merci !

heur (l') : le bonheur
hucher : crier ou appeler en criant
huis : porte
hurlade : hurlement

immutable : fidèle, immuable
imperscrutable : qui ne peut être scruté, insondable
incontinent : immédiatement
insufférable : insupportable
intempérie : maladie, accès de faiblesse
ire : colère
irréfragable : qu'on ne peut contredire
irrision : ironie moqueuse

jà : déjà
jaser : parler, bavarder

larronnerie : fait de larronner, vol
loche : branlant, prêt à tomber

mal de Naples : syphilis
malaventure : mauvaise aventure
malencontre : mauvaise rencontre
malengroin : de mauvaise humeur
malfortune : malchance, malheur
mangeailler : manger
maraude : petit vol de fruits ou de légumes
marmiteux : triste, misérable
maugré : malgré
mécroire : ne pas croire
mélanconie : mélancolie
membrature : membres et muscles
mérangeoises : méninges
meurtrerie : massacre, meurtre
mie : pas du tout
mitan : milieu
moult : beaucoup
moussu (oc) : monsieur

navrement : blessure
nouvelleté : nouveauté

ococouler (s') (oc) : se blottir
oncques : jamais
outrecuidé : prétentieux (qui se croit trop)

paonner (se) : se vanter, se pavaner
parangon : modèle
parladure (oc) : jargon
pastourelle : bergère
pâtiment : souffrance
pech (oc) : colline
pécune : argent
pensement : pensée

picorée : butin
pied : unité de longueur valant 30 cm environ
piperie : tromperie
pique du jour (la) : l'aube
pisse-froid : homme froid et chagrin
pitchoune (oc) : enfant
pleure-pain : avare
potager : manger
potron-minet : premières lueurs avant le lever du soleil
prédicament : situation
prou : beaucoup (peu ou prou)

quiet : tranquille, calme
quinaud : penaud

ramentevoir (ou ramentoir) : se souvenir, se rappeler
ratelée (dire sa) : donner son opinion ou raconter une histoire
rebelute (à) : à contrecœur
rebiquer (se) : se rebeller
rebiscoulé (oc) : rétabli (après une maladie)
reluctant : peu disposé, renâclant
relucter : résister, renâcler
remembrance : souvenir
remembrer : reconstituer en sa mémoire
remparer : fortifier
remuements : agitation, troubles
repue : repas
revancher (se) : se venger
rober : voler
rôlet : rôle (dans la vie, le rôle de chacun)
roume : gitan

saillie : plaisanterie
sol : équivalent du sou (1 livre = 20 sols = 240 deniers)
souvenance : mémoire, souvenir

tireuse de vinaigre : fille de joie, putain
toise : unité de longueur valant environ 1,80 m
tout à plat (refuser) : refuser catégoriquement
tout à plein : complètement
tout à trac : tout à coup, sans prévenir
tout de gob : tout de go
tranchées : violentes douleurs
truanderie : ensemble des truands
truchement : interprète
tympaniser : assourdir (rare dans ce sens)

usance : usage

vanterie : vantardise
vaudéroute (mettre à) : mettre en déroute
ventrouiller (se) : se vautrer
vergogne : honte
vertugadin : morceau de tissu placé sous la jupe pour la faire bouffer (signe de richesse)
vramy : vraiment

Du même auteur :

Noir négoce, Éditions de Fallois, 2010.

Composition réalisée par Asiatype

Achevé d'imprimer en août 2010 en Espagne par
LITOGRAFIA ROSÈS S.A.
Gavá (08850)
Dépôt légal 1re publication : septembre 2010
LIBRAIRIE GÉNÉRALE FRANÇAISE – 31, rue de Fleurus – 75278 Paris Cedex 06

31/3355/0